MIRA®

Der Preis dieses Bandes versteht sich einschließlich der
gesetzlichen Mehrwertsteuer.

Umwelthinweis:
Dieses Buch wurde auf chlor- und säurefreiem Papier gedruckt.

Janet Mullany

Im Paradies der Sünde

Roman

Aus dem Amerikanischen von
Vera Möbius

MIRA®

MIRA® TASCHENBUCH
Band 35058
1. Auflage: Januar 2014

MIRA® TASCHENBÜCHER
erscheinen in der Harlequin Enterprises GmbH,
Valentinskamp 24, 20354 Hamburg
Geschäftsführer: Thomas Beckmann

Titel der nordamerikanischen Originalausgabe:
Hidden Paradise

erschienen bei: HQN Books, Toronto

Published by arrangement with
Harlequin Enterprises II B.V./S.àr.l

Konzeption / Reihengestaltung: fredebold&partner GmbH, Köln
Umschlaggestaltung: pecher und soiron, Köln
Redaktion: Bettina Lahrs
Titelabbildung: Thinkstock / Getty Images, München
Autorenfoto: © Harlequin Enterprises S.A., Schweiz
Satz: GGP Media GmbH, Pößneck
Druck und Bindearbeiten: CPI – Ebner & Spiegel, Ulm
Printed in Germany
Dieses Buch wurde auf FSC®-zertifiziertem Papier gedruckt.
ISBN 978-3-86278-857-6

www.mira-taschenbuch.de

DANKSAGUNG

Ich danke meiner Redakteurin Emily Ohanjanians,
meiner Agentin Lucienne Diver und allen,
die sich mein Jammern geduldig angehört haben
(noch einmal Danke, Lucienne),
besonders Pam Rosenthal und den Tarts.
Dieses Buch widme ich Alison, Steve und anderen
Familienmitgliedern, die es wahrscheinlich nicht lesen
wollen oder sollten, und meinem verstorbenem Dad,
der meine Liebe zu Jane Austen teilte.

1. KAPITEL

Lou, Montana

Nein, sie würde nicht ans Telefon gehen.

Nicht jetzt, als sie gerade dabei war aufzuwachen, weil sie fühlen konnte, wie seine Haut ihre streifte, sie trotz ihrer Schläfrigkeit einen Orgasmus kommen spürte und er seinen Penis an sie drückte.

„Ja, genau so", sagte sie. Vielleicht waren es aber auch seine Worte. Oder sie sprachen beide gleichzeitig, in perfektem Einklang, so als könnten sie gegenseitig ihre Gedanken lesen und ihre Berührungen vorausahnen.

„Sag mir, ich soll meine Beine spreizen." Das war sie, ganz eindeutig. Er mochte es, wenn sie ihm Befehle erteilte oder schmutzige Wörter benutzte, weil das eigentlich nicht ihre Art war. Das überraschte und erregte ihn, und er reagierte auf seine ganz eigene, ab und zu etwas grobe Weise. Nachher entdeckte sie manchmal rote Striemen auf ihren Brüsten, die seine Bartstoppeln dort hinterlassen hatten – und die sie noch länger an das erinnerten, was geschehen war, wenn ihr BH gegen die wunde Haut scheuerte.

Auch was er nun tat, würde sie noch länger spüren, denn er schob blitzschnell seine Finger in sie hinein, noch bevor sie dazu bereit war. Zumindest glaubte sie, dass sie noch nicht so weit wäre. Aber er kannte sie besser als sie sich selbst und darum lachte er leise, als sie verblüfft und ein wenig erschrocken nach Luft rang. Jetzt keuchten sie beide vor Verlangen, und sie spürte die kalte Luft, als er die Steppdecke fortriss und sich auf sie warf. Wieder glaubte sie, dass sie noch nicht so weit wäre. Doch sie war es. Ohne jeden Zweifel.

Geh nicht ans Telefon. Ignorier das Klingeln einfach. Wenn jemand wirklich mit dir reden will, wird er später noch einmal anrufen.

„Stoß ihn in mich hinein. Ganz fest." Sie sagte ihm, was er

tun sollte. Aber eigentlich war sie ihm hilflos ausgeliefert, als er ihre Beine über seine Schultern legte.

Er hielt einen Augenblick inne, zögerte den Moment hinaus, um ihn zu genießen. Sein Schwanz ragte in die Höhe, hart und zu allem bereit. Und doch nahm er sich die Zeit, ihre Muschi zu betrachten.

„Hübsch“, murmelte er. „Hübsch.“

Sie liebte ihn, weil er ihre Muschi hübsch fand, die gerötet und feucht war und vor Erregung geschwollen. Manchmal hörte sie ein leises Geräusch, wenn sie sich öffnete. Es klang wie ein kleiner, schmatzender Kuss. Wenn er sie küsste oder einfach nur anschaute, Stunden, bevor sie sich auch nur berührten oder auszogen. Sie hatte das Gefühl zu zerfließen, wenn er ihr quer durch einen Raum voller Menschen diesen besonderen Blick zuwarf, der besagte: *Heute Nacht – oder vielleicht schon in zehn Minuten – werde ich dich so richtig ficken!* Seine Augen strahlten dann jedes Mal voller Erwartung.

Sie hob ihre Hüften und befahl ihm noch einmal, seinen Penis ganz fest in sie hineinzustoßen, so als wäre es das letzte Mal, als ginge es diesmal um alles. Er strich über seinen Schwanz, scheinbar unbewusst.

Aber er wusste genau, was er tat. In jedem Moment. Jede Berührung registrierte er, jeden Geruch, jedes Geräusch. Und er wusste auch, was schon die kleinste Geste in ihr auslöste.

Worte und Vorstellungskraft waren jetzt ihre Verbündeten, sie bestimmte wieder, was geschah. Sie flüsterte ihm zu, er solle es tun. Jetzt. Sie würde ihm erlauben, sich vorzustellen, sie wäre eine seiner heißen kleinen Studentinnen, so wie das Mädchen, das während einer Vorlesung ganz beiläufig die Oberschenkel gespreizt und ihm ihren Tanga gezeigt hatte. Als das einmal tatsächlich passiert war, hatte er nur kurz hinzusehen gewagt, dann sofort den Blick abgewendet und sich gefragt, ob er sich die Szene nur eingebildet hatte. Zu Hause erzählte er ihr dann davon, etwas verlegen, weil er erregt gewesen war.

Hier, in ihrem Bett, in dem alles erlaubt war, flüsterte sie ihm ins Ohr, er dürfe das nächste Mal noch einmal hinschauen. Immer wieder. Er würde sehen, wie der Träger des Sommerkleids von der Schulter des Mädchens hinabglitt, und sie sich mit ihrer rosafarbenen Zunge über ihre glänzenden Lippen fuhr. Im plötzlich leeren Hörsaal würde die Studentin dann ihre Hand mit den blutrot lackierten Fingernägeln auf seinen Schritt legen, den Reißverschluss seiner Hose öffnen und seinen Schwanz befreien.

Jetzt …

Schon wieder schrillte das verdammte Telefon und verdarb ihr den Moment. Sie rollte quer über das breite, leere Bett und nahm den Hörer ab. „Was wollen Sie?"

„Du brauchst ein bisschen Spaß, Loulou."

Den hatte sie sich gerade holen wollen – auch, wenn es nur ein Traum gewesen war. „Nenn' mich nicht Loulou." Einen Moment ärgerte sie sich über ihren Namen, der ihr manchmal würdelos vorkam, weil er sie an eine Toilette erinnerte, an eine Cancan-Tänzerin oder eine von Jane Austens etwas unsympathischeren Romanfiguren, etwa an die launische, in die Poesie vernarrte Louisa Musgrove. Missgelaunt und noch immer nicht ganz wach, hielt sie den Hörer ans andere Ohr und schaute auf die Uhr. „Weiß du, dass es erst halb sieben ist?"

„Hier bei uns ist es bereits halb zwei mittags. Raus aus den Federn mit dir!"

„Ach, halt die Klappe, Chris." Das Zimmer war kalt und dunkel und erfüllt von einer besonderen Stille, die sie vermuten ließ, dass frischer Schnee gefallen war.

„Steig in den nächsten Flieger, komm einfach her und hab' Spaß mit uns!"

„Uns? Wen meinst du?"

„Natürlich mich und Peter. Der bescheuerte Kerl führt gerade Vorstellungsgespräche mit den jungen Männern, die sich bei uns als Lakaien beworben haben. Wir wollen historisch so korrekt wie möglich sein. Er benimmt sich so, als würde er ein Pferdegespann kaufen, und engagiert Typen, die alle gleich groß sind und die gleiche Haarfarbe haben. Das ist wirklich köstlich, Darling. Ein paar Freunde aus London und aus den Staaten werden auch kommen. Ein Journalist, dann Viv, unsere umwerfende Kostümbildnerin, und eine schöne Lady, die uns Manieren beibringen und als Anstandsdame fungieren wird – nicht, dass du eine brauchen würdest, wo du dich doch immer so untadelig benimmst. Außerdem werden ein paar sehr gutaussehende Männer dabei sein."

„Klingt wie ein feuchter Schwulentraum. Enge Hosen, hohe Kragen ..."

„Da wir natürlich auch an dich gedacht haben, sind ein paar Jungs hetero. Welche das sind, musst du allerdings selbst rausfinden."

Sie setzte sich auf, zog die Decke um ihre Schultern und hoffte, dass der Ofen im Erdgeschoss nicht ausgegangen war. „Mir wäre lieber, sie finden's vor mir raus. Ich bin schließlich keine Fremdenführerin, die Leuten hilft, ihre sexuellen Vorlieben zu entdecken."

„Und das Haus, Schätzchen! Einfach grandios! Georgianischer Luxus, Originalstuck – allerdings sind die sanitären Anlagen und die elektrischen Leitungen noch nicht auf dem neuesten Stand. Mal abgesehen von der Küche, da wurde alles für die Zubereitung köstlicher, historisch originalgetreuer Speisen eingerichtet ..."

„Schweineschmalz und Butter ..."

„Und Eier im Dutzend. Riesige Mengen von Fleisch, die ersten Salate der Saison, exotische Früchte aus den Gewächshäusern – na ja, bis es so weit ist, dauert es wohl noch ein paar Jahre. Momentan kaufen wir die Lebensmittel noch. Komm doch, Darling! Wir brauchen unsere Jane-Austen-Expertin! Als Gegenleistung werden wir deine Augen wieder zum Funkeln bringen."

„Ach, ich weiß nicht, was ich tun soll." Sie stieg aus dem Bett und huschte auf nackten Füßen durchs Zimmer. Weder Jalousien noch Vorhänge verhüllten die Fenster. Die waren auch nicht nötig, da sich vor dem Fenster nur die Wildnis rund um die schneebedeckten Rocky Mountains befand. „Bis der Schnee taut, muss ich hierbleiben."

„Im April ist England einfach wundervoll. Aber komm lieber erst im Juni, dann haben wir genug Personal."

„Hör' schon auf, du gemeiner Verführer."

„So kenne ich dich, mein Mädchen. Peter schickt dir tausend Küsse. Ich muss jetzt Schluss machen. Du denkst darüber nach, versprochen?"

„Okay."

Chris' Stimme klang plötzlich ernst. „Lou, er ist nicht mehr da, er ist tot. Wir haben ihn auch geliebt. Komm' ins Land der Lebenden zurück. Amüsiere dich in unserem kleinen Paradies, stürz' dich in ein romantisches Abenteuer. Küsschen, bye!" Chris beendete das Gespräch mit diesem seltsam fragenden Unterton, der ihr auch schon bei Telefonaten mit anderen Engländern aufgefallen war.

Lou schlüpfte in ein Paar dicke Socken, dann zog sie einen Pullover und gefütterte Jeans über ihren Pyjama und ging nach unten. Das Herdfeuer brannte nur noch ganz schwach. Mit ein paar Holzscheiten erweckte sie es zu neuem Leben, setzte den Wasserkessel auf und ließ die Hunde hinaus. Die wälzten sich sofort voller Begeisterung im Schnee, als wäre es das erste Mal, dabei hatten sie das doch schon jeden Morgen in den vergangenen fünf Monaten getan.

Wehmütig griff sie nach einem Foto von Julian und den Hunden, das sie im letzten Sommer gemacht hatte. Julian lächelte sie an, und sie erwiderte sein Lächeln. In Gedanken ging sie ihre heutige Aufgabenliste durch: Maisies Stall ausmisten, das Pferd füttern, Haferbrei fürs Frühstück machen, mit dem Traktor hinausfahren und den Rindern Heu bringen, auf Skiern den Hügel erklimmen, um dort Julian nahe zu sein, dann zurückfahren, ein Sandwich essen, duschen, ein bisschen arbeiten. Abendbrot essen. Lesen. Ins Bett gehen. Dann noch das übliche Rendezvous mit ihrem Vibrator, damit gewisse Dinge nicht völlig zu kurz kamen. Und wieder würde ein Tag vorbei sein.

„So, du verdammter Blödmann." Lou stand auf der Wiese, auf der sie im vergangenen Herbst Julians Asche verstreut hatte. Damals hatten die Blätter der Eschen golden geleuchtet und in der geschützten Senke sogar noch ein paar Wildblumen geblüht. „Ich vermisse dich immer noch. Aber weißt du was? Allmählich beginne ich, Details zu vergessen. Ich weiß zum Beispiel nicht mehr genau, wie dein Penis aussah. Also musste ich mir online einige Bilder angucken. Glaub bloß nicht, das hätte mir Spaß gemacht. Einige waren ziemlich grotesk. Man sollte meinen, wer ein so hässliches Ding hat, würde das Foto retuschieren, damit es hübscher aussieht. Aber ich nehme an, das ist so wie bei Babys. Kaum jemand findet sein eigenes Kind hässlich. Oder vielleicht sind Schwänze wie Schneeflocken – im Grunde alle gleich und trotzdem verschieden. Da wir gerade vom Schnee reden – letzte Nacht hat's schon wieder geschneit."

Sie holte kurz Luft, bevor sie fortfuhr. „Gestern war ich in deinem Arbeitszimmer und habe deine Sachen durchgesehen. Ich habe noch nichts weggeräumt. Oh, ich wünschte, du würdest im Haus spuken und mich verfolgen. Tust du aber nicht, weder im Arbeitszimmer noch im Bett finde ich eine Spur von dir. Wozu bist du überhaupt nütze? Weil du dich nicht um mich kümmerst, muss ich meinen Vibrator bemühen, und weil der elektrisch betrieben wird, trage ich auch noch zur Erhöhung der CO2-Emissionen bei. Die Hunde würden dich auch gern wiedersehen. Heute Morgen rief Chris an. Er hat versucht, mich für die Testphase von ‚Paradise Hall' nach England zu locken. Im Juni soll ich rüberfliegen. Erinnerst du dich, wie ich die Website und die Broschüre für das Anwesen entworfen habe? Chris will's langsam angehen lassen und das Haus erst mit einer großen Weihnachtsparty offiziell eröffnen. Die Umbauarbeiten laufen noch. Aber er ist schon scharf auf die Lakaien."

Ein eisiger Windstoß wirbelte den Schnee an ihren Füßen auf.

„Bist das du? Fängst du endlich an zu spuken?" Lou seufzte. „Ich muss jetzt gehen. Ich habe noch einiges zu tun. Also wirklich, du hast Nerven. Einfach zu sterben und mich mit alldem allein zu lassen. Ich sorge mich, ob das Dach dicht ist, ob ich genug Heizöl habe, um das kalte Wetter zu überstehen, wo die Telefonnummer vom Futterlieferanten ist, und um die Tierarztrechnungen. All diese lächerlichen Kleinigkeiten. Und du weißt ja, du hast nie etwas weggeworfen. Ständig finde ich alte Umschläge, auf denen du deine To-Do-Listen notiert hast, und E-Mail-Ausdrucke. Warum? Ja, schon gut, ich weiß, ich bin jetzt im Wutstadium meiner Trauerzeit. Ich mache Fortschritte. Aber weißt du was? Es soll nicht aufhören. Ich will nicht vergessen. *Ich will dich zurück!*"

Sie wischte eine Träne weg – die sich in der kalten Luft erstaunlich heiß anfühlte –, weil sie nicht wollte, dass sie auf ihrer Wange gefror. Noch einen Moment lang wartete sie auf irgendein Zeichen von Julian. Aber nichts geschah. Sie pfiff nach den Hunden, wendete langsam und ungeschickt ihre Skier – Julian hatte das immer viel eleganter hinbekommen – und folgte den beiden Spuren im Schnee, die zu ihrem leeren Haus führten.

Vielleicht gab es ja eine winzige Chance, dass Julian in „Paradise Hall" zu ihr zurückkommen würde.

Rob, Sevilla, Spanien, zwei Monate später

Oh, verdammt, oh, verdammt. Seine Hände waren schweißnass vor Nervosität. Er zerrte mit den Zähnen an der Verpackung des Kondoms und hoffte, er würde das Ding nicht durchbeißen. Das wäre furchtbar peinlich und würde bestimmt auch grauenhaft schmecken.

„Oh, verdammt", sagte Gisella. Hieß sie so? Wie eine Bauchtänzerin wand sie sich auf dem schmalen Bett. Sie war einfach hinreißend, und er wünschte, er hätte das verflixte Kondom endlich übergestreift. Dann könnte er endlich ihre Brüste berühren, und in ihrem Haar wühlen, das wie auf einer Skizze von da Vinci in üppigen Wellen über das Kissen floss.

Er war ziemlich sicher, dass sie Gisella hieß. Jedenfalls war sie Italienerin. Doch es wäre idiotisch, jetzt aufzuhören und nach ihrem Namen zu fragen. Genauso dumm wäre es von ihm, aufzustehen und die Jeans auszuziehen, obwohl er sich dann besser bewegen könnte. Das nächste Mal würde er es bestimmt besser hinkriegen. Beim ersten Mal durfte man sich ein bisschen blöd anstellen, aber nicht *zu* blöd, zu früh kommen etwa – oder schon, bevor er überhaupt in ihr drin war.

Sie murmelte etwas, das unglaublich sexy klang. Aber, mal ehrlich, in diesem Moment hätte alles erotisch geklungen, besonders auf Italienisch. Vielleicht bat sie ihn, das Fenster zu öffnen, oder sie wollte etwas ganz anderes. Nein, vermutlich nicht, denn sie stützte sich auf einen Ellbogen und half ihm, das Kondom über seinem Penis zu entrollen ... *Oh, verdammt, oh, verdammt,* sekundenlang fürchtete er, schon beim Anblick dieser langen, roten Fingernägel, die sich an seinem Schwanz zu schaffen machten, zu kommen. Und dann klingelte sein Handy.

Sie griff nach dem Telefon, das auf dem Bett lag, er nahm es ihr aus der Hand und tat etwas, das er sofort bereute – er las im Display, wer ihn anrief.

Geh nicht ran.

Es war seine Schwester, und er hatte keine Ahnung, warum er den Anruf annahm.

Aber er tat es. Auch das bereute er.

Verdammte Scheiße. Während er seine Schwester schimpfen und schluchzen hörte, begann sein Penis, der endlich in dem Kondom steckte, zu schrumpfen.

Das war's dann wohl mit seinem ersten Sex.

Peter, eine Woche später, Paradise Hall, Somerset

„Robert Temple, wie sollen wir dich nennen? Bob, Bobby, Robert?"

„Rob."

Süßer Junge, dachte Peter. Und noch sehr jung – erst neunzehn, und er hatte diesen schönen, hellen englischen Teint. Braunes Haar mit einem ganz leichten Stich ins Kupferrote fiel ihm in die Stirn. Mit seinen grauen Augen wirkte er wie ein unschuldiger Hugh-Grant-Typ. Aber nicht „vornehm“ im englischen Sinn. Das merkte sogar Peter. Und er erkannte Robs lokalen Akzent, an seinem weichen, rollenden „R“. Der Adresse im Bewerbungsbogen zufolge stammte der Junge aus dem neuen Teil des Dorfs – wo sich nur schäbige, kleine, eng zusammenstehende Häuser befanden. Nicht aus dem historischen Teil.

Peter überflog Robs Lebenslauf. *Gott segne die Engländer, aber was in einen Lebenslauf gehört, verstehen sie nicht.* Jeden seiner mies bezahlten Schülerjobs hatte der Junge angegeben. „Und ab Herbst studierst du also in Cambridge.“

„Ja, Sir.“

„Oh, nenn mich bitte Peter. Zumindest, bis du für mich arbeitest.“ Er zwinkerte dem Jungen zu – ein Fehler. Nun klang er wie eine aufdringliche alte Tunte. Was er ja auch war. „Gratuliere“, fügte er hinzu. In England bedeutete ein Studium in Cambridge immer noch sehr viel. „Und was wird dein Hauptfach sein?“

„Geschichte.“

„Ausgezeichnet!“ Das klang zu herablassend. „Ich denke, gewisse historische Kenntnisse werden dir in diesem Job von Nutzen sein. Und du hast schon mal als Kellner gearbeitet. Ebenfalls ein Vorteil. Außerdem warst du im Ausland. Darf ich fragen, warum du nicht den ganzen Sommer in Sevilla verbracht hast?“

Die Miene des Jungen verfinsterte sich. „Wegen familiärer Probleme.“

Oh Gott!

„Ich verstehe. Nun will ich dir etwas über das Haus und unsere Pläne erzählen.“ Peter erklärte ihm, ihre Gäste würden eine Art Zeitreise in die Vergangenheit machen und das Leben von Ladys und Gentlemen in der Regency-Epoche Anfang des 19. Jahrhunderts führen. Dabei sollten sie alle Vorzüge jener Ära genießen – und auch einander, falls sie das wünschten. Was in Paradise Hall geschah, würde nicht an die Außenwelt dringen. „Vielleicht werden manche Gäste aufgrund der Isolation von der modernen Welt, des Rollenspiels und der Verkleidung ihre

Hemmungen fallen lassen. Dieses Zeitalter war ziemlich obszön, aber gleichzeitig sehr elegant. In Sachen Erotik benahmen sich die Leute äußerst freizügig. Also ist absolute Diskretion erforderlich. Wenn du zur Teilnahme an Aktivitäten aufgefordert wirst, die dir inakzeptabel erscheinen, kannst du jederzeit Nein sagen. Und solltest du etwas Unangenehmes erleben oder belästigt werden, komm bitte sofort zu mir."

Rob musterte die Broschüre, die Peter ihm gegeben hatte. „‚Paradise Hall, der Ort, an dem alles möglich ist'", las er vor. „‚Vor zwei Jahrhunderten frönte man einer anderen Art von Leidenschaft.' Das finde ich cool."

„Gut." Peter bemühte sich, seine Fantasie zu zügeln. „Da du aus dieser Gegend stammst, wirst du die Geschichte des Hauses vermutlich kennen. Ursprünglich war es an der Bauweise zur Zeit Jacobs I. orientiert, später wurde es von Adams ungestaltet. Angeblich hat Jane Austen hier einmal gewohnt."

Rob nickte. „Als ich ein Kind war, glaubten wir, hier würde es spuken. Natürlich behaupteten wir das von jedem leer stehenden alten Haus im Dorf. Inzwischen hat sich einiges geändert."

„Oh ja, es ist so fabelhaft!" Peter wusste, dass er wie ein verschrobener greiser Onkel klang, der für historische Innenarchitektur schwärmte. „Sicher wirst du dich hier wohlfühlen. Natürlich musst du hart arbeiten. Aber wir bezahlen unsere Leute sehr großzügig. Und du wirst üppige Trinkgelder bekommen."

„Ich glaube, damals wurden sie Geldpräsente genannt", bemerkte der angehende Historiker.

„Wunderbar!", rief Peter. „Und jetzt begeben wir uns auf die große Besichtigungstour durchs Haus …" *Gott helfe mir, wie sich das anhört! Als würde ich jeden Moment kokett davonhuschen und als aufgetakelte Dragqueen zurückkommen.* „Danach mache ich dich dann mit meinem Partner Chris Henckley bekannt."

„Was für ein zauberhafter Junge!", sagte Chris, als er beobachtete, wie Rob ein Bein über sein Fahrrad schwang und davonfuhr. Er stand neben Peter im Hof vor den Ställen, wo ein paar gurrende Tauben umherflatterten. „Noch dazu auf einem Fahrrad! Wie süß! Aber er steckt in irgendwelchen Schwierigkeiten, meinst du nicht auch, Peter?“

„Er hat angedeutet, dass es Probleme in seiner Familie gibt. Und er ist eindeutig hetero.“

„Oh ja, das riecht man drei Meilen gegen den Wind.“

„Um Himmels willen, er ist ja gerade mal volljährig. Hoffentlich war es kein Fehler, dass ich ihn zum Oberlakaien ernannt habe.“

„Er ist neunzehn. Hier fangen sie ziemlich jung an. Ach komm schon, Schätzchen!“ Chris schob eine Hand in die Gesäßtasche von Peters Levi's. „Natürlich werde ich das Personal nicht vögeln. Das verspreche ich dir. Nicht einmal, wenn es so reizvoll ist wie der junge Master Rob. Stell dir nur mal vor, wie er in der Livree aussehen wird! Oh, ich kann's kaum erwarten! Hoffentlich wird Viv ihn nicht bei lebendigem Leib auffressen, wenn sie ihn sieht.“

„Hm.“ Peter schlenderte ins Büro, dessen Fenster zum Hof mit dem Kopfsteinpflaster hinausgingen. Hier hatte früher der Gutsverwalter gearbeitet.

Peter drückte eine Taste seines Computers, der Bildschirm erwachte zum Leben und eine Nachricht wies darauf hin, dass eine neue E-Mail eingegangen war.

Neugierig sah Chris über Peters Schulter. „Oh, exzellent! Die Witwe Loulou entflieht aus ihrer winterlichen Einsamkeit und wird uns Gesellschaft leisten.“

2. KAPITEL

Rob

„Du bist Rob Temple, nicht wahr?"

„Ja." Er drehte sich zu dem Mädchen um, das sich an der vollen Bar neben ihn zwängte. „Und du?" Irgendwie kam sie ihm bekannt vor, aus der Schule vielleicht oder aus dem besseren Teil des Dorfs.

„Di Brooks."

„Oh, ja klar."

„Wir sind zusammen auf die St. Matthews gegangen."

Ach, stimmt ja. Wahrscheinlich war es damals für ihn ein erotisches Highlight gewesen, wenn er einen Blick auf ihr Höschen erhaschen konnte …

„Jetzt arbeitest du also in diesem alten Kasten. Und ich auch."

Er nickte und versuchte Baz, der hinter der Bar stand, auf sich aufmerksam zu machen.

„Hey, Baz!", rief Di, beugte sich vor und schob Robs und ihr eigenes leeres Glas über die Theke. „Noch zwei Halbe."

Mit einer Hand nahm Baz die Gläser, mit der anderen Robs letzte Zehnpfundnote.

„Ich wollte dich einladen, Rob", sagte Di.

„Das ist schon okay."

„Tut mir leid wegen eures Hauses."

Also wusste das ganze Dorf Bescheid. Ohne nachzudenken, war er vorhin von Paradise Hall zum ehemaligen Haus seiner Familie geradelt, hatte die Gartenpforte aufgestoßen und das Schild mit der Aufschrift „Zu verkaufen" angestarrt. Seine Mum hätte sich maßlos über das Unkraut im Vorgarten geärgert, aber sie war ja nicht mehr da. In einem Blumenbeet fand er einen Fußball, der vermutlich Graham gehörte. Rob hatte ihn aufgehoben und in seinen Rucksack gesteckt. Dann war er davon geradelt. Am liebsten hätte er wie ein kleines Kind geheult.

„Ist nicht so schlimm. Und was machst du in Paradise Hall?“

„Ich spiele eine Zofe.“

Baz stellte die Biergläser auf die Theke, an deren Seiten Schaum herunterlief, und legte das Wechselgeld daneben.

„Ich studiere Modedesign und habe gerade mein erstes Jahr an der ‚London School of Fashion‘ beendet“, fuhr Di fort. „Ich hoffe, dass ich in dem Job ein paar nützliche Sachen lernen kann. Ich bessere die Kostüme der Damen aus und helfe ihnen beim Anziehen.“

„Cool.“ Rob schaute sie etwas genauer an. Sie war hübsch. Er sah braune Augen, kastanienbraunes Haar mit helleren Strähnen, ein kurzes Sommerkleid, High Heels von der Sorte, die beim Gehen laut klackerten, lange, nackte Beine. „Ich bin ein Lakai.“

„Sicher sind diese zwei schwulen Typen scharf auf dich. Aber sie scheinen okay zu sein.“

Er zuckte mit den Achseln. „Dann sehen wir uns ja morgen.“

„Klar. Jetzt muss ich wieder zu meinen Freundinnen gehen.“ Sie drehte ihren Kopf in Richtung einiger Mädchen, die in einer Ecke des Lokals lachten. Wie Di waren sie attraktiv und sexy. In ihrer Nähe hingen ein paar Jungs herum und spielten Darts. Immer wieder warfen sie den Mädchen Blicke zu, trauten sich aber nicht, sie anzusprechen.

„Du bist jetzt also ein feiner Pinkel“, sagte Baz. Inzwischen hatte das Gedränge an der Theke nachgelassen.

„Wie kommst du darauf?“, fragte Rob.

„Cambridge.“

„Deshalb bin ich nicht vornehm.“

„Zahlen die gut in dem alten Haus?“

„Nicht schlecht“, erwiderte Rob. Die zahlten sogar außergewöhnlich gut. Doch das wollte er Baz nicht auf die Nase binden.

„Ein paar Mal waren diese Tunten schon hier.“

„Die sind in Ordnung.“

„Stell dich immer mit dem Rücken zur Wand, mein Junge.“ Baz zwinkerte Rob zu. Dann wischte er die Theke ab, ging wieder ans andere Ende der Bar und beteiligte sich an einer leidenschaftlichen Diskussion über Fußball.

Rob trank sein Glas leer und schaute zu Di hinüber. Während sie mit ihren Freundinnen kicherte, strich sie ihr Haar nach hinten. Ihre Armreifen glitten klirrend über ihre Haut. Als sie sich in ihrem Stuhl zurücklehnte, rutschte ihr Rock hoch. Sie hatte fantastische Beine. Er war nicht der Einzige, der sie anstarrte. Die männlichen Gäste rückten langsam näher. Wie hungrige Wölfe, die sich an eine Schafherde heranpirschten. Ähnliche Szenen sah man manchmal in Natursendungen im Fernsehen.

Nur ungern verließ Rob die warme, freundliche Atmosphäre des Pubs. Dort gefiel es ihm auch, weil ihn fast niemand kannte. Hoffentlich schlief sein Dad schon, wenn er im Haus seiner Schwester ankam. Vielleicht hatte er sich auch wieder bis zur Bewusstlosigkeit betrunken, so wie in den vergangenen Nächten. Rob radelte am Dorfplatz vorbei und bog in die schmale Straße ein, die zur *Siedlung* führte, wo sich die Wohnungen für die sozial Schwächeren befanden.

Natürlich verstand er, dass seine Mum wütend auf Dad war, weil er wegen seines Geschäfts und der Hypotheken auf ihr Haus gelogen hatte. Aber wie konnte die Frau so blauäugig sein, wenn es um die Familienfinanzen ging? Mit so einer Scheiße würde ihn jemand wie Di nicht davonkommen lassen. Spontan lenkte er das Fahrrad auf den Grünstreifen am Straßenrand und tippte die Nummer seiner Mutter ins Handy.

Keine Antwort.

Du blöde Kuh, dachte er, du verdammtes, egoistisches Biest. Ohne eine Nachricht zu hinterlassen, drückte er die Austaste. Dann nahm er den Fußball aus seinem Rucksack und schleuderte ihn über eine Hecke in die Dunkelheit. Ein Fußball allein würde auch nichts daran ändern, dass sein kleiner Bruder Graham den ganzen Tag weinte und nachts wieder ins Bett machte.

Einzig Mums Rückkehr könnte Graham wieder glücklich machen. Aber offenbar hatte sie ihre Familie für immer verlassen.

Die Zeitverschiebung war schuld daran, dass Lou alles unwirklich und wie in Nebel verhüllt erschien. Gleichzeitig schärfte der Jetlag ihre Sinne. Die Sonne schien hier in England viel heller zu strahlen, und der Kies knirschte ohrenbetäubend unter den Reifen, als die Limousine vor einem imposanten schmiedeeisernen Tor hielt.

„Schönen Urlaub, Miss."

Sie suchte in ihrer Brieftasche nach Trinkgeld und sah unsicher die fremden Scheine an. Aber bevor sie ihm ein paar Pfundnoten geben konnte, war der Chauffeur schon davongefahren.

Die Tür des steinernen Hauses wurde geöffnet, und eine Frau trat heraus. Ihre Lippen waren so grell geschminkt, dass sie in dem blassen Gesicht wie eine Wunde wirkten. Ihr kurzes, pechschwarzes Haar bildete einen harten Kontrast zu ihrem hellen Teint. Sie trug Cowboy-Stiefel, einen Leder-Minirock und ein altes Beatles-T-Shirt. In ihrem blutroten Mund hing eine Zigarette.

„Willkommen in Paradise Hall. Ich bin Vivian, und Sie müssen Lou sein. Erzählen Sie den Jungs nicht, dass ich geraucht habe. Kommen Sie rein. Gutes Timing, ich habe gerade Tee aufgebrüht. Möchten Sie eine Tasse? Wollen Sie auch etwas essen?" Noch bevor Lou antworten konnte, führte Vivian sie in einen Raum mit Fliesenboden und einer winzigen Kochnische.

Überall standen Schneiderpuppen herum, an denen hauchdünne Seide, Baumwolle, kostbarer Satin und Samt hingen. Auf einem großen Tisch lagen Stoffballen, daneben Scheren, Stecknadeln, Schnittmuster und eine hochmoderne Nähmaschine.

Viv warf ihre Zigarette ins Spülbecken, goss aus einer braunen Kanne Tee in eine Tasse und arrangierte Scones und Butter auf einem Tablett. „Milch und Zucker? Auf dem Tisch liegt übrigens Ihre Mappe. Ihr Tageskleid nähe ich nach einer letzten Anprobe fertig. Die Ärmel können Sie durch andere ersetzen oder weglassen."

„Gut, danke.“ Der Tee war heiß und stark, wirkte belebend und zugleich beruhigend. Lou griff nach der Mappe, auf der ihr Name stand. Einige Skizzen glitten heraus. An die Entwürfe waren Stoffmuster geheftet, hübsche Blumendrucke, zart gestreifte Seide. „Viel zum Anziehen habe ich nicht mitgebracht, ich …“ Irritiert verstummte sie. Vivian öffnete gerade den Reißverschluss von Lous Reisetasche und begann darin herumzuwühlen.

Lou verschluckte sich beinahe an ihrem Scone, als sie sah, wie diese Frau den Inhalt der abgewetzten Ledertasche durchsuchte, die früher Julian gehört hatte.

„Ihre Slips können Sie eventuell tragen“, erklärte Vivian. „Mal sehen … Keine BHs, keine Uhr, keine Kosmetika. Sie bekommen ein Korsett. Das habe ich nach Ihren Maßen angefertigt. Der Seidenschal und die meisten Ohrringe sind okay. Ihre restlichen Sachen hebe ich hier für Sie auf. Wir haben einen Safe.“

„Aber …“

Vivian nahm ein zusammengefaltetes Kleidungsstück aus weißem Baumwollstoff und ein Paar unförmige Socken vom Tisch. „Im oberen Stockwerk gibt es ein Bad und einen Ankleideraum. Da können Sie sich frisch machen und ein wenig ausruhen, während wir Ihr Tageskleid herrichten. Vielleicht ist es albern, aber wir wollen, dass die Gäste in ihren Kostümen die Zufahrt zum Haupthaus hinaufgehen und sich möglichst schnell an die Atmosphäre hier in Paradise Hall gewöhnen.“

Genau das habe ich gebraucht, dachte Lou, eine Domina im Punk-Look, die mich herumkommandiert. Sie umklammerte ihre dampfende Teetasse und folgte Vivian nach oben, in einen Raum voller Kleiderständer und Nähzeug. Auf einem Sofa, das sehr komfortabel aussah, lagen mehrere Kissen und Decken.

Vivian öffnete eine Tür, die in ein großes Badezimmer führte. Darin standen eine alte, schmiedeeiserne Wanne mit Klauenfüßen und ein Gestell, über dem flauschige weiße Handtücher hingen. Am Fenster, durch das helles Licht auf den Fliesenboden fiel, flatterten blau-weiß gestreifte Vorhänge.

„Lassen Sie sich Zeit." Vivian drehte die Wasserhähne auf. Kurz darauf erfüllte dichter Dampf den Raum. „Für mich sehen Sie wie der Rosen-Typ aus – aber hier gibt's auch Lavendel- und Zitronenöl. Genießen Sie Ihr Bad. Wenn Sie fertig sind, rufen Sie mich. Dann trinken wir noch einen Tee und machen die erste Anprobe." Nachdem sie Hemd und Socken an das Gestell gehängt hatte, winkte sie Lou noch einmal kurz zu und ging hinaus.

Lou zog sich aus und goss Rosenöl in die Wanne. Dann tauchte sie ein in die wohlige Wärme und die duftenden Schaumberge. Sie wusch sich die Haare und spülte sie mithilfe des altmodischen Duschkopfs aus, ohne allzu viel Wasser zu verspritzen.

Himmlisch, einfach himmlisch nach der langen Reise … Julian und sie waren nie dazu gekommen, das Badezimmer auf ihrer Ranch renovieren zu lassen. Eine Wanne wie diese hier hätte sie auch gern besessen. Jetzt erschien ihr das alles ganz weit weg. Ihr Zuhause, ihre Pläne – sogar Julian.

Sie döste kurz ein. Als sie aufwachte, ließ sie noch etwas heißes Wasser in die Wanne laufen und wusch ihren ganzen Körper sorgfältig, bis sie vom Kopf bis zu den Zehen sauber war.

Lou spürte ein sanftes Prickeln auf der Haut, eine leichte Erregung. Trotzdem war sie nach Vivians Gepäckkontrolle froh, dass sie ihren Vibrator nicht mitgenommen hatte. Sie trocknete sich ab und zog das weiße Baumwollhemd an – ein unschönes, formloses Kleidungsstück und kein bisschen sexy. Andererseits: Wenn man ohne Höschen herumlief und alle anderen das wussten, brauchte man wirklich keine Reizwäsche. Damit hatte sie wohl ihren ersten Schritt ins Regency-Zeitalter getan. Würde sie sich in den nächsten Tagen über einer Schüssel waschen, mit Wasser aus einem Porzellankrug? Was den Zustand der sanitären Einrichtungen betraf, hatten sich Peter und Chris nur sehr vage ausgedrückt. Sie lief schnell über den kalten Fliesenboden in den Nebenraum und legte sich auf das Sofa. Wie wundervoll, mitten am Tag ein Schläfchen zu machen. Die Daunenkissen waren angenehm weich, die Decken aus feinstem Kaschmir.

Als sie erwachte, hatte sich das Licht verändert. Wahrscheinlich waren etwa zwei Stunden vergangen. Um sie herum herrschte tiefe Stille, nur die Vögel zwitscherten vorm Fenster. Dann hörte sie eine Männerstimme, die aus dem Erdgeschoss zu kommen schien, und die Antwort einer Frau, von den dicken Mauern des Hauses gedämpft. Es dauerte einen Moment, bis sie Vivs Stimme erkannte, die ungewöhnlich sanft und ein wenig klagend klang.

Lou zögerte. Sie fühlte sich nackt in dem Hemd und wollte sich so nur ungern einem Fremden zeigen. Sie schaute sich nach einem Schal um. Vielleicht sollte sie ins Bad zurückgehen und das langärmelige T-Shirt überziehen, das sie auf dem Flug getragen hatte. Oder sie ignorierte die Stimmen und schlief einfach weiter. Schließlich siegte doch ihre Neugier.

Vorsichtig öffnete sie die Tür zur Treppe.

„Du *bist* aber auch ein unartiges Mädchen", sagte der Mann. Er hatte einen amerikanischen Akzent und klang amüsiert … und sehr sexy.

„Ja, Darcy. Tut mir leid, Darcy."

Darcy? Der Mann hieß wie der Held aus Jane Austens Roman „Stolz und Vorurteil"? Albern – und doch auf merkwürdige Weise faszinierend. Diesen Darcy aus Fleisch und Blut musste sie sehen. Auf Zehenspitzen schlich sie die Stufen hinab und blickte durch die Tür, die nur angelehnt war.

„Was schlägst du vor? Wie soll ich dich bestrafen?" Lässig lehnte der Mann am Tisch. Er war groß, schlank und muskulös. In seinem Regency-Kostüm sah er einfach umwerfend aus. Sein schwarzes Haar war nach vorn gekämmt. Zu einem blauen Gehrock trug er Kniebundhosen aus Wildleder und Stiefel. Die hautenge Kleidung betonte die Wölbung in seinem Schritt.

Mit gesenktem Kopf stand Vivian vor ihm und zog mit ihrer Stiefelspitze das Muster auf dem Boden nach. „Vielleicht solltest du mich ficken, Darcy. Auf besonders erniedrigende Art."

„Hm." Seine Mundwinkel zuckten, er musste unwillkürlich grinsen. „Trägst du heute ein Höschen?"

„Oh ja, Darcy." Sie hob ihren Minirock und zeigte ihm ihren Tanga mit Leopardenmuster.

„Wahrscheinlich bist du schon ziemlich nass."

„Ja. Es tut mir leid", sagte sie mit gespielter Unterwürfigkeit.

Er richtete sich auf und trat einen Schritt zurück. „Zieh das Ding aus. Für den Rest des Tages wirst du ohne Höschen herumlaufen."

„Ja, Darcy." Sie zerrte den Tanga über ihre Beine.

„Und lass den Rock oben", befahl er und streichelte seine Erektion, die sich unter dem Leder deutlich abzeichnete.

„Ja, Darcy." Gehorsam stand Vivian da und wartete auf seine nächste Anweisung.

„Auf den Tisch." Er zog seinen Gehrock aus und ließ ihn auf den Boden fallen.

„Hey, pass doch auf!", rief Vivian verärgert in ihrer normalen Stimme. „Leg' die Jacke ordentlich auf einen Stuhl. Sonst muss ich sie bügeln, und ich habe schon genug Arbeit."

„Entschuldigung." Er hob das Jackett hoch, faltete es zusammen und zog seine Weste aus. „Okay, weiter geht's. Auf den Tisch mit dir, leg dich auf den Bauch."

„Wie du befiehlst, Darcy." Sie schob die Papiere und Stoffmuster beiseite und hockte sich mit erhobenem Hintern auf dem Tisch. Glücklicherweise schaute sie nicht in Richtung der Tür. Wie peinlich, wenn sie mich entdecken würde, dachte Lou.

Darcy warf einen kurzen, bewundernden Blick auf Vivians Hinterteil. Dann nahm er sein Krawattentuch ab, legte es zu seinen anderen Sachen auf den Stuhl und wühlte in den Taschen seines Jacketts, bis er ein Paar Lederhandschuhe fand. Spielerisch schlug er ein paar Mal damit auf seine Handfläche.

Lou hielt den Atem an. *Was hatte er nur vor?*

„Wie gesagt, warst du ein sehr unartiges Mädchen. Deshalb muss ich dich jetzt bestrafen."

„Ja, Darcy."

„Und danach werde ich dich ficken."

„Wie du meinst, Darcy.“ Vivians Stimme zitterte vor Erregung. „Darf ich mein T-Shirt ausziehen, Darcy?“

„Das erlaube ich nicht. Wenn du deine Titten über den Tisch reibst, genießt du das wohlmöglich noch, und das will ich nicht.“

„Nein, Darcy, tut mir leid.“

Er grinste und schlug mit den Handschuhen fest auf ihren Hintern. Vivian stieß überrascht einen kleinen Schrei aus.

Bevor er erneut ausholte, öffnete er die Manschettenknöpfe, zog sein Hemd aus und warf es über den Stuhl.

Lou konnte den Blick nicht von ihm abwenden. Schwarzes Haar bedeckte seine muskulöse Brust, die sich bei jedem weiteren Schlag anspannte. Sie wagte kaum zu atmen und wartete ungeduldig darauf, dass er endlich seine Kniehosen aufknöpfte und seinen Penis herausholte.

Oh. Seit Monaten hatte sie keinen steifen Schwanz mehr gesehen, mal abgesehen von ihren halbherzigen Internet-Nachforschungen, aber die zählten nicht. Sie unterdrückte ein Stöhnen. Aber das wäre ohnehin von Vivians Geschrei und schrillem Flehen übertönt worden. „Hör auf, hör auf, bitte, ich werde brav sein! Das verspreche ich!“

In Lous Ohren klang das alles ziemlich gespielt, und fast hätte sie laut aufgelacht. Gleichzeitig war es ihr unangenehm, wie sehr das Ganze sie anmachte. Sie war erregt, und zwischen ihren Beinen kribbelte es, als würden sie kleine, wohlige Stromstöße treffen.

Auf Darcys eindrucksvollem, hartem Schwanz waren deutlich blaue Adern zu erkennen.

Lou ballte eine Hand zur Faust. Sie stellte sich vor, wie es wäre, seine seidige Haut zu liebkosen, und wie Darcy keuchen würde.

Nun schob er seine Hose nach unten und gab so den Blick frei auf seinen Hintern und die muskulösen Schenkel. Schnell zog er ein Kondom aus einer Hosentasche. So viel zur historischen Korrektheit in Paradise Hall, dachte Lou. Vor 200 Jahren hatten Männer zum Verhüten Ziegendarm verwendet, der mit einem Stück Schnur festgebunden wurde.

Weil er beide Hände brauchte, um das Kondom zu entrollen, warf er die Handschuhe auf den Tisch. Vivian stöhnte auf.

Darcy hielt mit einer Hand seinen Schwanz, mit der anderen zog er Vivs T-Shirt hoch und kniff in ihre Brustwarzen.

Sofort wurden auch Lous Nippel hart, und sie glaubte zu spüren, wie der Fremde ihre Brüste mit seinen kräftigen Händen bearbeitete.

Während Darcy sich hinter Vivian stellte und zustieß, rang Lou nach Luft und stellte sich vor, so überwältigt, ausgefüllt und gefickt zu werden.

Mmmhhmm.

Er zog sich zurück, glitt beinahe ganz aus Vivian heraus – und stieß plötzlich wieder zu. Es war ein rasantes Vor und Zurück, ein kraftvoller, ungezügelter Rhythmus. Beide stöhnten immer wieder laut auf. Noch einmal hielt er kurz inne, um fest auf ihren Hintern zu schlagen, dann steigerte er das Tempo weiter. Die Muskeln an seinen Armen traten hervor, als er sich auf den Tisch stützte, seine Hinterbacken spannten sich an.

Dieser Mann wusste genau, was er tat. Lou erkannte, wie er auf Vivian einging, sich nach ihrer Lust und ihrem Rhythmus richtete, sich zügelte und vorbeugte, um ihr etwas zuzuflüstern.

Vielleicht biss er auch in ihr Ohrläppchen, doch das konnte Lou nicht sehen. Er tat alles, um sie bis zum Höhepunkt zu treiben, der sich jetzt mit lautstarkem, hemmungslosem Stöhnen ankündigte.

So war es bei Lou früher auch gewesen, dafür hatte Julian immer gesorgt … Ihre Klit und ihre Brustwarzen prickelten schon bei der Erinnerung daran. Sie schienen ihr sagen zu wollen, wie nötig sie es brauchte. Am besten gleich jetzt und hier.

Doch jetzt war erst Darcy an der Reihe. Immer schneller stieß er zu – und drehte dabei den Kopf zur Tür. Er blickte Lou direkt in die Augen. Ein paar Sekunden, bevor auch er kam, zwinkerte er ihr mit einem Grinsen zu.

3. KAPITEL

Mac

Als Mac das nächste Mal zur Tür blickte, war die schlanke Blondine verschwunden. Es hatte ihn angemacht, dass sie zusah, ebenso ihr schockierter Blick und die harten, spitzen Brustwarzen, die sich deutlich unter ihrem dünnen Hemd anzeichneten. Trotz ihrer offensichtlichen Erregung hatte sie sich nicht angefasst, nichts getan, um sich selbst zu befriedigen. Merkwürdigerweise fand er gerade diese Zurückhaltung aufregend. Dass jemand ihn und Viv beobachtete, hatte er schnell bemerkt. Ein Prickeln in seinem Nacken hatte es ihm verraten. Wahrscheinlich hatte Vivian es ebenfalls bemerkt, obwohl ihre Lustschreie nicht lauter gewesen waren als sonst auch.

Er warf das Kondom weg und zog sein Hemd wieder an.

„Verdammt!", fauchte Vivian, „ich werde morgen grün und blau sein, du Bastard."

„Und ohne Höschen." Mac hob den Tanga vom Boden auf und steckte ihn in die Hosentasche. „Meine Kriegsbeute."

„Ich habe noch andere."

„Verdirb mir nicht meine erotischen Fantasien." Er half ihr vom Tisch und versuchte sie auf den Mund küssen. Wie erwartet wich sie ihm aus.

„Ich mag es nicht, vollgesabbert zu werden. Eine Tasse Tee?"

„Nein, danke. Aber ich würde gern dein Bad benutzen." Das sagte er nur, um ihre Reaktion zu sehen. Er wusste, dass die Blondine sich dort oben aufhalten musste. Vermutlich war das für Viv ein Extra-Kick gewesen – die Möglichkeit, dass sie jeden Moment ins Zimmer kommen konnte.

„Du kannst draußen pinkeln. Ich habe einen Gast."

„Heißt das etwa, wir hätten einen flotten Dreier machen können?"

„Träum weiter." Sie nahm seine Weste und seinen Gehrock vom Stuhl und hielt ihm beides hin. „Ich habe jetzt zu tun."

Geschickt schlang sie das Krawattentuch um seinen Hals und verknotete es. Dann strich sie seinen Hemdkragen und die Aufschläge des Jacketts glatt.

„Wann können wir unser Interview führen?“, fragte er.

„Ständig kommst du hierher, um mich zu befragen. Stattdessen fickst du mich. Vielleicht solltest du deinem Redakteur einfach ein Video von uns beiden schicken.“

„Kann ich meine E-Mails checken?“

„Nein. Für heute hast du genug Spaß gehabt. Los, verschwinde, zurück ins 19. Jahrhundert mit dir.“

Sie wich einem weiteren freundschaftlichen Kuss aus und schob ihn zur Tür.

Typisch Viv. Sie mochte keine Küsse, keine Zärtlichkeiten. Sie wollte nur ficken – und vor allem wollte sie kommen. Notfalls sorgte sie auch selbst für ihre Orgasmen. Diesmal hatte er das Gefühl gehabt, sie würde nicht nur mit ihm vögeln, sondern auch mit dem Tisch, so wie sie ihre Muschi am Holz rieb. Hatte sie ihren Höhepunkt dann gehabt, wollte sie nicht einmal mehr mit ihm reden. Von einer Sekunde auf die andere verwandelte sie sich in die effiziente, taffe Vivian zurück. Irgendwie verstand er, warum diese im wirklichen Leben so knallharte Karrierefrau bei ihren Sexspielchen gern die unterwürfige Rolle übernahm.

Dummerweise fand er das eher komisch und musste deswegen beim Sex oft gegen ein Lachen ankämpfen. Manchmal hatte er aber auch das Bedürfnis, sie anzuschreien: *Was ist mit mir, Viv? Bin ich nicht mehr als ein Schwanz für dich? Red' mit mir, um Himmels willen!* Vielleicht war das ja eine Art göttlicher Strafe, weil er Frauen früher selbst ähnlich mies behandelt hatte. Viele hatten sich von ihm mehr als nur Sex gewünscht. Sie sehnten sich nach echter Zuneigung, nach Gesprächen und Kuscheln im Bett ... Er hatte sich zwar bemüht, es ihnen recht zu machen, war aber oft eingeschlafen, nachdem er sich gefragt hatte, was zum Teufel sie eigentlich wollten.

War er eine Art männliche Version von Viv gewesen? Hoffentlich nicht. Die Frauen liebten ihn als Person, nicht nur seinen Schwanz. Zumindest hatte er das immer geglaubt. Doch Viv schien ihn nicht besonders zu mögen, und das störte ihn. Vielleicht hatte seine letzte Scheidung, die vorgeblich so freundschaftlich und zivilisiert abgelaufen war, ihn mehr verändert, als er sich bisher eingestanden hatte.

Er lockerte sein Krawattentuch, das ihm die Luft abzuschnüren schien. Während er den Weg zum Haupthaus hinaufschlenderte, der von mächtigen Kastanien gesäumt war, überlegte er, ob er es abnehmen sollte. Er hasste Krawatten. Aber ein Gentleman musste jederzeit tadellos gekleidet sein – und er war ein Gentleman. Zumindest in den vergangenen fünf Tagen – wenn er nicht gerade mit Viv gefickt hatte. Und er würde seine Rolle noch zwei weitere Wochen spielen. Er verkörperte nun einmal einen typischen Gutsherren aus dem Regency-Zeitalter, strotzend vor Testosteron und stets mit überaus männlichen Themen wie Boxkämpfen oder Pferderennen beschäftigt. Offenbar brachte das nicht unbedingt seine beste Seite zum Vorschein. Wer solche Kleider trug, stolzierte automatisch herum wie der Herrscher der Welt und begann sich irgendwann in die Person zu verwandeln, die er doch eigentlich nur spielte.

Zur Hölle damit. Er war kein reicher Hohlkopf aus dem 19. Jahrhundert, er war immer noch Journalist. Zugegeben, einer von der aussterbenden Sorte, der noch für Zeitschriften schrieb und nicht fürs Internet. Sein Auftraggeber war ein renommiertes Magazin. Es war wirklich höchste Zeit, endlich mit der Arbeit anzufangen. Er sollte sich Notizen machen, Interviews führen, etwas Brauchbares zu Papier bringen. Aber er musste auch zugeben, dass er die Abgeschiedenheit von Paradise Hall durchaus angenehm fand. Sein Redakteur war weit weg und konnte ihn nicht ständig auf den Abgabetermin seines Artikels hinweisen.

Vor ihm tauchte das Anwesen auf, cremeweiß, mit Säulen und Eingangsstufen aus rotem Sandstein. Zwei Gestalten bummelten über den Kiesplatz vor dem Haus – der Lakai Rob und die Zofe Di. Nette Jugendliche aus dem Dorf. Sie verhielten sich ihm gegenüber distanziert, wie sollte es auch anders sein.

Er musste an seine Mutter denken. An seinem letzten Geburtstag hatte sie ihr Glas erhoben und mit einer gewissen Schadenfreude gerufen: „Trau keinem über dreißig!“ Er hatte ihr einen schmatzenden Kuss gegeben und sie einen unverbesserlichen alten Hippie genannt.

Er zog seine Uhr hervor. Eine etwas mühsame Angelegenheit, denn in dem engen Jackett konnte er sich kaum bewegen. Glücklicherweise hatte er noch ein paar Minuten, um in die Küche zu gehen und sich etwas Brot und Käse zu holen, bevor die nachmittäglichen Aktivitäten begannen.

Vor seiner Ankunft hatte er sich gefragt, was so ein Gentleman damals den lieben langen Tag getan haben mochte. Jetzt wusste er es: Auf die Reitstunden folgten der Tanzunterricht und das Boxen, dann war es schon wieder Zeit, sich fürs Dinner umzuziehen.

Beim Abendessen würde er wohl auch den neuen Gast offiziell kennenlernen – diesmal mit geschlossener Hose. Plötzlich erinnerte er sich an ihren Namen. Louisa Connolly, so hieß die Blondine. Peter und Chris, die sie „Lou“ nannten, hatten ihm von ihr erzählt. Die beiden waren ihr bei einer Jane-Austen-Konferenz in den Staaten begegnet. Sie war die historische Beraterin von Paradise Hall. Irgendwo in seinen Unterlagen würde er ihren Lebenslauf finden.

Wie aufs Stichwort erschien Chris zwischen den Säulen und kam die Stufen herab. Er sah beeindruckend aus. Seine Hose war so eng, wie es nur ging, seine Weste grellbunt gestreift. Der Hausherr blieb stehen, plauderte mit den beiden Dienstboten und rückte Robs Kragen zurecht. Typisch Chris, immer fasste er jemanden an und flirtete, während dem armen alten Peter nichts anderes übrig blieb, als sein Treiben aus der Ferne zu beobachten.

Und in diesem Haus gab es sehr viele Leute, die man anfassen und mit denen man flirten konnte – ganz egal, ob man nun auf Männer oder auf Frauen stand … oder gar auf beide Geschlechter.

Ein Korsett zwingt einen dazu, gerade zu stehen. Das war noch längst nicht alles. Lou konnte sich kaum bücken, und ihre Brüste wurden durch das unbequeme Kleidungsstück lächerlich hoch hinaufgeschoben. Wie Äpfel auf einem Tablett sahen sie aus. Zudem hatte sie ein beutelförmiges Täschchen, „Pompadour" genannt, bekommen, einen Sonnenschirm und einen Hut, der ständig von ihrem Kopf zu rutschen drohte. In dünnen Schuhen, die sie an den Ballettunterricht in ihrer Kindheit erinnerten, musste sie über den Kiesweg von Vivians Pförtnerhäuschen zum Haupthaus gehen. Auch die Haltung war wichtig – Schultern zurück, Kopf hoch, nicht auf die Füße hinunterschauen. Aber das war wegen der idiotisch hochgeschnürten Brüste ohnehin unmöglich. *Busen*, so lautete das richtige Wort. Jetzt hatte sie einen Busen.

Sie war nie der Typ gewesen, der stundenlang am Strand lag. Jetzt, als vornehme Lady, musste sie ganz besonders darauf achten, ihre zarte, helle Haut nicht der Sonne auszusetzen. Deshalb war sie dankbar für den Schirm und das Brusttuch, das sie in ihren Ausschnitt gestopft hatte, um ihr Dekolleté zu schützen. Nur gut, dass sie nicht so gebräunt war wie die meisten Rancherinnen aus Montana, weil sie sich täglich mit Sunblocker eingecremt hatte.

Immerhin war das Kleid ein Traum: feinste Baumwolle, hellblau-weiß gestreift, von schlichter Eleganz. Der Rock schwang bei jedem Schritt um ihre Beine und machte dabei ein leise raschelndes Geräusch, das wie ein verführerisches Wispern klang.

Im Licht der Spätnachmittagssonne wirkte das Anwesen einladend und zugleich sehr imposant. Hatte Jane Austen hier wirklich einmal gewohnt? Chris und Peter gaben sich große Mühe, diesen Mythos am Leben zu halten. Seit der Zeit der großen Schriftstellerin hatte das Haus immer wieder den Besitzer gewechselt. Jeder von ihnen hatte Restaurierungen vornehmen lassen. Mauern waren abgerissen und Fußböden erneuert worden. Lou bezweifelte, dass es noch irgendwo neue Beweise für Jane Austens Aufenthalt zu entdecken gab. Zweifle den Mythos nicht an, ermahnte sie sich selbst. Diese Legende war wenigstens ein gutes Gesprächsthema.

Sie hob ihren Rock an, stieg die Stufen hinauf und fragte sich, ob man ihre Strumpfhalter sehen konnte. Diese lächerlichen Bänder hatte sie auf dem kurzen Weg bereits einmal neu binden müssen.

In genau diesem Moment schwang die Haustür auf, und Chris kam ihr entgegen. Er war eine prächtige Erscheinung in seiner kastanienbraun und goldgelb gestreiften Weste, einem blauen Jackett und Breeches –Kniebundhosen – aus Wildleder. „Loulou, mein Liebes, wie wundervoll du aussiehst!"

„Du auch, Chris. Am besten gefällt mir diese Uhrkette, die direkt auf dein bestes Teil zeigt."

„Ist das nicht fabelhaft? Komm herein, Darling, wir versammeln uns gerade fürs Dinner. Du musst die anderen kennenlernen. Rob, mein Lieber, nimm Loulou – Verzeihung, es muss natürlich heißen Mrs Connolly – Schirm, Handschuhe und den Hut ab. Das ist Rob, unser Oberlakai, der all deine Wünsche erfüllen wird. Er wird dich jetzt nach oben führen, damit Di dich für die Abendgesellschaft zurecht machen kann."

Höflich verbeugte sich der junge Mann und nahm ihr die Sachen ab. „Wenn Sie mir bitte folgen würden, Ma'am."

Lou stieg hinter ihm eine Treppe hinauf und musterte seine breiten Schultern und muskulösen Waden. Falls er sich in seiner dunkelblauen Samtlivree mit den protzigen Goldborten unbehaglich fühlte, zeigte er es nicht. Er wirkte bemerkenswert selbstsicher. Und er war süß. Verdammt, so niedlich wie einige von Julians Studenten – jung und ernsthaft und unschuldig.

„Wie lange arbeiten Sie schon in diesem Haus, Rob?"

„Zwei Wochen, Ma'am", antwortete er, als sie den Treppenabsatz im ersten Stock erreichten.

„Gefällt es Ihnen hier?"

„Ja, Ma'am", sagte er und schenkte ihr ein bezauberndes Lächeln.

„Stammen Sie aus dieser Gegend?"

„Ja." Er blieb stehen und öffnete eine Tür. „Ja, Ma'am, wollte ich sagen. Das ist Ihr Zimmer. Miss Di ist Ihre Zofe."

Er gab den Schirm und ihre anderen Sachen einem Mädchen, das anmutig knickste. „Ich werde Ihnen helfen, sich für das Dinner anzukleiden, Ma'am."

Lou sah sich neugierig in dem großen Raum um. An einer Wand stand ein schönes Bett mit vier Pfosten und einem Himmel aus rot-weiß gemustertem Stoff. Das gleiche Material war auch für die Vorhänge und die Bezüge der Polstersessel verwendet worden. Das Zimmer war nicht allzu üppig möbliert, so wie es seinerzeit üblich war. In einer Ecke befand sich ein Waschtisch, außerdem eine Kommode mit Spiegel. Ein Tisch und ein Stuhl am Fenster vervollständigten die Einrichtung. Der ideale Platz für eine Lady, um damenhaften Beschäftigungen wie dem Schreiben von Briefen oder der Lektüre der neuesten Romane nachzugehen.

Lou ging zum Bett und klopfte auf die Tagesdecke. Sie war erleichtert, die Matratze war offenbar modern. Dann öffnete sie die Schublade eines der Nachttischchen, die zu beiden Seiten des Betts standen, und entdeckte ein Sortiment an Kondomen.

So viel zu den „damenhaften Beschäftigungen". Sie knallte das Schubfach so geräuschvoll zu, dass Di zusammenzuckte. Lou war ärgerlich – und gleichzeitig gerührt, weil Peter und Chris ihr sexuelle Eskapaden zutrauten. Vielleicht versorgten sie aber auch alle Gäste mit Kondomen, das würde den beiden ähnlich sehen.

„Ein großartiges Zimmer", sagte sie zu Di.

Geschickt entfernte die Zofe die Ärmel von Lous Kleid, die nur angeheftet waren. Dann bürstete sie ihr das Haar, steckte es hoch und schlang ein Band mit künstlichen Blumen darum. Als Nächstes öffnete sie einen Tiegel, der eine rote Creme enthielt. „Für Lippen oder Wangen, genau wie früher aus Bienenwachs hergestellt. Wenn ich Ihnen etwas Rouge empfehlen dürfte, Ma'am …"

Lou war einverstanden. Sie wusste, dass sie ziemlich blass war, eine Folge der langen, ermüdenden Reise und der Sonnencreme, auf die sie nie verzichtete. Aber sie lehnte es ab, sich ihre Wimpern mit Lampenruß schwarz zu färben. Mit einem Grinsen erzählte Di, dass keine der Ladys das täte und sie wisse, dass man zumindest eine Wimperntusche ins Haus geschmuggelt habe.

Als Lou das Zimmer verließ, trat Peter aus dem Schatten des Flurs. Er war ähnlich gekleidet wie Chris, wenn auch etwas dezenter. Er bot ihr seinen Arm, und sie gingen gemeinsam die Treppe hinab.

Liebevoll küsste Lou seine Wange. „Du siehst umwerfend aus, Schätzchen, aber ein bisschen müde. Sind das etwa graue Strähnen, die ich da an deinen Schläfen sehe?"

„Ach, es war unglaublich anstrengend, sich hier um alles zu kümmern. Die Umbauten, die Genehmigungen, all das ist in England furchtbar kompliziert. Glücklicherweise versteht Chris etwas von diesem ganzen Zeug. Nun sind wir fast fertig, und ich fühle mich wie ein stolzer Papa. Dein Julian hätte dieses Haus geliebt."

„Ja, das weiß ich." Als sie den Salon betraten, blieb Lou stehen. „Oh, einfach grandios. Allein dieser Stuck – ist der etwa noch im Originalzustand? Und die Möbel! Das können doch nicht alles Antiquitäten sein!"

„Doch, der überwiegende Teil schon. Aber die Betten nicht. Die sind modern und halten selbst wildesten Sex aus. Jetzt will ich dich aber mit den anderen bekannt machen."

Lou hatte tatsächlich das Gefühl, eine Zeitreise in die Vergangenheit zu machen. Am anderen Ende des Raums standen mehrere Leute, die wirkten, als seien sie direkt aus einem alten Gemälde oder einem Jane-Austen-Film auf das glänzende Parkett gestiegen. Einige Männer trugen immer noch ihre Wildleder-Breeches, die eigentlich nur tagsüber gestattet waren, und blaue Gehröcke. Andere hatten sie bereits gegen Modelle aus Satin getauscht, die sie mit passenden Jacketts, weißen Strümpfen und Schnallenschuhen kombinierten. Die Frauen sahen in ihren tief ausgeschnittenen Roben hinreißend aus.

Zuerst lernte sie ein attraktives Paar aus London kennen, Ben und Sarah, beide Schauspieler. Wahrscheinlich waren sie eingeladen worden, weil sie so ungemein gut aussahen, vermutete Lou. Ein anderes Paar, Cathy und Alan, war ebenfalls erst an diesem Tag eingetroffen. Sie schienen ein wenig schüchtern und bewegten sich noch unsicher in ihren Kostümen.

Jon und Simon waren Innenausstatter und für die Restaurationsarbeiten im Haus zuständig. Lou hielt sie für schwul und nahm an, dass sie nicht nur im Berufsleben ein Team waren. Allmählich fragte sie sich, wen Chris und Peter, die sich so liebevoll um sie sorgten, wohl für sie vorgesehen hatten.

Vivian, die ein Kleid aus blaugrün changierender Seide trug, schlenderte auf Lou zu. Ihr Haar war unter einem farblich passenden Turban versteckt, an dem eine scharlachrote Straußenfeder steckte. Aufmerksam musterte sie Lou. „Sehr hübsch. Morgen schicke ich Ihnen die restlichen Kleider."

Aus den Schatten des Salons tauchte ein weiterer Gast auf. Inzwischen hatte er seine Wildlederhose gegen ein nicht weniger enges Beinkleid aus einer Art Seidenstoff getauscht. Dazu trug er ein üppiges Rüschenhemd und eine Frackjacke. Nur ein Mann mit einem perfekten Körper – und diesen hatte Lou bereits ausgiebig betrachten können – sah in einem solchen Outfit nicht lächerlich aus. Unter der Seide zeichneten sich deutlich seine Genitalien ab, als er auf Lou zuging. *O Gott, er ist der personifizierte Sex …*

„Mr Darcy, nehme ich an", sagte sie und streckte ihre Hand aus.

„Ähm …", murmelte er, blieb stehen und wurde rot.

„In der Tat, so sieht er aus", sagte Peter anerkennend. „Lou, das ist Mac Salazar. Er schreibt für das Magazin *Georgian Living* einen Artikel über uns. Also sei nett zu ihm. Mac, das ist Lou, unsere Jane-Austen-Expertin. Deshalb wirst du sicher einige Zeit mit ihr verbringen."

Peter ging weiter, schickte Rob mit einem Tablett voller Champagner zu ihnen, und Mac reichte ihr ein Glas. „Sollen wir diskret sein und so tun, als hätte unsere erste Begegnung nie stattgefunden?"

„Sicher war das keine Szene, die unsere liebe Jane Austen in einem ihrer Romane geschildert hätte." Auch wenn er von Diskretion sprach – in seinen Augen funkelten Übermut und Energie. Ein attraktiver Mann, dachte sie. Nicht nur, weil sie ihn fast nackt gesehen hatte, bei hemmungslosem Sex.

„Peter und Chris haben mir viel von Ihnen erzählt", bemerkte er mit einem Grinsen.

„Ja, wir sind gute Freunde. Woher kommen Sie?"

„Ursprünglich aus Chicago, aber ich lebe in London. Ich bin hier, weil ich über Paradise Hall schreiben soll. Und was machen Sie so in – Montana, wenn ich mich richtig erinnere?"

„Oh, das ist eine lange Geschichte …", begann sie und nippte an ihrem Champagner. „Mein Mann und ich haben auf einer Ranch gelebt und an einem College unterrichtet, zwei Fahrstunden von unserem Haus entfernt. Letztes Jahr ist er plötzlich gestorben." Mittlerweile war sie imstande, die kurze Version der Ereignisse zu erzählen, knapp und sachlich.

„Das tut mir leid. Werden Sie hier in England bleiben?"

„Das weiß ich noch nicht." Ihr Glas war leer. „Wollten Sie mich nicht eigentlich nach der historischen Genauigkeit dieses Projekts fragen?"

„Sie haben recht. Wenn Sie sich eingelebt haben, sollten wir einen Interviewtermin vereinbaren. Ein interessantes Konzept: Zeitreisen ohne die Gefahr, in der Vergangenheit stecken zu bleiben, sich ein tückisches Virus einzufangen oder den Lauf der Geschichte zu verändern."

„Es war übrigens ein sehr erotisches Zeitalter." Lou hatte inzwischen ein zweites Glas fast leer getrunken. Die untergehende Sonne tauchte den Salon in ein weiches, verführerisches Licht, und auch der Alkohol tat seine Wirkung. „Die Leute glauben immer, in Jane Austens Romanen würde kein Sex vorkommen. Aber sie irren sich. Ihre Bücher sind voller Erotik, zumindest zwischen den Zeilen."

„Ich glaube, Sie hatten zu viel Champagner", sagte Mac und nahm ihr das Glas aus der Hand.

„Champagner und Jetlag. Ich vertrage keinen Alkohol, das war schon immer so. Sie hätten mich mal auf Julians Fakultätspartys sehen sollen." Lou versuchte ihren Blick auf sein Gesicht zu konzentrieren. „Wieso nennt Vivian Sie Darcy?"

„So lautet mein zweiter Vorname."

„Mac Darcy Salazar?"

Er nickte. „Meine Mutter liebt Jane Austen." Dann neigte er sich zu ihr und flüsterte, so als würde er etwas Unanständiges sagen: „Ich auch."

„Ja, echte Männer fürchten sich nicht davor, ihre Werke zu lesen." Irgendjemand hatte ihr ein neues Glas in die Hand gedrückt. In der Flüssigkeit schwammen eine Zitronenscheibe und Minzblätter – Limonade, gerade noch rechtzeitig. Plötzlich war sie sehr durstig und nahm einen großen Schluck. „Lalle ich?"

„Noch nicht." Er reichte ihr seinen Arm. „Gehen wir essen."

Sie lächelte ihn an, und er führte sie zu ihren Plätzen an der langen Tafel.

Das flackernde, schmeichelnde Kerzenlicht spiegelte sich im Silber und in den Kristallgläsern. Es verwandelte hübsche Gesichter in bezaubernde, betonte vorteilhaft jede Kurve, brachte die Haare zum Glänzen. Lou strich über das glatte Leinen des Tischtuchs. *Das hier ist nicht die Wirklichkeit, sondern nur eine Fantasie. Hätte ich wirklich in jener Zeit gelebt, wäre ich nach einem harmlosen Schnitt in den Finger an einer Infektion gestorben. Oder ich wäre mit fünfunddreißig zahnlos gewesen. Und doch ist es wunderbar, sich auf dieses Spiel einzulassen …*

Die Tür schwang auf. Von Rob angeführt, eilte eine Lakaienschar in den Speisesaal. Tatsächlich, Peter hatte es geschafft, eine optisch einheitliche Dienerschaft zusammenzustellen: Alle waren gleich groß, jung und attraktiv. Sie stellten große Platten auf den Tisch – Pasteten, Braten, Schüsseln mit Gemüse, Süßspeisen – der erste Gang des Dinners.

„Sind sie nicht hinreißend?“, seufzte die Frau, die Lou gegenübersaß. Sarah, so hieß sie, erinnerte sich Lou. „Ich esse kein Fleisch. Was davon ist für mich?“, fragte Sarah und zupfte Rob am Ärmel.

Von wegen Vegetarierin: Ihr hungriger Blick ließ keinen Zweifel daran, dass sie Rob am liebsten mit Haut und Haaren verschlungen hätte.

„Vor Ihnen steht eine Tarte mit Lauch und Käse, Ma'am. Und da wären auch Salate.“

„Mmmm.“ Sarah machte einen Schmollmund und schnitt ein Stück Tarte ab. „Möchten Sie auch etwas davon, Lou?“

„Ja, bitte. Und nehmen Sie doch auch von dem Spargel.“

Mac stand auf, um eine Lammkeule anzuschneiden. „Mäh, mäh. Für Sie kein Frischfleisch, Sarah?“

„Ach, halten Sie den Mund, Mac.“ Sarah warf ihren Kopf in den Nacken. „Fleisch tranchieren, wie ungemein männlich. Erzählen Sie uns etwas von sich, Lou. Auf was stehen Sie?“

Auf wen, nicht *auf was*. Es war offensichtlich, dass Sarah nicht vom Essen sprach. Hätte Lou am Nachmittag nicht Mac und Vivian beim Sex beobachtet, wäre sie über Sarahs Hemmungslosigkeit schockiert gewesen.

„Ben ist nicht übel“, fuhr Sarah fort. „Ich glaube, er ist scharf auf Mac. Nicht wahr, Liebling?“

Ben lächelte vielsagend, und Lou hätte schwören können, dass er dabei sein Spiegelbild im Messer bewunderte.

„Sarah!“, schimpfte Chris am anderen Ende des Tisches. „Hör auf, dich wie eine Kupplerin zu benehmen! Lou bekommt ja einen völlig falschen Eindruck von uns.“

„Oder genau den richtigen.“ Mac legte eine Fleischscheibe auf Lous Teller. „Glauben Sie wirklich, Jane Austens Romanfiguren hätten es wie die Karnickel getrieben, Lou? Bitte lassen Sie uns doch an Ihrer wissenschaftlichen Meinung zu dem Thema teilhaben …"

„Zieh hier keine Show ab, Mac", mahnte Vivian.

Lou bemerkte, wie fasziniert Cathy, die neben ihr saß, die Wölbung in Macs Hose anstarrte. „Hi, ich bin Lou", sagte sie, um die Frau abzulenken. „Vor dem Dinner hatten wir gar keine Gelegenheit, uns zu unterhalten. Ich finde Ihr Kleid wundervoll."

„Danke, Ihres ist auch sehr schön." Nach einer kurzen Pause fügte Cathy hinzu: „Wir – also, mein Mann Alan und ich – haben ein Preisausschreiben in der Zeitung gewonnen, deshalb sind wir hier. Das ist alles sehr eindrucksvoll, finden Sie nicht auch? Die vielen Leute, die uns bedienen! So etwas hatten wir nicht erwartet. Wir dachten, es wäre eher wie in einem Hotel."

„Einiges muss natürlich noch renoviert werden", antwortete Lou. „Wenn erst alle Badezimmer fertig sind, wird es noch viel luxuriöser sein."

„Oh ja, unser Bad ist grauenhaft, die Dusche erinnert mich an die, die wir damals im College hatten. Und aus allen Wänden ragen Drähte. Wussten Sie, dass es im ganzen Haus nur ein einziges richtiges Bad gibt?"

„Gehen Sie doch ins Badehaus", schlug Mac vor. „Dort können Sie Ihrem Mann den Rücken schrubben, Schätzchen. Oder Sie nehmen mich mit. Ich hätte auf jeden Fall nichts dagegen." Nachdem er die Lammkeule aufgeschnitten hatte, setzte er sich.

„Das wäre wohl kaum hygienisch", antwortete Cathy etwas steif. „Dort badet man in dreckigem, nach Schwefel stinkendem Wasser, in dem vor einem schon unzählige andere waren …"

„Kommen Sie auch zu Weihnachten wieder hierher?", fragte Lou, um das Thema zu wechseln. „Zur großen Eröffnung? Dann müsste alles perfekt sein. Sicher wird es Ihnen gefallen."

„Oh nein." Cathy schaute zu ihrem Mann hinüber, der in ein Gespräch mit Peter vertieft war. „Alan würde sehr gern kommen, weil er sich so gut mit Peter und Chris versteht. Aber es ist zu teuer."

Lou bemerkte, wie unsicher Cathys Stimme klang, und sah, dass Peter auf dem Tisch nach Alans Hand griff. Offenbar verstehen sich die beiden *zu* gut, dachte sie. Peters Verhalten überraschte sie. Von den beiden Partnern war er der solidere, verlässlichere. Einen Seitensprung hätte sie ihm niemals zugetraut. Chris dagegen flirtete mit Männern und Frauen gleichermaßen, war stets charmant und amüsant. Er konnte einfach nicht anders.

„Benutzen Sie doch das Bad im Pförtnerhaus, Cathy", bot Vivian an, und ließ ihre Stimme wie ein verführerisches Schnurren klingen. „Darüber würde ich mich wirklich freuen."

„Hände weg, Viv", warnte Mac. „Sie ist eine verheiratete Frau, du Unruhestifterin."

Cathy warf ihm einen kurzen, dankbaren Blick zu. Dann entdeckte sie eine Schüssel, die eine helle, mit Brunnenkresse garnierte Creme enthielt. „Was ist das? Eiscreme?"

„Vielleicht ..." Lou nahm etwas von dem Gericht, das süßlich schmeckte. Auf der Zunge fühlte sie sich ein bisschen körnig an. „Ja. Sehr lecker. Pistazien, glaube ich, mit etwas Zitrone. Damals wurde bei jedem Gang Süßes mit Pikantem gemischt. Probieren Sie's doch."

Cathy tauchte ihren Löffel in die Creme, kostete sie vorsichtig – und nahm sich sofort noch mehr. „Oh, mein Gott, das ist ja köstlich!"

Ihr Gesicht, das Lou zu scharfkantig und spitz erschienen war, um hübsch zu wirken, nahm plötzlich ganz weiche, genießerische Züge an. Träumerisch leckte sie mit ihrer Zungenspitze den Löffel ab. Auf der anderen Seite des Tisches verstummte Mac, beobachtete sie, und Lou fragte sich, was in dieser engen Seidenhose wohl gerade vorgehen mochte.

Sogar Rob, der beim Sideboard stand, vergaß seine Lakaienrolle und starrte Cathy mit unverhohlenem Interesse an.

Schließlich brach Chris den Bann. Er lächelte verschwörerisch und griff nach der kleinen Silberglocke, die neben seinem Teller lag. „Mein lieber Rob", flötete er, „den zweiten Gang, bitte."

4. KAPITEL

Peter

Er balancierte seinen Laptop auf den Knien und ging noch einmal das Programm für den nächsten Tag durch. Das Bedürfnis, den Computer abzuschalten und einzuschlafen, war überwältigend. Aber er wusste, was passieren würde, wenn er dieses allabendliche Ritual vernachlässigte: Furchtbare Albträume, in denen ihn unerledigte Pflichten, häusliche Katastrophen und geplatzte Termine verfolgten, würden ihn um den Schlaf bringen.

Das Rauschen der Dusche verstummte. Chris kam ins Schlafzimmer und schüttelte sein nasses Haar. Er trug seine blaue Pyjamahose, die tief auf den Hüften saß und Peter deshalb besonders gut gefiel. Er gähnte und trocknete sein Gesicht ab. „Alter Pedant."

„Alles erledigt." Peter schaltete den Laptop aus, stellte ihn auf den Nachttisch und schlug die Bettdecke zurück.

„Wie ein altes Ehepaar." Chris beugte sich hinunter, um ihn zu küssen. „Ups – was ist los, Liebling?"

„Nichts." Erst jetzt merkte Peter, dass er sein Gesicht zur Seite gedreht hatte, damit der Kuss auf seiner Wange landete. „Ich bin nur müde. Sorry. Verschieben wir's?"

„Okay." Chris ließ sich neben ihn ins Bett sinken. Er duftete verlockend nach Seife und Shampoo, seine Haut war noch etwas feucht. „Wie ich sehe, bist du doch noch etwas munter." Er umfasste Peters halb aufgerichteten Penis und drückte ihn sanft. „Macht dich der schöne Alan so an?"

„Nicht mein Typ."

„Natürlich nicht. Also hast du nur den liebenswürdigen Gastgeber gespielt?" Chris' Stimme klang beiläufig, aber Peter hörte einen merkwürdigen Unterton. *Sorge? Eifersucht?*

„Schätzchen, wir sind beide müde. Sagen wir nichts, was wir später bereuen würden, okay? Ich will mich nicht streiten und dann wütend einschlafen. Ja, ich habe geflirtet. Alan ist nur ein kleines bisschen bi und neugierig. Mehr steckt nicht dahinter."

Chris verschränkte die Hände hinter dem Kopf und rutschte tiefer ins Bett. „Das sieht dir gar nicht ähnlich."

„Aber dir schon?" Kaum hatte Peter die Worte ausgesprochen, bereute er sie schon wieder. Warum konnte er nicht den Mund halten?

„Wie du mir, so ich dir – darum geht es also?"

„Irgendwie schon. Schätzchen, du flirtest mit *jedem*. Ich nicht. Normalerweise jedenfalls. Und wenn ich es doch mal tue, fällt's dir auf."

„Okay, okay." Chris drehte sich zur Seite und fummelte am Knopf von Peters Pyjamahose herum.

Peter war eigentlich nicht in Stimmung. Doch er verstand, dass sich Chris auf diese Weise mit ihm versöhnen wollte, auch wenn er nicht besonders leidenschaftlich wirkte. Er hielt Chris' Hand fest. „Das musst du nicht tun."

„Schon gut." Chris ließ ihn los. Mit einem Seufzer drehte er sich um und schaltete die Nachttischlampe aus.

„Ich liebe dich", sagte Peter in die Dunkelheit hinein, ein bisschen zögernd, ein bisschen zu spät.

Er bekam keine Antwort.

Lou

„Ich kann mich nicht an mein Zimmer erinnern", sagte sie zu dem Diener. Er war wirklich attraktiv. Aber das waren ja alle hier. Und natürlich erinnerte sie sich an ihr Zimmer, an seine zurückhaltende Eleganz, das leise Gurren der Tauben, die Schatten der Bäume vor dem Fenster. Aber sie wusste nicht mehr, wie sie dorthin gelangen sollte. „Wo es ist, meine ich", verbesserte sie sich.

„Im Salon wird gerade Tee serviert, Ma'am."

„Nein danke. Zu schlimmer Jetlag. Und zu – betrunken."

Sie hatte Mühe, die Worte herauszubringen. „Ich muss ins Bett. Aber ich weiß nicht …"

„Das macht nichts, ich werde Ihnen helfen", sagte der Lakai.

Lou musste kichern. Was für eine schöne Vorstellung.

„Wie süß." Sie legte ihre Hand in seine Armbeuge und ging weiter, er stützte sie. Rob. Ja, so hieß er. „Normalerweise bin ich nicht so."

„Nein, selbstverständlich nicht, Ma'am. Und jetzt gehen wir die Treppe hinauf."

Sie blieb abrupt stehen. „Warten Sie, mein Kleid!" Sie griff in den Stoff und hob den Rock an, um nicht zu stolpern.

„Alles in Ordnung, Lou?"

Nur mit Mühe schaffte sie es, sich umzudrehen. Mit einer Hand hielt sie sich am Geländer fest, mit der anderen an Rob.

„Mr Darcy!"

„Sie sind stockbesoffen", sagte Mac.

„Nur ein wenig beschwipst. Wegen des Jetlags."

„Aber natürlich. Ich bleibe hinter ihr. Falls sie stürzt."

„Ich hasse es, wenn man in der dritten Person von mir redet. Darcy, Sie werden mich doch nicht betatschen?"

„Also wirklich, ich bin schockiert." Mac legte eine Hand auf ihren Hintern, um sie nach oben zu schieben. „Beeilen Sie sich. Wenn Sie so langsam gehen, werden Sie eher nach hinten fallen."

„Für mich ist das eine ganz neue Erfahrung, von gleich zwei Gentlemen eine Treppe hinaufgeleitet zu werden."

„Freut mich. So, jetzt sind wir im ersten Stock. Versuchen Sie, einen Fuß vor den anderen zu setzen, Lou."

Sie wankte den Korridor entlang, um eine schwach beleuchtete Ecke und dann um noch eine. „Jetzt erinnere ich mich wieder." Lou blieb schwankend stehen.

„Nein, Ma'am, das ist nicht Ihr Zimmer", sagte Rob. „Nur noch ein paar Schritte weiter." Er öffnete eine Tür. „So, da sind wir."

„Alles Weitere übernehme ich." Mac nahm Lous Arm.

„Gute Nacht", murmelte Rob und ging.

„Was übernehmen Sie?“ Lou lehnte sich an den Türrahmen. Ich halte mich doch perfekt aufrecht, dachte sie – und rutschte langsam am polierten Holz hinab Richtung Fußboden.

„Ich bringe Sie ins Bett.“

„Denken Sie bloß nicht, Sie könnten die Situation ausnutzen. Ich komme allein zurecht. Mein Korsett lässt sich nämlich vorne öffnen. Sehr vernünftig.“

„Oh, tatsächlich?“ Er schob sie ins Zimmer.

Sie kicherte, als sie sich auf die Bettkante setzte. Mac ging auf die andere Seite des Zimmers.

„Was machen Sie da, Darcy?“

„Ich hole Ihnen etwas Wasser. Wenn Sie nicht genug trinken, werden Sie morgen furchtbar verkatert sein.“

„Verdammter Mist.“ Sie nahm ihm das Glas aus der Hand. „Muss ich das alles austrinken?“

„Ja. Und versuchen Sie, sich nicht zu übergeben.“

Nachdem sie drei Gläser geleert hatte, lag sie auf dem Bett und starrte zum Baldachin hinauf. „Danke, Mac. Jetzt geht's mir besser.“

Er stand zwischen ihren Knien, nahm erst ihren rechten Fuß, öffnete den Schnürsenkel des Lederschuhs und zog ihn ihr aus. Dann folgte der linke. Sie seufzte.

„Alles in Ordnung, Lou?“ Er beugte sich zu ihr und streichelte ihre feuchte Wange. Ohne Vorwarnung waren ihr die Tränen gekommen.

„Eigentlich wollte ich doch ein erotisches Abenteuer erleben“, schluchzte sie. „Und ich dachte, ich würde Julian hier finden, ihm wieder nahe sein. Aber ich bin zu betrunken.“

„Heute Nacht nicht, meine Schöne. Warum Sie weinen, weiß ich nicht. Jedenfalls sind Sie sternhagelvoll. Mal sehen …“ Er tastete den Ausschnitt ihres Kleids ab. „Gibt es irgendwelche Häkchen, nach denen ich suchen muss?“

„Nein.“ Sie wischte ihr Gesicht ab, stand auf und schwankte dabei nur ganz leicht. „Da ist eine Verschnürung am Rücken. Sie haben mich Ihre ‚Schöne‘ genannt.“

„Okay, ich habe ein wenig übertrieben. Drehen Sie sich um."

Sie gehorchte und spürte, wie die Bänder gelockert wurden und das Kleid zu Boden fiel. Lachend entknotete sie das Taillenband ihres Unterrocks, der mit einem leisen Rascheln auf dem Kleid landete. Dann fingerte sie am Verschluss ihres Korsetts herum.

Mac trat einen Schritt zurück. „Ich gehe jetzt."

„Ach, wirklich?" Lou wusste nicht, ob sie erleichtert oder beleidigt sein sollte. „Sie sind ein sehr netter Mann, Mr Darcy."

„Nett? Ich habe Sie gerade ausgezogen, und schon der Anblick Ihrer Fußknöchel macht mich ganz wahnsinnig vor Lust. Wenn Sie nicht so verdammt besoffen wären, würde ich meine ehrlosen Absichten viel deutlicher bekunden. Schlafen Sie jetzt. Gute Nacht, Schätzchen." Er beugte sich vor und hauchte einen Kuss auf ihre Stirn, während das Korsett aus ihren Händen glitt. „Träumen Sie etwas Schönes."

Oh, großartig. Wie er mit ihr redete – als wäre sie ein Baby … Aber wurde man nicht auch zu einem kindischen Trottel, wenn man betrunken war? Sie sah, wie die Tür hinter Mac zufiel, und wankte in ihrem Hemd ins Bad. In der schwachen Beleuchtung wirkten ihre Augen unnatürlich groß und dunkel. Elektrische Kerzen, die wie echte flackerten, waren die einzige Lichtquelle. Das war ja auch viel besser, keine Wachsflecken und keine Gäste, die betrunken einschliefen und sich selbst – und das ganze Haus – in Brand setzten.

Lou warf das Hemd zu Boden und taumelte nackt ins Bett.

Und dann fiel es ihr ein. „Verdammt, Julian, ich hätte mein Zölibat heute Nacht mit einem Dreier beenden können, wäre ich nicht so dämlich gewesen. Wieder eine verpasste Chance …" Die kühlen Laken streichelten und liebkosten ihren Körper. „Und wo bist du überhaupt? Weigerst du dich immer noch, in meiner Nähe zu spuken?"

„Die anderen sind ausgeritten, Ma'am." Die Zofe, deren Name Lou gerade nicht einfiel, hängte das Kleid auf, das Mac vergangene Nacht wahrscheinlich ordentlich über einen Stuhl gelegt hatte. Nur ganz vage entsann sie sich, was passiert war. Sie hatte bestimmt etwas Peinliches gesagt oder getan. Zweifellos würden die beschämenden Erinnerungen bald zurückkehren.

Lou stöhnte und schlug die Hände vors Gesicht. „Wenn ich nicht so verkatert wäre, würde ich auch gern ausreiten."

Di! Ja, so hieß das Mädchen, kicherte. „Heute Morgen haben wir unten im Dienstbotentrakt gewettet."

„Worauf?"

„Wer am schlimmsten bepisst war."

Ach ja, *bepisst*, das bedeutete wohl *betrunken*. Das Englisch der Briten hatte nun mal seine ganz eigene Schönheit.

„Ich habe auf Sie gesetzt. Aber Cathy – also Mrs Saunders – war auch ziemlich breit. Ich glaube, sie ist stinksauer, weil Mr Saunders sie ignoriert." Di reichte Lou einen Morgenmantel.

„Also, ich denke, dieses Kleidungsstück ist historisch nicht korrekt", gab Lou zu bedenken und schlüpfte hinein.

„Sicher wollen Sie sich nicht erkälten, Ma'am", erwiderte Di diplomatisch. „Was möchten Sie anziehen?"

„Keine Ahnung. Suchen Sie etwas aus." Lou, deren Blöße nun anständig bedeckt war, lehnte sich zurück in die Kissen. Während sie das Dienstmädchen beobachtete, malte sie sich aus, sie hätte zwei Jahrhunderte früher gelebt. Damals hätte sie sich unter keinen Umständen zwei Gentlemen – genau gesagt, einem Gentleman und einem Dienstboten – volltrunken präsentiert. Wäre es doch geschehen, hätte das einen Skandal ausgelöst. Auch die Scham, nackt zu erwachen und zu wissen, dass einer der Männer sie entkleidet hatte, wäre überwältigend gewesen. Wie gut, dass sie im 21. Jahrhundert lebte: Sie verspürte zwar leichte Kopfschmerzen, fühlte sich aber ansonsten angenehm entspannt.

Sie beschloss, gleich aufzustehen und die primitive Dusche in ihrem Bad auszuprobieren. Dann würde sie einen Spaziergang im Garten machen und ein wenig frische Luft schnappen, so wie es von einer Lady erwartet wurde. Sie versicherte der

Zofe, dass sie keine Hilfe beim Ankleiden benötigte. Die junge Frau knickste und verließ mit einem Korb voller Wäsche das Zimmer.

Nur das gelegentliche Dröhnen eines Flugzeugs am Himmel erinnerte daran, dass Jane Austens Epoche Jahrhunderte zurücklag. Lou wusste, dass auch der Garten erst nach gründlicher Forschungsarbeit geplant und angelegt worden war. In den Blumenbeeten waren bereits die ersten Pflanzen zu entdecken. In der Ferne schimmerte ein Sommerhäuschen durch die Bäume. Weiter hinten waren einige Büsche so geschickt angeordnet, dass die Illusion einer von der Natur geschaffenen Wildnis entstand, genau, wie es seinerzeit Mode gewesen war. Der Garten, in dem Lady Catherine de Bourgh in Austens Roman „Stolz und Vorurteil" Lizzy Bennet verhörte, hatte wahrscheinlich ganz ähnlich ausgesehen.

Hinter Lou knirschte der Kies unter energischen Schritten.

„Guten Morgen, Mr Darcy", sagte sie ohne zu überlegen.

Die Schritte beschleunigten sich, und kurz darauf ging er neben ihr. „Sie sind also nicht nur eine brillante Literaturwissenschaftlerin, Mrs Connolly, sondern auch eine Hellseherin?"

„Weder noch. Wenn Sie wollen, können Sie mich Lou nennen."

„Nicht hier, das wäre nicht angebracht." Er roch nach Schweiß, Leder und Pferd, und er hielt eine Reitgerte in der Hand. Kurz überlegte sie, ob er jemanden damit auspeitschen wollte. „Hier und jetzt sind Sie Mrs Connolly."

„Ja, so ist es wohl. Wie war Ihr Morgenritt?"

„Ich werde immer besser. Jetzt habe ich nicht mehr das Gefühl, ich müsste meinen Hintern nach dem Reiten stundenlang in warmem Wasser einweichen. Unsere Reitlehrerin hält mich für ein Naturtalent. Sie meint, ich hätte genau die richtigen Schenkel für diesen Sport." Er zwinkerte ihr zu. „Sicher reiten Sie sehr gut."

„Nicht allzu gut. Schon gar nicht im Damensattel."

Anscheinend gefiel es ihm, neben ihr den Weg entlang zu spazieren und dabei mit der Peitsche gegen seine Lederstiefel zu schlagen. „Geht's Ihnen gut?"

„Viel besser, als es mir gehen dürfte. Danke für Ihre Hilfe. Tut mir leid, dass ich so eine Nervensäge war."

„Ganz im Gegenteil, es war mir ein Vergnügen."

„Tatsächlich?"

„Verdammt, das haben Sie falsch verstanden. Ich meine – ich habe mich gefreut, dass ich Ihnen helfen konnte."

„Also ein wahrer Ritter in schimmernder Rüstung." Ehe ihr bewusst wurde, was sie tat, berührte sie seinen Arm. Es war erstaunlich: Obwohl sie beide vollständig bekleidet waren und nur ihr Handschuh seinen Ärmel streifte, schien ihr diese Geste bedeutsam.

Mac lachte schallend. „Eher ein Ritter in glanzloser Rüstung. Wohin gehen wir?"

„Ich möchte mir das Sommerhäuschen anschauen, die Jungs haben mir Fotos davon geschickt." Während sie sich dem kleinen Gebäude näherten, hörte sie Stimmengemurmel. „Oh, da sind Cathy und ihr Mann – ich erinnere mich nicht an seinen Namen. Sicher wollen sie keine Gesellschaft. Ich glaube, sie haben erst vor Kurzem geheiratet."

„Sein Name ist Alan. Hört sich nach einem Ehekrach an."

Unter dem Kuppeldach standen Cathy und Alan, durch die Torbögen deutlich sichtbar.

„Ich will nach Hause", hörten sie Cathy sagen, als sie näher kamen.

Wortlos griff Mac nach Lous Ellbogen und zog sie hinter einen Busch.

„Hör mal, Liebling ..." Alan starrte den Mosaikboden an und trat gegen eine Marmorsäule.

„Mir gefällt's hier nicht. Ich hab keine Lust, mich zu verkleiden und ohne Unterhose rumzulaufen. Und gestern Abend beim Dinner hast du mich kaum beachtet."

„Aber alle anderen haben dich angestarrt. Als du diese Eiscreme vom Löffel geleckt hast, hast du ja fast einen Orgasmus gekriegt."

„Was?" Cathy schüttelte den Kopf. „Wenn du nicht ..."

„Wenn ich *was* nicht?" Alan knöpfte sein Jackett auf und ging zu seiner Frau.

„Oh ha", flüsterte Mac in Lous Ohr. „Da liegt Sex in der Luft."

„Gehen wir", flüsterte Lou, aber sie konnte ihren Blick nicht von den beiden losreißen, die sich jetzt küssten. Alan zog seine Jacke aus und ließ sie zu Boden fallen. „Vielleicht wissen sie, dass wir hier sind."

„Na und?", murmelte Mac seelenruhig. „O ja, gleich sehen wir ihre Titten."

Tatsächlich, Alan zerrte an der Verschnürung von Cathys Kleid und entblößte zwei kleine, wohlgeformte Brüste.

„Ich hab's satt, mich wie ein Voyeur aufzuführen. Oder sollte ich *Voyeuse* sagen?", antwortete Lou leise. „Zweimal in zwei Tagen. Und jedes Mal sind Sie beteiligt, wenn ich mich wie eine Spannerin benehme."

Sein heißer Atem streifte ihren Nacken. Als er leise lachte, bewegte sich ihr Haar. „Schauen Sie anderen Leuten nicht gern beim Ficken zu?"

„Nicht besonders", erwiderte Lou. Aber das stimmte nicht ganz: Sie wollte hierbleiben und sehen, wie Alan seine Zunge über die Brüste seiner Frau gleiten ließ, während sie ihren Kopf in den Nacken legte und leise seufzte.

Genauso hatte Cathy reagiert, als sie die Eiscreme probiert hatte. Ihre dunklen Brustwarzen wurden hart.

Alan trat kurz einen Schritt zurück, schlüpfte aus seiner Weste und bemühte sich, sein Krawattentuch aufzubinden. Obwohl er es offenbar eilig hatte, dauerte es eine Weile, bis er das Musselintuch entknotet hatte. Inzwischen knöpfte Cathy seine Hose auf und zog sie über seine Hüften nach unten.

„Verdammt, ich fürchte, er wird sie nicht ganz ausziehen", flüsterte Mac.

„Warum gehen Sie nicht hin und zeigen ihm, wie man das macht?“, schlug Lou vor.

„Mrs Connolly, ich bin schockiert. Und ich glaube, die beiden wären es auch … Hey, jetzt steht offenbar Oralsex auf dem Programm.“

„Halten Sie den Mund, Sie hören sich ja an wie einer dieser nervigen Sportreporter, der ein Spiel kommentiert.“

Alan drückte Cathy auf eine Bank, die in einem Alkoven des Sommerhäuschens stand. Er legte ihre Beine auf seine Schultern und vergrub sein Gesicht zwischen ihren Schenkeln. Cathy stöhnte und klammerte sich an die steinerne Kante der Bank. Das Musselinkleid bauschte sich um ihre Taille.

Unwillkürlich presste Lou ihre Schenkel zusammen. O ja, sie wusste, wie sich das anfühlte. Sie erinnerte sich genau an den Anblick von Julians Kopf zwischen ihren gespreizten Beinen, an ihr dunkles, von seinem Speichel und ihrer eigenen, köstlichen Feuchtigkeit glänzendes Schamhaar.

„Gleich kommt sie“, flüsterte Mac. „Schauen Sie sich ihr Gesicht an.“

„Ich kann das nicht tun, es ist viel zu privat und intim.“ Doch trotz ihrer Skrupel beobachtete Lou, wie Cathy ihren Kopf in den Nacken warf, wie ihre Hände die Bank so fest umklammerten, dass die Fingerknöchel weiß hervortraten. Dann hörte sie den Schrei der jungen Frau, sah ihr vor Lust verzerrtes Gesicht.

Für einen kurzen Moment blieben Alan und Cathy völlig regungslos. Lou dachte daran, wie Julians Lippen einst ihre Klitoris umschlossen hatten, eine sanfte Liebkosung, um ihren Höhepunkt zu vollenden. Manchmal hatte er dann seine Zunge in sie hineingeschoben, um sie so wissen zu lassen, was gleich noch folgen würde.

Auch Alan richtete sich jetzt auf, drang in Cathy ein und neigte sich gleichzeitig zu ihr herab, um sie zu küssen.

Koste dich selber, Lou, so schmeckst du.

Lou stockte der Atem. Ging es ihrem Begleiter ebenso? Schuldgefühle und Scham stiegen in ihr auf. Was dachte sie sich bloß dabei – diese Szene zu beobachten, noch dazu in der Gesellschaft eines Mannes, den sie kaum kannte? Sie würde gehen. Sofort. Nein, erst wenn die beiden fertig waren.

Alans Schwanz glitt in Cathys Muschi hinein und heraus, immer wieder. Sein hartes, rotes Fleisch wurde von ihrem feucht glänzenden Rosa umhüllt.

Noch immer stand Lou zwischen den Büschen. Aber danach würde sie sich keinesfalls auf eine Diskussion mit Mac über diese Szene einlassen.

„Schauen Sie sich ihre Möse an", murmelte er. Sein Körper berührte ihren, als er sich zu ihr beugte. Tat er das absichtlich? Ja, er hatte einen Ständer, das konnte sie spüren, als er die harte Wölbung in seiner Hose gegen ihren zarten Rock drückte.

Das liegt nur an deinen Hormonen, sagte sie sich. Sie mochte diesen Mann nicht einmal besonders. Oder sie wusste zu wenig über ihn, um ihn wirklich zu mögen. Es konnten nur die Hormone sein. Ihre Erregung hatte nichts mit ihm zu tun – und nichts mit dem Paar, das nur ein paar Schritte entfernt vögelte.

Das Stöhnen wurde lauter. Auf Alans nacktem Rücken glänzte Schweiß. Cathy ließ die Bank los, packte seine Hüften und schob ihn in genau die Position, die ihr die meiste Lust verschaffte. Sie zitterte vor Erregung und drückte ihre Fersen in seine Schenkel.

„Ich liebe dich", rief sie und rang dabei nach Luft. Lou wandte sich ab und schloss die Augen. Das war zu intim, zu schmerzlich.

Cathy stieß einen hohen Schrei aus, Alan stöhnte laut auf.

Lou hielt die Augen weiter geschlossen. Nicht noch mehr. Auf ihren Lidern spürte sie das Sonnenlicht, das durch die Zweige drang und flackernde Muster malte. In ihre Nase drang der Duft von frischem Grün und Blumen, überlagert von Bergamotte und männlichem Schweiß. Vögel zwitscherten und trällerten ihre Lieder.

„Lou?" Macs Stimme war ein sanftes Flüstern. Sein behandschuhter Finger streichelte ihren Nacken. Auf ihrer Haut fühlte sich das Leder warm und weich an. „Ich frage mich, wie Sie aussehen, wenn Sie kommen."

„Das wüssten Sie wohl gern“, sagte Lou. Keine besonders überzeugende oder geistreiche Antwort, das wusste sie selbst. Ihre Stimme war heiser vor Verlangen – nein, nicht vor Verlangen, die Pollen waren schuld. Ja, das musste es sein, diese verdammten, sexbesessenen Bäume ringsum waren einfach schamlos.

„Hören Sie, ich schlage Ihnen nicht vor, mit mir zu ficken“, erwiderte Mac. „Peter und Chris haben mir vom Tod Ihres Mannes erzählt, das tut mir leid. Die beiden meinten, Sie wären ziemlich mitgenommen. Und Sie sind ohnehin nicht mein Typ. Ich bin auch nicht Ihrer. Außerdem …“

„Außerdem – was?“, fragte sie, die Augen immer noch geschlossen. „Oh, warten Sie, ich ahne, was jetzt kommt. Sie werden sagen, dass Sie mich gegen Ihren Willen mögen, obwohl Sie wissen, dass wir nicht zusammenpassen.“

„Immerhin müssen Sie zugeben, dass ich der einzige Mensch hier bin, der Anspielungen auf einen Jane-Austen-Text versteht, wenn wir Ihre literaturwissenschaftlichen Kollegen mal außen vor lassen.“

„Ja, das ist immerhin etwas.“ Lou öffnete die Augen. „Und was schlagen Sie jetzt vor, was sollen wir tun? Was habe ich, das Viv Ihnen nicht bieten kann?“

„Nun …“ Er verschränkte die Hände hinter seinem Rücken, trat zurück und lächelte. Freundlich und verdammt sexy, doch sie versuchte das zu ignorieren. „Das hängt von Ihnen ab. Wir könnten es tun. Oder wir unternehmen – etwas anderes. Aber Sie sind ziemlich scharf, Lou. Ich auch, das ist nicht zu übersehen. Es wäre nur eine Affäre, ganz ohne Verpflichtungen.“

„Oder ich fahre ins nächste Dorf und kaufe mir ein paar Bänder.“

Mac lachte. „Kommen Sie schon, Lou, entscheiden Sie sich. Diese engen Lederhosen werden langsam verdammt unbequem.“

„Mein Gott, Sie sind wirklich ein Romantiker.“

„Nein, ich bin ehrlich. Ein bisschen Spaß ohne Konsequenzen, das ist alles, was ich Ihnen anbieten kann. Betrachten Sie's doch einfach als körperliches Bedürfnis."

„Das wird ja immer besser. Und wo sollten wir Ihrer Meinung nach unser ‚körperliches Bedürfnis' vollziehen, das Sie so ehrlich darlegen?"

Er grinste. „Ich sollte Ihnen an dieser Stelle vielleicht gestehen, wie sehr es mich anmacht, wenn Sie wie eine Oberlehrerin reden. Ich liebe Frauen, die sich gewählt ausdrücken."

„Arschloch", sagte sie freundlicher, als sie es geplant hatte.

„Ist Ihnen eigentlich bewusst, dass Sie die ganze Zeit meinen Schwanz anstarren?" Mac griff ihre behandschuhte Hand und zog sie zu seinem Schritt.

Ehe sie sich zurückhalten konnte, betastete sie die harte Wölbung unter dem Leder. „Den habe ich bereits in Aktion gesehen, wie Sie wissen. Auch gestern Abend beim Dinner war er, wie soll ich sagen, sehr präsent."

„Glücklicherweise hat das Tischtuch mir ein wenig Deckung gegeben", antwortete er. Er nahm ihre Hand, die eben noch auf seinem Schwanz gelegen hatte, und führte Lou zu dem Sommerhäuschen. Cathy und Alan waren inzwischen gegangen. „Wie wär's mit diesem idyllischen Plätzchen? Die beiden haben es bereits getestet, und es schien ihnen zu gefallen. Es hat überaus praktische Steinbänke und eine schöne Aussicht auf den See."

„Eine schöne Aussicht – für wen?", fragte sie sarkastisch. Aber sie folgte ihm. Hand in Hand gingen sie weiter, ihre Schuhe versanken im welken Laub, das noch vom vergangenen Herbst dort lag. „Vielleicht ist das eine Art ausgleichende Gerechtigkeit, wenn auch uns jemand beobachtet."

Schweigend half er ihr die Stufen hinauf.

Mac

Was mache ich nur? Trotz seiner guten Vorsätze ließ er sich schon wieder von seinem Schwanz zum Sex mit einer Frau verleiten, die er so gut wie gar nicht kannte und der er nichts bedeutete. Hinterher würde er es bereuen, es war immer das gleiche. Und wenn er jetzt einen Rückzieher machte, würde er wie der letzte Idiot dastehen, obwohl es ihn mit aller Macht drängte, einfach wegzulaufen. Gewisse Dinge könnte er später erledigen, wenn er allein wäre.

Noch immer lag ihre Hand in seiner. Und blöderweise trugen sie immer noch Handschuhe. Erstaunlich, wie mühelos sie ihre Regency-Rollen spielten – halb verrückt vor Lust und trotzdem korrekt bekleidet. Er räusperte sich.

„Ja?"

Sie schien total cool zu sein und zog nur die Brauen ganz leicht hoch. Moment mal, sagte er zu sich selbst, erinnere dich an die vergangene Nacht. Weinend, schwach und verletzlich hatte sie auf ihrem Bett gelegen und Unsinn geredet. Wusste sie das überhaupt noch?

Sie nahm ihren Hut ab und legte ihn auf eine Bank. Dann zog sie langsam an den Fingerspitzen ihres linken Handschuhs. Er starrte sie an wie ein Teenager, der zum ersten Mal in einem Strip-Club ist. Fasziniert beobachtete er, wie sie den Handschuh auszog und schüttelte, um ihn zu glätten. Dann war der rechte dran. Diese Geste war nicht verführerisch gemeint, da war er sich ziemlich sicher. Und doch konnte er den Blick nicht von ihr abwenden.

„Und nun?" Sie steckte die Handschuhe in eine Tasche ihres Kleids. „Erzähl mir bloß nicht, du willst den Schwanz einziehen." Sie begann etwas aufzuknöpfen, das er für einen Teil ihres Kleids gehalten hatte. In Wirklichkeit war es eine kurze Jacke. Wie hieß dieses Ding noch? Es fiel ihm nicht ein. Eine Pelisse? Nein, es war vermutlich ein Spenser.

Sorgsam faltete sie das Kleidungsstück zusammen und legte es auf eine Bank. Wie erfreulich, dass sich noch jemand vor Viv fürchtete.

Auch er zog seine Handschuhe aus, allerdings nicht so lässig wie Lou, sondern eher hastig. In den Taschen seiner knappen

Hose war kein Platz, darum stopfte er sie in die Taschen seines Gehrocks. Danach begann er, das ebenso enge Jackett abzulegen, eine etwas mühsame Angelegenheit.

Lou setzte sich auf eine Steinbank. „Vereinbaren wir ein paar Grundregeln."

„In Ordnung." Mac zog seine Weste aus und nahm ihr gegenüber Platz.

„Kontakte?"

„Wie bitte?"

Sie stand auf, und er versuchte, nicht zurückzuzucken, als sie mit schnellen Schritten auf ihn zukam. Geschickt lockerte sie sein Krawattentuch und schob ihre Hände unter die üppigen Falten des Hemds, um es aufzuknöpfen. Ihre Finger berührten dabei seine Brust. Sie waren kühl und sanft. „Wer macht was mit wem?", präzisierte sie ihre Frage.

„Küss mich", flüsterte er und stand auf. Seine Stimme klang brüchig und heiser. Sofort bereute er seine Worte. Hatte er sie wirklich gebeten, ihn zu küssen?

Sie hob den Kopf und schaute ihn an. Als sie Atem holte, hob sich ihr Busen, vom Korsett ohnehin geradezu lächerlich nach oben gedrückt, noch etwas höher. Das Tuch in ihrem Ausschnitt – feine weiße Baumwolle mit dezent schimmernden weißen Punkten – verrutschte und enthüllte die dunkle Vertiefung zwischen ihren Brüsten.

Ganz eindeutig, irgendetwas stimmte nicht mit ihm. Wie sonst war es zu erklären, dass er zuerst auf ihre Kleidung und deren Material achtete – und erst danach bemerkte, was darunter zum Vorschein kam. Vielleicht hatte er mehr von Viv gelernt, als ihm bewusst war. Fehlte nur noch, dass er Jane Austens Romanfigur Henry Tilney nacheiferte und ihr Ratschläge in Sachen Wäsche gab.

„Du musst nichts tun", erklärte er. „Ich meine, wenn du es willst, könnte ich, nun, ich …"

„Ach, halt den Mund, Mr Darcy", unterbrach sie ihn und stellte sich auf die Zehenspitzen. „Bei mir ist dein Ruf sicher."

„Mein Ruf?"

„Ich werde niemandem erzählen, wie gefühlvoll du sein kannst."

Während sie sprach, streifte sie mit ihren Lippen seinen Mund. Beinahe hätte diese zärtliche Berührung unschuldig gewirkt, doch Lou presste gleichzeitig ihre Hüften an seine Erektion. Sie ließ ihre weiche, feuchte Zunge über seinen Mundwinkel fahren.

Für einen beschämenden Moment fürchtete Mac, er würde in seiner Hose kommen.

Er wich zurück, nahm seine Hände von ihrem Hintern, den er ohne es zu merken umklammert hatte, und räusperte sich. „Hör mal, wir müssen nicht …"

„Doch, wir müssen – besser gesagt, *ich* muss." Sie blinzelte ihn an. „Ist alles in Ordnung mit dir?"

„Nun, ich – äh – ich bin überrascht." Ja, das war er, und geil dazu. Gleichzeitig fürchtete er sich ein bisschen vor dieser schwer zu durchschauenden Frau.

„Muss ich dir sagen, was ich will?" Sie setzte sich auf die Bank, legte ihren linken Fuß auf das rechte Knie und entknotete den Schnürsenkel ihres Schuhs, der kurz an den Zehen baumelte und dann zu Boden fiel.

Mit einer weiteren schnellen Bewegung löste sie das Strumpfband. Nicht besonders sexy, diese georgianischen Strümpfe, ungefähr so aufreizend wie lange Fußballersocken und fast genauso geschnitten. Lou rollte den Strumpf nach unten und wackelte mit den Zehen. Erstaunlicherweise wirkte das unglaublich verführerisch. Ihre Zehennägel waren nicht lackiert, die Waden und Füße durchtrainiert und hell.

Flüchtig blitzten ein weißer Schenkel und ein weißer Unterrock auf. Mac erinnerte sich an den Unterrock, der vergangene Nacht von ihrem Körper geglitten war, an den plötzlichen schockierenden Anblick der Brüste über dem Korsett, rund und nach oben gezurrt, fast direkt unter seiner Nase.

Sie begann, den anderen Schuh auszuziehen. „Wolltest du

nicht wissen, wie ich aussehe, wenn ich komme?", fragte sie. „Also tu auch etwas dafür."

Sie stellte einen Fuß auf die Bank und drehte sich zur Seite. Als sie ihre Röcke hob, raschelten die Stofflagen und enthüllten schlanke, helle Schenkel.

Langsam strich sie mit einer Fingerspitze über die Innenseite ihrer Oberschenkel, auf und ab, immer wieder. Mac konnte ein Stöhnen nicht unterdrücken.

„Tu etwas", flüsterte sie atemlos.

Sie trug ein Kleid, das an der Vorderseite von Nadeln zusammengehalten wurde. Vorsichtig zog Lou die Nadeln heraus und legte sie beiseite. Mit der anderen Hand liebkoste sie immer noch ihre Schenkel. Das Oberteil des Kleids fiel auseinander, entblößte das Hemd und das Korsett. Sie hob eine Brust heraus, um die Brustwarze zu streicheln.

„Okay", sagte er. „Okay." Mit wenigen Schritten durchquerte er das Sommerhaus und setzte sich neben Lou. Er schob die Röcke hoch zu ihrer Taille hinauf. Er liebte es, wie sie die Beine für ihn spreizte, sich zu ihm drehte und ihm alles zeigte.

Als er zwischen ihre Schenkel blickte, stieß sie einen leisen Laut aus, der ihre Erregung verriet. Er betrachtete ihr dunkelblondes Schamhaar, ihre rosigen, feuchten Schamlippen. Ein bisschen kann sie noch warten, entschied er, neigte sich zu ihr und nahm ihre Brustwarze in den Mund. Er spürte, wie sie unter den Liebkosungen seiner Zunge spitz und hart wurde.

Lou stöhnte vor Begehren auf. Sie bewegte ihre Hüften auf ihn zu, es schien ihm wie eine Einladung. Also legte er ihr Bein über seinen Arm und berührte die Stelle, wo sie warm und nass und ihre Klit vor Lust angeschwollen war, eine harte Perle verdeckt von weicher, seidiger Haut.

„Ja", murmelte sie und rückte seine Finger ein wenig zurecht. „Genau so …"

Er ließ seinen Mund zu ihrer Schulter und zu ihrem Hals gleiten, dann wieder zu ihrer Brustwarze.

Währenddessen strich sie sich über die andere Brust. Er fragte sich, ob sie auf diese Weise den Höhepunkt erreichen könnte. Würde er dann das Gefühl haben, zu kurz zu kommen? Behutsam umschloss er mit seinem Mund ihren Nippel, der noch härter wurde, und biss sanft hinein. Ihre Atemzüge wurden schneller, und Mac begriff, dass sie gleich kommen würde.

Ihre Beine spannten sich an, ihre Augen waren halb geschlossen. Lou stöhnte laut auf, kostete ihren Orgasmus voll aus, und Mac verlangsamte seinen Rhythmus.

„Wow“, sagte er.

„Das war so – so sexy.“ Entspannt lächelte sie ihn an. „Und so schnell.“

Es gefiel ihm, sie so zu sehen. Ihre Brüste waren nackt, die Beine noch immer gespreizt. Sie schien gar nicht zu bemerken, wie aufregend sie wirkte. Sein Penis drückte so heftig gegen die Hose, dass es schmerzte. Er stand auf, ging ein paar Schritte und versuchte Lou nicht anzuschauen.

Dann hörte er, wie sie sich bewegte, und wandte sich ihr wieder zu. In ihren Augen las er einen mittlerweile vertrauten Argwohn. „Was ist los, Mac?“

Sein Verlangen war übermächtig. Er wollte sie wieder berühren, sich diesmal Zeit nehmen und ihr noch größere Lust bereiten. Er wollte an ihren Brustwarzen saugen, dann immer tiefer gehen, und sein Gesicht in dieser wunderbaren Muschi vergraben. Noch viel mehr leise Freudenschreie wollte er ihr entlocken, unter seinen Händen spüren, wie sich ihre warme Haut erhitzte. Doch er schüttelte nur den Kopf, ohne ein Wort zu sagen, und blickte zum See.

Lou verhüllte ihre Brüste und schloss ihr Kleid mithilfe der Stecknadeln wieder. Aber sie zog ihre Strümpfe und Schuhe noch nicht an. „Das soll keine Gewohnheit werden, in Ordnung? Es war sehr nett, aber eine einmalige Sache. Trotzdem …“

„Schon gut“, sagte er und bemühte sich, gelassen zu klingen.

„Du bist beleidigt. Tut mir leid.“

„Nein, nein“, log er. „Ich weiß, es ist nichts Persönliches.“

„Wie konnte es überhaupt dazu kommen? Ich kenne dich doch erst 24 Stunden."

„Zeit genug für mich, dich auszuziehen und dich weinen und kommen zu sehen." Er verknotete sein Krawattentuch, nahm seine Handschuhe aus den Taschen des Jacketts und verließ das Sommerhaus, bevor er sich noch lächerlicher machen konnte.

Sehr nett.

Was zum Teufel hatte er verbrochen, um so ein Urteil zu verdienen?

Lou

Als er ging, lächelte sie. Was für seltsame, empfindliche Geschöpfe Männer doch waren, ihren Schwänzen auf Gedeih und Verderb ausgeliefert und so verletzlich … Lou erinnerte sich an seine Berührung, die angespannten Sehnen in seinem Unterarm, das Sonnenlicht im Haar über seiner Stirn. Sein Gesicht hatte aufmerksam gewirkt, während er sie befriedigt hatte.

Und jetzt marschierte er einfach so davon, empört und beleidigt. Sie schloss die Augen. Wie mochte sie bei ihrem Orgasmus ausgesehen haben? Das hatte er sich gefragt. Jetzt wusste er's. Sie strich über das Oberteil ihres Kleids und wollte eigentlich das Baumwolltuch in ihren Ausschnitt stecken. Stattdessen berührte sie ihre Brustwarzen. Selbst durch das Korsett hindurch spürte Lou, dass sie immer noch hart waren.

Immer mit der Ruhe.

Ja, sie könnte es wieder tun, sich dem Sonnenschein und der sanften Brise öffnen. Ein kleiner Stromschlag der Erregung ließ ihre Klitoris kribbeln, als sie ihre Nippel stärker drückte. Lou presste die Beine zusammen.

Sie wusste, er hatte sie fragen wollen, ob sie ihn anfassen wollte oder ob er noch etwas mehr für sie tun sollte. Jetzt bereute sie, dass sie wütend geworden war. Der Gedanke an seinen Mund … Seine Lippen waren so unglaublich weich. Und wie wunderbar wäre es gewesen, sein raues Kinn zwischen ihren

Schenkeln zu spüren, seinen Schwanz erst durch die Röcke hindurch, dann unter den Röcken, und wie er in sie eingedrungen wäre. Wenn sie Ja gesagt hätte. Sie wusste, sie hätte es gesagt, wenn er gefragt hätte.

Und sie hätte dabei ausnahmsweise nicht an Julian gedacht. Das würde sie nächstes Mal sicher nicht tun.

Oh Gott, wen hielt sie denn zum Narren? Sie war vielleicht hierhergekommen, um einem Geist nachzujagen. Aber Julian war ihr nicht näher als in Montana. Es gab nur einen einzigen Unterschied: In England lauerten nicht an jedem Ort, in jedem Zimmer, ja sogar beim Blick aus dem Fenster schmerzliche Erinnerungen, so wie zu Hause.

Paradise Hall hatte sie bereits verzaubert. Der Besuch auf dem Anwesen war wie eine kleine Flucht, die ihr zudem sinnliche Abenteuer versprach. Lou lachte und schüttelte den Kopf, dabei strich sie mit nackten Zehen über den Steinboden. Sie sollte wirklich ins Haus zurückgehen und herausfinden, was für den Vormittag oder den Nachmittag – oder wie spät es auch immer sein mochte – geplant war. Das immer gleich bleibende, durchscheinende, von Blättern gefilterte Licht verriet ihr die Tageszeit nicht.

Sie bückte sich, hob ihre Strümpfe und Strumpfbänder auf und schob ihre Schuhe mit den Fußspitzen zu sich. Als sie wieder anständig bekleidet war, nahm sie ihre Handschuhe. Wie er sie angestarrt hatte, als sie sie auszog – als hätte sie etwas besonders Verführerisches getan. Sie setzte ihren Hut auf und ließ die Bänder hinabhängen. Zuerst wollte sie herausfinden, wo sie im Haus etwas zu essen bekam. Vielleicht würde sie mit vollem Magen nicht mehr so dumm sein, sich mit einem Mann einzulassen, den sie kaum kannte.

Aber es war ihr weder riskant noch gefährlich vorgekommen. Sie erinnerte sich nur an einen einzigen unangenehmen Moment – als sie ihm klargemacht hatte, die Sache würde sich nicht wiederholen. Offenbar war Mac daran gewöhnt, in einer Beziehung das Sagen zu haben. Wenn man bei einer fünfminütigen erotischen Begegnung überhaupt von einer Beziehung sprechen konnte. Eigentlich waren es sogar nur zwei Minuten gewesen, um genau zu sein.

Immerhin konnte er gut küssen.

Sie folgte dem Weg vom See zum Haus, als sie hinter sich ein Fahrrad hörte. Sie drehte sich um, sah den Oberlakaien in Jeans und T-Shirt heranradeln und trat zur Seite, um ihn vorbei zu lassen. Doch er hielt neben ihr an.

„Na, Sie sind ja ein ziemlicher Anachronismus", sagte sie, als sie sein Outfit und sein Rad sah.

„Eigentlich dürfte ich mich hier so gar nicht sehen lassen, Ma'am", gestand er lächelnd. „Aber der Weg hinten herum ist zu holprig für ein Fahrrad."

„Wo waren Sie?", fragte Lou. „Es geht mich natürlich nichts an, aber wie amüsieren Sie sich in Ihrer Freizeit?"

„Das erzähle ich Ihnen sehr gern", antwortete er, stieg vom Rad und schob es neben ihr her. „Ich war im Dorf und habe mit meinem kleinen Bruder Fußball gespielt."

„Wie nett von Ihnen ..."

„Er ist ein lieber Junge", sagte er und starrte die Lenkstange seines Fahrrads an.

„Haben Sie noch mehr Geschwister?"

„Eine ältere Schwester. Mein Bruder Graham ist sieben, und sie wird ganz nervös, wenn er die ganze Zeit um sie herumwuselt. Leider ist ihr Haus zu klein für uns alle. Und er braucht ... Nun, ich bin ja da."

„Leben Ihre Eltern nicht hier?"

„Meine Mutter ist weggezogen. Und mein Vater hat Probleme mit seinem Geschäft. Deshalb ist er ziemlich deprimiert."

„Tut mir leid." Sie berührte sein Handgelenk. Verwirrt schaute er sie mit seinen klaren grauen Augen an. „Danke für Ihre Hilfe gestern Abend. Das weiß ich wirklich zu schätzen."

„Schon gut." Er zuckte die Achseln. „Ich fahre jetzt besser zum hinteren Weg, Ma'am." Mühelos schwang er ein Bein über sein Rad und bog in einen Seitenpfad ein.

Lou seufzte. Noch ein männliches Wesen, das vor ihr floh, nachdem es etwas zu viel über sich selbst verraten hatte. *Ich bin ja da,* hatte der Junge gesagt. Offenbar übernahm er die Verantwortung für seinen Bruder, und das in einem Alter, in dem er eigentlich die Welt und das Leben erkunden sollte. Stattdessen musste er sich um seine kaputte Familie kümmern.

Als Lehrerin war sie eine Expertin in der Kunst geworden, unausgesprochene Worte zu deuten. Oft hatten Studenten in ihrem Büro gesessen und stotternd zu erklären versucht, warum sie Prüfungen versäumt oder Aufsätze zu spät abgeliefert hatten. Dabei hatte sie gelernt, zwischen echten Problemen und den Lügen arroganter Faulpelze zu unterscheiden.

Das Haus erschien in ihrem Blickfeld, und sie erinnerte sich, dass an diesem Nachmittag ein Tanztraining stattfinden sollte. Sie stellte sich vor, wie die Gäste einander auf die Füße treten würden, und musste lächeln.

6. KAPITEL

Rob

Er stieß die Tür zum Schlafraum der Diener auf und schrie: „Hände von den Schwänzen, rein in die Livree!" Um seinem Befehl Nachdruck zu verleihen, schlug er kräftig auf den Gong, der neben der Tür stand.

Nach Chris' und Peters Ansicht war diese viktorianische Antiquität absolut ungeeignet dafür, im Gästetrakt eingesetzt zu werden. Aber Rob fand das Ding sehr nützlich, wenn er seine Untergebenen wecken wollte. Schon sehr früh hatte er gemerkt, dass er sich wie ein Blödmann benehmen musste, um sein Team auf Trab zu bringen.

Als der Gongschlag verhallt war, brüllte er: „Halb zwölf, meine Herren! In einer halben Stunde beginnt euer Dienst! Saubere Hemden und Krawattentücher! In zwanzig Minuten Inspektion in der Anrichtekammer!"

Widerwillig hoben die Angestellten ihre zerzausten Köpfe von den Kissen. Das Aufstehen wurde begleitet von finsteren Blicken und den üblichen Geräuschen junger Männer. Zuerst kroch Ivan aus dem Bett, der wie Rob aus dem Dorf kam. Splitternackt stolperte er durchs Zimmer und rieb sich die Augen. Seine Morgenlatte war nicht zu übersehen. Rob ignorierte ihn. Nach und nach tauchten auch die anderen Lakaien aus ihren Betten auf. Sie trugen Pyjamas oder Boxershorts. Murrend nahmen sie ihre Handtücher und Toilettentaschen und verschwanden im Duschraum.

Ivan blieb bei Rob stehen. „Und, hast du eine flachgelegt?"

„Hau ab", sagte Rob und bezwang den Impuls, vor Ivans wippender Erektion zurückzuweichen.

„Diese Di ist heiß, Mann. Wenn du sie nicht bumst, tu' ich es."

„Aber klar doch. Dummerweise hält sie dich nur für einen ekelhaften Idioten. Beweg deinen Arsch." Manchmal überlegte Rob, ob ihm alle anmerkten, wie sexuell unerfahren er war.

Verdammt peinlich, wenn das rauskäme. Sogar Di schien es zu wissen. Oder ihr Freund in London hatte ihn für den Sommer zu ihrem Beschützer erkoren, was ihm nicht gefallen würde. Er wollte mehr sein als nur ihr Kumpel. Ivan offenbar auch.

Natürlich war es schmeichelhaft, dass Ivan und wahrscheinlich auch die anderen glaubten, Rob hätte in seiner Freizeit hemmungslosen Sex – nur, weil er als einziger Angestellter ein eigenes kleines Zimmer bewohnte. Er brachte es nicht übers Herz, ihnen die langweilige Wahrheit zu gestehen. Wenn er nicht arbeitete, las er oder radelte ins Dorf zu Graham.

„Oder dieser neue Gast", fuhr Ivan fort, der noch immer eine Erektion hatte. „Diese Lou, oder wie sie heißt, die sieht auch richtig scharf aus."

„Für dich Mrs Connolly. Noch achtzehn Minuten." Rob schaute auf sein Handgelenk. Doch er hatte seine Armbanduhr schon abgelegt. Also rückte er die Manschette seiner Livree zurecht.

„Also, bis gleich." Ivan begriff, dass das Gespräch beendet war, schlenderte zum Duschraum und kratzte sich dabei am Hintern.

Rob ging in die Anrichtekammer – eine altmodische Bezeichnung für ein unpersönliches, modern eingerichtetes Zimmer, in dem sich die Lakaien vor Dienstbeginn versammelten. Er studierte das Tagesprogramm, das am schwarzen Brett hing. Nach dem Lunch, das als Buffet im ersten Stock serviert wurde, sollten die Gäste Tanzunterricht erhalten. Das Küchenpersonal hatte die Tische bereits geschrubbt und gedeckt. Rob und sein Team mussten nur noch dafür sorgen, dass alles reibungslos ablief, die Gerichte erklären oder Sonderwünsche erfüllen. Danach würden die Lakaien in der Küche die Reste essen und ein paar freie Stunden haben. Sie mussten den Gentlemen erst wieder zur Verfügung stehen, wenn die Herren Hilfe beim Ankleiden für das abendliche Dinner benötigten.

So viel er wusste, hatten die Dienstboten vor zwei Jahrhunderten viel härter gearbeitet. Aber sein langer Tag würde erst nach Mitternacht enden. Bis dahin würden sie etliche Male schwere Tabletts von der Küche die Treppen hinauf und wieder hinunter schleppen. Das ersetzte immerhin den Gang ins Fitnessstudio.

Er füllte den Wasserkocher und stellte ihn an. Eine Tasse Tee für jeden seiner Jungs – das Mindeste, was er für sie tun konnte. *Seine Jungs.* Vage erinnerte er sich an seinen Urgroßvater, einen Veteranen aus dem Ersten Weltkrieg. Er wusste noch, wie er auf dem Schoß des alten Mannes gesessen hatte, auch wenn er damals noch sehr klein gewesen sein musste. Fasziniert hatte er zugesehen, wie er mit knotigen, schwachen Händen in einem Album voller vergilbter Fotos blätterte. Die Bilder zeigten Soldaten, die schon lange nicht mehr lebten. *Das waren meine Jungs.* In der zitternden Stimme des Alten hatten Stolz und Trauer mitgeschwungen. Erst jetzt verstand Rob die Solidarität zwischen Männern, die auf engem Raum zusammenlebten und für ein gemeinsames Ziel arbeiteten. Über diesen anmaßenden Gedanken musste Rob selbst grinsen. Klar, sie waren genau so wie jene Männer – allerdings ohne Giftgasangriffe, ohne Dreck und Ratten, ohne Granatenexplosionen zu jeder Tages- und Nachtzeit. Was mochte aus dem alten Fotoalbum geworden sein? Hoffentlich war es beim Auszug aus dem Haus seiner Familie nicht weggeworfen worden.

Die Tür ging auf, und die ersten seiner Lakaien stapften herein. Ihre Haare waren noch feucht, die Jacken hingen über ihren Armen. Die jungen Männer nahmen sich Tassen und Teebeutel. Kurz darauf kamen auch die restlichen Jungs. Rob informierte sie über das Tagesprogramm und warnte sie davor, zu viel von dem Wein zu trinken, der für die Gäste bestimmt war. „Ihr dürft nur die geöffneten Flaschen leeren, meine Herren." Dann ließ er sie in Reih und Glied antreten und inspizierte die Livreen.

„Sind Sie sicher, dass dieser Salat keine tierischen Produkte enthält, Rob?"

„Völlig sicher, Ma'am. Mit meinen eigenen Augen habe ich gesehen, wie er zubereitet wurde. Nur Olivenöl, Zitrone und etwas Estragon."

Sarah stocherte mit der Gabel auf dem Teller herum. „Da ist Ei drin."

Dann schieb's zur Seite, dumme Kuh. „Natürlich bringe ich Ihnen sofort einen neuen Teller, Ma'am."

„Danke, Rob, Sie sind ein Schatz."

Rob widerstand der Versuchung, die Augen zu verdrehen, und reichte den verschmähten Salat einem der Diener. Zweifellos würde der damit in die Küche gehen und das Ei entfernen, den Salat auf einen sauberen Teller schütten, ein bisschen darin herumrühren und sich mit der Rückkehr Zeit lassen.

An diesem Tag waren zwei Neuankömmlinge zum Lunch erschienen, eine Frau und ein hagerer Mann, der einen Geigenkasten bei sich trug. Er sollte beim Tanzunterricht musizieren. Die Frau war klein und dick und hatte feines, graues Haar, das unter einem eleganten Spitzenhäubchen hervorguckte. Die Tanzlehrerin hieß Becky, ihren Assistenten stellte sie als Charlie vor. Fast alle Gäste waren versammelt. Mac schaute noch finsterer drein als sonst und warf gelegentlich einen Blick zu Lou hinüber. Die unterhielt sich angeregt mit ihren Tischnachbarn und ignorierte ihn ganz offensichtlich.

Was ist letzte Nacht passiert, nachdem Mac mich weggeschickt hat? Bei der Erinnerung an den herablassenden Ton des Gentlemans biss Rob die Zähne zusammen. Kein Wunder, dass viele Leute es hassten, im Service zu arbeiten. Klar, man konnte sich seinen Job hier schönreden und sich als besseren Oberkellner oder Hotelfachmann verkaufen. Aber die Realität sah anders aus.

Nachdem die Lakaien die Tische abgeräumt hatten, holte Rob Karaffen mit Wasser und Limonade und Gläser aus der Küche. Er wies die Jungs an, alle Tische an die Wände zu rücken, und stellte sich bei den Getränken auf. Paarweise schlenderten die Gäste in die Mitte des Raumes. Mac schien verschwunden zu sein.

„He, Sie da!“, rief Becky Rob zu. „Da wartet eine Lady.“

Die Dame war Lou. Wurde etwa von ihm erwartet, dass er mit ihr tanzte? Er stammelte, dass er im Dienst sei. Aber Becky eilte zielstrebig auf ihn zu. Die Spitzenränder ihres Häubchens flatterten wie Elefantenohren. Mit eisernem Griff nahm sie seinen Arm. „Ja, Sie, junger Mann. Natürlich dürfen wir eine Dame niemals ohne Partner stehen lassen.“

Als er sich verneigte, schnalzte sie anerkennend mit der Zunge.

„Sehr gut. Gentlemen, verbeugen Sie sich vor Ihren Partnerinnen ... Nein, das ist ja grauenhaft. Junger Mann – wie heißen Sie?“ Nachdem er geantwortet hatte, fuhr sie fort: „Okay, alle beobachten, wie Rob sich verbeugt.“

Obwohl er sich wie ein Idiot fühlte, verneigte er sich noch einmal. Er hatte gelernt, Verbeugungen zu schätzen. Mit dieser schlichten Geste konnte man sehr viel ausdrücken, von echtem Respekt über angedeutete Verachtung bis zu dezenter Unverschämtheit. Wahrscheinlich traf das auch auf die Knickse der Frauen zu. Als Lou einen graziösen Knicks machte, wusste er ihn allerdings nicht zu deuten. Offenbar stellten sich die Damen besser an als die Herren, denn Becky nickte zufrieden.

„Nun müssen alle ihre Handschuhe anziehen“, erklärte sie. „Es ist absolut kein Hautkontakt gestattet!“

Was jetzt geschah, erinnerte Rob an die Probleme mit seinen Jungs – das gleiche Stöhnen und Jammern, während Handschuhe aus Handtäschchen und Jacketts gezogen wurden. Als alle anständig ausstaffiert waren, mussten die Paare sich in einer Linie aufstellen und verwirrende Übungen durchführen: Die Ballettpositionen gelangen den Damen ohne Mühe und überforderten die Männer hoffnungslos. Schritte, die bei Beckys Demonstration trotz ihrer Körperfülle anmutig wirkten, erinnerten bei ihren Schülern und Schülerinnen an das Schlurfen von Zombies.

„Eins, zwei, drei. Eins, zwei, drei – bei drei beugen Sie Ihr Bein. Eins, zwei, drei ...“

Geradezu lächerlich einfach, dachte Rob. Danach mussten sie rätselhafte Kombinationen nachmachen, Hände berühren, die Richtung wechseln und sich um die eigene Achse drehen.

„So, das waren die Grundbegriffe", verkündete Becky. „Bitte, nehmen Sie wieder die Anfangspositionen ein. Sie stehen Ihrem Partner gegenüber und reichen ihm die rechte Hand."

Idiotisch. Da stand er und hielt die behandschuhte Hand einer Frau, die er kaum kannte.

Becky ging an der Reihe entlang und musterte alle Paare, so wie Rob in der Anrichtekammer die Livreen seiner Jungs nach Fettflecken, schmutzigen Handschuhen und schlampig geknoteten Krawattentüchern absuchte.

Bei Rob und Lou blieb sie stehen. „Und das Wichtigste: Blickkontakt! Und die Berührung der Hände! Das war das Äußerste an Sex, was in jener Epoche in der Öffentlichkeit erlaubt war. Tanz bedeutete seinerzeit Partnertausch, Flirten und andere Unartigkeiten."

Pflichtbewusst suchte Rob den Blick von Lou.

„Gut", sagte Becky. „Los geht's! Verbeugen und Knicksen …"

Charlie packte seine Geige aus, spielte zwei oder drei einleitende Takte. Die Paare begannen zu tanzen, während Becky ihnen Instruktionen zurief und einzelne Paare in die richtige Position schubste.

So übel war es gar nicht. Bisher hatte er nur in Clubs getanzt, meistens mit einer Bierflasche in der Hand. Das hier war anders, gelinde gesagt. Es erinnerte ihn in gewisser Weise an Fußball: Viel Beinarbeit, nicht allzu schwierig, aber es kam darauf an, wie man mit seinen Teamkameraden zusammenspielte. In einer Hinsicht war es sogar noch besser. Man näherte sich einer Frau auf eine Weise, bei der schon eine Berührung von Ellbogen und Schultern unglaublich sexy wirkte. Das bloße Lächeln einer Dame schien pure Verführung. Manchmal musste man auch die Hand eines Mannes festhalten, in seine Augen schauen und herumhopsen. Rob fand das gar nicht so schwul, wie er befürchtet hatte. Es war so ähnlich wie die Umarmungen, die Teamgefährten austauschten, wenn sie sich über ein Tor freuten.

Lou lächelte ihn an. Er lächelte zurück. Ihre Blicke glühten, wenn sie nach den kurzen Trennungen wieder zueinanderfanden, wenn sich ihre Hände erneut vereinten. „Wie gut Sie tanzen …“, sagte sie, und ihr Rock streifte seine Schienbeine.

Dann mussten sie stehen bleiben, weil sich Cathy, die mit ihrem Mann Alan neben ihnen tanzte, in die falsche Richtung drehte. „Das werde ich nie begreifen“, klagte sie. Becky schob sie an den richtigen Platz.

„Hören Sie auf die Musik“, riet Rob ihr und war von seinen Worten selbst überrascht. „Die erklärt Ihnen, was Sie tun müssen.“

„Wo sollen wir denn sein?“, fragte Alan. „Komm zurück, Cathy!“

„Nein, hier entlang!“

„Sie müssen an der Reihe vorbei zurückgehen“, erklärte Lou. „Tun Sie, was die anderen vorher getan haben. Jetzt sind Sie das erste Paar.“ Zusammen mit Rob versuchte sie die Paare neu zu positionieren, bis Becky merkte, dass alle ihre Schüler und Schülerinnen durcheinandergeraten waren.

„Halt!“, rief sie.

„Gut gemacht, Partner“, sagte Lou zu Rob, und er strahlte vor Stolz. Ihre Wangen waren leicht gerötet. Während er sie zu dem kleinen Tisch mit den Getränken führte, bemerkte er ihren Duft. Er war reif und sexy, weiblicher Schweiß mischte sich mit Lavendel.

Die Gruppe entspannte sich. Es wurde gelacht, alle tauschten freundliche Beleidigungen aus und machten sich über ihre Unfähigkeit lustig.

„Irgendwie ist das wie Fußball, Mrs Connolly“, bemerkte Rob.

„Wirklich?“

„Ja.“

„Ein interessanter Vergleich.“

„Hauptsächlich geht's um Sie und mich, um unser Zusammenspiel. Doch wir müssen auch auf die anderen achten. Wenn wir einen falschen Schritt machen, bringen wir die anderen durcheinander, aber wir können in die richtige Position zurückkehren. Sicher hat unsere Lehrerin einen sehr einfachen Tanz für die erste Unterrichtsstunde ausgesucht. Möchten Sie ein Glas Limonade, Ma'am?"

„Da haben Sie völlig recht, junger Mann." Becky klopfte ihm auf die Schulter. „Bald werden Sie sich alle so geschmeidig bewegen wie Beckham. Und ich möchte auch ein Glas Limonade."

7. KAPITEL

Mac

Er wanderte durch den Wald zu Vivs Pförtnerhaus, wütend auf sich selbst, auf Lou und alle anderen. Fliegen surrten um ihn herum, und er versuchte, sie mit seinem Hut zu verscheuchen. Die englischen Sommer waren nicht halb so schlimm wie die in Michigan, aber hier gab es erstaunlich viele lästige Insekten, denen es offenbar Spaß machte, in seine Nasenlöcher zu kriechen. Und es gab keine Fliegengitter an den Fenstern.

Verdammt wollte er sein, wenn er seine Zeit vergeudete, indem er wie ein Idiot um Frauen herumscharwenzelte, die nicht wussten, was sie wollten und ihn auch noch beleidigten. Er lockerte sein Krawattentuch und knöpfte seine Weste auf. Zum Teufel mit all den Formalitäten. Er würde ins einundzwanzigste Jahrhundert zurückkehren. Okay, er würde dieses Jane-Austen-Theater mitmachen, wie es verlangt wurde. Aber nur aus dem Grund, der ihn ursprünglich hierher geführt hatte – um seinen Artikel schreiben zu können.

Vor ihm tauchte das Pförtnerhaus auf, und er hörte seltsame, blecherne, disharmonische Geräusche. Vivs Radio. Wie schnell man sich an die Stille gewöhnte, an Vogelgezwitscher, das Rascheln des Windes in den Zweigen, das sanfte Tappen von Ledersohlen auf Holzböden, das feminine Rascheln von Musselinkleidern …

Er zog seine Jacke aus und klopfte an die Haustür, bevor er sie aufstieß.

Viv blickte nur kurz auf, als er eintrat. In einem ihrer Mundwinkel hing eine Zigarette, im anderem ein paar Stecknadeln. Sie trug enge Jeans und ein bauchfreies T-Shirt. „Hallo, mein Großer. Lass mich das nur rasch fertig machen." Sie zeigte auf eine Schneiderpuppe, nahm eine Nadel aus dem Mund und steckte eine Falte fest. „Hübsch, nicht wahr? Leg dein Jackett weg, aber vorsichtig." Nachdem sie ihre Arbeit beendet hatte, wandte sie sich wieder an Mac. „Und, was kann ich für dich tun?“ Die Beine gespreizt, die Brüste nach vorn gereckt, stützte sie ihre Ellbogen auf den Werktisch.

„Was schon vor Tagen hätte passieren müssen.“ Er stellte einen kleinen Rekorder auf den Tisch und nahm einen Notizblock und einen Kugelschreiber aus der Hosentasche.

„Also sind die Flitterwochen vorbei?“ Sie schaltete das Radio aus. „Danke, dass du mich darum gebeten hast. Natürlich bin ich mit dem Zeitpunkt des Interviews einverstanden“, sagte sie ironisch. „Eine Tasse Tee? Schieß los.“

Mac stellte das Aufnahmegerät an. „Interview mit der Kostümbildnerin Viv Fairfield ... Verdammt, was für ein Datum haben wir heute?“

„Den Achtzehnten.“ Sie grinste ihn an und löffelte Teeblätter in die Kanne. Dann setzte sie sich auf einen der hohen Hocker, die vor dem Tisch standen, und schlug sittsam die Beine übereinander.

Eine Stunde später verließ er das Pförtnerhaus. Er war begeistert von Vivs Liebe zu ihrem Beruf, beeindruckt von ihren Fachkenntnissen und leicht verärgert, weil er das Interview so lange hinausgezögert hatte. Immerhin war er hier, um zu arbeiten, genauso wie Viv. Doch sie schaffte es, ihre sexuellen Bedürfnisse zu befriedigen, ohne darüber ihre Pflichten zu vernachlässigen. Das würde ihm wohl nie gelingen.

Er freute sich darauf, endlich mit dem Schreiben dieser Geschichte anzufangen. Aber vorher wollte er noch das Badehaus besuchen. Es war der Stolz und die Freude früherer Eigentümer des Anwesens gewesen. Wie viele georgianische Landbesitzer hatten schon das Glück gehabt, eine heiße Quelle auf ihrem Grundstück zu besitzen? Statt sie kommerziell zu nutzen, ließen die einstigen Hausherren die Quelle eindämmen und einen Badeteich anlegen, den sie nur privat nutzten. Peter und Chris hatten nach Gesprächen mit Historikern und Archäologen einen schlichten runden Holzbau mit einer Lüftung im Dach in

Auftrag gegeben. Das Haus schützte die Intimsphäre der Badenden und ermöglichte die Nutzung der heißen Quelle fast das ganze Jahr über. In einem Anbau, der mit Steinen aus der Gegend errichtet worden war, befand sich ein modernes Spa. Die beiden Hausherren hatten ihm erklärt, dass die Damen in jener Epoche nicht allzu viele Möglichkeiten gehabt hätten, sich zu amüsieren. Daher ihr Zugeständnis an die Wünsche heutiger Besucher.

Dieser Standpunkt leuchtete Mac ein. In einem kommerziellen Unternehmen konnte man die historische Authentizität nur bis zu einem gewissen Grad berücksichtigen. Und die weiblichen Gäste würden wohl kaum sticken oder Klavier spielen wollen. Er nickte zwei Spa-Betreuerinnen zu, die vor dem Eingang in der Sonne saßen und rauchten. Ihre Zigaretten bildeten einen sonderbaren Kontrast zu ihren Spitzenhäubchen und den langen Kleidern.

Dann öffnete er die Tür des Badehauses. Feuchtes Halbdunkel erfüllte den kleinen Raum. Vom Wasser, das nach Moschus und Schwefel roch, stiegen Dampfwolken empor. Auf einer Bank stapelten sich Handtücher. Er setzte sich in eine der hölzernen Kabinen und zog seine Schuhe aus. Durch die Lüftung im Dach sah er den blauen Himmel. Vor 200 Jahren hatten die Leute vermutlich hier nicht nur gebadet, sondern das Wasser auch getrunken.

Mac zog sich aus, legte ein Handtuch in Griffweite und stieg die Stufen zum Wasser hinab. Es hatte die beruhigende Temperatur eines heißen Wannenbades. In der Mitte des Beckens war es am tiefsten. Hier konnte man sich treiben lassen, getragen vom hohen Mineralgehalt der Quelle. Oder man setzte sich auf eins der mit Handtüchern bezogenen Korkkissen, die auf den Stufen lagen. Er legte eines davon hinter seinen Nacken und streckte sich aus. Sehr angenehm …

Er musste lächeln, als er die Aufschrift auf einem großen Schild an der Wand las. Damen und Herren wurden in blumigem Italienisch aufgefordert, die Regeln der Schicklichkeit zu beachten und beim Baden Hemden oder Hosen zu tragen. Was für ein Witz ... Die dünnen Leinengewänder würden im Wasser innerhalb weniger Sekunden durchsichtig werden. Er stellte sich eine Frau vor, die aus der Tiefe des Wassers stieg.

Das nasse Hemd klebt an ihren Brüsten, ihr dunkles Haar umrahmt ihr Gesicht wie Seetang. Eine verführerische Nixe in transparentem Leinen ...

Mac schloss die Augen und genoss dieses Bild.

Lou

Für das Umziehen zum Dinner waren volle zwei Stunden eingeplant. Das fand Lou etwas übertrieben, weil sie sich nicht um ein Make-up kümmern und nur ein Kleid aussuchen musste. Vielleicht aber war diese Pause im Tagesprogramm für Sex bestimmt. Welch eine sonderbare Kombination von Aktivitäten Peter und Chris sich für ihre Gäste ausgedacht hatten – kulturelle Highlights und Kondome in der Nachttischschublade.

Am Abend zuvor war ein aufstrebender junger Pianist aufgetreten, den sie von einem in der Nähe stattfindenden Musik-Festival hierher geholt hatten. Zu ihrem Bedauern hatte Lou das Konzert versäumt. Und da war noch dieses historisch korrekte Badehaus, jenem von Thomas Jefferson im US-Bundesstaat Virginia nachempfunden, das direkt neben einem modernen Spa stand ...

Als sie auf das Gebäude zuging, traf sie auf eine Frau in einem gemusterten Kleid, die ein Spitzenhäubchen trug. Schuldbewusst drückte sie ihre Zigarette in einem Blumenkasten aus, in dem ein Rosenbusch wuchs. „Wir schließen in fünfzehn Minuten, Ma'am. Haben Sie einen Termin?"

„Nein, vielleicht ein andermal."

„Falls Sie interessiert sind – das Badehaus ist noch geöffnet. Guten Abend, Ma'am." Hastig verschwand die Frau in dem modernen Anbau.

Lou öffnete die Tür des Badehauses. Im Inneren war es feucht und warm. Nachdem sie sich an das Halbdunkel gewöhnt hatten, bemerkte sie erschrocken, dass sie nicht allein war. Ein Mann lag halb im Wasser, ein Knie gebeugt, die Augen geschlossen. Sein dunkles Haar war zerzaust, auf seiner Stirn glänzten Schweißperlen. Adonis, dachte sie. Seine Schönheit nahm ihr den Atem. Das sanfte Licht malte Schatten auf seinen perfekten Körper, und sie erkannte die vertraute Silhouette.

Aber diesmal widmete er sich seinem eigenen Vergnügen. Er hatte die Finger um seinen Schwanz gelegt. Als er Luft holte, hob sich seine Brust. Er seufzte tief und atmete aus. Offenbar hatte er es nicht eilig zu kommen, er zog den langsamen Weg zum Ziel vor. Genussvoll und träge glitt seine Hand auf und ab, der Daumen massierte die empfindsame Stelle unterhalb der Penisspitze.

Offenbar war ein Laut über ihre Lippen gekommen, denn der Mann erstarrte, öffnete die Augen und wandte sich zu ihr.

„Oh, Scheiße“, murmelte er und legte den freien Arm über sein Gesicht.

„Tut mir leid, ich …“ Lou wich zurück, konnte aber nicht aufhören, ihn zu betrachten. „Wie schön du bist …“ So. Jetzt hatte sie es ausgesprochen.

„Was?“ Er ließ den Arm sinken und blinzelte sie an. Seine andere Hand glitt weiter langsam auf und ab. „Lass mir noch einen Moment Zeit, ja?“

Reglos stand sie da und beobachtete seine Hand, starrte das dunkle Haar auf seiner Brust an, die bewundernswerten Konturen seines Körpers. Bisher hatte sie ihn nur teilweise entkleidet gesehen. Jetzt erschien er ihr – nackt und hell im schwachen Licht, bei der intimsten aller Beschäftigungen ertappt – auf rührende Weise verletzlich. „Soll ich …?“, begann sie und merkte, wie Hitze in ihr aufstieg.

„Entweder lässt du mich in Ruhe beenden, was ich angefangen habe, oder du kommst zu mir, Lou. Würdest du dich bitte möglichst schnell entscheiden?“

„Wahrscheinlich bin ich dir nach heute Morgen etwas schuldig.“

Mac runzelte die Stirn. „Hier geht's nicht um ein Tauschgeschäft, sondern um Sex. Was willst du?"

„Ich … ich würde dich gern berühren."

„Okay." Er streichelte sich immer noch. Aber jetzt änderte sich sein Ton, er wirkte provozierend und verführerisch, er spielte mit ihr. „Zieh dich lieber aus, es könnte nass werden. Und nicht nur wegen des Wassers." Er grinste sie herausfordernd an.

Sie zog die Stecknadeln aus ihrem Kleid und warf es in einer Kabine auf die Bank. Dann setzte sie sich, knotete ihre Schuhe auf und rollte die Strümpfe herunter. Nachdem sie auch das Korsett und den Unterrock ausgezogen hatte, zögerte sie.

Als sie aus der Kabine trat, wies Mac mit seinem Kinn auf das Schild an der Wand: „Es liegt ganz bei dir, ob du die Regeln befolgen willst."

Noch immer zauderte sie. Schon lange hatte sie sich keinem Mann mehr nackt gezeigt. Ihr Körper war attraktiv, das wusste sie, schlank und fit. Und Mac hatte das meiste davon bereits gesehen, also durfte er auch den Rest mustern. Außerdem erforderte die Situation ein gewisses Fair Play – gleiche Regeln aller Beteiligten: Er war nackt, also sollte sie es auch sein. Sie zog das Hemd über den Kopf und sah, wie sich seine Augen verdunkelten, wie er seinen Penis fester umfasste.

„Oh ja", sagte er träumerisch und seufzte zufrieden. „Komm her."

Lou ging zu ihm. Unter seinem Blick wurden ihre Brustwarzen hart. Automatisch schwang sie ihre Hüften, genoss das Verlangen in seinen Augen und sah triumphierend, wie er auf seine Unterlippe biss. Sie kniete neben ihm nieder, ihre Finger umschlossen ihre Brüste. „Sag mir, was du willst."

Bevor er antwortete, ließ er seinen Schwanz los und griff nach ihrer Hand. „Ich möchte kommen, Lou. Auf diese Art. Bitte."

Sie erstarrte für einen Moment. Das war ein Fremder. Der Körper eines Fremden, nicht der von Julian. Ein unbekannter Mann.

„Bitte“, wiederholte er und legte ihre Hand um seine Erektion.

Er fühlte sich vertraut an und zugleich neu, ein seltsamer Widerspruch. So erstaunlich wie die Härte unter der zarten, seidigen Haut, wie der Gegensatz zwischen Kraft und Weichheit, zwischen maskuliner Stärke und Verwundbarkeit.

Während sie ihn streichelte, hörte sie ihn vor Lust stöhnen. Seine und ihre Hand bewegten sich harmonisch auf und ab.

„Berühr deine Nippel“, verlangte er mit heiserer Stimme.

„Ist es gut so?“, flüsterte sie, obwohl sie die Antwort kannte. Sie sah die Anspannung in seinem Kinn, in seinem ganzen Körper, in den vibrierenden Muskeln. Dann bäumte er sich auf. Seine Augen waren geschlossen. Er umklammerte ihre Finger etwas fester, dann stieß er einen Schrei aus, als sein Samen auf seinen Bauch und die Brust spritzte. Seine Hand löste sich von ihrer.

Ganz sanft drückte sie seinen erschlaffenden Penis. Er schob ihre Hand weg. Er öffnete die Augen, lachte und streckte sich. So entspannt hatte sie ihn noch nie gesehen. Er griff nach einem Handtuch, das er ihr reichte.

„Wow“, sagte er, „das war wundervoll, Lou.“ Auf einen Ellbogen gestützt, betrachtete er ihren nackten Körper. „Du siehst gut aus.“

„Du auch.“

„Danke.“ Er kratzte sich an der Brust, dann nahm er ihr das Handtuch weg und wischte sich ab. „Willst du schwimmen?“

„Warte …“ Sie stand auf und verriegelte die Tür. „Keine Ahnung, warum du nicht vorhin daran gedacht hast.“

Mac zuckte die Achseln. „Eigentlich bin ich nicht hergekommen, um zu wichsen. Es ist einfach passiert. Und wieso bist du hier?“

„Weil ich mir das Badehaus anschauen wollte. Die Jungs hatten mir Fotos geschickt. Dass du auch hier bist, war eine Überraschung.“ Sie ging zu ihm zurück und genoss erneut die Hitze in seinem Blick, den Anblick seines Schwanzes, der sich wieder zu regen begann.

„Hm …" Er rückte das Kissen hinter seinem Kopf zurecht. „Vermutlich sind wir jetzt offizielle Wichs-Gefährten."

Lou lachte. „Ja, so könnte man es nennen." Sie setzte sich neben ihn auf die steinernen Stufen und bewegte die Füße im Wasser.

„Wie war die Tanzstunde?", fragte er. „Habe ich viel verpasst?"

„Oh, ziemlich katastrophal. Ich weiß nicht, wie wir bis zu dem großen Ball in fünf Tagen die nötigen Schritte und Figuren lernen sollen. Da wird Becky, unsere Lehrerin, einige Leute von ihrem Geschichtsprojekt mitbringen, die Experten auf dem Gebiet sind. Dann wissen wenigstens ein paar der Tänzer, was zu tun ist. Ich habe übrigens mit Rob getanzt."

„Ach, tatsächlich?" Er grinste und hob eine Braue. „Der Junge ist scharf auf dich."

„Das glaube ich nicht."

„Doch, das ist er. Und laut Vic sind praktisch alle Leute ganz verrückt nach dem jungen Rob. Sie hat es mir vorhin erzählt."

„Du warst bei Viv?" Sie rückte ein wenig von ihm weg.

„Ja, ich habe sie interviewt. Deswegen bin ich schließlich hier. Weil ich eine Reportage schreibe."

„Und nach dem Interview warst du so geil, dass du wichsen musstest?" Merkwürdigerweise fühlte sie sich betrogen und senkte verlegen den Kopf.

„Nein, nach *diesem Morgen mit dir* war ich so geil, dass ich mir einen runterholen musste."

„Stunden später? Tut mir leid, Mac, meiner Erfahrung nach warten Männer nicht so lange."

„Hör mal, ich nehme hier nicht am Wettkampf ‚Wer kann am längsten und am häufigsten?' teil! Ich bin auch kein Perversling, der mit dem Schwanz in der Hand durch den Wald läuft oder über das Dienstmädchen herfällt, das gerade das Zimmer sauber macht … Und überhaupt: Warum interessiert dich, was ich tue, Lou?"

„Keine Ahnung", erwiderte sie wahrheitsgemäß. „Du verwirrst mich. Und meine Reaktion auf dich verwirrt mich."

„Dann sind wir quitt."

„Oh." Sie wollte nicht noch weiter in die Privatsphäre dieses Fremden eindringen und wechselte schnell das Thema. „Wie war das Interview?"

„Großartig." Mac richtete sich auf. „Wirklich, Viv ist sehr interessant und brillant in ihrem Job. Sie arbeitet für mehrere Theater und entwirft auch Kostüme für Opern. So was Ähnliches macht sie auch hier, hat sie gesagt. Die Kleider sollen gut aussehen, müssen aber gleichzeitig verschiedenen Figurtypen passen. Und sie weiß eine ganze Menge über historische Moderichtungen. Offenbar hatte sie einen heftigen Streit mit Chris und Peter, weil die es mit der historischen Genauigkeit nicht so ernst nehmen wollten. Sie bestand aber auf Authentizität. Schließlich haben sie sich auf einen Kompromiss geeinigt."

„Das klingt beinahe so, als hättest du vorher noch nie mit ihr geredet."

„Hab ich auch nicht", gestand er und lachte verlegen. „Bisher war die Lust immer stärker. Aber ich glaube, mit dir könnte beides funktionieren. Wenn du es zulässt. Und – ja, ich weiß, wir kennen uns erst seit zwei Tagen. Denk trotzdem darüber nach, Lou. Okay?"

Sie tauchte unter und glitt davon. „Findest du das alles hier nicht furchtbar künstlich? Handschuhe zu tragen und gleichzeitig Kleider, unter denen man nackt ist? Ich meine, deine engen Hosen schreien geradezu: Schau zwischen meine Beine! Natürlich ist allen klar, dass hier nichts real ist, und bald werden wir ins normale Leben zurückkehren."

Sie spürte eine Bewegung im Wasser. Er war ihr gefolgt, und sein Bein streifte ihres. „Möglich. Ich werde dich nicht bedrängen, Lou. Aber denk an mich." Er griff nach ihrer Hand. Seite an Seite trieben sie dahin.

Er ließ ihren Kopf unter die Wasseroberfläche sinken. In ihren Ohren gurgelte ein dumpfes Rauschen. „Ich will keine Beziehung."

„Schwierige Sache. Wir haben nämlich schon eine.“ Wie aus weiter Ferne drang seine Stimme zu ihr.

Lou ließ seine Hand los und schwamm in die Mitte des Pools. Ja, er hat recht, dachte sie, wir haben eine Beziehung. Allerdings wusste sie nicht, was für eine. Sie glaubte den Boden unter den Füßen zu verlieren, nicht nur hier im Wasser. Mit ihren Zehen tastete sie nach dem Boden des Beckens.

Als er zu ihr schwamm, plätscherte das Wasser, sein Körper stieß gegen ihren. Weil er größer war, konnte er stehen, sie nicht. Ach, zum Teufel! Sie schlang ein Bein um seine Hüfte, streckte sich vor ihm aus und genoss die Bewunderung in seinem Blick.

„Kann ich irgendetwas für dich tun? Natürlich bin ich dir sehr gern zu Diensten. Aber hier habe ich keine Kondome.“

„Ein ziemlich anmaßender Vorschlag.“

„Komm schon, Lou.“ Er streichelte ihren Bauch, dunkle Finger berührten helle Haut. „Früher oder später wird's passieren. Du musst es nur sagen.“

Nun schlang sie auch das andere Bein um seine Hüften und zog sich an seinen Schultern hoch. Ihr Mund war seinem ganz nahe. Sie blickten sich tief in die Augen, und er presste seinen steifen Schwanz an ihren Bauch. Wie leicht könnte er in ihre glatte, feuchte Hitze eindringen …

„Und wenn ich nur mit Männern vögele, die gut küssen?“, flüsterte sie.

Seine weichen Lippen strichen über ihren Hals, die Bartstoppeln an seinem Kinn kratzten sie genau dort, wo sie es wollte. Bei ihrem Mundwinkel hielt er inne. „Wie mache ich mich?“

„Okay.“

„Nur okay?“

„Streng dich noch etwas mehr an, und ich sag's dir.“

Sanft, aber beharrlich knabberte er an ihren Lippen. War es ihr Mund, der sich an seinen drängte und mehr verlangte? Oder weckte sein raffinierter, lockender Kuss diese Lust in ihr?

„Und?“, fragte er und berührte kurz mit seiner Zungenspitze ihre Lippen.

Lou wich ein wenig zurück. „Sorry, ich bin mir noch immer nicht sicher, es hat nicht lange genug gedauert."

Langsam zeichnete er mit seiner Zunge die Konturen ihrer Lippen nach und ließ sie dann in ihren Mund gleiten. Nur ganz kurz spürte sie seine Zungenspitze auf ihrer, bevor er sich zurückzog und ihre Mundwinkel küsste. Mit seiner nassen Hand liebkoste er ihre Brüste.

„Kann ich wirklich nichts anderes für dich tun, Lou?"

Sie ließ ihn los und schwamm davon. „Später. Jetzt müssen wir uns auf das Dinner vorbereiten."

„Ich hätte nie gedacht, dass du so gemein sein kannst." Mac zog sich am Beckenrand hoch. „Hey, wie wäre es, wenn wir uns erst besser kennenlernen?"

„Kennen wir uns nicht schon?", fragte sie, nur um ihn zu ärgern. Dann schwamm sie zu den Stufen, kehrte ihm den Rücken und nahm ein Handtuch.

„Nein."

Sie warf ihm einen raschen Blick zu und sah, wie er sein Haar und seinen halb erigierten Penis abtrocknete. Mmmm, sehr verlockend. Aber im Moment wollte sie weder diesen Schwanz noch seinen Eigentümer näher kennenlernen.

„Wir sehen uns beim Dinner." Erstaunlicherweise war sie schneller angezogen als er. In aller Eile hatte sie das Korsett geschnürt. Die Strümpfe und Strumpfbänder steckte sie in die Tasche ihres Rocks.

Während er in seine Stiefel schlüpfte, hob er den Kopf und schaute sie an. „Pass bloß mit dem Alkohol auf, Lou. Sonst vergesse ich vielleicht meinen Vorsatz, niemals betrunkene Frauen zu ficken."

Peter

Es war eine einzige erotische Fantasie. Er hatte versucht, sich deswegen nicht schuldig zu fühlen. Doch er hatte es genossen, die Vorstellungsgespräche mit den Dienern zu führen und sie zu engagieren. Und er kämpfte immer noch – genauso erfolglos – gegen sein schlechtes Gewissen an, weil er sie in ihren Livreen so sexy fand. Auch jetzt waren sie hinreißend, als sie nur unvollständig angezogen im Dienstbotentrakt um den Tisch saßen und die Reste vom Dinner aßen. Ihre Jugend und ihre Schönheit, die ihnen gar nicht bewusst war, ließen eine Welle der Zärtlichkeit in ihm aufsteigen. Aufgeknöpfte Hemden entblößten starke Brustmuskeln, hochgekrempelte Ärmel jugendliche, kräftige Arme.

Rob stand auf. „Ist oben alles in Ordnung, Sir?"

„O ja, alles bestens. Bitte, lasst euch nicht stören", fügte Peter hinzu, als die anderen ihre Servietten zur Seite legten und nach Jacken und Perücken griffen. „In etwa zehn Minuten trinken wir Tee und Kaffee im Salon. Wenn es an der Zeit ist, wird Chris läuten. Ich wollte euch nur für die fabelhafte Arbeit danken, die ihr heute Abend geleistet habt. Euch allen. Wirklich, ihr wart großartig."

„Vielen Dank, Sir", sagte Rob. Auch die anderen murmelten Dankesworte.

Aber Peter sah die Seitenblicke, die sie einander zuwarfen, und hörte unterdrücktes Kichern. Blöde alte Schwuchtel, das dachten sie sicher. Nun, das war er ja auch. Doch es verletzte ihn, dass diese jungen Männer nicht etwas dankbarer für das waren, was ihnen hier geboten wurde. Sogar Alex aus Russland und Dejan aus Serbien hatte er trotz ihrer mangelhaften Englischkenntnisse eingestellt. Wohl auch aus einem gewissen Mitgefühl, weil sie in ihren Heimatländern keine Chance hatten. Und natürlich auch, weil die beiden richtig heiß waren. Daran erinnerte ihn Chris ständig. Und waren die Jobs hier nicht besser, als sich auf Baustellen oder in Fabriken abzurackern?

„Ich dachte, wir könnten das Programm für den Ball besprechen, Rob", sagte er. „Falls du gerade Zeit hast."

„Kein Problem." Rob schlüpfte in seine Jacke und rückte die Manschetten mit den Goldlitzen zurecht. Als Peter den warnenden Blick sah, den der Oberlakai den anderen am Tisch zuwarf, zuckte er zusammen. Wahrscheinlich fürchtete der Junge die anzüglichen Kommentare, die mit Sicherheit kommen würden, sobald er den Raum mit seinem Boss verlassen hatte.

„Wie läuft es so?", fragte Peter, als die Tür des Dienstbotenquartiers hinter ihnen ins Schloss fiel.

„Okay", erwiderte Rob.

„Sehr gut!", sagte Peter etwas zu enthusiastisch.

Während sie die Küche durchquerten, öffnete Rob sein Krawattentuch und verknotete es neu. Ihm war bewusst, dass er zwischen Geschirrspülmaschinen und anderen modernen Geräten wie ein Besucher aus der Vergangenheit wirkte. Er nickte dem Chefkoch zu, der am Tisch saß und auf seinem Laptop herumtippte. „Aber die Jungs jammern, weil sie ihre Handys in den Spinden lassen müssen."

„Daran ist nichts zu ändern." Peter erinnerte an das erste Dinner mit den Gästen. An jenem Abend hatte schrilles Handy-Geklingel die Atmosphäre im Speisesaal zerstört. „Sogar unsere Gäste dürfen ihre Handys nur in Notfällen benutzen. Dann müssen sie es bei Viv holen. Ist mit Viv alles in Ordnung?"

„Dauernd nörgelt sie an unseren Livreen herum und behauptet, die müssten öfter gereinigt werden. Wenn man als Kellner arbeitet, lassen sich Flecken nicht vermeiden. Außerdem schwitzen wir natürlich, weil wir ständig die Treppe rauf- und runterlaufen."

Peter räusperte sich. „Ja, das kann ich mir vorstellen." Er zog seinen Schlüsselbund aus der Tasche seines Jacketts und schloss die Bürotür auf.

Konzentrier' dich auf die geschäftlichen Dinge, ermahnte er sich, keine Fantasiebilder von frisch geduschten oder verschwitzten jungen Männern. Er führte Rob in sein Büro und klickte auf dem Laptop den Arbeitsplan für die Lakaien an.

„Oh, bitte, setz dich doch", sagte er und rückte einen zweiten Sessel zum Schreibtisch. Der arme Junge war schließlich stundenlang auf den Beinen gewesen. „Es freut mich, dass du unser Oberlakai bist. Einen besseren könnte ich mir nicht wünschen.

Also, wie ich sehe, haben zwei der Diener am Samstagabend frei. Können wir das anders regeln? Ich brauche für den Ball so viel Personal wie nur möglich."

„Tut mir leid, Pauls Schwester heiratet. Und ich habe Ivan versprochen, er dürfte sich diesen Tag freinehmen und Kricket spielen. Er ist im Dorfteam, und sie haben ein wichtiges Match. Aber er hat gesagt, er würde versuchen, um zehn hier zu sein, vielleicht sogar nüchtern."

„O Gott …", seufzte Peter. „Nun, dann müssen wir eben irgendwie zurechtkommen."

Robs Ellbogen war nur wenige Zentimeter von seinem entfernt, und die Hand des Jungen lag auf dem Tisch.

„Das kriegen wir schon hin, wenn wir ein etwas einfacheres Dinner servieren, so wie's der Chefkoch vorgeschlagen hat, etwa ein Buffet auf der Terrasse."

Während Rob redete, schweiften Peters Gedanken ab. Er starrte die Hand des Jungen an, die rote Narbe, die eine gerade erst verheilte Brandwunde über seinen Fingerknöcheln hinterlassen hatte, die feinen goldbraunen Härchen.

Ehe er sich zurückhalten konnte, berührte er die Narbe. „Das sieht schlimm aus."

Sofort entzog Rob ihm seine Hand. „Nichts Ernstes. Dauernd verbrennen wir uns. Aber nicht so oft wie die Köche. Da fällt mir ein – wir müssen neue Vorräte für den Erste-Hilfe-Kasten bestellen. Das Verbandszeug und die antibiotischen Salben sind schon fast aufgebraucht. Okay … Wie viele Gäste werden nach dem Ball hier frühstücken?"

„Du erinnerst mich so sehr an mich selbst – als ich noch jung war", platzte Peter heraus und schluckte verlegen.

Gelassen schaute Rob ihn an. „Danke." Er nahm seine Hand vom Schreibtisch. „Mögen Sie mich, Sir?"

Peter fühlte sich so gedemütigt und durchschaut, dass er am liebsten geweint hätte. Er holte tief Luft. „Ja, tut mir leid. Ich finde dich sehr attraktiv." *Oh Scheiße, er würde seinen Oberlakaien verlieren.* Das würde Chris ihm niemals verzeihen, aus mehr als einem Grund. „Entschuldige bitte, das war ziemlich unprofessionell."

„Ich bin nicht dumm." Robs freundliche Stimme brachte Peter aus der Fassung. „Das sind die anderen auch nicht. Manchmal witzeln wir darüber, Sie hätten uns nur wegen unseres Aussehens eingestellt. Aber das wissen Sie ja. Und obwohl ich mich geschmeichelt fühle – ich spiele für das andere Team. Tut mir leid, Kumpel – ich meine, Sir." Zu Peters Erleichterung schnitt der Junge wieder ein geschäftliches Thema an. „Okay, ich rechne mit zwanzig Frühstücksgästen. Einverstanden? Um zehn Uhr abends gebe ich der Hälfte meiner Jungs frei, damit sie ein bisschen schlafen können. Dann werden sie um fünf Uhr morgens wieder ihren Dienst antreten, um das Frühstück vorzubereiten."

„Ja", sagte Peter. „Ja, das klingt gut. Danke. Vielen Dank für alles, Rob."

„Ich gehe jetzt ins Dienstbotenquartier zurück." Rob stand auf und glättete seine Livree. „Alles in Ordnung, Sir?"

„Oh ja", antwortete Peter und lächelte etwas gequält.

Nachdem Rob die Bürotür hinter sich geschlossen hatte, stützte Peter seine Ellbogen auf den Schreibtisch und schlug die Hände vors Gesicht.

Großer Gott, habe ich den Verstand verloren? Womöglich hatte Rob seine lässige, tolerante Haltung nur vorgetäuscht und würde den anderen Jungs brühwarm erzählen, die alte Tunte sei zudringlich geworden …

Er rannte seinem Oberlakaien nach. Einen schmerzlichen Moment lang bewunderte er die Schönheit des jungen Mannes, seinen geraden Rücken, die breiten Schultern und die muskulösen Waden.

Dann drehte Rob sich um. „Stimmt etwas nicht, Sir?"

„Rob …" Hastig packte Peter ihn am Ärmel. „Das bleibt unter uns, ja? Nichts für ungut. Hör mal, ich weiß, du hast daheim einige Schwierigkeiten. Wenn ich dir irgendwie helfen kann, musst du es nur sagen …"

Als er die Verachtung in der Miene des Jungen sah, verstummte er.

„Machen Sie sich um mich keine Sorgen.“ Rob schüttelte seine Hand ab und ging davon.

Heiliger Himmel, was für ein unsensibler Narr ich bin … Als Peter zu seinem Büro zurückging, füllten sich seine Augen mit Tränen.

Auf der anderen Seite des Korridors stand die Tür zum Hof offen. Motten umschwirrten die Flurlampe, näherten sich dem Licht, um dann vor dessen Hitze zu fliehen.

Chris saß am Schreibtisch. Wie sein Blick verriet, hatte er das letzte Gespräch zwischen Peter und Rob belauscht.

„Was zum Teufel ist hier los?“, fragte er.

8. KAPITEL

Rob

Als er das Dienstbotenquartier erreichte, klingelte die Glocke im Salon.

„Alles klar, Kumpel?", fragte Ivan.

„Ja, ganz großartig." Rob sah sich um. „Dejan, wo sind die Tabletts mit den Tassen und Untertassen?"

„Tassen und ...?"

„Ja. Für oben."

Dejan runzelte die Stirn und starrte die Teller mit den Essensresten an, die immer noch auf dem Tisch standen. „Tee?"

„Das mach ich schon, du Trottel." Stöhnend rannte Ivan in den angrenzenden Raum, wo das Porzellan verwahrt wurde.

Rob lief in die Küche. Immer das Gleiche, dachte er, ganz egal, wie gewissenhaft wir alles vorbereiten – ständig passiert irgendwas im allerletzten Moment. Hastig stellte er große Tee- und Kaffeekannen, eine Zuckerdose und ein Sahnekännchen auf ein Tablett. Er legte eine Handvoll Teelöffel dazu und richtete winzige Kuchen, getrocknete Aprikosen und vergoldete Schokoladepralinen auf einer Etagere an.

Als er alles hinaustrug, stieß er beinahe mit Ivan zusammen, der sein Tablett ebenfalls gerade in den Korridor trug. Gehetzt starrten sie einander an.

„Deine Perücke sitzt schief", tadelte Rob.

„Verdammt." Ivan stellte das Tablett auf einem Wandtisch ab und rückte sie gerade.

Rob nahm noch ein paar kleinere Tabletts und einen Lappen für verschüttete Getränke mit, dann öffnete er eine Tür. Schwer beladen stiegen sie eine schmale Wendeltreppe hinauf.

„Warum zum Henker haben die keinen Lift eingebaut?", keuchte Ivan.

„Wegen der architektonischen Geschlossenheit."

„Archi – was? Hat sich der Alte an dich rangemacht?"

„Du weißt ja, wie er ist.“ Auf dem Treppenabsatz im ersten Stock blieben sie stehen.

„Darauf hab’ ich zehn Pfund gewettet“, sagte Ivan angewidert. „Hättest du dem alten Drecksack nicht aus Mitleid einen blasen können?“

„Tut mir leid, Kumpel. Falsches Team.“

Sie verließen das Treppenhaus für Dienstboten und hielten erneut an, um Atem zu schöpfen. Aus dem Salon drangen Klavierklänge und die Singstimme einer Frau.

„Warte“, sagte Rob.

„Warum?“

„Weil ihr hochrot seid, du und Dejan. Und sie singt immer noch. Wir gehen rein, wenn sie klatschen.“

Nach dem letzten Klavierakkord setzte der Applaus ein. Rob öffnete die Tür, dann scheuchte er Dejan und Ivan mit ihren Tabletts in den Salon. Weder Chris noch Peter ließen sich blicken, das war ungewöhnlich. Die Gäste sahen ziemlich betrunken aus, was wiederum nicht ungewöhnlich war.

Wenigstens wirkte Lou an diesem Abend stocknüchtern. Sie saß neben einem der Typen, die sich im Haus um den Stuck und die Wandfarben kümmerte. Die beiden plauderten angeregt. Vom anderen Ende des Raums starrte Mac zu ihr herüber, und Rob fragte sich, warum er nicht einfach zu ihr ging und mit ihr redete.

Der Mann erinnerte ihn an den armen alten Peter, der ihn wie ein verschmähter Spaniel angeschmachtet und ungeschickt betatscht hatte. Es war nicht das erste Mal gewesen, dass ihn ein Mann angemacht hatte. So etwas passierte nun mal, es war nichts Besonderes. Aber irgendwie doch, weil er Robs Boss war und immer so traurig und verängstigt dreinschaute. Verdammt, er war sogar älter als sein Dad! Erstaunlicherweise hatte Rob größeres Mitleid mit Peter als mit seinem eigenen Vater.

„Tee, Ma’am?“, fragte er Lou.

Ohne ihn anzusehen, nahm sie eine Tasse von seinem Tablett. „Sechzehn Schichten!“, sagte sie zu dem Restaurator, der Jon Nesbit hieß.

„Kommen Sie doch mal zu mir und schauen Sie sich meine Muster an", schlug Jon ihr mit seiner affektierten Stimme vor.

Rob fragte sich, ob er auch so blasiert reden würde, wenn er in Cambridge studierte.

„Oh, das würde ich sehr gern tun!"

Großer Gott, sie bekam ja fast einen Orgasmus bei der Aussicht, irgendwelche Farbschichten zu begutachten. Bevor Jon nach einer Tasse greifen konnte, trug Rob das Tablett zum nächsten Gast. Die Frau war vom Personal zu derjenigen Person gewählt worden, die sie am liebsten ermorden würden, weil sie so furchtbar fordernd und nervtötend war.

„Hi, Rob." Sarah nahm sich eine Tasse Kaffee. „Ist das bio?"

„Absolut, Ma'am, und Fair Trade, schmeckt auch gut", erwiderte er automatisch und starrte in ihr Dekolleté. Dagegen konnte er nichts tun, denn diese Brüste waren einfach nicht zu übersehen, üppig gerundet und traumhaft, nur von einem tiefen, geheimnisvollen Schatten voneinander getrennt. Er stand, und sie saß. Wenn er nicht aufpasste, würde er ein halbes Dutzend Tee- und Kaffeetassen in die Tiefen ihres Ausschnitts fallen lassen.

Dejan stieß ihn an. Nur mit Mühe riss Rob seinen Blick von diesen Kurven los und trat einen Schritt zur Seite. Sarah nahm einen kleinen Kuchen von Dejans Etagere und leckte die mit Zucker überzogenen Rosenblätter ab. Rob erstarrte. Er war unfähig, sich zu bewegen – nur sein Penis regte sich heftig.

Was war nur los? Ging von ihm vielleicht irgendeine unwiderstehliche hormonelle Ausstrahlung aus, die Männer wie Frauen dazu zwang, ihn anzumachen? Trotz seiner mangelnden sexuellen Erfahrung verstand er, dass Sarah – die alberne, hinreißende Sarah – ihn gerade in ihr Bett einlud. Was für eine Ironie! Eine Frau, die ihn nur wegen ihrer Brüste interessierte, machte sich an ihn ran. Aber war es denn ein Fehler, lieber mit Frauen vögeln zu wollen, die man auch mochte? Offensichtlich, denn diejenigen, die ihm wirklich gefielen – Di zum Beispiel – luden ihn *nicht* in ihr Bett ein. Wie sollte er aus diesem Dilemma rauskommen? Würde ihm das jemals gelingen? Womöglich hatten alle Männer diese Schwierigkeiten, ihr Leben lang.

Aber jetzt musste er erst mal arbeiten. Er bedeutete Dejan, zum nächsten Gast zu gehen.

„Vielleicht brauche ich später Ihre Hilfe, Rob“, wisperte Sarah und leckte sich über die Lippen.

„Okay“, murmelte er und riss sich zusammen, um nicht wie ein Idiot zu grinsen. Manchmal mussten Brüste wohl genügen. „Ich werde in Ihrer Nähe bleiben, Ma'am.“

„Sarah. Nennen Sie mich Sarah.“

„Das steht mir nicht zu, Ma'am. Nicht in Gesellschaft.“

Sie lächelte. Rob bemerkte, dass die anderen Gäste auf ihn und sein Tablett warteten. Er warf einen letzten Blick auf Sarahs imposantes Dekolleté und wandte sich ab, um weiter Kaffee und Tee zu servieren.

„Hübsche Möpse.“ Dejan stieß ihn an.

„Welche meinst du?“, antwortete Rob. Eine berechtigte Frage, denn der Salon war voller hübscher Brüste, weil alle Frauen ähnliche Kleider trugen. Natürlich tat er sein Bestes, um das zu ignorieren. Doch das fiel ihm schwer, und ihm war seine deutlich sichtbare Erregung furchtbar peinlich. Glücklicherweise waren Peter und Chris noch immer nicht aufgetaucht. Die würden seinen Zustand sofort bemerken.

Der Pianist und die Sängerin kehrten zum Klavier zurück und blätterten in ihren Noten. Alle Gespräche verstummten. Diese Gelegenheit nutzte Rob, um in eine dunkle Ecke zu flüchten. Schnell hielt er das Tablett vor seine Hüften, denn da unten wurde es langsam ungemütlich. Er musste dringend etwas zurechtrücken. Aber das ging in der Öffentlichkeit nicht – und auch nicht mit zugeknöpfter Hose. Es gab nur einen Weg, den Druck loszuwerden, und damit musste er warten, bis er allein war.

Um sich abzulenken, versuchte er der Musik zu lauschen. So ein Konzert würde seiner Mum gefallen. Sie liebte alles, was mit Kultur zusammenhing … Damit er nicht in melancholische

Stimmung geriet, dachte er wieder an Sarah und malte sich aus, was er nach Dienstschluss so alles mit ihr treiben würde. Und ihr Ehemann Ben? Rob hatte keine Lust, sich von ihm zusammenschlagen zu lassen. Aber der Typ sah auch nicht so aus, als würde er wegen seiner Frau eine Prügelei anfangen.

Mit Alan dagegen wollte Rob sich auf keinen Fall anlegen. Der saß mit Cathy auf einem kleinen Sofa in einer Ecke. Statt der Musik zuzuhören, beschäftigten die beiden sich äußerst intensiv miteinander.

Lou fächelte sich kühle Luft zu, offenbar hatte das Gespräch über Stuck und Farbpigmente sie erhitzt. Mac beobachtete sie immer noch aus der Ferne.

Nach dem nächsten Lied kamen Chris und Peter herein. Rob fragte sich, ob er der Einzige war, der die Spannung zwischen den beiden bemerkte. Doch sie mimten wie üblich die liebenswürdigen Gastgeber. Peter hielt sich erwartungsgemäß von Rob fern und ging zu Dejan, um sich eine Tasse Tee zu holen.

Noch mehr öde Musik … Rob überlegte, wie lange er hier noch herumstehen und ausharren musste. Cathy und Alan schienen ähnlich gelangweilt zu sein. Als Peter und Chris den Salon betreten hatten, war das Ehepaar unbemerkt hinausgehuscht.

Sarah schaute nicht mehr in Robs Richtung. Das Ganze erschien ihm wie ein kompliziertes Spiel, dessen Regeln alle kannten, nur er selber nicht. Wo sollte er sie später treffen? Hatte sie es überhaupt ernst gemeint? Er schickte Ivan und Dejan in die Küche, um frischen Tee, Kaffee und Süßigkeiten zu holen. Müde lehnte er sich an die Wand und seufzte erleichtert, als die Sängerin ihr letztes Lied ankündigte. Danach gähnten die Gäste dezent, nahmen ihre Schals, Fächer und Handschuhe und verließen den Salon. Rob beobachtete Sarah. Inmitten einer kleinen Gruppe, zu der auch ihr Mann gehörte, schlenderte sie hinaus und gönnte ihm keinen einzigen Blick. Oder vielleicht tat sie es doch, nur konnte er es wegen des schwachen Kerzenlichts nicht sehen. Also musste *er* die Initiative ergreifen. *Na großartig …*

„Kann ich dir irgendwie helfen?“, fragte Lou Peter, als sie den Salon verließen.

Aber er beachtete sie nicht und starrte Chris an, der seine Hand – nun ja – freundschaftlich auf Bens Schulter legte. Fröhlich scherzte er mit dem jungen Mann und dessen Ehefrau Sarah.

„Darling?“, fragte Lou.

Da wandte Peter sich zu ihr, und sie sah sein müdes, sorgenvolles Gesicht. „Ach, Lou, es gibt keinen schlimmeren Narren als einen alten Narren.“

„Woher willst du das wissen?“ Sie hakte sich bei ihm unter. „Willst du drüber reden?“

Er nickte. „Gehen wir … Nein, nicht ins Büro, ins Speisezimmer.“ Er nahm einen Kerzenleuchter von einem Tischchen im Korridor, und sie gingen durch das dunkle Haus. „Allmählich mache ich mir Gedanken über dich und Mac.“

„Musst du nicht. Ich glaube, ich sollte mich lieber an die Dienerschaft halten.“ Sein Schweigen sagte ihr, dass sie in ein Fettnäpfchen getreten war. „O Mist, Peter, tut mir leid.“

Er öffnete die Tür zum Speiseraum und stellte den Kerzenleuchter auf das Sideboard. „Sieht so aus, als hätte ich's total vermasselt.“

„Wie denn?“ Sie setzte sich an den Tisch. Die polierte Mahagoniplatte fühlte sich kühl an.

Erschöpft sank Peter auf den Stuhl gegenüber. „Dieses Projekt war furchtbar stressig. All die Vorbereitungen, die Sorgen und unzähligen Einzelheiten, die geklärt werden mussten … Nun ja, im Schlafzimmer ist nicht mehr viel los bei Chris und mir. Wir sind beide müde, reden nur noch über Geschäfte. Das ist nicht besonders romantisch. Und …“

„Und du solltest niemals in der Firma rumvögeln“, warf Lou ein.

„Wenn's nur ums Ficken ginge – damit kämen wir zurecht. Aber ich habe mich verliebt, Lou. Natürlich liebe ich Chris immer noch. Aber er versteht das nicht. Ich auch nicht, und das alles macht auch gar keinen Sinn.“ Im Halbdunkel strich er über sein Gesicht, und sie sah, wie er zu lächeln versuchte. „Im Dienstbotenquartier wissen sie’s alle. Und der Junge, den ich ... Also, der benimmt sich wirklich anständig. Er hat mich sehr taktvoll abgewiesen. Scheiße, Lou. Ich kenne ihn nicht einmal richtig. Trotzdem denke ich ständig an ihn. Es ist Rob.“

„Er scheint ein sehr netter Junge zu sein“, sagte sie.

„Oh, das ist er. Chris hat die Sache vor etwa einer Stunde rausgefunden. Vielleicht wollte ich es sogar. Das wünschen sich viele Ehebrecher. Er hat ein Gespräch zwischen Rob und mir belauscht und ... O Gott, Lou, so ein Schlamassel! Chris und ich waren uns immer ziemlich treu – er hat oft geflirtet, ich habe nur ein bisschen mit Jungs kokettiert. Aber diesmal habe ich wirklich Mist gebaut.“

„Das tut mir so leid.“ Lou griff nach seiner Hand. „Natürlich musst du mit Chris reden. Aber das weißt du ja selber.“

„Ja, sicher. Er ist stinksauer. Nicht nur unsere Beziehung ist gefährdet, sondern das alles hier.“ Mit einer vagen Geste zeigte er auf den Speiseraum. „Wir haben nicht nur unsere Ersparnisse, sondern auch unser ganzes Herzblut in das Projekt Paradise Hall gesteckt, Lou.“

„Das weiß ich.“ Sie zog seine Hand an die Lippen und küsste sie. „Peter, du bist einer der nettesten Menschen, die ich kenne. Und Chris auch. Klar, du hast einiges verbockt. Aber du kannst es wiedergutmachen. Ganz bestimmt.“

„Ach, es ist so verdammt deprimierend. Obwohl ich schon zweiundfünfzig bin, mache ich immer noch so dumme Fehler. Eigentlich müsste ich es besser wissen. Hätte ich bloß den Mund gehalten und stumm gelitten!“ Er drückte ihre Hand. „Du und Julian, ihr habt alles richtig gemacht. Ich hab euch beide immer für das perfekte Paar gehalten.“

„Komisch, und wir dachten, *ihr* wärt ein perfektes Paar. Und das glaube ich immer noch. Kopf hoch, Darling, alles wird wieder gut.“

„Danke“, seufzte er und ließ ihre Hand los.

Lou starrte das Spiegelbild der Kerze in einer Fensterscheibe an. Plötzlich bemerkte sie eine Bewegung. „Wer ist da draußen auf der Terrasse?“

Erstaunt drehte Peter sich um. „Ah, offenbar ein Verrückter, der im Mondschein tanzt. *Dein* Verrückter, um genau zu sein. Kümmere dich um ihn, okay?“

Lou nahm den Kerzenleuchter, ging zu der Seitentür, die Peter ihr gezeigt hatte, und trat hinaus. In der klaren Nacht leuchtete der Mond heller, als die Kerzen es drinnen in dem mit dunklem Holz getäfelten Korridor getan hatte. Sie sah „ihren Verrückten“ mit seinem eigenen Schatten auf der Terrasse tanzen.

„Eins, zwei, drei, vier …“, murmelte er und schaute immer wieder auf ein Blatt Papier in seiner Hand. „Wechselschritt? O ja, Wechselschritt. Eins, zwei, drei. Andere Seite … Eins, zwei, drei, vier … Klingt wie ein verfluchtes Strickmuster.“

Lou lehnte sich an die Balustrade und genoss Macs Anblick. Der Mond tauchte ihn in silbriges, schwarzes und elfenbeinweißes Licht. Die Frackschöße wirbelten um seine Schenkel. An diesem Abend trug er eine dunkle Kniehose und weiße Strümpfe, die seine muskulösen Waden betonten. Eine Locke fiel in seine Stirn, er schob sie ungeduldig zur Seite. Dann hob er einen Arm – offenbar, um die Hand einer unsichtbaren Partnerin zu ergreifen – entdeckte Lou und hielt inne.

„Gratuliere! Schon wieder hast du mich bei einem einsamen Vergnügen ertappt.“

„Amüsierst du dich?“

Mac warf einen Blick auf seinen Zettel. „Verdammt, jetzt bin ich aus dem Takt gekommen.“ Er streckte seine Hand aus. „Tanzt du mit mir?“

„Mit einer realen Partnerin ist das sicher einfacher.“ Beide zogen ihre Handschuhe aus und genossen die unerwartete Freude, die Haut des anderen zu spüren.

„Viv hat mir die Anleitung mit den Schritten gegeben. Sie

meinte, ich müsste üben, weil ich die erste Tanzstunde versäumt habe."

„Mit Musik ginge das sicher besser", sagte Lou. „Aber wahrscheinlich muss man deine Bemühungen anerkennen."

„Danke. Fangen wir an."

Sie trennten sich, tanzten aufeinander zu, wieder auseinander, um imaginäre Paare herum und trafen sich erneut.

„Ach, zum Teufel." Mac schlang seine Arme um Lous Taille und drückte ihren Körper an seinen. Sie bewegten sich ganz langsam, Hüfte an Hüfte, Schenkel an Schenkel, und vergaßen die Schritte zu zählen. „Gehen wir ins Bett."

„Zusammen?" Sie legte den Kopf in den Nacken und schaute in sein Gesicht. Die Locke war ihm wieder in die Stirn gefallen, und Lou strich sie nach hinten.

„Nein, mit einem halben Dutzend Lakaien. Natürlich miteinander. Komm schon, Lou, quäl mich nicht länger."

„Das war nie meine Absicht. Höchstens ein klein wenig."

„Doch. Den ganzen Abend hast du mich ignoriert und mit diesem Restaurator-Freak geschwatzt."

„Dieser Freak ist einer der führenden englischen Experten für georgianische Innenarchitektur und historische Restaurierungen. Schon seit Jahren wollte ich mit ihm reden. Und ich dachte, das wolltest du auch. Für deinen Artikel. Hör mal, Mac, es geht nicht immer nur um dich. Du bist eifersüchtig? Das kann doch nicht dein Ernst sein!" Aufmerksam beobachtete sie seine Miene.

„Dieses Gefühl habe ich auch, was dich betrifft." Seine Augen verdunkelten sich.

In der Ferne, irgendwo im Wald, erklang ein Schrei. „Verdammt, was war das?"

„Ein Fuchs. Stell dir das vor, Lou. Rings um uns herum bumsen alle möglichen Kreaturen."

„Oder sie bringen sich gegenseitig um."

Seine Hand glitt über ihren Rücken, und er drückte seine Hüften an ihre. „Die Natur ist eine wunderbare Sache. Wie wär's, wenn wir beide uns auch ganz natürlich verhalten würden. Früher oder später wird's ohnehin passieren. Und ich würde vorschlagen – möglichst bald."

„Und wenn ich doch lieber ein halbes Dutzend Lakaien hätte?"

„Nun, das ließe sich bestimmt arrangieren. Wenn ich zuschauen darf ..."

„Das war's dann wohl mit der Mondscheinromantik."

„*Du* willst doch hübsche Gehilfen anheuern, du Oberromantikerin. Sehr nett von dir, aber diesmal brauche ich keine Hilfe."

Dass er recht hatte, bewies die Erektion, die sie deutlich spüren konnte, als er seinen Körper an ihren Bauch presste. Und da stand Lous Entschluss fest. Vielleicht hatte es Paradise Hall tatsächlich geschafft, sie aus ihrer Trauer aufzuwecken. Vielleicht war es auch Macs Begehren, das endlich ihren emotionalen Winter beendete, der so lange gedauert hatte und so kalt und düster gewesen war.

„Du denkst nach", sagte Mac.

„Ist das schlimm?" Sie ließ ihre Hand von seinem Revers zum Rüschenhemd und über die Weste wandern. Dabei genoss sie die Wärme seiner Haut. „Vielleicht benutze ich dich nur. Oder was wäre, wenn ich mehr will als einen flüchtigen Urlaubsfick? Oder wenn du mehr willst?"

„Dann werden wir dieses Problem lösen. Wir sind beide erwachsen. Gehen wir hinein."

Die Flamme des Kerzenleuchters, den Lou auf einen Tisch neben der Tür gestellt hatte, flackerte und erlosch, als sie das Haus betraten. Samtige Finsternis umgab sie. Ihre Lippen fanden sich, Macs Wärme und sein Geruch – gestärktes Leinen und männlicher Schweiß – umhüllten Lou.

Das ist falsch, sagte ihr Verstand. Ganz falsch. Für einen Mann, der einfach nur vögeln wollte, war er viel zu besitzergreifend. Ein Mann wie er konnte überall problemlos Sex bekommen, das wusste sie nur zu gut. *Warum ich?* Der perfekte Tanz ihrer Zungen und Lippen beantwortete die Frage. Seine

Finger zupften an der Verschnürung am Rücken ihres Kleids und glitten dann nach vorn. Er befreite eine ihrer Brüste aus dem Korsett, und fuhr mit seinem Daumen über den Nippel.

„Hör auf." Lou stieß ihn weg. Sie fürchtete, er würde sie hier und jetzt vollends entkleiden – und sie würde dasselbe mit ihm tun. „Warte, bis wir oben sind."

„Wohin gehen wir?"

Sie nahm seine Hand, zog ihn mit sich. Ihre Augen gewöhnten sich langsam an die Dunkelheit, die ihr nicht mehr ganz so tief erschien. Kühle Luft strich über ihre entblößte Brust. Lou hob eine Hand, um sie in das Kleid zurückzuschieben.

„Lass sie draußen", sagte Mac, seine Stimme rau vor Lust, „sie soll sofort für mich bereit sein."

Eine Tür stand einen Spaltbreit offen, schwaches Licht fiel heraus und beleuchtete eine steile Treppe. Vermutlich der Dienstbotenaufgang. Aber die Richtung stimmte. Dann sah sie noch eine Treppe, die in pechschwarze Finsternis nach unten führte.

„Komm." Sie raffte ihre Röcke und stieg die Stufen hinauf. Wie sie es vorausgeahnt hatte, hörte sie Seide rascheln und spürte Macs Hand an ihrem Schenkel, an ihren Hinterbacken.

Er seufzte leise und anerkennend.

„Nicht auf dieser Treppe, die ist zu steil." Sie flüsterte, obwohl sie nicht wusste, warum.

Die Wendeltreppe endete in tiefem Dunkel, und Lou streckte eine Hand aus, um festzustellen, wo sie waren. Beinahe schrie sie auf, als ihre nackte Brust gegen warme Haut stieß. Mac? Nein, der war doch hinter ihr, und dieser Körper fühlte sich anders an. Glatter. Er duftete sauber, nach Seife. Sie war fast sicher, dass es eine männliche Brust war.

„Was zum …"

„Scheiße, tut mir leid", flüsterte der Besitzer der Brust. Wer immer er auch sein mochte, er ließ Lou los. Dann fiel schwaches grünliches Licht auf Rob, der nichts als Boxershorts trug. Er hielt ein Handy in der Hand. Sie standen auf dem Absatz einer

Treppe, die weiter nach oben führte. „Tut mir leid", wiederholte er.

„Was zum Teufel …" Mac, ganz Alphatier, klang bedrohlich.

„Pst!" Robs Kopf wies zu einer geschlossenen Tür.

Langsam breitete sich ein Grinsen auf Macs Gesicht aus. Hinter der Tür erklangen die unverkennbaren Geräusche eines Liebesakts – ein knarrendes Bett, Stöhnen, Keuchen. „Wir könnten ‚God Save the Queen' singen, und die würden nichts hören. Was zum Geier machen Sie hier, Rob?"

„Sie hat mich eingeladen … Nun, das dachte ich zumindest." Robs Kopf deutete wieder auf die Tür. „Zu diesem Zimmer gibt es einen verborgenen Eingang. Aber der ist versperrt. Und was machen Sie hier? Das ist die Dienstbotentreppe."

Lou kicherte und lehnte sich an die Wand. Rob und Mac drehten sich zu ihr. Der junge Lakai starrte ihre nackte Brust an. Hastig zog sie das Oberteil ihres Kleids hoch.

„Wurden Sie vielleicht zu einem Dreier eingeladen, Rob?", fragte Mac. „Offenbar haben die anderen beiden schon ohne Sie angefangen."

Sogar im schwachen Licht des Handys konnte Lou sehen, wie der Jungen errötete. „Also, ich dachte … Jetzt bin ich nicht mehr sicher, was sie gemeint hat. Sie sagte, später würde sie mich brauchen – was immer das heißen sollte. Darf ich Ihnen den Weg zu Ihren Räumen beschreiben?"

„Gibt's zu jedem Zimmer eine Geheimtür?", fragte Mac.

„Zu den meisten. Wenn Sie wollen, kann ich sie Ihnen zeigen. Aber nicht jetzt." Verlegen senkte Rob den Blick. „Wenn Sie die nächste Treppe hinaufgehen, erreichen Sie die Tür zum Hauptkorridor. Von da kennen Sie den Weg wieder."

Er hielt das Handy in die Richtung der Stufen, um sie zu beleuchten, und warf seinen sehnsuchtsvollen Blick zu der geschlossenen Tür.

„Ist es Sarah?", fragte Lou.

Rob nickte. „Gute Nacht."

Er schob sich an ihnen vorbei, und sie bemerkte sein nasses

Haar. Wie gemein von Sarah, einen netten Jungen so an der Nase herumzuführen. Rob eilte die Wendeltreppe hinab, und das Geräusch seiner nackten Füße wurde immer leiser.

„Komm“, murmelte Mac, der eben noch belauscht hatte, was in Sarahs und Bens Schlafzimmer geschah. Er packte Lous Arm und zog sie zu den Stufen. „Oder willst du Rob eine Gute-Nacht-Geschichte vorlesen?“

„Er ist so süß.“

„Ja, ich habe schon gemerkt, dass du ihn dauernd anstarrst.“

Sie ignorierte diese Bemerkung. Nach dem Sex mit ihr würde er nicht mehr so eifersüchtig sein. Zumindest hoffte sie das. Jetzt befand er sich eindeutig im Eroberungsmodus.

„Sag mal, Mac“, begann sie in beiläufigem Ton, während sie in schwarzem Dunkel die Treppe hinaufstiegen. „Wie verstehst du dich eigentlich mit deinen Exfreundinnen?“

„Großartig. Die Familie meiner Ex lädt meine Mutter und mich immer zu Weihnachten ein.“

Okay, das klang nicht, als sei er ein Stalker.

„Und eine andere ist viel auf Reisen. Jedes Mal, wenn ich in London bin, wohne ich in ihrem Gästezimmer.“

„Reden wir von deinen Exfreundinnen?“

„Nein, von meinen Geschiedenen. Meine ehemaligen Freundinnen ...“

„Was, du warst zweimal verheiratet?“, fragte Lou, als sie den nächsten Treppenabsatz erreichten. „Was ist passiert?“

„Beim ersten Mal war ich sehr jung.“ Er öffnete eine Tür, und sie betraten den oberen Hauptflur, der von Kandelabern beleuchtet wurde, sodass sie einander wieder sehen konnten. „Man kann das als eine Art Testlauf sehen.“

„Oder als Lehrstelle. Welches Zimmer?“

„Meins.“

„Hast du Kondome?“

„Klar“, sagte er und ging voraus.

Während sie ihm folgte, versuchte sie, seine Stimmung zu ergründen.

Mac öffnete eine Tür und verneigte sich. Dann richtete er sich langsam auf und lachte. „Das wird allmählich zur Gewohnheit."

„Lädst du so oft Frauen in dein Schlafzimmer ein?"

„Nein, ich meine die Verbeugung." Er streichelte Lous Schulter. „Entspann dich. Möchtest du einen Drink?"

Warum eigentlich nicht? Sie beneidete ihn um seine Gelassenheit, seine Geschmeidigkeit, als er den Frack auszog. Vielleicht würde ihr ein Drink helfen. Eins stand aber fest – wenn sie sich wirklich auf dieses Abenteuer einließ, wollte sie bei klarem Verstand bleiben. Sie spürte schon ein lustvolles Prickeln in ihren Brüsten und im Bauch. Gleichzeitig war sie nervös, was Mac glücklicherweise nur ein bisschen zu amüsieren schien.

Ohne ihre Antwort abzuwarten, zog er den Korken aus einer bereits geöffneten Weinflasche und füllte zwei Gläser. Er reichte ihr eins und griff nach dem gerahmten Foto eines Kindes. Das Haar der Kleinen war zerzaust, sie hatte eine Zahnlücke und grinste in die Kamera. Schweigend zeigte er ihr das Bild.

„Deine Tochter?"

„Ja. Rosie. Fünf Jahre alt." Er strahlte vor Stolz.

„Süß."

Er stellte das Foto auf den Toilettentisch, und Lou beobachtete, wie sich der stolze Vater wieder in den Verführer verwandelte. „Setz dich." Er stieß mit ihr an. „Und versuch deine Nerven zu beruhigen."

„Wieso? Ich bin nicht nervös."

„Nein, überhaupt nicht." Mac sank aufs Bett, stützte sich auf einen Ellbogen und begann die Knöpfe seiner Weste zu öffnen. „Mach's dir bequem."

Sie setzte sich auf die Bettkante und nippte an ihrem Wein. „Warum sind deine Ehen gescheitert?"

Er ließ die Knöpfe seiner Weste los. „Dieses Thema bringt mich nicht gerade in Stimmung, Lou. Aber wenn du's unbedingt wissen willst … Bei meiner ersten Ehe waren meine Frau und ich sehr jung und haben noch studiert. Als wir erwachsen wurden, lebten wir uns auseinander. Jennifer, Nummer zwei, wurde schwanger. Deshalb bestand ich auf einer Heirat. Sie lebt in London, ich bin meistens in den Staaten. Anfangs verstanden wir uns wirklich gut. Dann verliebte sie sich in einen anderen, und so ließen wir uns scheiden. In aller Freundschaft. Ihr neuer Mann ist ein netter Typ. Aber ich bin immer noch Rosies Dad."

Nachdem er die Weste aufgeknöpft hatte, streifte er sie von seinen Schultern. Dann nahm er das Krawattentuch ab, das er schon am früheren Abend gelockert hatte. Lou starrte auf das dunkle Haar im Ausschnitt seines Hemds.

„Willst du dein Kleid nicht ausziehen?", fragte er und schlüpfte aus seinen Schuhen.

Sie schüttelte den Kopf.

„Was geht dir durch den Kopf, Lou?"

„Unfassbar ... Seit ich in Paradise Hall bin, versuche ich zu entscheiden, ob ich mit dir Sex haben soll oder nicht." Seufzend legte sie ihre Hand in seine. „Es wäre das erste Mal seit ..."

„Schon gut, ich werde ganz sanft sein", versprach er lächelnd. „Und wir tun nur, was du willst."

Lou neigte sich zu ihm und küsste seine Wange. „Du bist süß, Mac Salazar."

In gespieltem Entsetzen blickte er sie an. „Also, du verstehst es wirklich, das Selbstvertrauen eines Mannes zu untergraben. Heute Morgen hast du mir erklärt, meine sexuellen Dienste seien *sehr nett* gewesen. Du entlockst mir Geständnisse über meine Verflossenen. Und jetzt findest du mich auch noch *süß*. Soll ich dich jetzt eigentlich ficken oder nicht? Ich spüre nämlich, wie meine Eier bedenklich schrumpfen."

Nach einem kurzen Blick auf die deutliche Wölbung in seiner Hose sagte sie: „Oh, das schaffst du schon."

„Wir könnten uns stattdessen auch gegenseitig die Fußnägel lackieren, wenn du willst", murrte Mac. Dann grinste er leicht. „Willst du mir von ihm erzählen?"

„Okay." Das war ein Thema, das ihr vertraut war. Seit fast einem Jahr erzählte sie diese Geschichte immer wieder, in Tränen aufgelöst, fassungslos, voller Zorn. „Er hieß Julian. Fünf Jahre waren wir zusammen, obwohl wir in verschiedenen Staaten lebten. Aber wir telefonierten oft, schickten uns Mails, verbrachten gemeinsame Wochenenden und Ferien. Dann fanden wir Jobs, die uns näher zueinander brachten. Julian bekam eine feste Stellung und kaufte die Ranch. Ich zog zu ihm, arbeitete an meiner Dissertation, und wir heirateten. Wir legten einen Garten an, arbeiteten im Sommer, sammelten Brennholz für den Winter, redeten über Kinder, planten unsere Zukunft ..."

Lou verstummte. Sie dachte an jene wunderbaren Tage, an denen sie und Julian all die verlorene Zeit nachgeholt hatten. Manchmal waren sie nur aus dem Haus gegangen, um die Tiere zu versorgen, und danach sofort ins Bett zurückgekehrt, für unzählige Stunden. Sie hatten sich nicht um zerknüllte Laken und schmutziges Geschirr am Boden gekümmert, hatten das Klingeln des Telefons ignoriert und die Computer ausgeschaltet ...

Dann erzählte sie knapp, dass Julian im vergangenen Herbst bei einem Autounfall gestorben war. Sie sagte nichts von dem schrecklichen Anruf, in dem sie aufgefordert wurde, sofort ins Krankenhaus zu kommen. Nichts von der Nacht, in der sie scheinbar endlos gewartet und seine reglose Hand gehalten hatte, in einem Raum voller blinkender Lichter. Das einzige Geräusch, das sie dort gehört hatte, war das rhythmische Pumpen des Beatmungsgeräts. Auf Gespräche mit dem Klinikpersonal folgten Telefonate mit Julians Eltern, mit seiner Schwester ... Und schließlich die schwierigste Entscheidung ihres Lebens – sollte sie das Beatmungsgerät abschalten lassen?

Julian hatte letztendlich seine endgültige Reise ins Unbekannte angetreten.

Danach war sie allein zur Ranch zurückgekehrt, hatte die Pflanzen im gemeinsam angelegten Garten welken und sterben sehen.

Jetzt drückte ein lebendiger Mann ihre Hand.

„Wir waren nur ein paar Monate verheiratet. Die Jungs – Peter und Chris – kamen zur Trauerfeier, obwohl sie so viel mit der Renovierung des Anwesens zu tun hatten. Wir haben Julians Asche auf unserem Land verstreut. Ich liebe ihn, ich vermisse ihn. So viel will ich ihm sagen, immer wieder. Und dann fällt mir ein, dass er nicht mehr da ist."

Macs Daumen wischte eine Träne von ihrer Wange.

„Tut mir leid", flüsterte sie.

„Dafür musst du dich nicht entschuldigen."

„Ich bin es müde zu weinen und zu trauern. Nur ein halbes Leben zu führen und mich einfach treiben zu lassen. Er ist weg, einfach so. Ich bin nach England gekommen, weil ich hoffte, ihn hier wiederzufinden. Er war ganz begeistert von Chris' und Peters Projekt. Aber obwohl ich mich in Paradise Hall besser fühle als daheim – Julian ist nicht da. Er ist verschwunden. Und doch fällt es mir so schwer, ihn loszulassen, die Vergangenheit zu begraben."

„Und dabei soll ich dir helfen?"

Als er sich noch ein Glas Wein einschenkte, nippte sie an ihrem eigenen. „Du hast gesagt, du würdest keine betrunkenen Frauen ficken. Aber bei Frauen, die toten Männern nachtrauern, hast du weniger Skrupel?"

„Für deine Trauer hast du gute Gründe, Lou", erwiderte er zu ihrer Überraschung. „Wahrscheinlich empfindest du genau die richtigen Gefühle. Ich will dich nicht bedrängen, wenn du nicht dazu bereit bist. Falls du es dir anders überlegt hast, würde ich das verstehen."

„Habe ich dich abgeschreckt?" Sie schaute zwischen seine Schenkel. Kein Zweifel, er war immer noch erregt.

„Nun, ich bin ein Mann. Reine Biologie."

„Oh, wenn das so ist – wie könnte ich Mutter Natur widersprechen?"

„Genau." Mac nahm ihr das Glas aus der Hand und stellte es zusammen mit seinem auf den Nachttisch. „Höchste Zeit, dass ich dich aus deinem Korsett befreie“, sagte er und entknotete die Bänder an ihrem Rücken.

Also hatten ihre Tränen die Stimmung nicht verdorben. Gewiss, er hatte sie schon vorher weinen gesehen. Und sie mochte gar nicht daran denken, was er sonst noch alles von ihr gesehen hatte. Sie half ihm, ihr Korsett zu öffnen. „Und du?“

„Ich komme zurecht“, versicherte er ihr und riss sich die Kleider so schnell vom Leib, dass Viv bei diesem Anblick geflucht hätte. Mac schlug die Bettdecke zurück.

„Ich habe nicht vom Ausziehen geredet ...“ Lou machte eine kurze Pause, als er ihr das Hemd über den Kopf zog. „Was ich meine – du hast mir von deinen Ehen erzählt. Und wie sieht's momentan in deinem Liebesleben aus?“

„Hör mal, Schätzchen, im Moment kenne ich nur einen einzigen Gedanken. Und der macht mich unfähig zum Multitasking. Nur so viel: Ich wünsche mir eine echte Beziehung mit einer Frau. Ich möchte kein Sexmonster werden, selbst wenn ich auf dich vielleicht gerade wie ein Wüstling wirke. Und du ...“

Sie wartete gespannt, was jetzt kommen würde.

„Dich würde ich gern in schöneren Strümpfen sehen.“

„Gesprochen wie ein wahrer Mann!“

Er legte sie aufs Bett und sah sie voller Leidenschaft an. Dann nahm er eines ihrer Strumpfbänder zwischen die Zähne und zog es mitsamt dem Strumpf nach unten. Genauso entblößte er auch das andere Bein, warf die Strümpfe beiseite und kniete sich zwischen Lous Oberschenkel. Sein Penis ragte steif empor. Ganz langsam ließ er seinen Zeigefinger über ihre Brüste und ihren Bauch gleiten. „Was das Vorspiel betrifft, bin ich normalerweise ziemlich gut. Aber das würde ich jetzt höchstens zwei Minuten lang durchhalten. Wär's für dich okay, wenn wir uns erst danach um die Feinheiten kümmern?“

„Aber sicher.“

Er nahm ein Kondom aus der Nachttischschublade und zog es blitzschnell über seine Erektion. Dann schob er seine Zunge in Lous Mund und drang in sie ein.

Sie erschrak über sein Gewicht, das plötzlich auf ihr lastete, ihre abrupte Verschmelzung, die kraftvolle Art, mit der er sie ausfüllte und weitete. Sie löste ihre Lippen von seinen. „Mac ..."

Mit sanften Worten beruhigte er sie und verwandelte ihre Panik in Erregung. Als sein Mund einen ihrer Nippel umschloss, schrie sie auf, vor Überraschung und Entzücken. Nein, das war noch kein Orgasmus, bei weitem nicht. Aber sie empfand eine gewisse Erleichterung, weil zwischen ihnen alles in Ordnung war. Macs Körper erschien ihr zugleich hart und weich, rau und glatt. Sein Kinn war voller kratziger Bartstoppeln, sein krauses Brusthaar seidig, seine Muskulatur fest und angespannt.

„So ist es gut", flüsterte er, „lass dich einfach gehen."

Sie wand sich unter ihm, erstaunt über die Vertrautheit, die sie empfand, als dieser unbekannte Mann sich behutsamen in ihr bewegte. Als er seine Zunge über ihren Busen gleiten ließ, schob sie seinen Kopf weg. Sie hatte Angst, von ihren Gefühlen überwältigt zu werden. *Ich werde gefickt. Ich werde gefickt. Es ist anders und trotzdem irgendwie vertraut.*

„Gefällt es dir?"

„Ja." Wie gern hätte sie ihn gebeten, härter zuzustoßen, alle Vorsicht und Zärtlichkeit zu vergessen. Doch das wäre viel zu intim, zu so viel Nähe und Offenheit war sie noch nicht bereit. Als Mac den Atem anhielt und stöhnend nach Luft rang, verspürte sie kurz eine gewisse Enttäuschung. Würde er etwa jetzt schon kommen?

Macs Kopf sank auf ihre Schulter. „Okay?"

„Ja, mir geht es gut."

Mit einem Ächzen glitt er von ihrem Körper und streckte sich neben ihr aus. „Oh, mein Gott ..." Seine Brust hob und senkte sich unter seinen schnellen, erschöpften Atemzügen. „Hatte ich zwei Minuten gesagt? Das waren höchstens zwanzig Sekunden. Tut mir leid, Lou, ich konnte mich nicht länger zurückhalten." Auf seiner Haut glänzte Schweiß. „Normalerweise ist das kein Problem für mich."

Sie stieß ihn mit dem Ellbogen an. „Red' nicht so einen Blödsinn, hier geht es doch nicht um sportliche Rekorde."

Er setzte sich auf, nahm den Wasserkrug, der auf dem Nachttisch stand, füllte ein Glas und hielt es ihr hin. Als sie den Kopf schüttelte, trank er es selbst in einem Zug aus. Dann murmelte er etwas über das Kondom und verschwand im Bad. Lou schloss die Augen, lag reglos auf dem Bett und hörte, wie das Wasser der Toilettenspülung rauschte. Kurz drauf tappten Macs nackte Füße über den Dielenboden zum Bett.

„Für dich war's nicht so toll", stellte er fest.

„Ich bin nicht gekommen, falls du das meinst." Ihr ganzer Körper vibrierte immer noch vor Lust, so als wären schlafende Nerven erwacht. Sie wusste, dass Mac am Fußende des Betts stand und sie beobachtete. Betrachtete er ihre gespreizten Oberschenkel, das feuchte Kraushaar, die glänzenden, vor Erregung geschwollenen Schamlippen? Ihre Brüste, die aufgerichteten Brustwarzen?

Die Matratze gab leicht nach, als er sich auf das Fußende des Betts setzte. Über ihre Haut lief ein Prickeln.

„Mach die Augen auf, Lou."

Sie gehorchte und sah, dass er auf der Bettkante kniete. Unter ihrem Blick wurde sein Penis wieder hart.

Ganz lässig zog sie ein Bein an. Er starrte zwischen ihre Schenkel, sein Schwanz hob sich. Er umfasste seine Erektion. Scheinbar unbewusst, doch Lou glaubte, dass er genau wusste, was er tat. Dann neigte er sich zu ihr herunter. Unter seinem Gewicht senkte sich die Matratze, sein heißer Atem streifte die Innenseiten ihrer Schenkel.

„Hübsch", sagte er und hauchte einen seltsam keuschen Kuss auf ihren Vernushügel. Was dann geschah, war alles andere als keusch. Mit seiner Zunge erforschte er jedes zarte Fältchen, jeden Winkel zwischen ihren Beinen, ganz langsam und lustvoll.

„Bitte, bitte", keuchte Lou.

Mit gespielt unschuldigem Blick sah er sie an. „Mache ich irgendwas falsch?"

Sie packte seinen Kopf und drücke ihn zurück an die Stelle, wo sie ihn haben wollte.

„Mach einfach weiter. Genau hier."

Danach musste sie ihm keine Anweisungen mehr geben. Er schien zu wissen, was sie sich wünschte. Schreiend bäumte sie sich auf, glaubte zu schweben, ließ sich schließlich erschöpft und hochzufrieden in die Kissen zurücksinken.

„Oh, das war so gut … Ich danke dir, Mac."

„Was für fabelhafte Manieren du hast! Das gefällt mir an dir." Er legte seinen Kopf auf ihren Schenkel. „Ja, ich glaube, es war ganz okay."

„Mhm." Sie schob seinen Kopf weg, richtete sich auf und musterte seinen Penis, der dunkel und steif seinen Bauch berührte. „Beweg dich nicht", sagte sie, kramte in der Nachttischschublade und nahm ein Kondom heraus.

„Was hast du vor, Lou?", fragte er. Er hatte einen Ellbogen aufgestützt, sein Kinn lang in seiner Hand.

„Das." Sie versuchte das Kondom über seinen Penis zu streifen. Er musste ihr dabei helfen. „Tut mir leid, ich bin aus der Übung."

Er zog ihren Kopf zu sich heran, seine Zunge suchte ihre, und sie kostete ihren eigenen Geschmack, spürte sein Verlangen. Diesmal gab Lou den Rhythmus vor. Sie erforschte Macs Mund, während sie sich auf seinen Körper hinabsinken ließ. Ungeduldig reckte er ihr die Hüften entgegen.

„Lass das!", mahnte sie in gespieltem Zorn, bedeckte seinen Hals mit Küssen, sein Schlüsselbein, seine Brust. Sie ließ ihre Zunge erst die eine Brustwarze umkreisen, dann die andere.

„Lou, du bringst mich um."

„Oh, ich habe noch gar nicht richtig angefangen." Ganz sanft biss sie in seinen Nippel. Ihre Lippen glitten zur Vertiefung über dem Schlüsselbein, und sie biss etwas fester zu, um ihm zu zeigen, wozu sie fähig war. Endlich nahm sie seinen Penis ganz in sich auf.

Mac seufzte erleichtert und umfasste ihre Brüste, rieb mit seinen Daumen über ihre Brustwarzen. „Ich nehme an, diesmal wirst du bestimmen, was passieren soll.“

„Mhm.“ Sie bewegte sich auf und ab, genoss die harte Fülle in ihrem Innern, den Anblick seines ausgestreckten Körpers, der ihr völlig ausgeliefert war. „Auf diese Art bin ich bisher fast immer gekommen, viele Male … Und ich wünsche mir sehr viele Orgasmen von dir. Also fang' besser an, Baseballergebnisse aufzusagen – oder was immer du tun musst, um möglichst lange durchzuhalten.“

„Gedichte, bei mir sind es Gedichte“, stieß er zwischen zusammengebissenen Zähnen hervor.

„Du Softie …“

„Ich bin kein Softie, Schätzchen“, konterte Mac, und *das* zuckte in ihr, um auf sich aufmerksam zu machen, obwohl es absolut nicht nötig war.

Langsam bewegte sie sich auf und ab, so wie es ihr gefiel. Macs Stöhnen und seine deutlich zu sehende Lust steigerten ihre Erregung sogar noch. Er bemühte sich, stillzuhalten und ihren Anweisungen zu folgen. Das machte er sehr gut. Sie ließ den Gedanken nicht zu, dass auf diese gemeinsame Nacht vielleicht keine weitere folgen würde, dass es keine Gelegenheit für sie mehr geben könnte, voneinander zu lernen, ihre Körper und ihre Wünsche zu erforschen. Nichts im Leben war sicher, deshalb wollte sie sich lieber auf den Augenblick konzentrieren – und ihn genießen.

Süße Lust durchströmte sie, verebbte und kehrte immer wieder zurück.

„Genügt viermal?“

Lou blinzelte und sah Mac an. „Oh – hallo.“

„Ja, ich bin auch noch da.“ Er lächelte. „Wenn du kommst, siehst du so aus, als würdest du träumen. Unschuldig.“

„Beobachtest du mich?“

„Aber klar. Das liebe ich. Darf ich dich jetzt ficken?“

Ohne ihre Antwort abzuwarten, schwang er sie herum, immer noch mit ihr vereint. Er überlegte einen kurzen Moment, dann zog er sich aus ihr zurück. „Auf die Hände und Knie, Darling. Ich will dich schnell und hart von hinten nehmen – und werde dabei die ganze Zeit Gedichte aufsagen."

Sie tat, was er verlangte. Er ließ sich viel Zeit, streichelte ihren Po, fuhr mit einem Finger durch ihre Spalte, liebkoste ihre Brüste und rieb seinen Schwanz an ihr.

„Vorhin bist du viel zu leise, viel zu zurückhaltend gekommen. Ich will dich diesmal schreien hören, so laut, wie du es noch nie getan hast. „

„Oh ja", flüsterte sie.

Er lachte und drang in sie ein, hart, schnell und fest. Sie packte seine Hüften und bat ihn zu warten.

Sofort hielt er inne. „Ist es nicht okay so für dich?"

Sie rang nach Luft. „Kannst du dich etwas langsamer bewegen? Es gefällt mir, aber ich möchte morgen noch gehen können."

„Natürlich. Tut mir leid, ich habe vergessen, dass du etwas aus der Übung bist."

Am Anfang hielt er sich zurück, dann wurden seine Stöße wieder härter. Nun genoss sie seine grobe Art. Ein paar Mal schlug er auf ihren Hintern, und jedes Mal jagten köstliche Schauer durch ihren Körper. Ihr Atem ging immer schneller.

„Du zuerst", entschied Mac. Er rieb ihre Klit und beschleunigte seinen Rhythmus. Lou wurde schwindelig vor Lust, ihre Begierde war jetzt fast schmerzhaft. Dann schrie sie gellend auf, ihr ganzer Körper zuckte, als würde er von kleinen Stromstößen getroffen. Mac kam gleichzeitig mit ihr.

Sie sanken auf die Laken, völlig außer Atem und immer noch vereint. Er lachte und glitt aus ihr heraus.

„Verdammt, Lou, du hast mich total geschafft. Bleib hier bei mir. Wenn du willst, begleite ich dich aber auch in dein Zimmer. Allerdings müsste ich wahrscheinlich auf Händen und Knien dorthin kriechen."

Seufzend streckte sie sich unter ihm, atmete seinen Geruch

ein, bewegte ihre Arme und Beine, die ein bisschen schmerzten. Doch sie war völlig entspannt und sehr zufrieden. „Nein, ich will mich gar nicht rühren."

„Ich mich auch nicht", gestand Mac.

„Aber ich muss ins Bad."

Sie rutschte unter ihm hervor und ging mit zitternden Beinen ins Badezimmer, das genau so klein und primitiv war wie ihr eigenes. Im Spiegel sah sie ihre Brüste, von Macs Liebkosungen gerötet, ihr zerzaustes Haar, die wund geküssten Lippen.

Als sie ihre Hände wusch, folgte er ihr und kratzte sich an der Brust.

„Möchtest du duschen?", fragte er.

Beide musterten die winzige Plastikkabine.

„Ziemlich klein", sagte sie.

„Umso besser." Mac grinste lüstern. „Ich könnte dich in eine Ecke drücken und …"

Entschieden schüttelte sie den Kopf und rieb ihre Zähne mit Zahnpasta ein. „Klingt verlockend. Aber ich bin müde."

Mac umarmte sie. „Klar, das ist in Ordnung. Außerdem möchte ich deinen Duft möglichst lange an mir riechen. Ich will mich jetzt am liebsten an dich kuscheln und ihn so bewahren."

Hand in Hand kehrten sie zum Bett zurück, strichen die zerwühlten Laken glatt und legten sich darauf, wie ein altes Ehepaar aneinander geschmiegt. Dieser Gedanke beunruhigte Lou. Er bot ihr ein Hemd an. Das lehnte sie ab, sie wollte keinen Stoff auf ihrer noch immer hochempfindlichen Haut – zumindest sagte sie sich das. Sie zog es vor, Macs zugleich harten Körper an ihrem zu spüren. Er nahm sie in die Arme, drückte sie an sich, und sie fühlte sich zerbrechlich und beschützt. Als sie seinen anschwellenden Schwanz an ihrem Hintern spürte, stieg erneut die Lust in ihr auf. Er seufzte zufrieden, seine Hand umschloss eine ihrer Brüste. Sie verstand diese Geste als Frage, als Einladung.

Noch einmal Sex, das wäre okay. Aber diese Intimität war ihr unangenehm. Es missfiel ihr, wie wohl er sich fühlte, wie entspannt er war, kurz vor dem Einschlafen. Warum war es so verdammt einfach für ihn?

„Bedrückt dich irgendwas?", murmelte er. „Ich dachte, ich hätte dir geholfen, dich zu entspannen."

„Da bin ich mir nicht so sicher."

Seine Finger spielten mit einer ihrer Brustwarzen. „Das mache ich mit dir. Und du machst – *das*." Er zog ihre Hand zwischen ihre Beine.

Er streichelte ihre Brüste, langsam und gekonnt, und schob ein Bein zwischen ihre Schenkel. Als sie ihre Perle berührte, ermutigte er sie mit schläfriger Stimme, sich selbst zu befriedigen. War das nicht die beste Methode, um einzuschlummern? Sie hatte nicht gedacht, dass sie in dieser Nacht noch einmal kommen würde. Und sie hätte sich niemals vorstellen können, sich in den Armen dieses Mannes, den sie kaum kannte, selbst zu befriedigen. Aber sie erreichte einen schnellen, lustvollen Höhepunkt und versank gleich darauf im Reich der Träume.

10. KAPITEL

Mac

Er hatte keine Ahnung, wie spät es war. Draußen wurde es schon hell, und die Vögel zwitscherten. Also musste es nach vier Uhr morgens sein. Früher oder später würde ein Gong ertönen oder ein Dienstbote an die Tür klopfen – der Beginn eines weiteren Tages als Regency-Gentleman.

Sollte er Lou wecken und sie fragen, ob sie mit ihm ausreiten wollte? Er könnte ihr ein Paar seiner Breeches leihen. Vielleicht zog sie auch einen Damensattel vor. Da sie auf einer Ranch lebte, war sie wahrscheinlich eine bessere Reiterin als er.

Sie drehte sich zur Seite, vergrub den Kopf unter dem Kissen und entblößte die reizvollen Kurven ihres Hinterteils. Für eine so schlanke Frau hatte sie einen fantastischen Arsch. Plötzlich fand er den Gedanken, sich anzuziehen und auf ein großes, unberechenbares Tier mit Eisen an den Hufen zu steigen, gar nicht mehr verlockend. Womöglich würde Lou nach dieser Nacht nicht noch einmal zu ihm kommen. Vielleicht hatte sie ihn nur dazu benutzt, die Geister der Vergangenheit loszuwerden und würde ihm erklären, sie benötige seine Dienste von jetzt an nicht mehr. Es konnte aber auch sein, dass er da völlig falsch lag. Nutze die Gunst der Stunde, sagte er sich. Und diesen verführerischen Hintern …

Das tat er und rückte näher an sie heran. Ärgerlich stöhnte sie und zog die Decke über ihren Körper.

„Lou, Schätzchen, ich habe was für dich“, flüsterte er und presste seine Erektion an ihre Oberschenkel, damit sie merkte, was er meinte.

Als sie nicht darauf reagierte, nahm er sie in die Arme. Ihr Haar kitzelte sein Gesicht. Er erinnerte sich an ihren letzten Orgasmus vor dem Einschlafen, ihre Erregung, ihre schnellen Atemzüge. Er würde sie zu gern bei Tageslicht beim Masturbieren beobachten. Wäre sie dann anders? Würde sie ihm etwas vorspielen? Sein Schwanz regte sich. Es gab so viele Dinge, die er gern mit ihr tun würde, besonders, wenn sie wach war. Vielleicht würde sie jetzt ja doch gern reiten. Und ihm würde es Spaß machen, ihr dabei zuzusehen, wie sie auf ihre Kosten kam.

Lou

Jemand flüsterte ihren Namen.

„Zu früh", murmelte sie. „Oh … Hi, Mac."

„Schau mal, ich habe das hier für dich aufgestöbert." Etwas landete neben ihr im Bett, ein Bündel Stoff und Stiefel. „Damit du nicht im Damensattel reiten musst. Der junge Rob war sehr bemüht, mir zu helfen. Hoffentlich passen dir die Stiefel."

„Er weiß, dass ich hier bei dir bin?"

„Wir haben ihn gestern Abend auf der Treppe getroffen, erinnerst du dich?"

Da fiel es ihr wieder ein – der Schreck über Robs nackte Haut an ihrer Hand, so warm und überraschend im Dunkel. Und dann war da noch dieser Mann, der jetzt in Boxershorts neben ihr auf dem Bett saß. Sie setzte sich auf und inspizierte das Jackett und die Kniebundhosen aus Leder. Dann drehte sie die Reitstiefel hin und her. „Ziemlich groß."

„Ich leihe dir ein Paar von meinen Socken. Na ja, es sind eher Strümpfe. Komm schon, Lou. Du kannst reiten, darum lassen sie mich allein mit dir da raus."

„Im englischen Stil bin ich nicht so gut." Aber die Versuchung war groß: Sie könnte endlich wieder eine Hose tragen und ausreiten. Dazu kamen der Anblick Macs, halb nackt an ihrer Seite, und ein Tablett mit zwei Tassen, einer Kaffeekanne, Erdbeeren und Brioches – das genügte, um Lou vollends zu wecken. „Ich bin beeindruckt."

„Am Morgen danach sorge ich gern für meine Frauen", erklärte er und schenkte Kaffee ein.

„Deine Frauen? Hast du hier so viele zur freien Verfügung?"

„Bildlich gesprochen." Er reichte ihr eine Tasse. „Im Moment brauche ich nur dich. Ich gehöre ganz dir. Nimm dir eine Erdbeere – und mich."

Er beobachtete, wie sie in eine Erdbeere biss und die Frucht auf ihrer Zunge hin- und herbewegte, um ihn zu provozieren. Er streckte sich neben ihr aus, lächelte sie an und wischte mit seinem Daumen den roten Saft von ihrem Kinn.

„Wie nett", sagte sie. „Der pure Luxus."

Er brach eine Brioche in zwei Teile. Goldgelbe Krümel fielen auf ein Blatt Papier. Die Buchstaben, in denen es geschrieben und ausgedruckt worden war, sollten an eine altmodische Handschrift erinnern. Oben war das Logo von Paradise Hall zu sehen. „Mein Programm für heute", erklärte Mac. „Am Vormittag habe ich Reitunterricht, nachmittags Fechten. Total machohaft, von der Tanzstunde mal abgesehen. Nach dem Dinner werden wir Beethoven, Haydn und Mozart hören, von einem Streichquartett dargeboten. Sehr kultiviert. Nur eins fehlt."

„Was?"

„Heißer Sex am Morgen." Mac zupfte an dem Laken, das Lous Brüste bedeckte.

Lou überkam eine Schüchternheit, die sie sich selbst nicht erklären konnte. Sie zog das Laken wieder hoch.

„Ich will dich im Tageslicht nackt sehen", sagte er und warf das Blatt Papier beiseite. „Lass dich anschauen, Lou."

Was ihren Körper betraf, war sie nie besonders schamhaft gewesen. Und war sie letzte Nacht nicht nackt vor Macs Augen herumspaziert, völlig unbefangen und entspannt vom Sex?

Sie ließ das Laken fallen, und Macs Blick sagte ihr alles, was sie wissen musste.

„Wie zauberhaft du bist …" Ehrfürchtig berührte er ihren Bauch.

Lou zerrte am Band seiner dünnen Boxershorts. Ihre Fingerspitzen folgten der Linie aus schwarzem Haar, die von seinem Nabel abwärts führte. Sie berührten seinen Penis, der halb erigiert auf seinem Bauch lag.

Er war so großzügig gewesen und hatte sich so aufmerksam um ihre Bedürfnisse gekümmert. Jetzt wollte sie sich revanchieren. Erfreut stöhnte er auf, als sie die Stelle, die sie kurz zuvor gestreichelt hatte, erst küsste und dann mit der Zunge umspielte. Sein Schwanz wurde hart und er stieß ihn verlangend gegen ihre Lippen. Dann flüsterte er ihren Namen und streichelte ihren Kopf.

„Zieh das aus."

Sofort gehorchte er, hob die Hüften und schlüpfte aus den Shorts.

Er ließ noch ein zufriedenes Seufzen hören, als sie seinen Penis in den Mund nahm. Ganz schwach schmeckte er nach Schweiß und Moschus, lockend und erregend. Sie ließ ihre Zunge um die glatte Spitze und die pochenden Adern kreisen. Lou achtete auf seine Reaktionen, fand heraus, was ihm gefiel. Er mochte es, wenn sie seine Hoden in die Hand nahm und mit ihren Fingernägeln die Stelle liebkoste, wo sie in den Schwanz übergingen.

„Willst du, dass ich auf diese Weise komme?", murmelte er. „Denn es wird passieren. Oh Gott, Lou, das ist so gut."

Sie bedeckte seinen Schwanz mit kleinen Küssen und sanften Bissen und grub die Finger in das dichte Haar, das ihn umgab.

„Küss mich."

Lou richtete sich auf, presste ihren Mund auf seinen und ließ den Tanz ihrer Zungen beginnen, leckte über seine Lippen. Gleichzeitig glitt ihre Hand an seinem Penis auf und ab. Gierig drückte er seinen Körper an sie.

In ihrer Hand schwoll sein Schwanz an. Hilflos stöhnte er auf, sein Mund ganz nah an ihrem. Sein Höhepunkt stand kurz bevor, er war ihr jetzt völlig ausgeliefert. Sie neigte sich hinab, nahm ihn wieder in den Mund. Zitternd krallte Mac seine Finger in ihr Haar und schrie auf. Sein Penis pulsierte. Warm und salzig ergoss sich der Samen auf ihre Zunge.

Lou hob den Kopf, um Mac anzuschauen. Erschöpft lag er unter ihr. Während er nach Luft rang, erschlaffte sein Glied, und er lächelte sie an.

„Wow, das war nett. Nein, *nett* ist eine Untertreibung – es war phänomenal. Kann ich irgendwas für dich tun, Lou?“

„Ich brauche eine Dusche. Und ich glaube, du auch.“

„Großartige Idee“, sagte er und nahm sich eine Handvoll Kondome.

Sie hob die Brauen. „Bist du nicht ein bisschen zu ehrgeizig?“

„Nun, ich denke, wir sollten ein paar ins Bad legen. Für alle Fälle. Vielleicht brauchen wir sie da ein anderes Mal, irgendwann …“ Grinsend stieg er aus dem Bett und streckte sich. Das wirkte ein bisschen eitel, wie sie fand. Aber gleichzeitig gefiel ihr, was sie sah. Sie nahm seine Hand und stand auf.

Vielleicht ein anderes Mal, irgendwann. Über die Bedeutung dieser Worte wollte sie nicht nachdenken. Trotzdem konnte sie nicht anders. Wollte er jede Nacht in Paradise Hall mit ihr verbringen und Sex haben? Als er ihren Hintern streichelte, ihren Hals küsste und sie fast das Gleichgewicht verloren, erschien ihr dieser Gedanke großartig. Andererseits …

„Hör zu denken auf, Lou!“, befahl Mac, beugte sich hinunter und leckte eine ihre Brustwarzen ab.

„Ich denke ja gar nicht …“ In diesem Moment stimmte das sogar. An ihrer Hüfte spürte sie seinen Penis, der langsam wieder wuchs.

„Doch. Du überlegst, was für Absichten ich habe.“

„Nennt man das jetzt so?“, fragte sie und berührte den Körperteil, dessen Absichten überaus eindeutig waren.

„Das macht mit Seife noch mehr Spaß. Komm!“

Sie zwängten sich in die enge Duschkabine, die in einer Ecke des Bads stand. Als Mac die Hähne aufdrehte, rieselte ein dünner, kalter Wasserstrahl auf Lou herab. Sie kreischte kurz auf.

Aber die Wassertemperatur interessierte ihn nicht. Er saugte wieder an einer ihrer Brustwarzen, und seine Hände packten ihre Pobacken. Sie nahm ein Stück Seife, das nach Sandelholz duftete, und schäumte seine Schultern, den Bauch und seinen Penis damit ein. In der winzigen Dusche war das nicht ganz einfach.

Bevor Mac ein Kondom überstreifte, wischte er den Schaum mit einem Waschlappen weg. Dann drückte er Lou in eine Ecke. Seine Kondition beeindruckte Lou. „Die Beine hoch", wies er sie an. „Um meine Taille. Ja, so ... Oh Scheiße, ich komm nicht in dich rein."

„Hast du es schon mal in einer Dusche gemacht?"

„In so einer noch nie." Er sagte etwas über Filmszenen, in denen das immer ganz hervorragend klappte. „Es wäre doch schade, dieses Kondom zu vergeuden. Dreh dich um."

Ah, das ergab mehr Sinn. Falls man ihre unbeholfenen, hektischen Aktivitäten sinnvoll nennen konnte. Mit Händen, die vom Seifenschaum ganz glitschig waren, massierte er Lous Brüste und steigerte ihr Verlangen. Er ließ seinen Schwanz über ihre Oberschenkel gleiten, dann drang er in sie ein. Überrascht schrie sie auf und genoss das Gefühl, ganz und gar ausgefüllt zu werden.

„Oh, ein wunderbar schmutziger, sauberer Fick." Kraftvoll stieß er zu. „Jetzt werde ich mir deine Brüste vornehmen, die müssen dringend mal gewaschen werden. Und, Lou, deine Lustschreie sind viel zu leise."

„Ich tue mein Bestes."

„Vielleicht sollte ich mit deiner Perle spielen", flüsterte er, und seine Stimme klang heiser. Er nahm seine linke Hand von ihrer Brust und ließ sie an ihrem Bauch hinabwandern. „Es hat mir gefallen, wie du es dir letzte Nacht selber gemacht hast. Aber jetzt übernehme ich wieder die Kontrolle – und ich werde dafür sorgen, dass du kommst."

Mit einem Finger rieb er ihre Klit, gleichzeitig stieß er seinen Schwanz rhythmisch in sie hinein. Als auch Lou versuchte, sich zu bewegen, rutschte er aus ihr heraus. Er fluchte, sie lachte, dann besiegte ihr Verlangen die Situationskomik, und sie half ihm, wieder in sie einzudringen.

Schon bald gab er einen kehligen Laut von sich, den Lou inzwischen erkannte, wie sie nicht ohne Stolz feststellte. Das Keuchen kündigte den Gipfel der Lust an, seinen Höhepunkt.

Aber sie war ihm einen Schritt voraus. *Nicht so schnell – langsamer …* Nun bestimmte *sie* wieder das Tempo, dirigierte seine Hand, gab den Takt vor, in dem sie sich bewegten. Als sie kam, spürte sie, wie auch er in ihr heftig zuckte. Mac stöhnte noch einmal auf und rief ihren Namen.

Sie drehte sich zu ihm und erwiderte seinen langen, dankbaren Kuss. Wasser strömte über ihre Gesichter.

„Sauber genug?", fragte er.

„Wir haben noch gar nicht angefangen, uns zu waschen."

„Da." Er zog sich aus ihr zurück, und im nächsten Moment landete ein Shampooklecks auf ihrem Haar, der nach Kräutern duftete.

Langsam massierte Mac ihre Kopfhaut, mit langen, starken, geschickten Fingern. Wozu sie fähig waren, hatte Lou in den letzten zwölf Stunden schon mehrfach erlebt.

„Genau dieses Stöhnen will ich hören, wenn ich dich ficke", sagte er.

„Ich überlege mir nicht, welche Geräusche ich von mir gebe. Jedenfalls machst du das sehr gut."

„Ich bin in vielen Dingen gut. Und ich bin gut zu dir. Und vor allem *in* dir." Er zog ihren Kopf nach hinten, hielt ihn unter den Wasserstrahl und spülte den Schaum aus ihren Haaren.

„Aber ich weiß nicht, ob du gut *für* mich bist."

„Das bin ich, Baby, das bin ich."

In gewisser Weise hatte er recht. Bei jeder seiner Berührungen vibrierte und prickelte ihr Körper. Der erste Mann seit Julian – der erste, der sie ins Leben zurückholte, ihre geheimsten, empfindlichsten Stellen streichelte und ihr Freudenschreie entlockte. Ja, er tat ihr gut. Sie genoss es, wie er sie verwöhnte. Und es gefiel ihr, ihn nackt zu sehen, sie mochte seine schlanke, kraftvolle Gestalt. Meistens fand sie auch seine Gesellschaft und ihre Gespräche angenehm. Mehr nicht. Noch nicht, es war zu früh.

Nun verteilte sie Shampoo in seinem Haar, massierte seine Kopfhaut und bekam zum Dank einen zufriedenen Seufzer von ihm zu hören. „Im neunzehnten Jahrhundert – in der viktorianischen Ära, glaube ich, nicht zu Jane Austens Lebzeiten – gab es Forscher, die aus der Form eines menschlichen Schädels Rückschlüsse auf den Charakter einer Person zogen. Lass mich mal sehen – ja, du bist sehr leidenschaftlich, Baby. Intelligent, aber vor allem geil." Sie ließ Wasser über seinen Kopf fließen. „Warum bist du Journalist geworden?"

„Wegen den Typen mit den Hüten." Mac wischte über sein Gesicht und griff nach der Seife. „In alten Schwarz-Weiß-Filmen tauchen doch immer diese Kerle mit Hüten und Notizblöcken auf, die ständig Fragen brüllen. So einer wollte ich sein, ein furchtloser Ermittler, der die Wahrheit herausfindet, bis spät in die Nacht arbeitet, immer eine Zigarette im Mundwinkel."

„Also bist du doch ein Romantiker."

Er ließ seine seifigen Hände über ihre Brust gleiten.

„Sind meine Brüste schon wieder schmutzig?"

„Sehr. Ja, ich war ein Romantiker. Als ich mein Studium an der Journalistenschule abschloss, fing gerade die Krise in der Zeitschriftenbranche an. Seitdem schreibe ich freiberuflich über Kulturthemen. Dieser Artikel über Paradise Hall soll in einem Magazin erscheinen. Da fällt mir ein – du bist Peters und Chris' historische Beraterin. Ich muss dich also unbedingt interviewen!"

„Aber bestimmt nicht hier." Lou nahm ihm die Seife aus der Hand und streichelte seinen Hintern. Schon wieder regte sich sein Schwanz. Er presste ihn an ihren Bauch. Er wollte sie – und sie ihn, trotz der leichten Schmerzen in Körperregionen, die sie einfach viel zu lange nicht benutzt hatte. Sie trat zurück, so gut es in der winzigen Duschkabine möglich war, und spülte den restlichen Schaum von seinem und ihrem Körper.

Er drehte das Wasser ab und nahm sie wieder in die Arme. „Ich sollte mich rasieren."

„Später."

„Willst du heute Vormittag wirklich reiten? Auf einem Pferd, meine ich?" Sein unrasiertes Gesicht kratzte über Lous Hals und ihre Schulter.

„Ja, das wird Spaß machen."
„Hier hätten wir viel mehr Spaß. Du könntest die Breeches anziehen, und wir tun so, als wärst du mein Page."
„Wie dekadent!" Aber sie fand die Vision erregend, obwohl sie wusste, dass er nur scherzte. Sie stieg aus der Plastikkabine, frottierte ihr nasses Haar und fröstelte in der kühlen Luft.
In ein Badetuch gewickelt, rannte sie ins Schlafzimmer, öffnete die Schubladen einer großen Kommode aus dunklem Holz und suchte sich ein Hemd und eine Unterhose aus feinem Leinen aus. Beides duftete nach Lavendel. Nachdem sie die Sachen angezogen hatte, benutzte sie ihre Strumpfbänder, um ein Paar Wollstrümpfe festzubinden. Dann schlüpfte sie in die Wildlederhose. Im Spiegel konnte sie sehen, wie maskulin sie plötzlich wirkte – vor allem, weil das Jackett ihre Kurven verbarg.
Mac musterte sie anerkennend, während er sein Krawattentuch verknotete. „Erstaunlich, wie sexy eine Frau in Hosen aussieht", bemerkte er. „Auch Fußknöchel machen mich richtig scharf."
„Und ich dachte, die erogene Zone der Regency-Epoche wäre der Nacken gewesen." Lou band ihr Haar am Hinterkopf zusammen und entdeckte an ihrem Hals rote Spuren, die Macs Bartstoppeln dort hinterlassen hatten. „Ist dir nie aufgefallen, wie die Leute auf alten Porträts posieren? Oft sind ihre Köpfe leicht gebeugt, das wirkt unterwürfig und herausfordernd zugleich."
„Hmmm. Vielleicht hast du recht." Er lächelte sie an. „Das müssen wir ausprobieren."
„Nicht jetzt." Sie zog die Stiefel an und stand auf, um sie zu testen. Sie waren etwas zu groß. Aber es würde ohne ein zweites Paar Strümpfe gehen. Mac sah gut aus wie immer. Ein wenig wie Lord Byron, der Dichter, dekadent, mit Bartstoppeln am Kinn und Lust in den Augen. Doch diesen Blick sollte sie besser ignorieren.
Als sie das Zimmer verließen, trafen sie Di im Flur. Über dem Arm der Zofe hingen mehrere Kleider. Mit einem Grinsen

nickte sie ihnen zu und knickste. „In Ihrem Zimmer finden Sie saubere Unterwäsche und Ihr Tagesprogramm, Ma'am. Bitte, läuten Sie, wenn Sie Hilfe brauchen." Sie musterte Lou kritisch. „Dieses Jackett könnte ich enger machen, wenn Sie es noch einmal tragen wollen. Auch die Hosen müssten geändert werden."

„Danke, aber die Sachen sind geliehen."

„Genießen Sie Ihren Ausritt", sagte Di und ging weiter.

Wenig später traten sie in einen schönen Sommermorgen hinaus. Unter ihren Füßen knirschte der Kies. Lou blieb stehen und schnupperte an einer zart pinkfarbenen Rose, die noch voller Tautropfen war.

„An so eine Rose erinnerst du mich", bemerkte Mac. „Wenn du nackt bist."

Seine Stimme klang erstaunlich ernst, und seine gefühlvollen Worte schienen ihn in Verlegenheit zu bringen. Lou war gerührt. Ein solches Kompliment, dem jeder zynische Unterton fehlte, hatte sie nicht von ihm erwartet.

„Danke", flüsterte sie und nahm seine Hand.

„Sollte uns jemand beobachten, wird dieser Auftritt meinem Image verdammt schaden", beschwerte er sich. Aber er hielt ihre Hand fest, während sie um das Haus herum zum Stall gingen.

Im Hof stand bereits ein gesattelter Rappe. Er war an einem Pfosten festgebunden und fraß Heu.

„Mein alter Kumpel Ajax", stellte Mac ihn vor und tätschelte den Hals des Hengstes.

„Mein alter Kumpel Mac!", rief eine große, blonde Frau, die gerade aus dem Stall kam. „Ich dachte, heute könnten wir wieder zum Fluss reiten und … Oh, guten Morgen." Trotz ihrer historischen Kleidung – sie trug Kniehosen und ein Tweedjackett – wirkte sie eher modern.

Wie Lou sich erinnerte, hatte Peter hauptsächlich weibliche Stallkräfte engagiert, weil sie besser qualifiziert waren als die Jungs. Sie waren genauso eingekleidet worden ihre männlichen Kollegen.

„Hi, Annabelle“, grüßte Mac. „Darf ich dir Dr. Lou Connolly vorstellen?“

„Oh. Ja.“ Annabelle schien Lous Hand nur widerwillig zu schütteln. „Peter hat mir gesagt, Sie wären eine erfahrene Reiterin. Vielleicht sollte ich trotzdem mitkommen, weil Sie das Terrain nicht kennen.“

Du hast sie gefickt, du Schuft, dachte Lou.

„Nicht nötig“, sagte Mac. „Ich kenne die Reitwege. Und Lou weiß, wie man mit Pferden umgeht.“

„Morgen habe ich einen Termin mit Ihnen, Mrs Connolly“, erklärte Annabelle. „Sie sollen lernen, im Damensattel zu sitzen. Aber heute muss das noch nicht sein. Ich habe gerade Jasper gesattelt. Können Sie im englischen Stil reiten, Mrs Connolly? Wir haben leider keine Western-Sattel.“

Lou versicherte, dass sie zurechtkommen würde. Annabelle ging in den Stall und kam kurz darauf mit einem hochgewachsenen Fuchs zurück.

„Hoffentlich kommen Sie mit ihm klar. Er ist noch ziemlich jung.“

„Das schaffe ich schon.“ Lou nahm ihr die Zügel ab. Natürlich würde Annabelle weder ihren Job noch eines der Pferde ernsthaft gefährden, indem sie ihr einen widerspenstigen Frischling zuteilte. Aber Lou spürte die Abneigung und Eifersucht der jungen Frau. *Will sie mich vorführen und lächerlich machen?* Tatsächlich. Als sie ihre Finger unter den Sattelgurt schob, spürte sie, dass er zu locker saß. Beim Aufsteigen würde sie zweifellos auf dem Kopfsteinpflaster landen.

Sie ignorierte Annabelle, streichelte Jasper und machte sich mit ihm bekannt. Neugierig und freundlich roch er an ihrem Ärmel, dann am ganzen Jackett. Er erinnerte sie an Mac, daran, wie der seine Nase in ihrem Nabel und in ihren Achselhöhlen vergraben hatte. Sie musste ein Lachen unterdrücken.

Während sie mit dem Sattelgurt hantierte, schaute sie zu Annabelle hinüber. Die half gerade Mac mit sehr viel Körperkontakt in den Sattel – offenbar, um ihre Ansprüche auf ihn zu betonen.

„Deine Steigbügel müssen noch eingestellt werden, Mac", sagte sie. Auch das erforderte intensivere Berührungen, als Lou sie für nötig hielt.

Nachdem Lou den Gurt fest genug gezurrt hatte, schwang sie sich in den Sattel. Da die Steigbügel höher hingen als bei einem Western-Sattel, hatte sie etwas Mühe beim Aufsteigen. Hoffentlich sahen das die beiden nicht. Aber zu ihrem Ärger wurde sie gar nicht beachtet, denn Mac und Annabelle waren in ein leises Gespräch vertieft. Schließlich kicherte das Mädchen, band den Rappen los und schlug auf seine Kruppe.

Wie Lou erwartet hatte, wollte Jasper die Führung übernehmen. Deshalb musste Annabelle ihn für ihren eigenen Ritt mit Mac ausgesucht haben.

Lou lockerte die Zügel, ließ den Hengst traben und ermutigte ihn nur mit einem ganz leichten Druck ihrer Waden. Zwischen ihren Beinen spürte sie seine kraftvollen Muskeln. So fügsam wie ihre Stute Maisie war er nicht, aber angenehm zu reiten. Lächelnd drehte sie sich zu Mac um, der für einen Anfänger gut im Sattel saß.

„Macht's dir Spaß?" Er musste rufen, um die Hufschläge auf dem Kopfsteinpflaster zu übertönen. Auf dem schattigen Reitweg erreichten sie weicheren Boden.

„O ja, es tut gut, wieder auf einem Pferd zu sitzen. Bring Ajax nach vorn, und wir reiten zusammen."

Als der Rappe neben Lou auftauchte, schnaubte ihr Fuchs, und sie ließ ihn etwas weiter vor. „Er ist gern der Boss. Es geht mich eigentlich nichts an – aber hast du mit Annabelle etwas laufen?"

Mac zuckte die Achseln. „Gewissermaßen. Wir haben neulich ein bisschen rumgemacht."

„Ach, um Himmels willen! Dann tut sie mir leid. Sie hat nicht erwartet, dass du mit jemand anderem auftauchen würdest."

„Hör mal, ich konnte ihr wohl kaum eine SMS schicken oder sie anrufen. Oder hätte ich vielleicht einen der Diener zu ihr schicken sollen? Komm schon, Lou."

„Natürlich hast du recht. Es ist so ein schöner Morgen! Den wollen wir uns nicht mit Streiten verderben.“

Durch die Bäume schimmerte Sonnenlicht. Der Wald lichtete sich und ging in eine Parklandschaft über. Auf dem Rasen standen einige herrschaftliche Eichen.

„Es tut mir leid“, sagte Mac. Er beugte sich vor, um ihr Knie zu streicheln. „Ich war taktlos.“

„Wie wär's mit einem Galopp?“, schlug sie vor und lächelte. „Los!“

Mac

Anerkennend beobachtete er, wie Lou den Fuchs antrieb und vorpreschte. Sie ritt fast so gut wie Annabelle.

Er hätte Annabelle nicht küssen und seine Hand nicht unter ihr Hemd schieben sollen und … Nun ja, alles andere auch nicht. Obwohl sie etwas an sich hatte, das ihn reizte – eine blonde Walküre mit dem Stallgeruch der englischen Oberschicht.

Aber Lou … Er musterte ihren knackigen Po unter den flatternden Rockschößen, ihre Schenkel in den engen Hosen, die gegen den Sattel gepresst waren. *Komm runter, mein Junge.* Auf einem Pferderücken wollte er auf keinen Fall einen Ständer bekommen. Die Reiterei war so schon unangenehm genug.

Er grub seine Fersen in Ajax' Flanken, und der Rappe wechselte vom Trab zum Galopp über. Die Hände nach unten, leicht vorbeugen, den Kopf hoch – diese Haltung fand er weit komfortabler als die langsame Gangart. Jedenfalls musste er jetzt nicht fürchten, seine Eier am Sattelhorn zu zerquetschen, wenn er den Trabrhythmus falsch beurteilte. Ajax schüttelte seine Mähne, als wollte er ihm zustimmen.

„Wie ist das eigentlich mit Mädchen und Pferden?“, fragte er, als er Lou eingeholt hatte.

„Offenbar treibt es uns zur Ekstase, wenn wir etwas Starkes, Animalisches zwischen unseren Oberschenkeln spüren“, erwiderte sie, ohne eine Miene zu verziehen. „Was für eine dumme Frage, Mac! Denk doch mal nach."

„Geht es um Macht? Um Kontrolle?"

„Teilweise. Aber es steckt mehr dahinter. Pferde sind sehr intuitive Geschöpfe, dazu schön und muskulös. Reiter und Tier schließen eine Art Pakt: Wir tun uns nicht gegenseitig weh, und wir versuchen, den anderen zu verstehen, obwohl wir völlig verschieden sind."

„Wie Männer und Frauen?"

Sie neigte den Kopf. „Möglich. Aber du und ich – wir beide gehören wenigstens derselben Spezies an, auch wenn uns die Popkultur etwas anderes einredet. Übrigens habe ich die pubertäre Pferdemanie nicht mitgemacht, also solltest du vielleicht jemand anderen zu diesem Thema befragen. Ich habe erst auf der Ranch mit dem Reiten angefangen." Ihr Gesicht wirkte wehmütig und traurig. Jetzt dachte sie wieder an ihn – an Julian.

„Wirst du auf der Ranch bleiben?"

„Das weiß ich noch nicht. Sie steht zum Verkauf. Aber ich verlange einen sehr hohen Preis. In absehbarer Zeit wird sich kein Interessent melden. Natürlich würde ich das Pferd, die Hunde und Rinder vermissen. Während ich hier bin, kümmert sich ein Nachbar um die Tiere. Auch das wird mir fehlen, wenn ich woandershin ziehe – Nachbarn, die füreinander da sind. Bei uns kann das sogar überlebenswichtig sein, wenn es ein Unwetter gibt. In einer Stadt findet man dieses Gemeinschaftsgefühl nicht. Außerdem habe ich meine Dissertation noch nicht beendet."

„Wovon handelt sie?"

„Jane Austen und das häusliche Leben."

„Das *was*?"

„Es geht um Häuser und Einrichtungen, um die Atmosphäre, für die wir Frauen sorgen", erklärte sie und seufzte. „Aber darüber möchte ich jetzt nicht reden. Bei einer Konferenz in den Staaten habe ich einen Vortrag über das Thema gehalten. Damals lernte ich Peter und Chris kennen, sie sammelten gerade

Inspirationen für ihr Projekt. Aber das alles scheint nicht mehr zu meinem Leben zu gehören, obwohl ich jetzt hier bin.“

Vor ihnen gabelte sich der Weg. „Wenn wir uns links halten, können wir um den See herumreiten“, sagte Mac. „Da ist es sehr schön.“

Er beobachtete ihr Gesicht, als der See vor ihnen auftauchte. In der sanften Brise neigten sich Rhododendren fast bis zum dunklen Wasser, in dem sie sich spiegelten. Auf einer Anhöhe stand zwischen Bäumen ein perfekter griechischer Miniaturtempel.

Lous Blick folgte einem Schwanenpaar, das über den See glitt. „Fürs ganze Leben haben sich die beiden vereint.“ Ihre Stimme klang so sehnsuchtsvoll, dass Mac in ihre geheimsten Gedanken einzudringen glaubte. Er streckte eine Hand nach ihr aus, doch sie schien es nicht zu bemerken.

In diesem Moment tänzelte Ajax seitwärts und schnaubte, als wollte er seinen Reiter gerade noch rechtzeitig daran hindern, sich lächerlich zu machen.

Das Geräusch von spritzendem Wasser durchbrach die Stille. Die Schwäne drehten sich um, weil sie sehen wollten, wer sich da in ihr Territorium gewagt hatte. Ein Kopf tauchte aus dem See auf. Rob, der junge Diener, strich seine nassen Haare nach hinten und begann, über den See zu schwimmen.

„Reiten wir weiter?“, fragte Mac, als er merkte, dass Lou den Schwimmer anstarrte, dessen Hinterbacken gelegentlich aus den Wellen ragten.

„Okay.“ Sie ergriff ihre Zügel und begann die Unterschiede zwischen dem englischen und dem amerikanischen Reitstil zu erklären, als würde sie ein begonnenes Gespräch fortsetzen.

Offenbar stand sie auf den Jungen.

11. KAPITEL

Bevor sie das Haus betraten, lehnte sie seinen Vorschlag ab, wieder Sex zu haben. Er hatte vorgeschlagen, gemeinsam zu duschen und danach zu lunchen. Beide wussten, wohin das führen würde. Außerdem wollte sie sich in eine Frau zurückverwandeln. Die Männerkleidung war nicht sonderlich bequem, und sie roch nach Pferd. Sie erinnerte Mac daran, dass sie bereits eine Verabredung mit jemand anderem hatte. Lou amüsierte sich über seine gerunzelte Stirn, die seine Eifersucht verriet, und – nein, sie wollte ihm nicht beim Fechten zuschauen. Denn das sei ungefähr so interessant, wie Putz an der Wand beim Trocknen zu beobachten.

„Aber ist das nicht genau das, was du gleich vorhast, Lou?" Er lehnte an einer Sandsteinsäule auf der Veranda und schlug lässig mit der Reitpeitsche gegen seine Stiefel. Im Schatten der Hutkrempe wirkten seine Bartstoppeln noch dunkler.

Weil er so sexy aussah, musste sie wegschauen, um ihre Gedanken zu sortieren. „Unsinn, die Farbe hier ist schon vor Jahrzehnten getrocknet. Amüsier' dich mit den anderen Jungs, wir sehen uns dann beim Dinner."

Im Haus traf sie zwei Dienstmädchen, die in historischen Kostümen einen sehr modernden Reinigungswagen durch den Korridor schoben. Sie nickte ihnen zu und ging in ihr Zimmer. Sie wünschte, sie hätte vorhin nicht an ihre Dissertation gedacht. Dieser stille Raum wäre ideal, um daran zu arbeiten, wenn sie sich nicht so erstarrt fühlen und wenn – nun ja – das Thema sie nicht dermaßen langweilen würde.

Auf dem Bett fand sie ein hübsches Baumwollkleid, saubere Unterwäsche, Strümpfe und das Tagesprogramm. Das Muster des Kleides erinnerte sie an eine altmodische Tapete, aber auf durchaus positive Weise: Die sanften Farben, Streifen und stilisierten Rosenzweige gefielen ihr. An diesem Morgen hatte Mac sie mit einer Rose verglichen. So verlegen war er nach seinem spontanen Kompliment gewesen. Sie musste lächeln, als sie daran dachte.

Sie zog sich um. Mit einer Spitzenborte, die sie zwischen Bändern und anderem Krimskrams in einer Holzkassette auf dem Toilettentisch fand, umwand sie ihr Haar im Nacken: Sie fragte sich, ob ihr Gesicht beim Morgenritt ein wenig Farbe bekommen hatte. Die Kratzer, die Macs Bartstoppeln auf ihrer Haut hinterlassen hatten, waren verblasst. Aber ihre Wangen schimmerten rosig, so als wäre sie aufgeregt. Konnte Mac daran schuld sein?

Sie verließ ihr Zimmer, und ein Diener, der kaum Englisch sprach, führte sie in den Flügel des Hauses, der noch restauriert werden musste. Sie fand Jon in einem Raum mit kahlen Wänden und unebenen Bodenbrettern. Er saß an einem billigen Holzschreibtisch und trug einen Malerkittel. Auf mehreren Tischen lagen Tapeten- und Farbmuster in kleinen Plastikbeuteln. Mit geradezu lächerlichem Entzücken entdeckte sie, dass es hier elektrischen Strom und einen Computer gab.

„Freut mich, Sie zu sehen, Lou." Freundlich lächelte Jon ihr zu und betrachtete sie über seine Lesebrille hinweg. Sein zerzaustes Haar hing ihm in die Stirn. Als Sprößling einer englischen Adelsfamilie war er in einem ähnlichen Haus wie Paradise Hall aufgewachsen. Am Abend zuvor hatte er ihr erzählt, wahrscheinlich habe er einen Gehirnschaden davongetragen, weil er als kleines Kind immer die alte, bleihaltige Farbe von den Wänden seines Zimmers gekratzt habe. Später sei Restaurateur der einzig denkbare Beruf für ihn gewesen.

„Ich habe das Personal gebeten, uns den Lunch hier zu servieren. Auch mein Partner Simon wird mit uns essen. Schauen Sie sich inzwischen diese Schönheit aus dem kleinen Speiseraum an." Er führte sie zu einem Mikroskop. „Wir haben sechzehn Schichten Farbe gefunden! Die ursprüngliche war dieser Malventon, der laut Goethes Farbenlehre die Verdauung fördert. Stellen Sie sich nur mal vor, morgens beim Frühstück auf diese Farbe zu blicken, wenn Sie verkatert sind! Da bevorzuge ich ein Gelb."

Fasziniert betrachtete Lou die Farbpartikel, Metallstücke und Stofffetzen, alle Relikte aus der Vergangenheit. In kleinen Plastikbeuteln warteten sie drauf, analysiert, konserviert und gelagert zu werden. Sie entdeckte ein Stück wundervollen, roten Seidenbrokat. Er stammte vom Bezug eines Sessels, den Jon auf dem Dachboden entdeckt hatte, und leuchtete wie vor zweihundert Jahren. Daneben lagen ausgeblichene Tapetenfetzen, von der Zeit, feuchter Luft und Ratten ruiniert, Türgriffe und -angeln, rostige Nägel und andere Metallteile.

„Was wir damit machen …", fuhr Jon fort. „Gute Frage. Jedenfalls bringen es die Jungs nicht übers Herz, das alles wegzuwerfen. Man muss ein bisschen verrückt sein, so wie wir beide, um solche Dinge zu schätzen. Also wird alles erst einmal gelagert. Traurigerweise gilt das Originaldekor dieses Hauses nach heutigen ästhetischen Maßstäben als nicht sonderlich schön. Ah, da ist Simon. Und der Lunch. Exzellent!"

Ein Lakai stellte ein großes Tablett auf einen Tisch. Simon half ihm, die Plastikbeutel beiseite zu schieben und Stühle zurechtzurücken. Dann setzten sie sich, aßen köstlichen Frischkäse, der körnig und cremig zugleich war, Obst und frisch gebackenes Brot. Als Dessert gab es einen mit echten Blumen dekorierten Kuchen. Dazu tranken sie bernsteingelben Cidre.

„Oh, mein Lieber, hast du das Frühstück versäumt?", fragte Jon, als Simon sich über seinen voll beladenen Teller hermachte. „Er arbeitet so hart. Später führen wir Lou ins blaue Zimmer, nicht wahr? Allerdings ist es im Moment noch nicht besonders blau. Simon ist dabei, den Stuck zu restaurieren. Wir zeigen Ihnen die Farbe, die wir verwenden werden. Sehr klassisch und elegant."

Bei manchen Gentlemen aus der Oberschicht ließ sich das schwer sagen, aber Lou glaubte, dass die beiden schwul waren. Oder … Beide Männer hatten glatte, braune Haare, haselnussbraune Augen und trugen Halbbrillen. „Sie sehen sich so ähnlich. Sind Sie verwandt?"

„Das werden wir immer wieder gefragt", antwortete Simon. „Haben wir nicht dieselbe Ururururgroßmutter, Jon?"

„Vermutlich sind wir so etwas wie Cousins zehnten Grades.

Wenn ich mein Kindermädchen das nächste Mal besuche, werde ich mich danach erkundigen."

„Sie hatten eine Nanny?", fragte Lou.

„O ja", bestätigte Jon, „und sie leistete uns wertvolle Dienste, als wir die Küche meines Hauses im edwardianischen Stil restaurierten. Sie weiß alles über meine Familie. Um so etwas kümmert Mummy sich nicht, sie ist viel zu sehr mit ihren wohltätigen Projekten beschäftigt."

Lou schüttelte verwundert den Kopf. „Sie sind wirklich genau so, wie wir Amerikaner uns einen typischen Engländer vorstellen."

„Aber nicht schwul", sagte Simon.

„Nur ein bisschen", wurde er von Jon verbessert. „Wir mögen auch Mädchen."

„Verdirb unserem Gast nicht den Appetit", mahnte Simon. „Sicher will Lou nichts von unseren Perversionen wissen."

Lou verschluckte sich an ihrem Cidre, und die beiden schenkten ihr ein identisches, nachsichtiges Lächeln.

„Wissen Sie, es ist so: Wir arbeiten zusammen, der eine geht im Haus des anderen aus und ein, und wir sind gern zusammen", erklärte Simon. „Natürlich halten die Leute uns für schwul. Außerdem ähneln wir uns, und meine Stimme klingt wie seine. Das mögen manche Frauen."

„Weil es das Amüsement verdoppelt", ergänzte Jon. „Sind Sie interessiert, Lou? Sicher können wir da etwas arrangieren."

„Ohne jeden Zweifel", bekräftigte Simon. „Vielleicht, wenn das blaue Zimmer fertig ist ..."

Nur mühsam verbarg Lou ihre Belustigung, während sie ihr Brusttuch mit einer Serviette trocken tupfte. „Hat Peter Sie dazu angestiftet, mir dieses Angebot zu machen?"

Nachdem sie einen kurzen Blick gewechselt hatten, erwiderte Jon: „Großer Gott, nein! Auf diese Idee sind wir von allein gekommen. Peter hat uns nur die Restaurationsarbeiten anvertraut, weil wir die Besten sind."

„In allen Dingen, die wir tun", betonte Simon.

Lou schaute in die ernsthaften Gesichter der beiden und unterdrückte ein Kichern. Ja, gewiss würden manche Frauen die beiden attraktiv finden. Und einige Männer ebenfalls.

„Selbstverständlich ist uns die Lust der Dame am wichtigsten“, sagte Jon etwas affektiert. „Wir spielen nicht miteinander.“

„Oh, nur ein bisschen“, sagte Simon. „Manchen Mädchen gefällt das. Wir können Ihnen jederzeit eine Demonstration unserer Fähigkeiten anbieten, Lou.“ Zu ihrer Verblüffung zog er einen Blackberry hervor und studierte seinen Terminkalender. „Wenn ich im blauen Zimmer fertig bin, haben wir frei. Ich glaube, mittlerweile haben wir uns von Sarah erholt. So ein gieriges Mädchen! All ihre Körperöffnungen betteln gleichzeitig um Aufmerksamkeit. Ziemlich anstrengend. Aber wenn sie eine Empfehlung brauchen, Lou, würde sie Ihnen sicher …“

„Nein, danke, wahrscheinlich werde ich auf Ihre Dienste verzichten.“

„Da gibt es noch eine andere Möglichkeit“, warf Jon ein, „Sie könnten zuschauen.“

Eifrig nickte Simon. „Dabei müssten Sie nichts tun, und die betreffende Dame würde Ihre Anwesenheit nicht einmal bemerken. Wir haben einen sehr schönen Paravent aus dem frühen achtzehnten Jahrhundert. Und jemand war sogar schlau genug, Löcher hineinzuschneiden. Also würden Sie im Verborgenen bleiben. Das macht wirklich Spaß.“

„O ja“, stimmte Jon zu. „Darf ich Ihnen ein Stück Kuchen geben, Lou? Bitte, Simon, läute nach dem Lakaien, er soll uns Tee bringen. Oder Kaffee. Was immer Sie mögen, meine Liebe. Nur zu gern erfüllen wir Ihre Wünsche.“

„Tee, bitte“, sagte Lou, so ernsthaft, wie sie es vermochte. Sie versuchte zu entspannen und sich auf die Parallelwelt von Paradise Hall einzulassen. Aber diese Situation verlangte ihr wirklich einiges ab. „Sie sorgen überaus gut für mich. Vielen Dank.“

Wie Spiegelbilder nickten die beiden einander zu.

„Was Mac betrifft …“, begann Jon, „Wann immer er will, kann er mit mir und meinem besten Freund spielen.“

„Aber ich glaube, das will er nicht“, wandte Simon ein. „Er ist so köstlich machohaft. Nun, ich werde mal nach dem jungen Master Rob läuten …“ Er schwenkte seinen Blackberry durch die Luft. „Und wenn wir eine schöne Tasse Tee getrunken haben, sehen wir uns die Restaurationsarbeiten im blauen Zimmer an.“

Lou verbrachte den Rest des Nachmittags mit Jon und Simon. Danach saß sie im Schatten einer hohen Zeder, las und döste ein bisschen. Ihre Sexpause, so nannte sie selbst diese kleine Auszeit. Lou gab sich einer erotischen Fantasie hin, in der Mac und noch ein anderer Mann vorkamen, was sie sehr aufregend fand. Schon immer hatte sie Vorstellung eines Dreiers faszinierend gefunden. Aber wer könnte diese dritte Person sein? Ihre Tagträume gaben ihr darauf keine Antwort, denn die Gesichtszüge des Mannes blieben verschwommen.

Beim Dinner saß sie nicht neben Mac. Er trug wieder diese enge Abendhose. Lou musste sich zusammenreißen, um ihn nicht anzustarren. Manchmal war Vorfreude eben die beste Freude. Er flirtete mit den anderen Frauen, schaute aber hin und wieder bewundernd und sehnsüchtig zu ihr herüber.

Als die Ladys in den Salon gingen, standen die Gentlemen auf. Mac streifte Lous Arm und drückte einen Zettel in ihre behandschuhte Hand. Sie versteckte ihn hinter ihrem Fächer. Etwas später, während die anderen Frauen plauderten, ging sie zu einem Kerzenleuchter, entfaltete das Papier und las die Nachricht.

Warte auf mich in deinem Brett. Nackt.
Mac
P.S.: Diese Ohrringe gefallen mir. Behalt sie an.

Sie steckte den Zettel ein und lächelte.

Wo zum Teufel bleibst du, Mac?

Wie eine Nymphe hatte sie sich auf ihrem Bett drapiert, und er ließ sie warten. Auf dem Nachttisch lagen einige Kondome bereit. Draußen grollten Donnerschläge, Regen prasselte herab und kühlte die Luft. Als ein Blitz das Zimmer erhellte, sah sie etwas am Fenster.

Lou erstarrte, als die hohen Glastüren erst leicht klirrten und dann aufschwangen. Eine dunkle Gestalt stand auf dem kleinen Balkon. Einen Moment bewegte sie sich nicht, dann betrat sie den Raum. Es war ein Mann, nackt bis auf einen weinroten Morgenmantel, der im Sturm flatterte. Er zog ihn aus und warf ihn auf den Boden, als er zum Bett ging. Der Geruch des Regens und des Gewitters begleitete ihn.

„Mac!" Sie richtete sich auf und streckte ihm die Arme entgegen. „Genau, wie du's gesagt hast – du bist ein Romantiker."

„Beinahe hätte ich mir an diesem verdammten Efeu die Eier aufgeschürft", schimpfte er. „So was würde ich nicht für jede Frau tun."

Aus seinem Haar fielen kalte Wassertropfen und rannen an seinen Armen und Beinen hinab. Er zog Lou an seinen nassen, kühlen Körper und ließ sich mit ihr aufs Bett fallen. In Baumwolle und Daunen, in die Düfte von Lavendel und Bergamotte und den Moschusgeruch ihrer Lust.

„Du frierst", flüsterte sie und strich über seine Brust. Sie genoss es, sein Kraushaar und die harten Nippel unter ihren Handflächen zu spüren, seinen kalten Körper, den er an ihren presste.

„Wärme mich, Lou", verlangte er und küsste sie.

Noch nie hatte sie einen Mann gekannt, der so oft küssen wollte. Sein Mund und seine Zunge waren Jäger und Gejagte zugleich, seine Küsse mal spielerisch und zärtlich, dann wieder hungrig und animalisch. Er schmeckte nach Zahnpasta – und Sex. Als sie einander umschlangen, mit Armen und Beinen, rieb er seinen Penis an ihren Oberschenkeln, ihrer Hüfte, ihrem Bauch.

Rittlings kniete sie auf ihm, und sein Finger drang in sie ein. „Du bist so feucht. Das fühlt sich wie Satin an. Wunderbar." Er hob die Fingerspitze an seine Lippen und leckte sie ab. „Willst du dich selber kosten, Lou?"

Sie nahm seinen Finger in den Mund, so begierig, wie sie

am Morgen seinen Schwanz in sich aufgenommen hatte. Voller Genuss probierte sie ihren eigenen Saft, während Mac wohlig seufzte und seine andere Hand zwischen ihre Oberschenkel schob. Zielsicher fand er die richtige Stelle. Lou spreizte die Beine noch weiter für ihn. Zwei Finger tauchten in sie ein, und sein Daumen liebkoste ihre Klitoris.

Nun nahm Lou seinen Finger aus ihrem Mund und blies sanft darauf. Sie stöhnte. „Ich werde gleich kommen."

„Vielleicht." Er stützte sich auf einen Ellbogen und spielte weiter mit ihrer Perle. Dabei blickte er sie genau an, weil er sehen wollte, wie sie reagierte. „Wenn ich es dir erlaube."

„Sobald ich das hier mit meinen Brüsten mache, komme ich", prophezeite sie und kniff sich in ihre harten, hochempfindlichen Brustwarzen.

„Ja, tu das, Lou", ermutigte er sie und knabberte an ihrem Hals. „Das ist so sexy. Ich schaue dir so gern zu, wenn du dich selbst berührst ..."

Sie wartete auf den Moment, in dem er wieder die Kontrolle übernehmen und ihren Orgasmus hinauszögern würde. Wie weit würde er sie gehen lassen? Sie spielte mit dem Gedanken, ihn zu überlisten und sich selbst einen schnellen Höhepunkt zu verschaffen. Als sie sich diese himmlische Ekstase ausmalte, zogen sich ihre Muskeln um Macs Finger, die immer noch in ihr waren, zusammen.

„Oh, ich glaube, jetzt hast du genug." Prompt zog er seine Hand zurück. „Und Finger weg von den Titten, Mrs Connolly! Schämen sollten Sie sich!"

„Du bist so gemein!", jammerte sie. Dennoch gefiel ihr dieser spielerische Streit.

Mac schob seine glänzenden, duftenden Fingerspitzen in ihren Mund. Dann ließ er seine Zunge folgen, saugte gierig an ihrer, und sein raues Kinn zerkratzte ihre Haut. Mit einer schnellen Bewegung schob er ihre Beine weiter auseinander und betrachtete ihre vor Lust geschwollene Spalte. Ein Lachen stieg in ihm auf, als Lou fordernd die Hüften auf ihn zu bewegte.

Sie mochte es, wenn er schmutzig redete. Als er seinen Mund von ihrem löste und in obszönem Ton fragte, ob er sie ficken sollte, zitterte sie vor Lust. Ihre Augen waren weit geöffnet, die Wangen gerötet. Auf ihrem Kinn sah er die Spuren, die seine Bartstoppeln hinterlassen hatten.

„Oh ja", hauchte sie und hob ihre Hüften. Er hielt sie an ihren zarten Handgelenken fest, die so schmal und zerbrechlich wirkten.

„Ja – was?"

Sie lachte schallend. „Und was nun?"

„Sehr komisch." Mac wollte gerade auf sie hinabsinken, da fiel ihm etwas ein. *Scheiße, ich brauche ein Kondom.* Das hätte er fast vergessen. Er nahm eins der Päckchen vom Nachttisch und riss es auf. „Zur Strafe musst du's mir überziehen."

„Ja, mein Herr und Meister", antwortete sie, klimperte mit den Wimpern und legte das Kondom auf ihre Handfläche.

Noch nie zuvor hatte er ein Kondom sexy gefunden. Für ihn war es immer nur eine Notwendigkeit gewesen, die Höflichkeit mit Vernunft verband. Er glaubte, noch härter könnte seine Erektion nicht werden. Aber als Lou ihn berührte und das Kondom über seinem Glied entrollte, stöhnte er. Sie schaute ihn an. Die Belustigung in ihren Augen war nicht zu übersehen. Und wenn schon ... Das Stadium, in dem ihm irgendetwas peinlich war, hatte er längst überwunden. Er fühlte sich hin- und hergerissen zwischen dem Verlangen, in sie einzudringen, und dem Wunsch, ihre schmalen Finger über seinen Schwanz gleiten zu sehen.

Jetzt lautete die große Frage – wer begehrte wen mehr? Wer konnte länger warten? Langsam senkte er seinen Körper auf Lou hinab und ließ seinen Schwanz über ihre süße, verführerische Spalte gleiten. Stöhnend reckte sie sich ihm entgegen. Aber er zog sich zurück.

„Du Fiesling!", schimpfte sie und biss in seine Schulter.

„Ja, ich kann sehr gemein sein." Er leckte und saugte an ihren Brustwarzen und drückte ihre Handgelenke ins Kissen. Ihr ganzer Körper war angespannt. „Soll ich dich fesseln, Lou? Mit ein paar Halstüchern müsste das gehen." Er blies auf ihren Nippel. „Dann binde ich dich fest, drehe dich um und ficke dich in den Arsch. Wie wär's?"

„Oh, Mr Darcy, und ich dachte, Sie wären ein Gentleman."

„Das bin ich auch", knurrte er und schob seinen Penis wieder zwischen ihre Schenkel. „Spürst du das?" Diesmal drang er ein bisschen in sie ein. Sie war so warm und weich, dass er es kaum ertrug, sich zurückzuziehen. Trotzdem tat er es, und sie schnappte nach Luft.

„Muss ich erst betteln?"

„Ja." Wieder strich er mit seiner Schwanzspitze über ihre Spalte und die harte Klit. Dann beugte er sich zu ihrem feuchten, geöffneten Mund hinab. Seine Zunge zuckte vor und spielte mit ihrer. Aus ihrer Kehle stieg ein überraschend tiefer Laut auf, und Mac spürte, wie ihre Beine zitterten.

„Hör auf, mich hinzuhalten", befahl sie. „Fick mich. Sofort!"

Da glitt er in sie hinein. Sie schrie auf und klammerte sich an ihn. Sie fühlte sich so gut an. Sein Atem ging schwer, er konnte sich kaum noch beherrschen. Noch immer hielt er ihre schmalen Handgelenke fest. Seine Finger wirkten dunkel auf ihrer zarten Haut, die beinahe so hell wie die cremefarbenen Kissen waren.

„Tu' ich dir weh?", fragte er, als ihm ihre Zerbrechlichkeit erneut bewusst wurde.

Ihre Brüste hoben und senkten sich, voll und rund. Mac küsste erst die eine, dann die andere, vergrub seine Nase in einer ihrer Achselhöhlen und sog ihren Duft ein.

„Oh, das kitzelt", kicherte sie, schlang ein Bein um seine Hüfte und drückte ihre Ferse in seine Hinterbacken, um ihn näher zu sich heranzuziehen. „Jetzt."

Ja, jetzt. Unbedingt jetzt. Als sie verschmolzen und sich einander ganz hingaben, wollte er sie schreien hören, ihr Zittern und ihre Lust spüren. Er drehte sie herum, sodass sie auf ihm saß, presste sie an sich, glaubte zu ertrinken in ihrem Mund, ihrem Geschmack, ihrem Duft.

Lou

Vielleicht hing es mit dem Jetlag zusammen, vielleicht hatte es aber auch ganz andere Gründe. Jedenfalls war Lou plötzlich hellwach. Erst wusste sie nicht, wo sie war. Ihr Herz raste, sie war verwirrt. Sie setzte sich auf. Langsam gewöhnten sich ihre Augen an die Dunkelheit, und sie seufzte beruhigt. Ja, sie war in Paradise Hall. Irgendwo schlug eine Uhr dreimal, damit war ihre Frage nach der Zeit auch beantwortet. Der Mann neben ihr war Mac. Ihre Beine schmerzten vom Reiten, aber auch ihre wilden Liebesspiele waren schuld an ihrem Muskelkater. Der Regen ließ die Luft, die durch das offene Fenster ins Zimmer wehte, süß und frisch duften. Alles war in Ordnung, nicht wahr?

Oder doch nicht? Was tat sie hier eigentlich? Warum stürzte sie sich in ein Abenteuer, das so intensiv und emotional war? War sie nicht nach England gekommen, um Julian zu finden? Stattdessen wurde ihre Bindung an Mac immer enger. Was immer sich daraus entwickeln mochte, es würde Probleme mit sich bringen, da war sie ganz sicher. Bevor sie sich noch näher kamen, sollte sie die Beziehung beenden. So fantastisch der Sex auch war, es musste aufhören. Ihre starken Gefühle erschreckten sie. Nein, das alles konnte sie im Moment nicht gebrauchen.

Sie glaubte nicht, dass Mac, mit seiner bewegten Vergangenheit, das Ende ihrer Affäre besonders hart treffen würde.

Mac

Draußen prasselte der Regen. Mac stand neben dem Bett und sah Lou an. Im Schlaf wirkte sie verwundbar und unschuldig. Sie hielt das Laken unter ihrem Kinn mit der Faust fest, ein langes, schlankes Bein war entblößt. Er wollte sie küssen und zudecken, damit ihre Füße nicht kalt wurden. Allen Frauen, die er kannte, waren warme Füße im Bett sehr wichtig. Er zog die Decke über ihren Körper. Ärgerlich seufzte sie auf und schob das Bein wieder unter dem Laken hervor. Wahrscheinlich würde sie ihm die Nase abbeißen, wenn er sie zu küssen versuchte.

Er ging ins Bad und fragte sich, ob sie aufwachen würde, wenn das Wasser rauschte. Aber sie lag noch genauso da wie zuvor, als er ins Schlafzimmer zurückkehrte, und schlief tief und fest. Er setzte sich an den Schreibtisch und griff nach einem Blatt Papier. Unwillig musterte er den Federkiel. So ein Ding hatte er in seinem eigenen Zimmer bereits ausprobiert und es sofort zu seinem Feind erklärt. Das altmodische Schreibgerät verspritzte Tintenflecken und zerkratzte das Papier. Deshalb benutzte er für seine kurze Nachricht lieber einen einfachen Bleistift.

Lou, sehen wir uns im Badehaus um 4?
In Liebe, Mac

In Liebe? Nur eine Redewendung. So unterschrieb seine Exfrau Jennifer noch immer ihre E-Mails, wenn sie ihm Neuigkeiten über Rosie schickte. Eine typisch englische Tradition.

Sollte er die Nachricht auf Lous Kissen legen? Nein, besser auf den Tisch. Er war immerhin an den Efeuranken zu ihrem Balkon geklettert, damit hatte er seinen romantischen Charakter für heute zur Genüge bewiesen. Zwei romantische Gesten in einer Nacht könnten womöglich Erwartungen in ihr wecken, die er nicht erfüllen konnte.

Vorsichtig beugte er sich zu Lou und atmete ihren süßen, warmen Duft ein. Noch nie hatte ihn der Geruch einer Frau so sehr verzaubert. Manchmal fühlte er sich wie ein Hund, der ständig an ihr schnüffeln wollte. Er setzte sich auf den Bettrand und küsste ihre Wange, den einzigen Teil ihres Gesichts, der unter dem Laken hervorschaute.

Sie drehte sich zu ihm, lächelte im Schlaf und murmelte „Julian". Als sie die Augen öffnete, konnte er die Enttäuschung in ihrem Blick sehen.

Verdammt, das wollte er nicht hören. Was war geschehen?

Einen langen, peinlichen Moment lang schwiegen sie beide. Mac hatte das Gefühl, etwas Kostbares würde ihm entgleiten. Er spürte Wut und Leere in sich.

Lous Gesicht nahm, wie schon so oft, einen nachdenklichen Ausdruck an. Kein gutes Zeichen.

„Ich bin für all das noch nicht bereit", sagte sie schließlich.

„Hast du etwa im Schlaf nachgedacht?", versuchte er zu scherzen.

„Mac, der Sex ist fabelhaft. Aber was ich für dich empfinde – was ich für dich empfinden könnte – erschreckt mich." Sie berührte seinen Arm. „Deshalb sollten wir Schluss machen. Du warst wundervoll. Und so großzügig."

„Und weil ich so wundervoll und großzügig bin, jage ich dir Angst ein?"

„Vielleicht." Sie wich seinem Blick aus. „Jedenfalls hast du mir geholfen, die Dinge in die richtige Perspektive zu rücken."

Sie streichelte über seinen Arm. Dann schaute sie ihn wieder an, so zärtlich und vernünftig, wie er es sich wünschte. Obwohl … Er wusste doch selbst nicht genau, was er wollte. Sollte er jetzt vor Wut toben, weinen oder ihr erklären, so verrückt sei er gar nicht nach ihr? Das wäre eine Lüge, und Lou würde es merken. Stattdessen erwiderte er: „Freut mich, dass ich dir zu Diensten sein durfte."

„Sag' so etwas nicht. Es tut mir leid – aber ich krieg's nicht hin, Mac."

Hastig stand er vom Bett auf. „Und mir tut's leid, dass ich nicht mit einem Toten konkurrieren kann."

Er mochte ihr nicht mehr ins Gesicht sehen, und bevor sie ihn ansehen konnte, flüchtete er aus dem Zimmer.

12. KAPITEL

Mac

„Verdammt noch mal, Mr Salazar, Sie halten Ihre Linke nicht so, wie ich's Ihnen gesagt habe."

Mac hob seinen Arm und versuchte sich auf die Anweisungen von Billy Blue, dem Boxlehrer, zu konzentrieren. Wo zum Teufel hatte der Typ diesen Namen her? Der Mann, der Mac gerade mal bis zur Schulter reichte, hüpfte vor ihm herum und sah dabei wie ein aufgeregter Kobold aus.

Was Billy sagte, verstand er nur zur Hälfte. Der Trainer sprach einen derben Cockney-Dialekt. Zudem mischten sich ständig Flüche in seinen Wortschwall, die Mac wie Schüsse um die Ohren flogen.

„Kommen Sie schon, Sir, wir haben nicht den ganzen Scheißtag Zeit." Billys Fäuste, die in Boxhandschuhen steckten, fuchtelten vor Macs Brust herum. „Na los, geben Sie's mir!"

Mac begrüßte die Aufforderung, auf irgendetwas einzuschlagen. Entschlossen sprang er vor und schwang seine Rechte, verfehlte das Ziel, verlor das Gleichgewicht und taumelte. Dann musste er schon wieder Billys wirbelnden Fäusten ausweichen. Der Mann war ein Angestellter – er würde einen Gast wohl kaum niederstrecken, oder?

„Bisher bin ich sehr rücksichtsvoll mit Ihnen umgegangen", sagte Billy, als könnte er Macs Gedanken lesen. „Passen Sie auf Ihre beschissene Deckung auf, Mr Salazar, oder ich mach' Sie fertig, verdammt noch mal!"

Was willst du hier beweisen, du kleines Arschloch? An seiner „gottverdammten, verfickten" Beinarbeit würde es liegen, hatte Billy ihm in der ersten Stunde erklärt. Also machte Mac ein paar Tanzschritte, stürzte sich auf seinen Lehrer und holte aus, um ihm einen gezielten Haken zu verpassen.

Doch Billy war nicht mehr da. An Macs Schläfe explodierte irgendetwas, und er ging zu Boden.

Scheiße.

„Tut mir leid, Mr Salazar." Zerknirscht und besorgt kniete Billy neben ihm. „Ich hab Sie gar nicht kommen sehen, Kumpel. Plötzlich sind Sie direkt in meine Rechte gelaufen."

„Huh?"

Alan und Ben, die mit ihm Boxunterricht hatten, starrten Mac an.

„Sie bluten", sagte Ben. Wie üblich machte er nicht viele Worte, und meistens stellte er nur etwas Offensichtliches fest.

„Ach, du liebe Güte, eine Minute lang hatte ich eine Scheißangst", fuhr Billy fort. „Ich dachte, ich hätte Sie ernsthaft verletzt, Sir. Sind Sie in Ordnung?"

Sagten die Leute immer noch *Ach, du liebe Güte*? Mac setzte sich auf und spürte feuchtes Gras am Rücken. So wie die beiden anderen Männer trug er nur Hosen und Stiefel. „Ja, alles in Ordnung."

Ob das stimmte, wusste er nicht. Eins stand aber fest: Dieser Tag war total im Eimer.

Eine Frau rannte aus dem Haus auf sie zu. Sekundenlang glaubte er, es wäre Lou, die sich gleich in seine Arme werfen würde.

Aber es war Di, die Zofe. Sie trug einen großen Erste-Hilfe-Kasten unter dem Arm.

„Gleich wird's Ihnen besser gehen, Sir, ich habe einen Erste-Hilfe-Kurs gemacht", sagte sie und hielt ein Fläschchen unter seine Nase. Er begann zu husten und nach Luft zu schnappen.

„Was zum Geier ist das?"

„Riechsalz, Sir. Sie sehen ziemlich blass aus."

„Jetzt fühle ich mich erst *richtig* blass."

„Tut mir leid, Mr Salazar. Hier, nehmen Sie dieses Kühlkissen. Das sollten Sie auf Ihre Augen legen. Aber vorher …" Di wühlte in ihrem Kasten und zog ein Plastikpäckchen hervor, riss es auf und strich den Inhalt auf Macs Braue.

„Scheiße!" Das brannte wie die Hölle.

„Sorry, das ist ein Desinfektionsmittel."

„Kann ich helfen?" Jetzt war auch noch Rob aufgetaucht. Klar, der Trainingsplatz lag direkt vor den Küchenräumen. Wahrscheinlich hatte das gesamte Personal seinen Knockout beobachtet.

Mac wandte sich ab, zog die Boxhandschuhe aus und griff nach seinem Hemd, das über einem Zaun hing. „Danke für Ihre Fürsorge", sagte er etwas zu laut. Er klang wie ein Gentleman, der mit einem Untergebenen sprach. „Mir geht es gut." Er zog das Hemd über den Kopf. Auf seinem Rücken spürte er Schürfwunden. Offenbar war er in ein paar Steine gefallen. Er drückte das Kühlkissen wieder gegen seine Stirn und ging Richtung Haus.

„Wohin wollen Sie, Mr Salazar?", fragte Billy.

„Für heute habe ich genug – verdammt noch mal!", fügte Mac zur Bekräftigung hinzu.

„Mr Salazar!"

Da es nicht Billy war, der nach ihm rief, drehte er sich um. Ein Lakai eilte heran und hielt ihm ein kleines Silbertablett hin. Darauf lag ein zusammengefaltetes, versiegeltes Stück Papier.

„Danke." Mac nickte dem Mann zu und steckte die Nachricht ein. Die wollte er erst lesen, wenn er außer Sichtweite der anderen war. Um drei Uhr – in fünfzehn Minuten – hatte er einen Massagetermin. Eine angenehme Art und Weise, sich die Zeit bis zum Dinner zu vertreiben. Genau das, was er heute brauchte.

Lou besaß die Fähigkeit, sein Innerstes nach außen zu kehren, ihn ständig zu verwirren, und das missfiel ihm. Er sollte sie vergessen und sich amüsieren. Es gab hier schließlich unzählige Möglichkeiten, Spaß zu haben – und viele Frauen, die ihn bereitwillig mit ihm teilen würden. Außerdem musste er nicht über allzu viel hinwegkommen, oder?

Immerhin hatte sie ihn wie eine Art therapeutische Fickmaschine benutzt und ihm danach erklärt, sie würde seine Dienste nicht mehr benötigen. Dabei hatte dieser Tag so erfreulich begonnen. Er hatte Lous Schlaf beobachtet und sich ein erotisches

Rendezvous im Badehaus ausgemalt. Peinlich berührt erinnerte er sich an den Zettel, den er auf ihren Tisch gelegt hatte.

Er hatte sich darauf gefreut, nackt mit ihr in den Pool zu steigen. Er hätte ihr erlaubt, seinen Körper auf jede erdenkliche Weise zu benutzen. Hätte er geahnt, dass sie Schluss machen wollte, wäre er ihr zuvorgekommen. Natürlich erst *danach*. Aber für sie wäre das vielleicht gar kein Schock gewesen. Sie war ja immer so cool. Vermutlich hätte sie nur mit ihren knochigen Schultern gezuckt und geantwortet, das sei ein sehr vernünftiger Entschluss. Nein, es hätte für ihn wohl keinen Weg gegeben, sich elegant aus der Affäre zu ziehen. Egal, wie er vorgegangen wäre, er hätte sich immer wie ein Idiot gefühlt – und auch wie ein Idiot ausgesehen. Aber jetzt war es vorbei, noch ehe es richtig begonnen hatte.

Vielleicht war es doch ganz gut, dass *sie* Schluss gemacht hatte. Er war schließlich ein Regency-Gentleman und musste eine Dame stets mit Respekt behandeln – auch wenn er sie halb bewusstlos gefickt hatte.

Auf dem Weg zum Spa merkte er, dass er die Hände zu Fäusten geballt hatte und obszöne Flüche vor sich hin murmelte. Sicher würde eine gute Massage die Verspannung in seinen Schultern lockern. Er nahm das Kühlkissen von der Stirn und betastete vorsichtig seine Augenbraue. Glücklicherweise blutete sie nicht mehr.

Als er durch die Tür trat, war er wieder im 21. Jahrhundert. Chris und Peter hatten diesen Wellness-Bereich eingerichtet, um moderne Frauen nach „Paradise Hall" zu locken. Doch Vergangenheit und Gegenwart passten nicht wirklich zusammen. Die Empfangsdame – oder wie immer man sie nennen mochte – trug ein langes, bunt bedrucktes Kleid, eine Schürze und ein Häubchen. Sie checkte seinen Termin in ihrem Laptop und schlug ihm dann in höflichem, kultiviertem Englisch vor, erst einmal zu duschen und zu entspannen. Weil sie ein Kichern unterdrückte, nahm er an, er habe sie vielleicht beim Ansehen komischer Filmchen im Internet gestört.

Auch die nächste Mitarbeiterin, auf die er traf, schien sich über irgendetwas zu amüsieren. Sie führte ihn in einen Raum, der ihm wie eine Kreuzung zwischen einem Bordell und einem Krankenhauszimmer vorkam. Im einem Alkoven mit handgefertigten, teuren Fliesen – seine zweite Ehefrau hatte ihm alles über italienische Fliesen beigebracht – befand sich eine Dusche mit starkem Wasserstrahl. Außerdem entdeckte er ein geradezu lächerlich umfangreiches Sortiment an Shampoos und Seifen. Orchideen und Farne fanden sich auf Simsen und in großen Tontöpfen auf dem Boden.

Unter einem Kronleuchter stand ein rotes Seidensofa – nur zur Dekoration, vermutete Mac, denn es gab auch einen modernen Massagetisch. Aus unsichtbaren Lautsprechern klang leise Klaviermusik. Ein frischer, sauberer Duft hing in der Luft, der so gar nicht zum rustikalen Badehaus gleich nebenan passte.

Nachdem er geduscht hatte, schlüpfte er in einen der Bademäntel, die für die Gäste bereitlagen, und legte sich auf den Massagetisch. Jemand klopfte an die Tür, öffnete sie, und Mac setzte sich kerzengerade auf. „Was zum Teufel machen Sie hier?"

Peter

Sie hatten die Schreibtische im Büro so aufgestellt, dass sie Rücken an Rücken saßen, um einander nicht abzulenken. Peter versuchte gerade, die Buchhaltung zu erledigten. Doch obwohl er ihn nicht sehen konnte, war er allein durch Chris' Anwesenheit derart abgelenkt, dass er ständig dumme Fehler machte. Er registrierte jeden Atemzug seines Partners, jeden Seufzer, die kleinste Bewegung.

Hin und wieder wehte ein Luftzug den Duft von Chris' Aftershave zu ihm, das leicht nach Zitronen roch. Peter war so verzweifelt über seine missliche Lage und das, was er verloren hatte, dass er hätte weinen können.

Warum nur hatte er das getan? Wieso hatte er nicht den Mund gehalten und stumm gelitten? Sein Unglück drohte ihn zu überwältigen. Mit fast nostalgischer Wehmut erinnerte er sich an seine romantischen Gefühle für Rob. Doch dann hatte er zu viel gesagt. Jetzt war die Situation für sie alle drei unerträglich.

Ein Klappern an der Tür, die zum Hof führte, sagte ihm, dass gerade die Post eingeworfen wurde. Aus den Augenwinkeln beobachtete Peter, wie Chris die Briefe von der Fußmatte aufhob. Sein Partner trug eine dieser sehr engen Hosen, die sich von der Taille bis zu den Fußknöcheln an den Körper schmiegten und die Peter so sehr liebte. Um so etwas zu tragen, war er selbst etwas zu dick.

Er versuchte nicht hinzuschauen, als Chris seinen wunderbaren Gehrock aus dunkelgrauer Wolle aufknöpfte. Er betonte Schultern und Taille, war am Saum leicht ausgestellt und reichte bis zu seinen Knien. Nachdem er das Kleidungsstück ausgezogen hatte, legte er es sorgsam über einen Stuhl. Dann öffnete er auch die Weste, eine schöne Kreation aus rotgoldener Seide.

Peter drängte es, ihn zu berühren. Chris schlief neuerdings auf der Couch im Wohnzimmer. In schlaflosen Nächten stand Peter reglos in der Tür, betrachtete ihn und wagte kaum zu atmen.

Schlief Chris wirklich so tief und fest? Wie *konnte* er nur?

Er hörte, wie etwas im Abfallkorb landete. Vermutlich Reklamesendungen. Peter räusperte sich. „Irgendetwas Interessantes gekommen?"

Ärgerlich warf Chris einen Brief auf seinen Schreibtisch. „Ich dachte, du hättest hierfür eine elektronische Rechnung beantragt."

„Habe ich auch. Aber die haben geschrieben, die Umstellung würde eine Weile dauern."

„Und hier ist noch eine Bewerbung für einen der Weihnachtsjobs." Wieder hörte er das Knistern von Papier. „Ein Student will in der Küche arbeiten. Das gebe ich an den Chefkoch weiter. Oder möchtest du's vorher lesen?"

„Nein, das ist schon in Ordnung." Peter deponierte die Rechnung, die Chris ihm gereicht hatte, in seiner Ablage. Er wusste, wie sehr Chris das nervte, denn dessen Motto war „*Wenn es etwas zu erledigen gibt, tu' es lieber gleich!*"

Aber diesmal presste Chris die Lippen zusammen und schwieg.

Peter hatte die Nase voll. Das Ganze war kindisch und schmerzhaft – und *seine* Schuld. Also musste *er* die Hand zur Versöhnung ausstrecken.

„Es tut mir so leid, Chris. Dieses Schweigen halte ich nicht mehr aus. Kannst du mir verzeihen, dass ich dich verletzt habe?"

Chris, der gerade zurück an seinen Schreibtisch wollte, blieb stehen. „Das weiß ich nicht."

Als Peter diese Antwort hörte, wurde sein Groll zu Angst. „Was heißt das – du weißt es nicht? Was muss ich denn tun, um dir klarzumachen, wie sehr ich es bereue?"

„Ich weiß nicht, ob ich dir verzeihen kann. Du bist einfach zu weit gegangen." Chris setzte sich und starrte den Bildschirm seines Computers an.

„Ach, um Himmels willen!" Peter sprang auf und hämmerte mit der Faust auf Chris' Schreibtisch. „Sprich mit mir! Verdammt noch mal, hör endlich auf zu schmollen!"

Immerhin hatte er nun Chris' ungeteilte Aufmerksamkeit. Der drehte sich mit hochrotem Gesicht zu ihm um. „Ich schmolle?"

„Ja! Versuch dich wie ein Erwachsener zu benehmen. Reden wir."

„Okay", murmelte Chris, ordnete die Papiere auf seinem Schreibtisch und beendete den Blickkontakt.

Peter sank wieder in seinen Sessel. „Schätzchen ..."

Chris stützte die Ellbogen auf die Tischkante und legte die Stirn in seine Hände. Seine Schultern bebten. „Ich – ich habe immer gewusst, dass so etwas passieren würde."

„Was?", fragte Peter verwirrt. „Bitte, Darling, weine nicht."

Chris putzte sich die Nase und schaute ihn an. In seinen blauen Augen glänzten Tränen. „Ich wusste von Anfang an, was dich zu mir hingezogen hat: Ich war jung und attraktiv. Streite es nicht ab! Klar, anfangs war unsere Beziehung etwas oberflächlich. Aber ich habe immer gehofft, uns würde doch mehr verbinden. Inzwischen sind zehn Jahre vergangen, und ich bin nicht mehr der hübsche Junge, den du damals kennengelernt hast."

Verblüfft nickte Peter – nicht etwa, weil er zustimmte. Chris' Worte empörten und kränkten ihn. Er wollte nur, dass er weitersprach. Gleichzeitig fürchtete er das, was noch kommen würde.

„Deshalb habe ich damit gerechnet, Peter. Eines Tages würdest du einem jungen Adonis nachstellen. Und genau das ist passiert."

„Keine Ahnung, was ich dazu sagen soll – was ich sagen *kann*", stammelte Peter. „Natürlich habe ich nicht erwartet, dass du für immer ein hübscher Junge bleibst. Ich habe voller Stolz beobachtet, wie du dich zu einer eigenständigen Persönlichkeit entwickelt hast. Als wir uns kennenlernten, warst du ja wirklich ein grauenhaftes, oberflächliches kleines Flittchen. Ich liebe dich so, wie du bist. Ich sehe dir gern zu, wenn du vor meinen Augen mit anderen Jungs flirtest. Ich liebe deine Energie, deinen Geist, deinen Enthusiasmus, deine Kreativität. Mit dem Alter hat das nichts zu tun, das alles wird immer zu dir gehören." Er zuckte die Achseln. „Schau mich doch an! Ich werde langsam grau und muss auf meine Kohlehydrate achten, um nicht noch dicker zu werden. Älterwerden ist kein Spaß."

„Aber mir fallen die Haare aus!" Beschämt brach Chris in Tränen aus, strich sein Haar nach hinten und zeigte seine minimalen Geheimratsecken.

„Das sieht man kaum, Schätzchen. Du könntest dich kahl rasieren und wärst immer noch heiß." Peter griff nach Chris' Hand. „Weißt du, ich hatte immer Angst, du würdest mich wegen eines Kerls verlassen, der nicht so spießig ist wie ich, der sexy ist, so wie du. Und das mit Rob – tut mir so leid. Hätte ich bloß meinen Mund gehalten! Wenigstens ist nichts zwischen uns passiert."

„Macht das einen Unterschied?"

„Keinen großen", gab Peter zu. „Ich weiß, ich habe nicht das Recht, dich um Verzeihung zu bitten. Nur um Geduld und Zeit. Vielleicht habe ich mir eine Art emotionales Virus eingefangen. Der Junge ist eindeutig hetero, eine reine Fantasie. Eines Tages werde ich merken, dass er mich nicht mehr interessiert, das ist alles. Aber ich liebe dich immer noch, du bist immer noch ein Teil von mir – der beste Teil, mein Seelengefährte."

Chris lächelte schwach und drückte Peters Hand. „Das mag ich, wenn du so spirituell wirst."

„Gut." Peter beugte sich über den Schreibtisch und gab ihm einen vorsichtigen Kuss auf die Lippen. Dann zögerte er.

Chris sah ihn an. „Ich glaube, du hast auch gewisse körperliche Bedürfnisse, nicht wahr?", fragte er. Die Ironie in seiner Stimme war nicht zu überhören.

„O ja! Ja! Ich – ich habe dich im Bett vermisst. Und es fehlt mir, dass ich nicht überall und jederzeit Sex mit dir haben kann."

Chris grinste. „Erinnerst du dich an unsere beiden Restaurateure? Wie sie uns damals erwischt haben?"

„Und Simon sagte, seine Staubdecke dürfe nur mit seinen Farbmixturen bespritzt werden."

Etwas unsicher, fast schüchtern lachten beide. Peter beugte sich wieder vor, küsste Chris noch einmal und genoss das Zucken seiner Zunge, seinen warmen Mund. Erleichtert richtete er sich auf.

„Hmmm ...", murmelte Chris und strich über die Vorderseite von Peters Hose.

„Lass mich." Peter griff nach seiner Hand, küsste sie und sank auf die Knie. „Lass es mich für dich tun."

Er öffnete die Messingknöpfe an Chris' Hosenschlitz und hörte ein Stöhnen – sein eigenes. Hungrig betrachtete er den wundervollen, harten Schwanz seines Liebsten. An der samtigen Spitze zeigte sich bereits ein Tropfen. Er wusste, wie schnell er Chris zum Höhepunkt bringen konnte. Aber diesmal wollte er das Vergnügen verlängern und ihm so viel wie nur möglich geben.

Chris seufzte, als Peter seine Zunge an seinem Schaft auf und ab gleiten ließ und vorsichtig daran knabberte.

„Hey, mein Großer", flüsterte Chris, „kann ich mich revanchieren?"

„Nein", erwiderte Peter, „jetzt geht's nur um dich. Lehn dich zurück und genieß es."

„Oh Baby ..." Chris streichelte seinen Kopf. „Ich habe dich so sehr vermisst. Deine Zunge, deinen Schwanz, deinen Arsch, alles." Er hob seine Hüften und stieß seinen Penis tief in Peters Mund. „Aha, du spielst mit mir – du lässt mich warten."

„Ich habe dich auch vermisst. Ich liebe dich. Und ich liebe es, das hier für dich zu tun." Peter streichelte ihn, leckte und saugte an Chris' Schwanz, nahm ihn ganz in den Mund. Er ließ seine Zunge um Chris' Eier kreisen, hauchte zarte Küsse auf die sensible Haut an den Innenseiten seiner Oberschenkel. Chris atmete schwer und warf seinen Kopf in den Nacken, murmelte Koseworte und Ermutigungen.

Dann vergrub Peter seine Nase im weichen Nest von Chris' Schamhaar. In seinem Mund spannte sich der Penis seines Liebsten an. Peter sog den Duft dieses Mannes ein, genoss sein hilfloses Gestammel. Er spürte, wie sich Chris' Finger in seinen Haaren verkrampften, als er kam und der Samen über seine Zunge floss.

„Wunderbar." Chris lehnte sich entspannt in seinem Stuhl zurück, doch seine Augen waren noch immer voller Lust. Er beugte sich vor, küsste Peters Mund. „Wie wär's jetzt mit dir? Mach deine Hose auf, Liebster."

Peter kniete immer noch vor Chris. Seine Finger zitterten, als er seine Hose aufknöpfte.

„Du gehörst jetzt mir", sagte Chris. „Nur mir. Sonst niemandem. Los, fass dich an. So ist gut. Langsam, ganz langsam."

Peter blickte Chris' in die Augen, während er sich selbst streichelte. Dass er gehorchen musste, erregte ihn. So schön sah er aus, während er seinen Liebhaber beobachtete, und auch ein wenig überheblich. Hin und wieder berührte er seinen eigenen Schwanz, der schon wieder zu neuem Leben erwachte.

„Komm bloß nicht über meine Hose, Darling! Sonst wäre Viv stinksauer. Und ich müsste dich zwingen, ihr zu erklären, was das für Flecken sind.“

„Ja, Chris.“ Rhythmisch rieb Peter seinen Penis. Er spürte, wie die Anspannung in seinen Schenkeln und Eiern wuchs.

„Halt!“, befahl Chris. „Steh auf.“ Er nahm den Schwanz seines Liebsten in den Mund, saugte gierig daran und bearbeitete ihn mit seiner Zunge. Dann ließ er ihn los, die Lippen feucht und glänzend. „Okay, bring's selber zu Ende.“

Peter stand vor ihm, rieb mit aller Kraft an seinem Penis – und ergoss sich über Chris' Hemd.

„Was für eine Bescherung!“, klagte er. Dass er so heftig und unkontrolliert gekommen war, war ihm peinlich.

„Wozu hat man denn Leinenhemden?“ Chris wischte sich mit einem Taschentuch ab. „Die kann man waschen. Jetzt gehe ich mich erst mal umziehen.“

„Mhm.“ Peter schob eine Hand unter Chris' Hemd. Er liebte seine glatte Haut und die harten Brustwarzen. „Danke, Süßer.“

„Okay, Schluss mit Spiel und Spaß.“ Zu Peters Enttäuschung packte Chris seinen Schwanz ein, schloss die Hosenknöpfe und warf seinem Lebensgefährten einen koketten Seitenblick zu. „Wir machen später weiter, ja? Selbst wenn wir dann vor Erschöpfung halb tot sein sollten – du weißt ja, wie sehr uns ein Quickie entspannt.“

„Oh, ich liebe dich!“, sagte Peter. „Und ich kann es gar nicht erwarten, wieder mit dir zu schlafen. Ich habe dich so sehr vermisst, nicht nur im Bett.“

Sie küssen und umarmten sich. Dann war es Zeit, sich wieder ums Tagesgeschäft zu kümmern.

Erst später fiel Peter auf, dass Chris seine Liebeserklärung nicht erwidert hatte.

13. KAPITEL

Mac

„Ich hatte nicht erwartet, Sie hier zu treffen", sagte Mac, als er Sarah in der Tür stehen sah. Hinter ihr entdeckte er die blonde Walküre, deren Gesicht etwas Pferdeähnliches hatte. Er zog den Bademantel enger um seinen Körper. „Oh, hallo Annabelle, was …"

„Überraschung!", flötete Sarah und ließ ihren Bademantel fallen. Mac starrte sie mit offenem Mund an. Ihr Körper war schlank und straff, die Brüste waren groß und rund. Schon bei dem Gedanken, sie anzufassen, kribbelte es in seinen Fingern. Er sah lange, wohlgeformte Beine und einen zarten Streifen Schamhaar. Kichernd entknotete auch Annabelle den Gürtel ihres Bademantels, der ebenfalls auf dem Boden landete.

Oh Gott.

„Eigentlich hatte ich auf eine Massage gehofft", erklärte er. „Mein Rücken ist ganz steif und …"

„Nur der Rücken?", gurrte Sarah. „Oh, armes Baby. Keine Sorge, nach unserer Therapie wirst du dich wieder gut fühlen. Tut auch gar nicht weh. Stimmt's, Annabelle?"

„Ich ficke keine verheirateten Frauen", sagte Mac und rückte seinen Bademantel zurecht, um seine Erektion zu verbergen.

„Ich bin nicht verheiratet", sagte Annabelle. Sie öffnete ihren Pferdeschwanz, und honigblondes Haar fiel auf ihre Schultern.

„Ja, aber …" Es verschlug ihm die Sprache, als Sarah und Annabelle sich umarmten und leidenschaftlich küssten.

Das passierte wirklich zur falschen Zeit, am falschen Ort, mit der falschen Frau. Besser gesagt, mit den falschen Frauen. Er sollte wirklich verschwinden.

„War nett, euch zu sehen, Mädchen." Wo mochten seine Kleider sein? „Und – ähm – danke für die Show."

Er rutschte vom Massagetisch und ging zur Tür. Doch er

konnte nicht anders – er drehte sich um und sah, wie Sarah an einer von Annabelles üppigen Brüsten saugte.

„Scheiße."

„Das ist nicht besonders nett, Mac", sagte Annabelle in genau dem Ton, den sie anschlug, wenn sie ihn beim Reitunterricht herumkommandierte.

„War nicht persönlich gemeint." Er machte wieder einen Schritt. Aber sein Orientierungssinn schien nicht zu funktionieren, denn er bewegte sich in die falsche Richtung.

„Hat Annabelle nicht wunderschöne Brüste?", fragte Sarah.

Aus seiner Kehle kam ein unterdrückter Laut, und ehe er wusste, wie ihm geschah, machte er einen weiteren Schritt in Richtung der beiden Frauen. Kichernd starrten sie die Erhebung an, die sich deutlich unter seinem Bademantel abzeichnete.

„Ich hab's dir ja gesagt." Annabelle stieß Sarah mit dem Ellbogen an. „Er hat einen ziemlich großen Schwanz."

„Warum tust du das?", fragte Mac.

„Ein Geburtstagsgeschenk für dich", antwortete Annabelle.

„Ich habe erst im Oktober Geburtstag."

„Mein Fehler. Falsches Datum." Sarah massierte ihre eigenen Brüste. Das war das Ende seiner guten Vorsätze.

Auch sein Bademantel landete auf dem Boden. Das rote Seidensofa knarrte, als er sich darauf fallen ließ. Sarah setzte sich rittlings auf seinen Schoß. Annabelle kniete sich vor seine Füße. Wie eine Katze leckte sie ihre Freundin zwischen deren Oberschenkeln. Mac presste seinen Schwanz gegen Sarahs Rücken, umfasste ihre Brüste.

„Hört auf damit", befahl er. „Küsst euch." Er tastete nach Sarahs gestutztem Schamhaar und erforschte ihre feuchte, glitschige Spalte. Sie stöhnte auf und spielte mit Annabelles Nippeln.

Plötzlich war ein splitterndes Geräusch zu hören, dann das Zerreißen von Stoff. Das Sofa kippte zur Seite, und alle drei landeten auf einem Stapel Bademäntel, zwischen denen Kondome hervorglitten. Mac packte Annabelles prallen Hintern, zog sie auf ihre Knie und brachte sie in die Position, die er sich wünschte.

„Leck' sie", sagte er und rollte ein Kondom über seinen Ständer. Während er von hinten in Sarah eindrang, beobachtete er Annabelle, die wieder die rosige Muschi ihrer Spielgefährtin mit der Zunge bearbeitete. Obwohl das alles unbeholfen und ein wenig lächerlich wirkte und er nur zwei Hände hatte – um sein Gleichgewicht zu halten und vier Brüste und zwei Ärsche zu kneten –, war es fantastisch. Absolut fantastisch.

„Hoffentlich erinnere ich mich daran, wenn ich neunzig bin", murmelte er. Sie hörten auf zu lecken, zu keuchen und zu stöhnen und starrten ihn an. „Schon gut. Macht einfach weiter. Mhhmm, jaaa."

So viel gab es zu tun, zu sehen, zu streicheln und zu ficken, all dies üppige weibliche Fleisch, dieser anscheinend unersättliche Appetit; die Freude, neue Wonnen zu entdecken, neue Positionen, neue Möglichkeiten, zu beglücken und beglückt zu werden. Es war ein freier Fall in den Orgasmus, unglaublich und unbekümmert. Schließlich kam er wieder zu sich. Ihre Körper schienen sich völlig verheddert zu haben. Über dem Hämmern seiner Herzschläge hörte er, wie sich die Tür schloss.

„Könntest du noch ein Mädchen verkraften, Mac?" Annabelle grinste, ihr Gesicht war rosig und verschwitzt. „Ich denke nicht." Sie drückte seinen Schwanz. „Gut, dass sie weggegangen ist."

„Versuch's mit Öl", sagte Sarah zu ihr. Vorhin hatte sie wunderbare – genau gesagt: wunderbar schmutzige – Dinge mit Massageöl und Macs Arsch angestellt. Herausfordernd drohte sie ihm mit einem Finger.

„Macht ihr beide ohne mich weiter und gönnt mir eine Pause." Er streckte sich auf dem Stapel aus Bademänteln, Handtüchern und Kissen aus. Mit dem lässigen Kennerblick eines sexuellen Gourmets schaute er Sarah und Annabelle zu, die auf dem Massagetisch lagen. Die beiden Frauen saugten und leckten aneinander, küssten und streichelten sich. Er selbst war erschöpft, völlig ausgelaugt. Vielleicht würde er nie mehr eine Erektion bekommen. In diesem Moment war ihm das egal.

Aber er musste etwas wissen – jetzt, nachdem sein Verstand zumindest teilweise wieder funktionierte.

„Sarah, Annabelle?"

Erbost sahen sie ihn an, als sei er ein nutzloses, männliches Ärgernis.

„Was?", fauchte Sarah.

„Warum?", fragte er zurück.

„Weil ich scharf auf dich war." Annabelle lachte spöttisch.

Gelangweilt zuckte Sarah die Schultern. „Alle anderen Jungs hatte ich schon."

Die Antworten verwirrten und missfielen ihm. Das war ihm nicht genug. Aber er hatte Frauen aus den gleichen Gründen gefickt. Warum fühlte er sich betrogen, weil er wie ein Lustobjekt benutzt worden war? Mac betrachtete Annabelle und Sarah, die von Schweiß und Massageöl glänzten und sich sanft und rhythmisch bewegten. Jetzt zogen sie keine Show mehr für ihn ab, sie konzentrierten sich nur noch aufeinander. Er beneidete Frauen um ihre Fähigkeit, einen Orgasmus nach dem anderen zu bekommen. In diesem Moment war er überflüssig, zu ermattet, um den beiden auf dem Massagetisch Gesellschaft zu leisten. Außerdem hatten sie mit ihrem Gewicht schon ein Möbelstück ruiniert. Und wahrscheinlich würden sie ihn ohnehin vom Tisch schubsen. Er war auch nicht sicher, ob er's noch mal mit ihnen treiben wollte.

Er ächzte, stand auf und bedauerte, dass er die Massage nicht bekommen hatte, die er so dringend brauchte. Mit wackeligen Beinen stolperte er ins Bad, wo seine zerknüllten Kleider am Boden lagen, und zog sich an.

Aus dem Weg nach draußen warf er einen letzten Blick auf Sarah und Annabelle, die ihm nicht einmal die Köpfe zuwandten. Freundlich verabschiedete er sich von der Empfangsdame, die an einem Handy schwatzte und ihn ebenfalls kaum beachtete. Er schaute auf die Uhr. Vor dem Dinner hatte er noch eine Stunde Zeit, um zu duschen, sich anzuziehen und …

Oh, verdammt! Wenn Lou um vier aufgetaucht war, wie er es ihr vorgeschlagen hatte …

Als er die Tür zum Badehaus öffnete, war es leer und verlassen. Sollte er nun erleichtert oder enttäuscht sein? Er hatte keine Ahnung.

Vor dem Dinner sah er Lou im Salon. Ihr eindrucksvolles Dekolleté, erstaunlich kurvig für eine Frau mit kleinen Brüsten, ließ seine erschöpfte Libido zu neuem Leben erwachen. Sie nickte ihm zu wie einem flüchtigen Bekannten. Dann öffnete sie ihren Fächer und wandte sich ab, ehe er feststellen konnte, ob das Oberteil ihres Kleides tatsächlich durchsichtig war – oder ob seine überreizte Fantasie ihm einen Streich spielte. Als er zu ihr gehen wollte, lächelte Sarah ihn vielsagend an. Sie sah frisch und putzmunter aus.

„Was für ein eindrucksvolles Veilchen." Viv nahm seinen Arm. „Darf ich fragen, wie der andere Junge aussieht?"

„Das ist beim Boxunterricht passiert."

„Wie ich höre, bist du in Lou verliebt."

In Lou verliebt. Er spürte ein Stechen ihn seiner Brust. Ein paar schreckliche Sekunden lang fürchtete er, einen Herzinfarkt zu bekommen und erwartete, der Schmerz würde durch seinen linken Arm fahren. Dann merkte er, dass er die Luft anhielt und atmete mit einem Keuchen aus. „Sie ist okay."

Mit großen Augen starrte Viv ihn an. Die Straußenfeder, die in ihrem Stirnband steckte, streifte seine Wange. „Bist *du* okay? Wie auch immer – pass bloß auf! Auch unsere beiden Restaurateure scheinen an ihr interessiert zu sein."

Mac folgten ihrem Blick und sah Lou Arm in Arm mit Jon und Simon.

„Du weißt doch, wie die zwei sind."

„Scharf auf Farben?"

„Ja. Außerdem treiben sie's gern bunt."

„Zu zweit?“

„Für einen Mann des Wortes bist du heute Abend ziemlich begriffsstutzig, Mac. Die beiden mögen flotte Dreier. Und sei versichert – sie sind ziemlich gut.“ Besorgt musterte sie ihn. „Bist du sicher, dass du keine Gehirnerschütterung hast?“

„Völlig sicher. Mir geht's gut. Ich bin nur müde. Immerhin führen wir Regency-Gentlemen ein ziemlich anstrengendes Leben.“

„Das liebe ich so an dieser Epoche.“ Viv ging mit ihm zum Speisesaal. „All diese überaus männlichen Typen! Wenn du neben Lou sitzen willst … Oh, die Farben-Jungs waren schneller. Und Peter sitzt ihnen gegenüber.“ Ihre Stimme nahm einen gurrenden, verführerischen Klang an. „Hi, Rob. Wenn du willst, mache ich deine Hosen enger. Die sitzen ziemlich locker.“

Rob hielt ihnen die Tür auf und warf Mac einen flehenden Blick zu.

„Lass das Kind in Ruhe, Viv“, mahnte Mac und zog sie mit sich.

„Oh, er ist so süß“, seufzte sie und strich mit ihrem Fächer über ihre Lippen. Vor ein paar Tagen hätte ihn diese Geste noch ganz verrückt vor Lust gemacht. „Ich glaube, er ist noch Jungfrau. Meinst du nicht auch?“

„Keine Ahnung.“ Er rückte ihr einen Stuhl zurecht. „Da verlasse ich mich auf deine größere Erfahrung.“

„Nun, die meisten Lakaien sind zum Anbeißen.“ Viv zog die Handschuhe aus und musterte ihn durch gesenkte Wimpern.

„Mach mal Pause, Viv.“

„Wie du meinst“, sagte sie gutmütig, so wie es ihre Art war.

In diesem Moment ertönte Chris' Glöckchen, und die Diener servierten den ersten Gang – Lachs, mit Krabben garniert und mit frischen Kräutern bestreut, Pasteten und Tarts mit goldgelber Kruste, Schüsseln mit Salaten, die im Kerzenlicht wie grüne und rote Juwelen funkelten.

Mac versuchte, Lou nicht anzuschauen. Doch er konnte nicht anders. Angeregt plauderte sie mit den Restaurateuren, lachte, flirtete und probierte die Speisen auf ihrem üppig beladenen Teller.

Während Mac hinüberschaute, füllte Jon – oder war es Simon? – ihr Weinglas erneut. *Vorsicht, Lou. Vergiss nicht, dass du keinen Alkohol verträgst …*

Aber das geht mich nichts an, erinnerte er sich.

Endlich erwiderte sie seinen Blick, höflich und distanziert. Dann schaute sie wieder weg, als wäre er in etwa so interessant wie einer der Kandelaber, die auf dem Tisch standen. Verdammt, er hatte es verbockt.

Lou

Chris stand auf, läutete ein Glöckchen und bedeutete den Lakaien, den Tisch abzuräumen. Erfreut beobachtete Lou, wie Peter bewundernd zu ihm aufschaute. Chris zwinkerte ihm zu und lächelte. Also hatten sie sich versöhnt.

Aber als Rob die Teller der beiden nahm, presste Peter die Lippen zusammen und sah in die andere Richtung. Chris dagegen berührte die Hand des jungen Lakaien demonstrativ und verwickelte ihn in ein Gespräch über irgendetwas, das mit dem Tisch zusammenhing. Was ging da vor? Misch dich nicht ein, ermahnte sich Lou. Das müssen sie selbst klären. Und wenn sie dich um Hilfe bitten, wirst du dein Bestes tun.

Alan und Cathy, die neben Peter saßen, schoben einander kichernd Leckerbissen in den Mund. Die beiden merkten gar nicht, was um sie herum geschah. Wie süß, dachte Lou und fragte sich, ob sie schon wieder zu viel Wein getrunken hatte. Die Diener kamen, um den nächsten Gang zu servieren – einen Austern-Eintopf, Platten mit Gemüse, die wie Kunstwerke arrangiert waren, und gebratenes Geflügel.

Noch mehr Wein wurde eingeschenkt. Das Tischgespräch drehte sich jetzt um den Ball, der in ein paar Tagen stattfinden sollte. Zu diesem ersten öffentlichen Event in Paradise Hall waren auch einige Dorfbewohner, historische Vereine und Jane-

Austen-Fans eingeladen worden. Neben dem Tanzvergnügen und einem großen Dinner sollte es auch eine Besichtigungstour geben. Das Fest würde dem Haus hoffentlich die Medienaufmerksamkeit verschaffen, die Chris und Peter so dringend brauchten. Unglücklicherweise beherrschten die derzeitigen Gäste die Tänze noch immer nicht.

„Das spielt keine Rolle“, erklärte Peter, „ihr sollt euch vor allem amüsieren. Lou, darf ich dich um die ersten beiden Tänze bitten?“ Er zog die Brauen hoch, als er zu Mac hinüberschaute. Der war in ein Gespräch mit Viv vertieft.

„Oh, ich fühle mich geehrt.“ Lou riss ihren Blick von Mac los. *Soll er doch mit Viv flirten. Wenigstens starrt er mich nicht mehr an.*

„Großartig.“ Peter begann über den erwarteten Medienrummel zu reden.

Dann erläuterten Jon und Simon ihre Dekorationsideen für den Abend.

„Sollen wir uns maskieren?“, fragte Peter. „Chris und ich finden, das würde dem Ball einen glamourösen Touch geben. Was denkst du, Lou?“

„O ja. Allerdings würden wir alle wissen, wer hinter welcher Maske steckt.“

„Nun, wir könnten ja so tun als ob. Lauter attraktive, maskierte Fremde – stell dir nur mal vor, was da alles geschehen könnte!“ Er zwinkerte ihr zu. „Außerdem kommen noch andere Leute. Zum Beispiel die ortsansässige historische Theatergruppe.“

„Leider mehr Frauen als Männer. Seit Jane Austens Zeit hat sich nicht viel geändert.“ Chris häufte Austern auf Peters Teller. „Iss, du wirst deine Kraft brauchen.“

14. KAPITEL

Mac

Lou verließ den Speisesaal Arm in Arm mit den beiden Farbschmierern. Lebhaft redeten die drei aufeinander ein. Wusste sie, was sie tat? Plante sie etwa einen Dreier? Bei dem Gedanken, diese beiden Wüstlinge könnten über sie herfallen, wurde er leicht panisch. Undenkbar, dass sie sich freiwillig mit ihnen einlassen würde.

Er rannte ihnen hinterher und tippte ihr auf die Schulter. „Kann ich kurz mit dir reden?"

Sie wandte sich um, runzelte die Stirn und ließ die Arme ihrer Begleiter los. Die zwei Männer gingen langsam weiter. „Ja?"

Das klang nicht gut. Ziemlich frostig.

„Wenn's mich auch nichts angeht – ich muss dich vor den beiden warnen. Sie sind ziemlich, nun ja, schräg."

„Und?"

„Und ich will nicht, dass du in eine Situation gerätst, mit der du nicht klar kommst."

Seiner Meinung nach klang dieses Argument ziemlich vernünftig. Aber Lou wirkte noch immer sehr distanziert und zog ihren Schal enger um die Schultern. „Eine Situation, mit der ich nicht klarkomme?!"

„Ja."

„Was für ein Heuchler du bist!", erwiderte sie. Ihre Stimme klang eisig.

Oh je.

„Völlig ohne Grund nimmst du an, dass ich's mit zwei Jungs gleichzeitig treiben will, und rätst mir davon ab. Was für eine Doppelmoral! Oder hast du dir heute Nachmittag etwa nicht *bei einem Dreier* das Hirn aus dem Schädel gefickt?"

Sein Atem stockte. „Also warst *du* das! Du hast die Tür geöffnet."

„Ja, das war ich. Bist du nicht ein bisschen zu besitzergreifend für jemanden, der mich wegen der zwei dümmsten Frauen versetzt hast, die mir je begegnet sind?“

„Es war nicht ihr Verstand, der mich interessiert hat.“ Das sollte ein Scherz sein, doch sie fand ihn nicht komisch. „Aber du warst es doch, die mir den Laufpass gegeben hat …“

„Stimmt.“ Verächtlich starrte sie ihn an. „Doch dann fand ich deinen Zettel und dachte, ich wäre dir eine Erklärung schuldig. Als ich dich nicht im Badehaus antraf, fragte ich die Empfangsdame, ob sie wüsste, wo du bist. Komischerweise bekam sie einen Lachkrampf. Ich glaube, sie hält dich für einen richtigen Deckhengst. Und rate mal, was ich dann beobachten durfte – wie du dein gebrochenes Herz mit der Medizin kurierst, die dir am besten schmeckt.“

„So war das nicht.“ Er wollte ihr erklären, dass er die Nachricht auf den Tisch gelegt hatte, bevor sie mit ihm Schluss gemacht hatte. Doch sie gab ihm keine Chance dazu.

„Fällt es dir so schwer zu glauben, ich könnte mich zu zwei Männern hingezogen fühlen, die brillant in ihrem Beruf sind. Zwei Männer, mit denen man interessante Gespräche führen kann? Und ob wir einander halb totficken oder über georgianische Innenarchitektur diskutieren, geht dich überhaupt nichts an, Mac.“

„Lou, ich …“

„Bist du nie auf den Gedanken gekommen, ich könnte Lust auf einen Dreier haben?“

„Eh – nein, ich …“ Er starrte sie an. „Ich dachte nicht … So gut kennen wir uns … so gut kannten wir uns nicht, aber ich hielt dich nicht für diesen Typ Frau, der …“

„So ein ‚Typ Frau‘ bin ich also nicht?“ Lou brach in Gelächter aus. „Oh, das ist köstlich, Mac. Um dir das ein für allemal klarzumachen – was ich bin oder was ich tue, geht dich gar nichts an. Eine Zeit lang mochte ich dich. Aber das ist jetzt vorbei. Verstanden?“

Oh Gott, diese Frau war wirklich eine Katastrophe für sein männliches Selbstwertgefühl. Unglaublich, dass sie ihm leid getan hatte! Und er war so dämlich gewesen zu glauben, sie würde seinen Schutz benötigen. „Ja, ich hab's kapiert, Lou. Gute Nacht."

Lou

Sie holte Jon und Simon ein und hakte sich wieder bei ihnen unter.

„Alles okay, Liebes?"

„Ja."

„Einfach wundervoll, wie finster Mac dreinschauen kann", spottete Simon.

Die beiden Männer wechselten einen vielsagenden Blick.

„Mit einem Paar waren wir noch nie zusammen, oder?", fragte Simon. „Glaubst du, Mac würde ...?"

„Das würde ich nicht wollen", sagte Lou. „Und mit mir solltet ihr auch nicht rechnen."

„Ach, wie schade", seufzte Jon.

Simon schnalzte mit der Zunge. „War Mac ein unartiger Junge?"

Sie zuckte mit den Achseln und war stolz, dass sie so cool blieb. „Zwischen uns war nicht viel."

„Und Sie sind sicher, dass wir Ihnen nicht helfen können?"

Vielleicht lag es am Wein. Vielleicht auch an ihrer Bewunderung für Jons und Simons Arbeit oder daran, dass sie sich in ihrer Gesellschaft so wohlfühlte. Jedenfalls empfand sie in diesem Moment eine tiefe Zuneigung für die beiden. Aber Sex mit ihnen? Nein, das war völlig ausgeschlossen. Ihre erotischen Eskapaden waren durchaus interessant, doch Lou fand weder den einen noch den anderen attraktiv. Die Vorstellung, sie könnten zu dritt im Bett landen, ließ sie erschauern. „Ganz sicher. Aber ich bedanke mich für das Angebot."

„Alles klar", murmelte Simon. „Nun, aufgeschoben ist nicht aufgehoben. Heutzutage ist es so schwierig, gutes Personal zu finden."

Inständig hoffte sie, Mac würde das Kichern der beiden missverstehen.

Etwas später, allein ihrem Zimmer, verstand sie nicht, warum sie so enttäuscht war und sich einsam fühlte. Vielleicht waren Chris und Peter noch nicht schlafen gegangen und würden sich über ihre Gesellschaft freuen. Aber als sie ihre Tür öffnete und in den dunklen Flur sah, überlegte sie es sich anders. Sie mochte die Finsternis nicht, sie war ihr unheimlich, und die Szenerie erinnerte sie an einen schlechten Gruselroman. Außerdem verspürte sie schon genug Düsternis in sich. Dazu kam eine große innere Leere, die nur teilweise mit Julian zusammenhing. Sie vermisste Mac, und diese Erkenntnis tat verdammt weh. Doch sie hatte die richtige Entscheidung getroffen. Daran zweifelte sie nicht.

Sie putzte sich die Zähne, ging ins Bett und lauschte dem leise fallenden Regen. Zum Teufel mit Mac. Er war verlogen, gierig, unberechenbar, selbstsüchtig. Er war genau das, was sie nicht wollte.

Sie erinnerte sich an seine Hände, seine Berührung. *Zusammen mit dir bin ich immer gut, Lou. Vor allem* in *dir.*

Und dann kam dieser Schock, als sie am Nachmittag die Tür des Spa-Bereichs öffnete. Sie hatte ansehen müssen, wie er sich völlig seiner Leidenschaft hingab, wie er und die zwei nackten Frauen es wieder und wieder taten, ohne Tabus, ohne irgendeine Hemmung … Hatte sie ihn jemals in derartige Ekstase versetzt? Konnte sie das überhaupt? Oder – genauso wichtig – konnte sie sich selbst so sehr gehen lassen und ähnliche Lust empfangen?

Das würde sie nie herausfinden.

Sie redete sich ein, sie sei wütend. Vielleicht war sie das auch. Aber sie fühlte sich vor allem verlassen und unglücklich. Dabei hatte sie geglaubt, sie würde endlich aus ihrer Trauer auftauchen.

Wenn er sich so etwas wünschte – warum hatte er es ihr dann nicht gesagt?

„Wirklich, Mac, deine Ausreden waren erbärmlich“, sagte sie, als läge er neben ihr. Sie drehte ihr Gesicht zur Seite. Hing sein Duft noch immer im Kissen, wie eine Erinnerung an die letzte Nacht?

Nichts.

Gut, sagte sie sich. Sie brauchte ihn nicht.

Langsam strich sie über ihrer Brüste und ihren Bauch. Sie brauchte niemanden. Nur sich selbst. Mac war ein Fehler gewesen, ein Irrtum – und ihre Rückkehr in die Welt sexueller Beziehungen. Das immerhin hatte sie genossen.

Aber hatte sie nicht die ganze Zeit gewusst, dass dieser Mann nicht zu ihr passte? Warum fühlte sie sich dann trotzdem so allein gelassen, so verzweifelt?

15. KAPITEL

Rob

Rob schaltete den Fernseher aus.

„Was zum Teufel …“ Mike Temple machte einen halbherzigen Versuch, sich die Fernbedienung zurückzuholen. Dann ließ er sich wieder in die schmutzigen Decken zurückfallen, die er auf dem Sofa zusammengeknüllt hatte. Eine Bierdose fiel zu Boden und rollte davon.

„Kannst du deinen Arsch nicht endlich mal bewegen? Schau dich doch an!“ Rob zeigte auf den Couchtisch, der mit Bierdosen übersät war, auf den überquellenden Aschenbecher, die zerknitterte Lokalzeitung. Die Seite mit den Stellenanzeigen war aufgeschlagen. „Vergiss die Zeitung, Dad, da findest du nichts. Du musst rausgehen und mit den Leuten reden.“

„Sag du mir bloß nicht, was ich zu tun habe“, murrte sein Vater und zündete sich eine Zigarette an.

„Hier drin solltest du nicht rauchen. Das ist schlecht für das Baby. Stimmt's, Sylvia?“

Robs Schwester trug ein Tablett mit Teetassen und Keksen ins Wohnzimmer. Achselzuckend stieg sie über das Plastikspielzeug hinweg, das überall auf dem Boden lag. „Klar“, seufzte sie und stellte das Tablett auf den Tisch, „das sage ich ihm schon die ganze Zeit.“

„Da hörst du's, Dad.“ Rob nahm sich eine Tasse Tee. „Danke. Du wirst immer runder, Syl.“

„Okay, okay.“ Sein Dad stand mühsam auf und ging zur gläsernen Schiebetür, die auf die Terrasse führte.

„Nörgle nicht so viel an ihm rum.“ Sylvia sank auf die Couch und streichelte über ihren schwangeren Bauch. „Das nützt auch nichts.“

„Zum Teufel mit ihm. Graham!“, schrie Rob. „Komm runter und räum deine Spielsachen weg!“

Auf der Treppe waren polternde Schritte zu hören. Dann rannte der Junge ins Zimmer. Er hielt etwas in der Hand.

„Was ist das?“ Rob umarmte ihn.

„Mein Binky.“

„Dein …“ Ehe Rob weitersprechen konnte, schüttelte seine Schwester den Kopf und bedeutete ihm so, nicht weiter nachzufragen.

„Machen wir hier Ordnung, Graham. Danach gehen wir raus und spielen.“ Rob war besorgt, weil sein Bruder sich wieder wie ein Kleinkind benahm. Eigentlich hatte er gehofft, Grahams zerschlissene Babydecke, die er Binky nannte, wäre endgültig in der Versenkung verschwunden. Während das Kind sein Spielzeug in eine Plastikkiste legte, räumte er den Tisch ab. „Soll ich staubsaugen, Syl?“

„Nein“, erwiderte sie lächelnd, „das musst du nicht tun.“

„Dann gehe ich raus und rede mit Dad.“

„Nörgle nicht an ihm rum“, wiederholte sie. „Hast du was von Mum gehört?“

Er schüttelte den Kopf und ging auf die Terrasse. Mike hatte inzwischen seine Zigarette zu Ende geraucht und zupfte Unkraut aus den Ritzen zwischen den Steinplatten.

„Das wollte ich dir zeigen, Dad.“ Rob gab ihm ein Blatt Papier. „Vielleicht hast du's schon gesehen. Es stand gestern auf der Website von Paradise Hall.“

Nachdem Mike einen kurzen Blick auf den Ausdruck geworfen hatte, gab er seinem Sohn das Blatt, nun versehen mit einem schmutzigen Daumenabdruck, wieder zurück. „Machst du Witze?“

„Hör mal, da geht's um Gartenarbeit, und Reparaturen und ein bisschen Wachdienst. Das würdest du schaffen. Du arbeitest doch gern im Garten. Und zu dem Job gehört ein Cottage. Ziemlich klein, aber groß genug für dich und Graham.“

Mike machte ein grunzendes Geräusch und griff noch einmal nach dem Papier. „Und du?“

„Was soll mit mir sein? Nur noch zwei Monate, dann gehe ich nach Cambridge."

„Keine Ahnung, ob wir uns das leisten können."

„Dafür musst du nichts zahlen. Ich habe ein Stipendium. Und ich kann in einem Pub arbeiten und mir was dazu verdienen."

„Ach ja, und du lässt Graham im Stich?"

„Natürlich bleiben wir über Skype in Kontakt. Ich ziehe doch nicht auf einen anderen Planeten."

„Überleg mal, was wichtiger ist. Für den Jungen ist es schon schlimm genug, dass seine Mum uns verlassen hat. Und jetzt willst du auch noch abhauen. Wenn du hier bleibst, kannst du weiter im Paradise arbeiten. Wir könnten das Geld gut gebrauchen."

„Ist das dein väterlicher Rat? Fang lieber an, dich wie ein Dad zu benehmen. Wie ein richtiger Mann. Ständig liegst du auf diesem verdammten Sofa rum und lässt dich volllaufen. Hat Mum deine Eier mitgenommen, als sie verschwunden ist?" Rob kehrte ins Haus zurück. „Komm, Graham, gehen wir! Lass das Binky bei Syl. Binkys spielen nicht Fußball."

„Doch", widersprach der Junge und presste das schmutzige Stück Stoff an seine Brust.

„Nein, tun sie nicht. Gib' es Syl, sie wird zusammen mit dem Baby auf dein Binky aufpassen. Komm jetzt. Bald fängt es wieder an zu regnen."

„Ich werde dein Binky waschen", sagte Sylvia. „Dann ist es wieder hübsch und sauber. Das wird ihm gefallen."

„Okay." Graham ließ die Decke los. „Gib Acht, dass *er's* nicht wegnimmt."

„Natürlich, Schätzchen. Zieh deine Jacke an." Als Graham in den Flur ging, wandte Sylvia sich an Rob. „Dad wollte Binky wegwerfen. Graham hat geschrien wie am Spieß. In zwei Wochen kommt Gerry zurück. Und in sechs Wochen ist das Baby da. Keine Ahnung, was wir dann machen sollen. Wir haben einfach zu wenig Platz hier."

„Ja, ich weiß.“ Nachdem er sich vergewissert hatte, dass sein Dad nicht ins Zimmer schaute, gab er Sylvia einen Umschlag voller Geldscheine. „Die Trinkgelder von dieser Woche. Erzähl’s ihm nicht. Und kauf ihm keine Glimmstängel.“

„Danke, Liebes.“ Sie kicherte. „Bezahlen sie dich nicht in Goldmünzen?“

Graham kam ins Wohnzimmer zurück, den Fußball unter dem Arm. Sehnsüchtig starrte er das Binky an, das seine große Schwester noch immer in der Hand hielt. „Komm, Rob, ich bin fertig.“

Verdammt, er war spät dran und bis auf die Haut durchnässt.

Als sie vom Fußballspielen zurückgekommen waren, hatte Graham einen hysterischen Anfall gehabt, weil sein Binky noch immer in der Waschmaschine rotierte. Nach dieser Aufregung hatte Robs Rad auf der Fahrt zum Paradise auch noch einen Platten. Die letzte Meile hatte er durch den Regen laufen müssen.

Er hoffte, niemand würde durch das Bürofenster beobachten, wie er das Rad über das Kopfsteinpflaster des Hofs schob und die Tore des ehemaligen Kutschenhauses öffnete.

„Rob!“

Verflixtes Pech … Chris stand in der Bürotür und winkte ihn gebieterisch zu sich.

„Komm rein, Rob. Nein, bleib doch besser auf der Fußmatte stehen. Ich will nicht, dass du den Teppich ruinierst. Wir brauchen dich oben.“

„Bin schon unterwegs.“ Fast automatisch fügte er noch ein „Sir“ hinzu.

„Weil es wieder regnet, können die Damen nicht ausgehen.“ Chris musterte den Jungen mit einer gewissen Bosheit. Vielleicht war es auch gutmütiger Spott. Bei diesem Mann wusste man das nie so genau. „Darum brauchen sie ein Modell für ihre Zeichenstunde bei Viv.“

„Ein Modell?“

„Ja, für eine Aktstudie."

„Was? Warum ich?"

„Im neunzehnten Jahrhundert gehörte der Zeichenunterricht zur Ausbildung junger Damen aus besseren Kreisen. Das ist historisch belegt."

„Ja, aber ..." Rob knöpfte seinen triefnassen Parka auf. „Haben sie nicht auch Blumen oder so was gezeichnet?"

„Schon seit jeher gilt die Schönheit des männlichen Körpers als ästhetisches Ideal. Wenn es dir unangenehm ist, schick' einen von deinen Jungs hoch. Sicher findest du einen geeigneten. Ich glaube, er darf sich auf ein großzügiges Trinkgeld freuen. Entscheide dich, die Gäste warten."

Rob dachte an Ivan mit der Dauererektion. Auf keinen Fall. Er fing an, in Gedanken die Mängel der Jungs aufzulisten – pickelige Ärsche, ungepflegte Haare ... Noch bevor er damit fertig war, wurde ihm klar, dass er diese Aufgabe nicht delegieren durfte. Behaupteten nicht alle, die weiblichen Gäste würden begierig einen Vorwand suchen, um den Lakaien die Livreen vom Leib zu reißen? Wenn er sich als Modell zur Verfügung stellte, würde ihm das Autorität verschaffen. Noch in Jahrzehnten würden die nachfolgenden Generationen pickeliger, dauergeiler Lakaien den Namen Rob Temple voller Ehrfurcht und Bewunderung aussprechen.

Verdammt, er musste es tun. Der Leitwolf musste sich zum Wohl des Rudels opfern.

„Okay", sagte er. „Wo?"

„Im Salon, in zehn Minuten." Chris lächelte verhalten. „Steh' hier nicht tropfnass herum, dein Dienst hat schon vor einer Viertelstunde begonnen."

Hättest du mich nicht wegen dieses Blödsinns zu dir gerufen, wäre ich längst bei der Arbeit.

„Ja, Sir." Rob machte eine übertriebene Verbeugung, die sich in Jeans und Sweatshirt irgendwie komisch anfühlte und ging ins Haus. Im Flur neben der Bürotür blieb er kurz stehen. Hier hatte Peter ihm seinen Antrag gemacht, was Chris zweifellos wusste. „Soll ich mich im Salon ausziehen, Sir?“

Chris seufzte und verdrehte die Augen. „Du wirst in der Livree zu den Damen gehen und dich hinter einem Wandschirm entkleiden. Dann wird Viv dir ein Tuch geben, mit dem du deine Blöße bedecken kannst.“

„Okay“, murmelte Rob. Wenigstens musste er nicht splitternackt Modell stehen. Er hoffte, Viv würde das Tuch nicht um seine Hüften drapieren und verschiedene Möglichkeiten ausprobieren wollen. Allein konnte sie okay sein, ein echter Profi. Aber sobald sie Publikum hatte, war sie furchtbar – so wie Chris, wenn er gut gelaunt war.

„Guten Morgen, Rob.“ Peter, der einen Stapel Papiere in der Hand hielt, tauchte am anderen Ende des Flurs auf.

Rob verneigte sich leicht. Dann drückte er sich an die Wand, um Peter vorbeizulassen. Er spürte, dass Chris die Szene mit Argusaugen beobachtete.

„Gerade hat sich jemand für den Gärtnerposten beworben“, sagte Peter. „Ein gewisser Mike Temple. Ist er mit dir verwandt, Rob?“

Endlich hatte der alte Schwachkopf seinen Arsch in Bewegung gesetzt und etwas unternommen. „Er ist mein Dad.“

„Was für ein erstaunlicher Zufall“, meinte Chris, während Rob durch den Korridor davoneilte und sei Hemd aufknöpfte.

In seinem Zimmer ließ er die nassen Sachen auf den Boden fallen und schlüpfte in die Livree. Dann rannte er ins Dienstbotenquartier, checkte das schwarze Brett und stürmte nach oben. Vor der Salontür wartete Viv bereits auf ihn.

„Du bist spät dran.“

„Ja, tut mir leid, Ma’am.“

„Also, geh rein. Du wirst schon ungeduldig erwartet.“

Oh Scheiße. Sarah starrte ihn wie ein Raubtier an, Cathy kicherte, nur Lou nickte ihm cool zu. In der Mitte des Raums war ein Podest aufgestellt worden. Dort sollte er sich offenbar auf mehrere Kissen legen, nur bekleidet mit … Entsetzt betrachtete er das winzige Tuch, das Viv ihm reichte.

„Muss ich alles ausziehen?“, flüsterte er. „Oder kann ich meine Boxershorts anbehalten?“

Viv hob die Brauen. „Was glaubst du denn?“

„Okay.“ Plötzlich fürchtete er, sein Körper könnte irgendeinen abstoßenden Makel aufweisen, den er bisher nicht bemerkt hatte.

„Und übrigens, wie ich dir bereits mehrfach erklärt habe: Boxershorts sind historisch nicht korrekt und deshalb verboten. Nicht zuletzt, weil sie die Konturen der Kniehosen verhunzen. Daran solltest du auch deine Bande erinnern.“

„Ja, Ma'am.“ Offenbar hatte noch einer seiner Vorgesetzten miese Laune. Rob widerstand dem Impuls, mit den Augen zu rollen. Lag es vielleicht am Wetter? Nach der Diskussion mit seinem Vater war er selbst nicht in der besten Stimmung. Aber der Standpunkt seines Alten leuchtete ihm ein. Wenn Rob als einziges Familienmitglied einen Job hatte, sollte er ihn wohl besser behalten. Graham brauchte eine Schuluniform und viele andere Sachen. Ständig brauchten Kinder irgendetwas. Er erinnerte sich, wie seine Mum gejammert hatte, weil Graham innerhalb eines Monats aus einem neuen Paar Schuhe herausgewachsen war. Dann hatte sie ihn ganz fest in die Arme genommen. Genau so hatte sie es früher auch mit ihm und seiner Schwester Syl gemacht.

Doch er wollte jetzt nicht an seine Mutter denken – er hatte keine Lust, in Tränen auszubrechen.

Was aber, wenn sein Dad den Gärtnerjob nicht bekam oder vermasselte? Oder wenn er doch noch ablehnte, weil er unter seiner Würde war? Als ob der Besitzer einer bankrotten Kette von Sonnenstudios einen erstklassigen Ruf hätte, den er verteidigen musste. Da Gerry seinen Schwiegervater nicht besonders mochte, würde er wahrscheinlich verlangen, dass die Familie seiner Frau vor der Geburt des Babys auszog. Rob konnte nur hoffen, dass sie wenigstens Graham behalten würden.

Als Viv an seinem Ärmel zog, wurde er aus seinen Gedanken

gerissen. „Ich werde die Schulterpartie deiner Jacke weiter machen. Spannt sie, wenn du etwas Schweres trägst?"

„Ja, ein bisschen, Ma'am. Danke."

„Was für starke Muskeln du hast", sagte sie und befühlte seinen Bizeps.

„Ja, Ma'am."

„Hör auf, mit dem Personal zu spielen, Viv!", rief Sarah. „Es sei denn, wir können mitmachen."

Blöde Kuh. Jetzt willst du auf einmal was von mir. Rob setzte sein höfliches Lakaienlächeln auf und verschwand hinter dem Wandschirm, der in einer Ecke des Salons stand. Er vergewisserte sich, dass er den Frauen keine Peepshow in einem der Wandspiegel bot, bevor er sich auszog.

Er biss die Zähne zusammen und versuchte, das Tuch um seine Hüften zu drapieren. Entweder würde es seinen Hintern bedecken oder seinen Schwanz. Auf keinen Fall beides.

„Rob?" Vivs Stimme kam von der anderen Seite des Paravents. „Nimm das hier." Schwarze Seide fiel in seine Hände – ein Morgenrock. In dem Teil würde er aussehen wie ein Striptänzer. Aber wenigstens mussten die Damen so nicht den Anblick seines baumelnden Schwanzes ertragen, wenn er durch den Salon ging. Er zogen den Morgenmantel an und nahm das Lendentuch. Plötzlich verstand er, warum Graham sein Binky so wichtig war. Zögernd trat er hinter dem Wandschirm hervor. Kopf hoch, Schultern gerade. Das hatten sie beim „Lakaiendrill" gelernt, wie die Jungs es nannten.

Die drei Frauen saßen an ihren Staffeleien. Er konnte sich aussuchen, welche er ansehen wollte, wenn er ganz nackt war. Sarah, deren Mund vor Gier schon halb offen stand – nein. Cathy, rosig und kichernd – nein. Und dann war da noch Lou, cool und distanziert, sicher das Geringste von drei Übeln. Viv, die gerade die Nähte seiner Livree-Jacke öffnete, war diesmal außen vor. Also Lou.

Er stieg auf das Podest und schaute ihr in die Augen. Verdammt wollte er sein, wenn er eingeschüchtert wirkte, selbst wenn er sich genau so fühlte. An ihm gab es nichts, für das er sich schämen musste. Könnte höchstens sein, dass sein Rücken einen bisher unentdeckten Makel aufwies. Doch das wäre weder seine Schuld noch sein Problem. Er ließ den Morgenmantel fallen und kam sich dabei nur ein kleines bisschen wie ein Stripper vor. Dann kniete er sich hin und stützte sich auf einen Ellbogen, nach seiner Meinung die anmutigste Methode, um in die Horizontale zu gelangen. Erst dann fiel ihm ein, das Tuch über seine Lenden zu legen.

Geschafft.

Lou nickte ihm zu und lächelte ihn flüchtig an, so wie sie es beim Dinner tun würde, wenn er ihre zu Boden gefallene Serviette aufhob.

Puh …

„In zwanzig Minuten kannst du eine Pause machen. Schrei einfach, wenn du dich schon früher bewegen willst.“ Viv arrangierte ihn wie ein Möbelstück, schob ein Kissen unter seinen Arm, rückte ein Bein zurecht. Rob war dankbar für ihre Unbefangenheit. Sie empfahl den Damen, auf Licht und Schatten zu achten, ohne Scheu Pastelltöne auszuprobieren, die Farbstifte zu benutzen und ihrer Kreativität freien Lauf zu lassen. Vor allem aber sollten sie ihren Spaß haben.

Eine Zeit lang schienen sie Skizzen anzufertigen. Dann verkündete Sarah, sie müsse ihre Staffelei woanders hinstellen. Rob nahm an, sie suchte einen Platz, der ihr freien Ausblick auf seinen Arsch bot. Schließlich fingen sie an, und abgesehen von einem gelegentlichen Kichern oder Wispern war es still im Raum.

Lous Bleistift kratzte über das Papier. Unzufrieden schüttelte sie den Kopf, radierte etwas aus und starrte Robs Oberkörper an. Hinter ihm verrieten leise Geräusche, dass Viv an seiner Jacke arbeitete.

„Was machen die Jungs heute Morgen?“, fragte Cathy.

„Billard“, erklärte Lou. „Und wahrscheinlich haben sie schon zeitig zu trinken angefangen. Ich wünschte, wir hätten ausreiten können.“

„Ah, ein typisches Cowgirl“, sagte Sarah boshaft.

„So was in der Art.“

Die Tür zum Speisezimmer öffnete sich. „Alles in Ordnung?“, fragte Peter. Rob musste sich zwingen, nicht nach dem Morgenmantel zu greifen. „Benehmen sich deine Schülerinnen anständig, Viv? Gut. Mal sehen. Oh, sehr hübsch, Cathy, eine wunderbare Linienführung. Haben Sie Kunst studiert?“

„In der Schule war's mein Lieblingsfach.“ Sie kicherte. „Aber da hatten wir keine so tollen Modelle.“

„Und Sarah“, fuhr Peter fort. „Sehr ungewöhnlich. Dass Sie von diesem Platz aus so – eh – viel sehen, hätte ich nicht gedacht.“

„Nun, ich habe eine lebhafte Fantasie.“

Als er zu Lou ging, knarrten die Dielenbretter. Er berührte ihre Schulter, und sie lächelten sich liebevoll an.

„Ja, ich weiß“, seufzte sie, „ich sollte das auf keinen Fall zu meinem Hauptjob machen.“

„So schlimm ist es nun auch wieder nicht. Und solange du dich amüsierst …“

Rob fixierte die Wand über Lous Kopf. Etwas hatte sich verändert. Ihm war bewusst, dass ihn drei Frauen anstarrten. Wahrscheinlich waren es sogar vier, aber Viv war durch ihren Beruf an nackte Leute gewöhnt. Doch seit Peters Ankunft lag ein Prickeln in der Luft, sehr intensiv und persönlich.

Er versuchte, sich auf etwas anderes zu konzentrieren, und ließ seine Gedanken umherschweifen.

Lou. Lou im Dunkeln, auf der Treppe, ihre entblößte Brust, die sich an seiner Haut rieb. Immer wieder war er in seiner Fantasie zu dieser Szene zurückgekehrt. Allerdings hatte er Mac eliminiert, damit er mit Lou allein sein konnte. In seinen Tagträumen wich sie nicht erschrocken vor ihm zurück, und er war nicht verlegen wegen seiner unübersehbaren Erektion. Hatte sie das damals wahrgenommen? In seiner Vorstellung würde sie es merken und nach unten greifen, während er ihre Brust mit dem schönen, harten Nippel streichelte …

O Scheiße, Scheiße. Unter dem Tuch regte sich Robs Schwanz und richtete sich auf.

Das würde sie sehen. Peter auch. Nur ein kleines Stück Stoff verhinderte seine totale Demütigung. Unmöglich, nach unten zu greifen, um festzustellen, ob noch alles bedeckt war. Die Bewegung würde die Aufmerksamkeit aller Anwesenden auf seinen Zustand lenken. Er kam sich vor wie ein Exhibitionist, der auf einem Kinderspielplatz rumhing …

Runter mit dir.

Das funktionierte nicht. Also zwang er sich, an etwas wirklich Grauenhaftes zu denken. An Dad, der auf dem Sofa lag und in seinem Selbstmitleid ertrank. Nein, daran wollte er nicht denken. An Graham, der durch den Park lief, gegen seinen Fußball trat und schrie: „Schau mich an, Rob, schau mich an!" Armer kleiner Kerl … Er versuchte, an etwas Schönes, Asexuelles zu denken. An Cambridge, die unglaublich alten Häuser, die Stadt, in der er bald leben würde.

Wer würde dann mit Graham Fußball spielen?

Graham wird nach den Ferien wieder mit seinen Freunden zur Schule gehen, sagte er sich. Er wird das schon alles auf die Reihe kriegen. *Es sei denn, wir werden aus Sylvias winzigem Haus gejagt, und der Junge muss auf eine andere Schule.* Was sollte dann nur aus ihm werden?

Er riskierte einen Blick auf Lou, die sich gerade zu dem kleinen Tisch voller Zeichenutensilien vorbeugte. Was für ein erstaunliches Dekolleté für eine so dünne Frau …

Scheiße.

Alle seine guten schlechten Gedanken waren umsonst gewesen.

Er fühlte Panik in sich aufsteigen. Neuer Versuch. Er rief sich in Erinnerung, wie er vorhin im strömenden Regen einen Platten gehabt hatte. Kalte Hände, die am Metall der Fahrradpumpe abrutschten, die Auf- und Abbewegung … Nein, so funktionierte das nicht. *Denk wieder an Graham.* Das sollte gewisse Dinge endlich wieder schrumpfen lassen.

Lou hob den Kopf und sah ihn an – freundlich und gelassen. Wenn sie seinen Ständer bemerkte hatte, schien das für sie keine große Sache zu sein. Er konzentrierte sich wieder auf die Wand. Hastig riss er seinen Blick vom Porträt einer vollbusigen Schönheit los, das in seinem Blickfeld hing. Dann fand er eine leere Stelle, die er anstarren konnte, bis er endlich Pause hatte.

16. KAPITEL

Lou

Zu ihrer eigenen Überraschung hatte sie die Zeichenstunde sehr genossen. Nicht nur wegen Robs Erektion, die dem armen Jungen schrecklich peinlich gewesen war. Danach war der Lunch serviert worden, und gleich begann der Tanzunterricht. Die Männer hatten den Vormittag in der Reithalle, bei Schießübungen mit historischen Waffen und beim Billardspiel verbracht. Zweifellos hatten sie bereits einen gewissen Vorsprung in Sachen Alkoholkonsum.

Mac, der diesmal an der Tanzstunde teilnahm, hüllte sich in Schweigen. Lou fühlte sich versucht, ein paar Zeilen aus Jane Austens Roman „Stolz und Vorurteil" zu zitieren. *Jetzt sind Sie an der Reihe, etwas zu sagen, Mr Darcy.* Aber die Zeiten netter Witzeleien waren vorbei.

„Blickkontakt, Mrs Connolly!", mahnte Becky, die Tanzlehrerin. Lou schaute zu Mac auf, als sie seine Hand nahm. Schulter an Schulter drehten sie sich. Er hielt ihrem Blick stand, aber sie las nichts in seinen dunklen Augen.

Wie du willst. Sie wollte auch gar nicht wissen, was er dachte, und sie hoffte, ihre Augen wären genauso unergründlich.

„Und zurück zu Ihrem ursprünglichen Partner!", rief Becky und gab Lou einen leichten Schubs in die richtige Richtung.

Lou fand wieder zu Alan. Dem entfuhr direkt vor ihrem Gesicht ein lauter Rülpser, der nach Bier stank. Er wurde feuerrot und entschuldigte sich. Als sie ihm erklärte, sein Verhalten sei historisch sehr korrekt, grinste er erleichtert.

Sie wünschte, sie hätte ihn nicht beim Liebesakt mit Cathy beobachtet. Lou fühlte sich schuldig, weil sie so intime Dinge über die beiden wusste. Daran war Mac schuld.

Die nächsten Tanzschritte führten sie zu Sarah, die sie anzischte: „Wie sieht sein Schwanz aus?"

„Wessen Schwanz?"

„Robs."
„Darauf habe ich nicht geachtet", log Lou. „Tut mir leid."
„Ben will einen Dreier mit ihm machen."
„Tatsächlich?" Gegen ihren Willen schaute Lou zu Ben hinüber, der gerade Macs Hand hielt und sehr angeregt wirkte.
„Sicher wird er großartig sein. Er ist schließlich dran gewöhnt zu tun, was man ihm sagt …"
Becky kam auf sie zu, und sie beeilten sich, die richtigen Positionen einzunehmen.
Rob hatte die Aufgabe, die Tänzer und Tänzerinnen mit Erfrischungen zu versorgen, mit Limonade und Kuchen. Reglos stand er an einer Wand. Er strahlt eine natürliche, selbstverständliche Ruhe aus, dachte Lou. Vielleicht lag es auch an seiner Ausbildung zum Diener. Die Studenten in seinem Alter, die sie unterrichtet hatte, waren alle von rastloser Energie erfüllt gewesen. Keiner von ihnen hatte Knie oder Hände stillhalten können. Auch als Modell war Rob gut gewesen. Zum Glück hatte sie als einzige Frau seine Erektion bemerkt. Auch Peter hatte sie gesehen, die Hände geballt und den Salon mitten im Satz verlassen. Armer Peter.
Sie wusste, wie er sich fühlte. Auch sie hatte plötzlich ein so heftiges Verlangen überkommen, dass sie nach Luft ringen musste. Robs Mischung aus Unschuld und Charme war so erotisch, er selbst offenherzig und unkompliziert. Vielleicht war es das, was sie sich wünschte und was sie brauchte.
Der Geiger beendete sein Spiel mit einer schwungvollen Geste des Bogens. Die Tänzer verneigten sich, die Tänzerinnen knicksten. Dann gingen alle zum Tisch mit den Erfrischungen.
Lou nahm eine Limonade und ging ans Fenster. Es regnete nicht mehr, aber auf Rosenbüschen und Bäumen funkelten noch immer Wassertropfen. Während sie ihr Glas lehrte, kam ein Lakai mit einem Silbertablett zu ihr, auf dem ein Kuvert lag.
Falls die Nachricht von Mac stammte, würde Lou sie nicht entgegennehmen. Doch sie erkannte Vivs Handschrift. Die teilte ihr mit, dass sie an diesem Nachmittag zur Anprobe ihres

Ballkleids ins Pförtnerhaus kommen sollte. Sie dankte dem Lakaien und gab ihm ein Trinkgeld, eine Münze aus ihrem Handtäschchen. Als er sich verneigte, musterte er ungeniert ihr Dekolleté. Lou bemerkte, dass Rob den Jungen empört anstarrte.

„Brauchen Sie einen Schirm, Ma'am?", fragte Rob.

„Woher wissen Sie, dass ich hinausgehen werde?"

„Sie haben aus dem Fenster geschaut. Und dann noch einmal, nachdem Sie die Nachricht gelesen hatten."

Mit seinem guten Aussehen, seinem Einfühlungsvermögen und der Loyalität gegenüber seiner Familie, von der ihr Peter erzählt hatte, würde er irgendwann ein Mädchen sehr glücklich machen. Sie lächelte und nickte ihm zu. Dann ging sie in ihr Zimmer, um für den Weg zum Pförtnerhaus Halbstiefel anzuziehen.

Sie verließ das Haus durch die Vordertür, blieb kurz stehen und bewunderte die Szenerie. Ihr Blick fiel auf verschiedene lebhafte Grünnuancen und schwere Rosenblüten voller funkelnder Regentropfen. Dann ging sie die Stufen hinab und folgte der Zufahrt. Es gab einen schöneren, leicht gewundenen Spazierweg durch den Wald. Doch da würde sie sich nasse Füße holen.

Aus den geöffneten Fenstern des Pförtnerhauses drangen Wortfetzen und Opernmusik. Lou erkannte Macs Stimme. Der Gedanke, sie könnte ihn erneut in einer sexuellen Situation überraschen, weckte zu ihrem eigenen Erstaunen Mordlust in ihr.

Zu ihrer Erleichterung gab es keinen Anlass für ihre blutrünstigen Rachefantasien. Mac saß mit hochgekrempelten Ärmeln an einem kleinen Schreibtisch und tippte auf der Tastatur eines Laptops herum. Viv ging vor einer Schneiderpuppe auf und ab, den Mund voller Stecknadeln. Neben ihr saß Di Brooks, die Zofe, und nähte an einem Kleid.

„Willkommen im einundzwanzigsten Jahrhundert", sagte Viv. „Geh nach oben, Mac, Lou muss dieses Kleid anprobieren."

„Klar.“ Mac nahm seinen Laptop und einen Notizblock und ging die Treppe hinauf.

„Wirklich nett, ihn mal arbeiten zu sehen“, bemerkte Viv. „Aber irgendetwas scheint unseren Jungen zu bedrücken.“ Neugierig schaute sie Lou an.

Di legte ihre Näharbeit beiseite und stand auf, um Lou aus ihrem Kleid zu helfen.

„Ist das für mich?“ Lou inspizierte das dunkelrote Kleid an der Schneiderpuppe. „Was für eine fantastische Farbe. Aber hat es überhaupt ein Oberteil?“

„Nun, ich dachte, Sie könnten etwas mehr von Ihren Titten zeigen. Dazu gibt's ein Überkleid und einen passenden Unterrock. Und Sie müssen Ihr Hemd tiefer runterziehen. Vor dem Ball wird Di Ihnen helfen.“

Lou schaute auf ihre hochgeschobenen Brüste, die wie auf einem Präsentierteller lagen. Ihre Brustwarzen waren nur sehr knapp bedeckt.

„In der Regency-Ära war's den Frauen egal, ob man ihre Nippel sah“, erklärte Viv. „Ihre sind wegen Ihrer hellen Haut rosa. Aber wenn Sie richtig unartig sein wollen, können Sie die mit Rouge färben. Dann wissen Ihre Tanzpartner, wo sie hinschauen müssen.“

Zuerst stieg Lou in den Unterrock, dann wurde raschelnder Satin über ihren Kopf gezogen. Di verschnürte das Kleid am Rücken.

In diesem Moment klopfte Mac an die Tür und trat ein. „Tut mir leid, ich habe etwas vergessen … Scheiße, Lou, was hast du denn an?“

Hastig verschränkte sie die Arme vor der Brust. *Glauben Sie bloß nicht, Sie könnten einen Blick erhaschen, Sir …*

„Hau ab, Mac!“, befahl Viv und warf einen Schal um Lous Schultern.

Krachend fiel die Tür hinter Mac ins Schloss.

„Sie bleiben oben ohne, während ich den Saum abstecke“, sagte Viv. „Drehen Sie sich bitte um. Sieht okay aus … Moment mal, da muss ich was ändern. Und hier auch … Prima. Jetzt kommt noch das Überkleid mit der Schleppe. Damit Sie nicht drauftreten, müssen Sie üben, darin zu gehen.“

Das Überkleid aus dunkelroter Gaze war in Schwarz und Gold bestickt. Es umgab Lou wie eine Stola und wurde unterhalb ihrer Brüste von einer Strassbrosche festgehalten. Der tiefe Ausschnitt brachte ihren Busen perfekt zur Geltung.

„Wow!“ Lou starrte ihr Spiegelbild an. „Umwerfend! Traumhaft!“

„Ja, ich wusste, es würde Ihnen gefallen“, sagte Viv. „Falls Sie doch noch kneifen wollen, geben wir Ihnen einen Einsatz, den Sie im Kleid festheften können. Aber das werden Sie nicht tun, stimmt's? Nun müssen wir nur noch einen passenden Kopfputz anfertigen.“ Sie ging zum Arbeitstisch, auf dem zerknüllte schwarz-rot-goldene Gaze und goldene Schnüre lagen. „Irgendetwas Schlichtes. Die Kerle werden aus ihren Hosen platzen, Lou.“

„Oh. Das ist gut. Nehme ich jedenfalls an.“

„Vom historischen Verein werden ein paar nette Jungs in Militäruniformen kommen. Mal sehen, ob Mac die Jungs in Ihre Nähe lässt.“

„Das wird ihn kaum interessieren.“

„Wirklich nicht?“ Viv legte den Kopf schief, ihre Augen glitzerten. „Obwohl er eine so empfindsame Seele ist?“

„Ach, ist er das?“, fragte Lou ungläubig. Mac, eine empfindsame Seele?

„O ja. Heute hat er per Skype mit seiner Tochter gechattet. Das war zu süß … Da fällt mir ein – möchten Sie Ihre E-Mails checken? Sie sind den anderen gerade zwei Jahrhunderte voraus. Ziehen Sie sich wieder um und machen Sie sich's gemütlich, trinken Sie eine Tasse Tee und chatten Sie nach Herzenslust.“ Viv schaltete den Wasserkocher ein. „Mac hat es gerade nicht einfach. Um seine Karriere in Gang zu bringen, braucht er eine richtig große Story. Und weil er seine Rechnungen zahlen muss, macht er diesen ganzen journalistischen Kleinkram. Di, hilf Lou beim Umziehen, dann trinken wir unseren Tee.“

Als sie wieder ihr Alltagskleid aus bunter Baumwolle trug, las Lou ihre E-Mails. Nichts Wichtiges. Sie tippte rasche, liebevolle Antworten an ihre Schwestern und einen nichtssagenden, aber freundlichen Bericht an ihren Doktorvater. Und dann hielt sie erschrocken den Atem an, als ihr eine Betreff-Zeile auffiel. *Haben Angebot für Ranch, benötigen Preisforderung.*

Gedankenverloren wanderte sie durch den Wald. Lou erinnerte sich nur vage, was sie nach der Lektüre dieser E-Mail getan hatte. Den Tee hatte sie abgelehnt – bedauerlicherweise, denn jetzt war sie durstig. Der Saum ihres Kleids war völlig durchnässt, sicher hatte sie es schmutzig gemacht. Viv würde sauer sein. Sie blieb stehen und befreite ihre Röcke aus einer Dornenranke. Es wäre besser, zum Haus zurückzukehren. Allzu kompliziert sollte das nicht sein. Aber sie hatte keine Ahnung, wo sie gerade war.

Rauch hing in der Luft. Irgendwo in der Nähe verbrannte jemand Holz, und so ging sie in die Richtung, aus der dieser Geruch heranwehte. Wahrscheinlich würde sie zu einem Schuppen oder zu einer Scheune gelangen. Kurz darauf stand sie vor einem Cottage, das von einem verwilderten Garten umgeben war. Eine morsche Pforte hing an einem Steinpfosten, der von Moos bedeckt war. Aus dem Schornstein kam Qualm.

„Hallo?", rief sie. Ein bemooster, mit Gras überwachsener Steinweg führte zur Vordertür, die halb offen stand. Lou stieß sie auf. Qualm füllte den ganzen Raum. Ein Mann in Livree kniete vor dem Kamin und stocherte mit einer Stange im Rauchabzug herum. „Rob?"

„Was?" Er drehte sich um, sprang auf und riss seinen Kopfhörer herunter. In seiner Brusttasche steckte ein iPod. „O Gott, Sie haben mich erschreckt, Ma'am."

„Tut mir leid." Neugierig sah sie sich um. Spinnweben verdunkelten die Fenster, Staub bedeckte einen großen, schwarzen Herd. „Was ist das für eine Hütte?"

„Das Gärtner-Cottage. Ich wollte nachsehen, ob der Kamin funktioniert." Rob hockte sich wieder hin und stocherte weiter im Rauchabzug herum. Als Zweige und Schutt auf den Rost fielen, nickte er zufrieden. „Ich hoffe, mein Dad bekommt den Job als Mädchen für alles. Dann kann er mit meinem Bruder hier wohnen."

„Oh, ich verstehe." Nach Lous Meinung war das keine geeignete Unterkunft für ein kleines Kind. „Braucht er kein Bad?"

„Das ist da drüben. Das Wasser ist noch abgestellt."

Sie warf einen kurzen Blick durch die Tür und sah eine rostige alte Toilette mit einer Kette am Wassertank und eine Wanne mit Klauenfüßen.

„Wenn man alles sauber macht und herrichtet, kann's ganz nett werden", sagte Rob.

„Wann fängt er an?"

„Dad hat sich gerade erst beworben", murmelte er und schaute weg. „Und ich bin mir nicht sicher, ob er die Stelle kriegt." Er richtete sich auf und schürte das Kaminfeuer. „Oben sieht's wirklich cool aus. Schauen Sie sich's an. Das heißt, wenn Sie Lust haben."

„Okay." Sie folgte ihm die Treppe hinauf. Direkt unterm Dach gab es zwei winzige Schlafzimmer, in denen die Reste eines eisernen Bettgestells und ein paar Lumpen lagen.

„Hübsch, nicht wahr?", fragte er.

„Eh – ja, ich glaube, daraus lässt sich was machen." Offenbar war es wichtig für ihn, dass sie ihm zustimmte.

„Hier oben gibt es keinen Strom, aber Graham kann seine Hausaufgaben unten machen. Und ich kann schnell vom Haupthaus rüberkommen …"

„Aber Sie werden in Cambridge studieren und nur in den Ferien hier sein."

„Ja." Er lief die Treppe hinunter und rief über die Schulter: „Na ja, das ist noch nicht hundertprozentig sicher."

„Was heißt das?" Sie folgte ihm nach unten. „Ich dachte, Sie hätten ein Stipendium. So eine Chance bekommt man nur einmal im Leben. Was ist passiert?"

„Das ist kompliziert", antwortete er und stocherte in der schwelenden Asche herum.

Sie wartete, aber er wollte offenbar nicht erklären, was das bedeutete. Stattdessen nahm er eine Flasche Limonade vom Fensterbrett, schraubte den Verschluss ab und hielt sie ihr hin.

Durstig begann sie zu trinken und fühlte sich dabei wie ein Junkie. In den letzten Tagen hatte sie sich an Kaffee und Tee gewöhnt. Erst jetzt merkte sie, wie sehr sie etwas Frisches, Kaltes mit Kohlensäure vermisst hatte. „Danke. Ich sollte jetzt zum Haus gehen." Sie gab ihm die Flasche zurück, die er in seine Jackentasche steckte.

„Okay, ich werde Sie begleiten, Ma'am. Meine Chefs sollen nicht glauben, ich drücke mich vor der Arbeit."

„Soweit ich das feststellen konnte, arbeiten Sie sehr hart."

Rob zuckte mit den Achseln, dann verließen sie das Cottage, und er schloss die Tür ab. „In dieser Art von Job muss man einen Mittelweg finden – zwischen der Leistung, die von einem erwartet wird, und der Arbeit, die man sich sparen kann, ohne dabei erwischt zu werden. Haben Sie Swift gelesen? Seine Ratschläge für Dienstboten?"

„Erzählen Sie mir davon." Sie liebte es, wenn ihre Studenten sie über neue Entdeckungen informierten.

„Also, das ist ein witziges Benimmbuch für Diener. Ich habe es online gefunden, als ich mich um diese Stelle bewarb. Wenn man etwa losgeschickt wird, um etwas zu besorgen, sollte man möglichst lange wegbleiben – und bei der Rückkehr eine gute Ausrede parat haben. Sie können zum Beispiel sagen, sie mussten sich von einem Cousin verabschieden, auf den schon der Galgen wartete. Oder Sie mussten ihren Herren suchen und waren deswegen in hundert Pubs." Er grinste. „Ein sehr komisches Buch."

„Das hört sich an, als habe sich Swift ziemlich oft über sein Personal geärgert. Seine Gedichte werden Ihnen gefallen. Einige sind ziemlich derb und unanständig, andere sehr schön und sanft. Sicher werden Sie seine Werke in der Bibliothek von Paradise Hall finden." Sie schaute sich um und sah ein Dickicht aus Bäumen und Büschen. „Wohin gehen wir?"

„Hier entlang.“

Sie folgten einem Pfad, der zum See führte. Am anderen Ufer stand das Sommerhäuschen, anmutig und leuchtend. Rob ging voraus. Er schob Zweige aus dem Weg, und Lou versuchte, ihr Kleid nicht noch mehr zu ruinieren.

Als sie sich dem Pavillon näherten, ging das leichte Nieseln in prasselnden Regen über.

„Laufen wir!“ Rob nahm ihre Hand, und sie rannten in das Sommerhaus. Völlig außer Atem beobachteten sie, wie der Wind den Regen übers Wasser peitschte.

Lou lachte und wollte ihr nasses, zerzaustes Haar aus dem Gesicht streichen. Erst da bemerkte sie, dass sie immer noch Robs Hand hielt. Wie schockierend, Händchenhalten mit einem Dienstboten, noch dazu ohne Handschuhe …

„Erklären Sie mir, warum Sie Schwierigkeiten mit Ihrem Studium haben, Rob. Kann ich Ihnen irgendwie helfen?“

17. KAPITEL

Rob

Ein paar Sachen hatte er Di erzählt, aber nicht alles. Jetzt brach es aus ihm heraus. Er ballte die Hände zu Fäusten, ruderte mit den Armen durch die Luft und ging auf und ab, während er redete. Einmal musste er sich kurz von Lou abwenden und sein erhitztes Gesicht an eine Säule pressen, weil er fürchtete, er würde zu weinen anfangen. Es war ihm peinlich, dass er die ganze Zeit fluchte. Immerhin war Mrs Connolly älter als er und eine Lehrerin, deshalb erschien ihm das nicht richtig. Und warum war er überhaupt so wütend?

Dann war Rob fertig und schwieg. Er lehnte an einer Säule und starrte auf den See. Ein Regenbogen tauchte am stahlgrauen Himmel auf. Schwäne glitten über das Wasser und beugten ihre langen Hälse. Großer Gott, was für ein Klischee.

„Das ist echt Scheiße", sagte Lou.

Diese Reaktion hatte er nicht erwartet, und fast hätte er gelacht. Aber er hatte immer noch Angst vor einem Tränenausbruch. Wenn er Pech hatte, würde sein Lachen in ein Weinen übergehen, und er würde womöglich wie Graham heulen.

„Haben Sie nichts mehr von Ihrer Mum gehört?"

„Nein, wir wissen nicht, wo sie ist."

„Verdammter Mist." Noch eine Überraschung. „Haben Sie keine anderen Verwandten? Wie sieht es mit Großeltern aus?"

„Es war immer meine Mum, die den Kontakt zum Rest der Familie gehalten hat, weil die meisten meinen Dad nicht mögen. Darum haben wir unsere Verwandtschaft auch nicht so oft gesehen. Und Mum hat ihr Adressbuch mitgenommen."

„Klingt nicht gut, was Sie über Ihren Dad erzählen", schnaubte sie.

„So schlimm ist er nun auch wieder nicht. Klar, er ist ein Vollidiot, aber trotzdem mein Dad."

Sie ging zu ihm und berührte ihn am Ärmel. „Natürlich geht's mich nichts an, aber … Wissen Sie, Rob, nur weil sie Ihre Eltern sind, bedeutet das keineswegs, sie würden niemals Mist bauen. Ihre Mum hat ihren Ehemann verlassen, nicht ihre Kinder."

„Aber sie *hat* uns verlassen." Jetzt klang er wie Graham, wenn er besonders weinerlich war.

„Klar, das nervt. Aber was mich wirklich wütend macht: Ihr Dad versucht Sie zu manipulieren und dazu zu bringen, Ihren Studienplatz in Cambridge aufzugeben. Tun Sie das nicht! Sie scheinen Ihren Bruder sehr zu lieben. Und das ist bewundernswert. Trotzdem dürfen Sie sich nicht für ihn opfern. Damit helfen Sie auf lange Sicht niemandem. Glauben Sie, er wird in zehn Jahren noch daran denken? Sicher nicht. Nur *Sie* werden sich dauernd daran erinnern."

„Aber …" Wow, sie sah großartig aus, wenn sie sich aufregte. Das nasse Kleid klebte an ihrem Körper, das Gesicht wurde von ihrem wild zerzausten Haar umrahmt. Prompt vergaß er, was er sagen wollte.

„Ich habe oft genug gesehen, dass Kids aus lauter falschen Gründen aufs College gehen", sagte sie. „Ich muss nämlich ihre beschissenen Aufsätze lesen und benoten. Und ich hasse es, wenn ein netter, kluger Junge wie Sie sein Leben zerstört."

„Sie finden mich nett?", fragte er. Wieder kochte er innerlich, aber diesmal aus einem anderen Grund. „Ich bin nicht nett, Lou. Sie wissen ja nicht, woran ich gerade denke." Gleich würde er etwas sehr Unkluges tun, das ganz gewiss nicht zu einem *Jungen* passte.

Sie riss die Augen auf und schluckte. „Und was ist das?"

Er ging zu ihr, blieb dicht vor ihr stehen und schob sie gegen eine der Säulen. Ihre Brüste und die harten Stäbe ihres Korsetts drückten an seinen Oberkörper. Sie schnappte überrascht nach Luft. Seine Lippen streiften ihre. So weich, so süß. Da schien sich ihr Körper zu verändern, schmiegte sich nachgiebig und einladend an seinen. Er streichelte ihr Gesicht, fühlte ihre glatte, zarte Haut an seiner Handfläche, ihren pochenden Puls unter seinen Fingerspitzen.

Sie stieß einen Laut hervor, den er nicht richtig interpretieren konnte. Aber sie ließ ihre Hände zu seinem Hintern wandern und presste seine Hüften an ihren Bauch. Falls sie an seinem Verlangen gezweifelt hatte – jetzt wusste sie Bescheid, weil sie seinen Ständer spürte.

Ihre Zungen trafen sich. Lou legte den Kopf in den Nacken und erlaubte Rob, an ihrem Hals und der Schulter zu saugen.

Als er ihre Brüste streichelte, schob sie ihn lachend weg. „Ja, du hast völlig recht – du bist nicht nett. So küssen nette junge Männer nicht."

18. KAPITEL

Lou

„Was ist los?“ Verwirrt starrte er sie an, dann stimmte er in ihr Gelächter ein. Er ging einen Schritt zurück und ließ sich auf eine steinerne Bank fallen, die an einer Säule stand. Sie merkte ihm an, dass er sich schon wieder für seine Erektion schämte.

„Hör mal, im Moment sind wir beide ein bisschen durcheinander. Am besten vergessen wir, was gerade passiert ist. Ich bin zu alt für dich und …“

„Warte“, unterbrach er sie und hob eine Hand. Noch nie hatte sie ihn so breit grinsen gesehen. „Im Moment will ich nur eins – mit dir ins Bett. Übrigens, wie alt bist du? Und – Scheiße, das alles hört sich sicher völlig unsinnig an, aber – wieso bist du durcheinander? Du hast dir mein Gejammer angehört, und da warst du nicht besonders verwirrt.“

„Oh …“ Sie gestikulierte mit den Händen. „Meine Ranch … Nein, das klingt zu grandios, es ist eher eine kleine Farm in Montana. Die habe ich zum Verkauf angeboten. Ich habe nicht erwartet, dass sich ein Käufer findet. Ich weiß nicht einmal, ob ich sie verkaufen will. Es ist so kompliziert. Heute habe ich ein Angebot bekommen. Der Interessent hat sich nach dem Preis erkundigt. Nun weiß ich nicht, was ich tun soll. Und ich bin siebenundzwanzig.“

„Ich bin neunzehn. Acht Jahre jünger. Ist das so ein Riesenunterschied?“

„Ja, ist es. Ich unterrichte Kids … Sorry! Junge Erwachsene in deinem Alter. Also bist du tabu.“

„Sie sind wirklich schlimm, Mrs Connolly. Findest du das nicht aufregend?“

„*Dich* finde ich aufregend. Und nett. Ja, tatsächlich. Und du bist ein anständiger Junge. Als ich sternhagelvoll war, hast du mich zu meinem Zimmer gebracht, ohne mich zu begrapschen. Ich will keine jungen Lakaien verderben. Aber offensichtlich bist du nicht völlig unschuldig. Wie auch immer, ich sehe mich nicht in der Rolle einer Mrs Robinson. Ich will nicht die ältere Frau sein, die Jungs verführt."

„Dafür ist der Altersunterschied von acht Jahren zu gering." Rob blickte konzentriert auf seine Füße, die ihn zu faszinieren schienen. „Erzähl mir von deiner Ranch. Wirst du sie verkaufen?"

Sein Interesse überraschte sie. „Willst du das wirklich wissen?"

„Ja."

„Über ein Jahr habe ich dort gelebt. Zehn Morgen Land, ein paar Rinder, ein Pferd, zwei Hunde. Nur ein kleiner Besitz, aber die Landschaft ist wunderschön. Dort habe ich die Asche meines Mannes verstreut. Keine Ahnung, ob ich's ertragen würde, woanders zu leben – oder dort zu bleiben."

„Musst du dich sofort entscheiden?"

„Ich habe gemailt, ich würde darüber nachdenken. Auf dem Immobilienmarkt sieht es derzeit wirklich schlecht aus. Darum war ich sicher, in den nächsten Monaten kein Angebot zu bekommen. Auch, weil ich einen ziemlich hohen Preis angesetzt habe. Meine Schwester will, dass ich wieder nach Boston ziehe – die meisten meiner Verwandten leben an der Ostküste. Aber es ist im Moment schwierig, eine Stelle als Lehrerin zu finden. Wenn mein jetziger Job auch nichts Besonderes ist – er gibt mir doch eine gewisse Sicherheit."

Rob nickte. „Aber du lebst ziemlich abgeschieden, nicht wahr? Fühlst du dich nicht manchmal einsam auf der Ranch?"

„Ja. Die Fahrt zur Uni dauert zwei Stunden, mein nächster Nachbar lebt fünf Meilen entfernt. Und das bedeutet in Montana praktisch, dass wir uns gegenseitig ins Wohnzimmer schauen können." Lou zögerte und dachte wieder an Robs vertrackte Situation. „Soll ich mit Chris und Peter über deinen Dad reden? Das ist schon okay, ich weiß Bescheid über Peters Indiskretion."

Er schnaubte und sprang auf. „Indiskretion! So kann man's auch nennen."

„Er sagte, du hättest dich sehr anständig benommen.“

„So was kommt nun mal vor – dass man auf die falschen Leute steht. Ich komme damit klar, meinetwegen musst du nicht mit ihnen reden. Aber ich danke dir für das Angebot.“

„In Ordnung.“ Lou fand, ein kurzes Gespräch mit Chris wäre keine schlechte Idee. Rob hatte ja nicht ausdrücklich gesagt, es wäre ihm unangenehm. Wahrscheinlich wusste er sowieso, dass sie sich davon nicht abhalten lassen würde. „Jetzt sollte ich wirklich zurück ins Haus gehen.“

„Ja, ich auch – ich muss einiges fürs Dinner vorbereiten.“ Als wäre es ganz natürlich, nahm er ihre Hand, und sie spazierten in die Richtung des Anwesens.

„Magst du deinen Diener-Job?“, fragte sie.

„Manchmal schon. Wir amüsieren uns zum Beispiel über die Gäste. Erstaunlich, dass sie unsere Anwesenheit immer wieder vergessen. Ich glaube, das bedeutet, wir machen unsere Arbeit gut. Inzwischen gibt's eine Menge Insider-Witze, und wir haben uns Spitznamen für die Leute ausgedacht.“

„Tatsächlich? Wie nennt ihr mich?“

„Schulmeisterin.“

„O nein!“

Er ging zur Seite, damit sie einer Pfütze ausweichen konnte. „Doch. Sarah ist unsere ‚Sexbestie‘, Ben der ‚Hirni‘, weil er nicht besonders schlau ist. Und Mr Salazar … Seid ihr beide – uh …?“

„Nein. Was für einen Spitznamen habt ihr ihm gegeben?“

„Auf den bist *du* gekommen. Am ersten Abend. Erinnerst du dich? Mr Darcy. Dabei ist's geblieben. Die zwei Restaurateure nennen wir die ‚Farbschmierer‘. Richtig unheimlich, die beiden, nicht wahr? Viv heißt bei uns ‚die Edelnutte‘. Als sie das rausgefunden hat, tat sie so, als wäre sie sauer. Aber ich glaube, es gefällt ihr.“

„Und Alan und Cathy?“

„Arschficker und Kichererbse.“

„Wie grauenhaft!“, sagte Lou und musste doch lachen.

Dann gingen sie schweigend weiter. Rob pflückte eine faustgroße Rhododendronblüte, die er ihr mit einer Verbeugung überreichte, und Lou steckte sie hinter ihr Ohr.

„Gleich sind wir da, und …“, begann er. In plötzlicher Scheu unterbrach er sich. „Wie wär's, Lou? Nur ein bisschen rumknutschen?“

„Du weißt ja, wo mein Zimmer ist.“ Die Worte kamen über ihre Lippen, ehe sie es verhindern konnte. Warum auch nicht? Es war so herrlich unkompliziert. Sie mochte ihn, sie begehrte ihn. In etwa einer Woche flog sie nach Amerika zurück. Und Rob ging im Herbst nach Cambridge. Vielleicht würden sie sich noch ein paar Monate lang E-Mails schicken. Sie könnte ihm Ratschläge in Sachen Studium oder Freundinnen geben. Und sie würden über Facebook in Kontakt bleiben. Dann würde die Korrespondenz allmählich einschlafen.

„Oh … Ja, klar.“ Er nahm den iPod aus seiner Brusttasche. „Dann bis heute Nacht?“

„Ja.“ Sie küsste ihn auf die Wange. Als er darauf nicht reagierte, fragte sie sich, ob er ihre unerwartete Intimität bereits bereute. Vielleicht würde er nicht auftauchen. Kein Problem.

„Ich muss jetzt gehen.“ Er steckte die Ohrenstöpsel in seine Ohren und ging zur Hintertür des Hauses.

Kopfschüttelnd schaute sie ihm nach. Manchmal benahmen sich sogar die unkompliziertesten Männer erstaunlich rätselhaft.

„Du siehst einfach zauberhaft aus, Liebes! Ich kann es kaum erwarten, dich in deinem Ballkleid zu bewundern. Wie ich höre, ist es ziemlich gewagt.“ Chris reichte Lou einen Drink, in dem Minzblätter und Obststückchen schwammen. Dann führte er sie in den Salon, wo sich die Gäste vor dem Dinner versammelten.

„Ist das ein mörderischer, hochprozentiger, historisch völlig inkorrekter Cocktail?“

„Nein, Schätzchen, nur Sangria. Trink langsam, in kleinen Schlucken.“

Vorsichtig nippte sie an ihrem Glas. „Ich habe mich neulich mit Peter unterhalten."

„Wie schön für dich, Loulou ..."

„Sei nicht albern." Sie legte einen Arm um seine Taille. „Gehen wir auf die Terrasse, ich muss mit dir reden."

Er sah sie misstrauisch an und runzelte die Stirn. Aber er begleitete sie nach draußen. „Ich konnte dir noch nie einen Wunsch abschlagen, meine Liebe. Allerdings fürchte ich, du steckst deine Nase in Dinge, die dich nichts angehen."

„Mag sein. Du und Peter, ihr seid meine besten Freunde. Würdest du etwas für mich tun?"

„Wenn es mit diesem einen Lakaien zusammenhängt, mit dieser kleinen Nutte ..."

„Oh, bitte, Chris, du bist schrecklich unfair! Er ist ein netter Junge."

„Tatsächlich? Woher weißt du das? Oh, Loulou, hast du's etwa mit dem Personal getrieben? Böses, böses Mädchen. War's amüsant?"

Sie stellte ihr Glas auf die steinerne Balustrade und blickte über den Rasen. Am Waldrand tauchten zwischen den Bäumen ein paar Rehe auf, die wie eine anmutige Geisterschar wirkten. „Du wirst von mir keine schmutzigen Details hören."

Er stellte sich direkt neben sie. „Was willst du, Lou?"

In knappen Worte beschrieb sie die Notlage der Familie Temple.

Chris runzelte die Stirn. „Also hat diese Frau ihre Kinder im Stich gelassen?"

„Zwei sind schon erwachsen, und sie lieben ihren kleinen Bruder heiß und innig. Aber der Vater muss dringend sein Leben wieder auf die Reihe kriegen. Er hat sich bei euch um den Gärtnerjob beworben."

„So wie dreiundzwanzig andere auch. Die meisten kommen mir ziemlich durchgeknallt vor. Darunter sind ein Australier, der erwartet, dass wir ihn für ein Vorstellungsgespräch einfliegen lassen, und mindestens zwei Hexenmeister. Dein Mike

Temple arbeitet gern im Garten, und er kann mit einem Hammer umgehen. Was mir am wichtigsten ist: Er stammt aus der Gegend. Darum steht er auf der Liste der aussichtsreichsten Bewerber. Aber ich kann dir nichts versprechen."

„Das verstehe ich." Nach kurzem Zögern fügte Lou hinzu: „Ich kenne ihn nicht einmal. Wahrscheinlich ist er ein Ekel. Er versucht Rob ein schlechtes Gewissen einzureden, weil der Junge in Cambridge studieren will. Er *muss* einfach an die Uni, das ist seine einzige Chance. Vielleicht lässt Mike, wenn er den Job bekommt, seinen Sohn in Ruhe, und Rob erhält die Ausbildung, die er verdient." Sie ergriff Chris' Arm. „Sicher wirst du die richtige Entscheidung treffen."

Chris schien ganz vergessen zu haben, dass sie da war, und zuckte unter ihrer Berührung kurz zusammen. „Ich liebe es, diese Tiere zu beobachten." Er wies mit dem Kinn auf die Rehe. „Bei diesem Anblick fühle ich mich wie ein echter Gutsherr. Wenn sie bloß die Rosen nicht fressen würden … Aber so ist das Leben, nicht wahr? Gehen wir hinein, Lou. Gleich wird das Dinner serviert. Du kennst mich ja. Wenn ich hungrig bin, fange ich an zu philosophieren."

Weil Rob da war, merkte Lou kaum, was sie aß. Er ging im Speisezimmer umher, servierte und koordinierte die Arbeit der anderen Lakaien. Einmal blieb er neben Mac stehen. Seine Hand lag auf der Lehne des Stuhls, und die beiden Männer unterhielten sich kurz. So hatte sie Gelegenheit, die zwei zu vergleichen. Macs Profil war düster, melancholisch und markant. Rob hatte helle Haut, und im Kerzenlicht schimmerte sein Haar kupferfarben. Wie gegensätzlich sie waren, und doch begehrte sie beide.

Zu ihrem Bedauern sehnte sie sich immer noch nach Mac. Als sie die zwei zusammen sah, seufzte sie. Hier trafen Unschuld und Erfahrung aufeinander, Licht und Schatten, ein Sonnengott auf den Fürst der Finsternis.

Bei dieser Vorstellung musste sie lächeln. Peter, der neben

ihr saß, schnalzte mit der Zunge und schob die Weinkaraffe aus ihrer Reichweite.

„Offenbar genieße ich den Ruf, eine Säuferin zu sein", bemerkte sie.

„Es steht mir natürlich nicht zu, die Vorzüge eines klaren Kopfs zu preisen. Zweifellos machen der Alkohol und die Liebe Narren aus uns allen. Aber ich rede wenigstens wieder mit Chris." Er prostete seinem Lebensgefährten zu, der am anderen Ende des Tisches saß.

Bildete Lou sich das nur ein, oder zögerte Chris sekundenlang, bevor er ebenfalls sein Glas hob?

„Das freut mich", sagte sie.

„Und du und unser Mr Darcy?"

„Keine Chance." In einem Zug leerte sie ihr Wasserglas und dachte, mit Wein wäre diese Geste viel eindrucksvoller gewesen.

„Schade. Viv hält sehr viel von ihm."

„Selbst, wenn er die tollsten Referenzen hätte, könnte mich das nicht beeindrucken."

„Okay. Wechseln wir das Thema. Eins der Zimmer haben wir nicht restauriert, die Wände sind noch im Originalzustand. Was ist deine Meinung? Sollen wir es so lassen, wie es ist, und als Ausstellungsraum nutzen?"

„Gute Idee. Oder Jon und Simon restaurieren jede Wand im Stil einer anderen Epoche. Immerhin hat dieselbe Familie über zweihundert Jahre hier gelebt, und ihr habt genug Proben von Anstrichen und Tapeten."

„Die müssen wir uns bald mal zusammen anschauen." Peter starrte eine Platte an, die Rob ihnen gerade serviert hatte. „Was um alles in der Welt ist das?"

„Rinderzunge, Sir. Sieht grässlich aus, schmeckt aber gut."

„Probier sie einfach." Lou nahm das Tranchiermesser, schob die Garnitur aus Kräutern und Ringelblumen beiseite und schnitt eine Scheibe für ihn ab.

Peter schob einen kleinen Bissen in den Mund und nickte

anerkennend. „Nicht übel. Warum nimmst du nicht auch ein Stück?“

„Oh, nein danke, mein Teller ist schon voll.“ Unschuldig lächelte sie ihn an. „Außerdem habe ich selbst Rinder. Wenn ich mir vorstelle, ich würde die Zunge einer Kuh essen, die ich persönlich gekannt habe ...“

Peter schüttelte den Kopf. „Was willst du mit deinen besten Freunden, den Rindern, nun machen? Hast du schon einen Entschluss gefasst?“

„Noch nicht.“ Sie mochte jetzt nicht über das Angebot nachdenken. In einer Woche, hatte sie ihrem Makler gemailt. In einer Woche werde sie sich entscheiden. „Es ist zu früh.“

Robs Arm streifte ihre Schulter, als er nach einem leeren Teller griff, und sie zuckte beinahe zusammen. Hoffentlich hatte Peter nichts bemerkt. Aber er besaß so wunderbare Manieren. Wäre ihm etwas aufgefallen, hätte er nichts gesagt. In diesem Moment wollte sie ihn um Rat bitten, wie einen verständnisvollen Vater.

Offenbar bin ich auch verrückt nach Rob. Ich liebe ihn nicht. Aber er ist so nett und sexy. Und er kann fantastisch küssen. Für heute Nacht habe ich ihn in mein Zimmer eingeladen. Ich weiß nicht, ob er kommen wird, und das treibt mich fast zum Wahnsinn.

Die Reste des dritten Gangs wurden abgeräumt. Lou, die älteste anwesende Dame, griff nach ihrem Fächer und den Handschuhen und erhob sich. Wie durch ein Wunder erinnerten sich alle Herren am Tisch daran, dass auch sie aufstehen mussten. „Ladys, überlassen wir die Gentlemen ihrem Portwein“, sagte sie und klopfte mit ihrem Fächer auf Peters Schulter. „Sir, ich hoffe, wir müssen uns nicht allzu lange vor Sehnsucht nach Ihrer Gesellschaft verzehren.“

Rob verneigte sich, öffnete die Tür und warf Lou einen eindringlichen Blick zu, als sie die Damen in den Salon führte.

Wie ein Blitz durchfuhr Lust ihren Körper. Falls er tatsächlich in ihrem Zimmer erschien, könnte die Nacht sehr interessant verlaufen.

Zu ihrer Erleichterung organisierte Rob die abendlichen Aktivitäten. Diesmal standen keine musikalischen Darbietungen auf dem Programm, sondern allerlei Kartenspiele. Zur allgemeinen Belustigung setzte Sarah ihren Mann Ben als Preis aus.

Nach einer Tasse grünem Tee und einer Runde Whist erklärte Lou, sie werde früh zu Bett gehen. Rob öffnete die Salontür und wies den nächstbesten Lakaien an, sich an seiner Stelle weiter um die Gäste zu kümmern. Im Korridor nahm er eine der Kerzenattrappen von einem Tablett. „Soll ich Ihnen den Weg nach oben leuchten, Ma'am?"

„Allerdings." Soweit sie feststellen konnte, war niemand in der Nähe. Aber vielleicht versteckten sich irgendwo im Schatten Dienstboten. Erst, als sie auf halber Höhe der Treppe angelangt waren, legte sie den formellen Ton ab. „Was wird der Lakai denken, dem du die Verantwortung übertragen hast?"

„Oh, die Jungs glauben, als Oberlakai hätte ich einen Anspruch auf gewisse Vergünstigungen." Lou hörte die Belustigung, die in Robs Stimme mitschwang.

„Und? Nutzt du das aus?"

„Nun, hier darf sich niemand beklagen", lautete seine ausweichende Antwort. Das bestätigte Lous Verdacht, dass er zwar ein versierter Küsser, aber sonst eher unerfahren war. Bald würde sie herausfinden, ob sie mit dieser Einschätzung richtig lag.

Sie erreichten ihr Zimmer. Rob stellte die Kerze auf den Nachttisch. Lou schaltete noch eine weitere auf dem Kaminsims an und fragte sich, was sie tun sollte, um dem Jungen seine Befangenheit zu nehmen.

Aber er war schneller als sie, zog seine Jacke aus, ließ sie zu Boden fallen und ging zielstrebig auf Lou zu. Sein Eifer entzückte sie.

„Wie schön du bist", sagte er und zupfte am Oberteil ihres Kleides. „Wie geht das auf? Autsch!"

„Tut mir leid, lass mich die Nadeln rausziehen. Nicht! Wenn dein Blut auf mein Kleid tropft, wird mir unsere ‚Edelnutte' die

Hölle heiß machen. Fertig. Jetzt musst du nur noch die Bänder aufschnüren."

„Deine Titten sind traumhaft", sagte er und wurde rot.

„Ohne das Korsett sind sie nicht halb so eindrucksvoll." Sie knöpfte seine Weste auf, und er entknotete sein Krawattentuch, während er sich vorbeugte und sie küsste. Ihr Unterrock fiel neben ihr Kleid und seine Schuhe auf den Boden. Irgendwie schaffte er es, aus seiner Hose zu schlüpfen und gleichzeitig das Hemd über den Kopf zu zerren. Seine Ungeduld wirkte ansteckend.

So schnell wie möglich löste sie die Verschnürung ihres Korsetts und zog das Hemd aus.

„Du irrst dich, deine Titten sind immer noch großartig." Zärtlich streichelte er ihre Brüste und küsste sie wieder.

Lou ließ ihre Hände über seinen Körper wandern. Sie spürte starke Muskeln, glatte Haut und feine Härchen. Er drückte seinen harten Penis an ihren Bauch. Aber als sie seinen Schwanz streichelte, rang Rob nach Luft und wich zurück. Später, sagte sie sich, später kann ich ihn anfassen. Mit ihm spielen, ihn verwöhnen.

Er ließ seine Zunge in ihren Mund gleiten, rieb seine Brustwarzen an ihrem Busen. Sie wollte ihn in sich fühlen, sofort. Er führte sie zum Bett, sie ließen sich fallen und küssten und liebkosten sich. Als er seine Hand zwischen ihre Schenkel schob und sie zielsicher stimulierte, bäumte sie sich zitternd auf und kam so schnell, dass es fast weh tat.

Er hielt inne. „Lou?"

„Mmm?" Sie öffnete die Augen.

„Das ist irgendwie peinlich."

Sie berührte sein Gesicht. „Was stimmt denn nicht?"

„So weit war ich früher auch schon mal. Aber weiter nicht ..."

„Ach, Süßer, du machst das sehr gut. Immerhin bin ich gekommen."

„Oh. Gut." Er rieb sein Kinn. „Das habe ich mir schon gedacht. Es ist nur – weißt du – ich habe noch nie richtig mit jemandem gefickt."

Lou fand sein Geständnis süß und rührend. „Jetzt hast du die Chance dazu. Wenn du willst."

„O ja. Bitte. Aber ich will's nicht vermasseln."

„Das wirst du nicht." Sie nahm ein Kondom aus der Nachttischschublade. „Wie möchtest du's denn machen?"

„Auf die richtige Art …" Als sie das Kondom über seiner Erektion entrollte, stockte ihm der Atem. „Oh, ich …"

„Fick mich einfach, Rob, okay? Ich werde deine Leistung nicht bewerten." Sie zog ihn an sich heran und er drang in sie ein. Er blickte sie dabei so bewundernd und fast ehrfürchtig an, dass sie völlig überwältigt war. Aus ihrem Augenwinkel rann eine Träne in ihr Haar. Sie hoffte, er würde es nicht bemerken. Doch er ging völlig in seiner eigenen Lust auf. Sie beobachtete, wie sich sein Gesicht veränderte, sein Kinn anspannte. Über seine Augen glitt ein Schatten. Dann stöhnte er auf, und ein Zittern durchzuckte seinen ganzen Körper.

„Tut mir leid, tut mir leid", keuchte er, „ich konnte mich nicht länger zurückhalten."

Lou streichelte seinen muskulösen Rücken. „Hey, du musst dich nicht entschuldigen."

„Oh, das war wundervoll – so wundervoll." Scheu und stolz zugleich lächelte er sie an. „Aber ich fürchte, für dich war's nicht so super."

„Ich komme schon noch auf meine Kosten, dafür werden wir sorgen."

„Jetzt bin ich keine Jungfrau mehr", sagte er und grinste.

„Ich glaube, das warst du vorher auch nicht."

„Na ja, kommt drauf an, wie man es definiert." Er glitt von ihr herunter, entfernte das Kondom und küsste ihre Brüste. „Was soll ich jetzt tun?"

„Mach einfach so weiter. Was würdest du denn gern tun?"

„Ich möchte mir deine Möse anschauen. Ist das Wort okay? Das habe ich noch nie so richtig gemacht. Nur einmal im Dunkeln, und das Mädchen war furchtbar schüchtern. Nun, jedenfalls will ich sie mir mal ansehen."

„Nur zu. Aber wahrscheinlich wirst du überrascht sein, denn auf den Bildern, die du im Internet findest, sehen Mösen immer ganz anders aus.“ Rob rutschte zwischen ihre Schenkel und begann im Licht einer LED-Kerze mit seinen Nachforschungen.

„Wie gut, dass das keine echte Flamme ist“, sagte Lou.

„Hier.“ Vorsichtig schob er einen Finger zwischen ihre Hautfältchen. „Ist das die richtige Stelle? Kannst du noch mal kommen? Immer wieder, die ganze Nacht?“

Daran zweifelte sie nicht. Seine sanften, zärtlichen Berührungen könnten ihr einen Höhepunkt nach dem anderen verschaffen. Aber sie hungerte nach seinem ganzen Körper und wünschte, er würde unter ihr zittern und sich schreiend aufbäumen.

„Jetzt will ich dich anfassen“, verlangte sie. Er ließ von ihr ab und erschauerte vor Lust, als sie mit ihren Fingernägeln über seine Hoden strich. Dann nahm sie seinen Penis in den Mund. Mit Zeigefinger und Daumen rieb sie den Schaft fest und hart, dann wieder sanft und behutsam. Sie fand heraus, was ihm gefiel, was ihn wahnsinnig vor Begierde machte. Anfangs war er verlegen, weil sie ihn so mühelos zum Höhepunkt trieb, und bat sie um Verzeihung, weil er sich in ihre Hand ergossen hatte. Doch dann überraschte er sie, denn schon ein paar Sekunden später presste er sich lachend an sie. Rob sagte ihr, wie sexy sie sei, und fragte, was ihr jetzt gefallen würde.

„Wärst du sehr enttäuscht, wenn ich schlafen möchte?“

„Nein, das ist okay. Wir können's ja morgen früh machen. Das heißt – wenn ich hierbleiben darf.“

„Natürlich.“ Lou kuschelte sich in seine Arme. Ihre Wange lag an seiner Brust, die bis auf ein paar seidige Härchen ganz glatt war. „Ich freue mich, wenn du bei mir bleibst.“

Er schlief zuerst ein. Sein Gesicht schmiegte sich an ihren Hals, er atmete leise und gleichmäßig. Sie knipste die Nachttischlampe aus. Eine Zeit lang lag Lou wach neben Rob. War es falsch war, was sie getan hatte? Würde ihnen das alles morgen peinlich sein? Irgendwann musste sie auf die Ranch zurückkehren. Der Sex mit dem Jungen war ein effektives Mittel, um diese Tatsache eine Weile zu verdrängen. Und vermutlich half ihm der Sex ebenfalls, seine Probleme zu vergessen.

Aber natürlich war da auch noch der unbändige Sexualtrieb seiner Jugend, den es zu befriedigen galt.

Rob

Er hatte nur ein paar Stunden geschlafen, als er aufwachte. Irgendwo schlug eine Uhr dreimal, wahrscheinlich die große Standuhr in Foyer. Er schmiegte sich noch enger an Lou, drückte sein Gesicht an sie, roch den süßen Duft ihres Nackens und rieb sich an ihrem Po. Er könnte sie jetzt sofort vögeln. War sie wach? Erst einmal brauchte er ein Kondom. Und sie sollte bewusst erleben, was er mit ihr tat. Er wollte alles richtig machen. Wie er sie nur mit seinen Fingern zum Orgasmus bringen sollte, wusste er noch immer nicht genau. Anscheinend gefiel es ihr, wenn sie auf ihm lag. Als er daran dachte, wie ihre Muskeln um seinen Schwanz gezuckt hatten, als er in ihr war, wurde er noch steifer.

Sie seufzte und schob eine Hand zwischen ihre Oberschenkel, drehte sich ein wenig zu ihm und legte ein Bein über seines. „Fick mich“, flüsterte sie schlaftrunken.

Verdammt. Sie war eindeutig wach.

Er schaltete das Licht an und griff nach einem Kondom.

Sie blinzelte ihn an.

„Ich will sehen, was du machst“, erklärte er.

„Okay.“ Sie musste grinsen.

Mit ihrer Hilfe drang er in sie ein, in einem für ihn ungewohnten Winkel. Dann beobachtete er, wie sie ihre Klit rieb. Er hoffte, er würde lange genug durchhalten, und staunte über ihre Fähigkeit, sich selbst Lust zu verschaffen – und gleichzeitig ihn zu befriedigen. Ab und zu musste er seinen Rhythmus verlangsamen und Lou bitten, sich nicht zu bewegen. Sie seufzte, als er ihre Brüste umfasste und mit den Daumen über ihre Brustwarzen fuhr.

„Kitzler und Nippel", murmelte sie schläfrig und trunken vor Lust, „die beiden arbeiten zusammen. Aber das wusstest du, nicht wahr? Das ist so wunderbar, Rob."

Diesmal merkte er es sofort, als sie soweit war. Das verriet ihm ihr ganzer Körper. Wie sie sich aufbäumte und anspannte, wie ihre Hand sich schneller bewegte und dann ganz langsam, wie sie die Lippen öffnete und stöhnte, während er fester zustieß. In ihrem Innern spürte er das unverkennbare Pulsieren an seinem Penis. Er biss die Zähne zusammen und folgte ihrem Rhythmus, bis ihr Orgasmus abebbte und sie sich entspannte. Dann war er dran. Rob beschleunigte sein Tempo, ließ sich völlig gehen, verlor sich in seiner Lust – und kam.

Es war die pure Glückseligkeit.

Danach schlief sie fast sofort ein. Ihre Hand lag immer noch zwischen ihren Beinen. Er löste sich von ihr, ging ins Bad und entsorgte das Kondom. Als er zurückkam und unter die Decke schlüpfte, überlegte er, ob er schlafen oder weitermachen sollte. Bei der Vorstellung, dass Lou sich selbst berührte, musste er lächeln, und sein Schwanz wurde erneut hart.

Scheiße. Vielleicht konnte er sich einen runterholen. Irgendwie geil, neben einer Frau zu masturbieren, die er gerade gefickt hatte. Sie würde es nicht bemerken, oder? Seine Hand glitt an seinem Schaft hinauf. Rob beschloss, sich nur ein wenig zu streicheln, mehr nicht. Vielleicht. Dann würde er aufhören. Aber jetzt noch nicht.

Lou bewegte sich. „Rob?"

Er erstarrte.

„Das ist okay. Mach weiter, wenn du willst."

„Oh … Also gut."

„Sorry." Sie stützte sich auf einen Ellbogen. „Habe ich dir den Spaß verdorben?"

„Keine Ahnung. Ich hab dich gefickt und jetzt habe ich schon wieder einen Ständer. Ich wollte dich nicht stören und – und …" Er begann zu stottern.

Mit einer Fingerspitze umkreiste sie eine seiner Brustwarzen.

Er erschauerte. Noch nie hatte ihn jemand so berührt. Im Halbdunkel blickte sie in seine Augen, während er seinen Penis rieb.

„Gefällt dir das, Rob?"

„Das weiß ich nicht."

„Hast du gehofft, ich würde aufwachen? Was wäre passiert, wenn du gekommen wärst? Da hättest du ganz leise sein müssen."

Jetzt verstand er. Sie spielte mit ihm und tat so, als sei sie schockiert.

„Ich wollte zwischen deinen Titten kommen, Lou."

„Wie pervers ..." Lachend streckte sie sich und streichelte ihre Brustwarzen. „Aber wenn du drauf bestehst ..."

„O Gott, Lou ..."

„Macht dich der Gedanke geil, beim Wichsen erwischt zu werden? Wen stellst du dir vor? Wer soll plötzlich dich ertappen?"

„Du. Viv. Meine Mathematiklehrerin in der Grundschule, die war richtig heiß. Oder Shannon, die beste Freundin meiner Schwester. Die hat einen Riesenarsch. Und Sarah, obwohl ich sie nicht leiden kann ..."

„Okay." Rob merkte, dass sie einen Lachanfall unterdrückte. „Also habe ich dich beim Wichsen erwischt. Weil du so scharf bist, kannst du nicht anders. Und du willst nicht aufhören, obwohl ich dich anschaue und offenbar unfähig bin, meinen Blick von dir loszureißen. Du weißt nicht, ob ich angewidert bin oder ob ich überlege, wie ich dich bestrafen soll. Aber für dich macht das keinen Unterschied, weil du kommen wirst. Dagegen bist du machtlos."

„Lou", stöhnte er. Prompt kam er, und zwar so heftig, dass es sich wie eine Explosion anfühlte. Er konnte die Höhepunkte in dieser Nacht nicht mehr zählen. „Wow", seufzte er. „Sorry."

„Das muss dir nicht leid tun. Es hat dir doch gefallen, oder?"

„Ja, aber – ich wusste nicht, dass man sich auf diese Art aufgeilen kann."

„Oh, das ist eine weit verbreitete Fantasie."

„Stellst du dir so was auch manchmal vor?“

„Klar. Ich habe mich immer wieder von Julian, meinem Mann, beim Masturbieren ertappen lassen.“

„Was hat er getan?“

„Er befahl mir in strengem Ton zu kommen. Oder er übernahm die Kontrolle. Oder …“ Lou hörte ihrer eigenen Stimme an, dass sie lächelte. „Manchmal tat er so, als hätte er mehrere Jungs mitgebracht, für die ich eine Peepshow abziehen musste. Das fand ich witzig. Oder er erzählte mir, meine Mutter käme gleich ins Zimmer. Das funktionierte immer. Offenbar finden viele Frauen solche Fantasie antörnend. Aber hinterher war's mir jedes Mal ein bisschen unangenehm.“

„Großer Gott.“

„Ich glaube, das ist Teil des Spiels. Du malst dir etwas aus, das dich anmacht und das dir im Grunde peinlich ist – und offenbarst es deinem Partner. Dadurch wird man verletzlich. Es geht um Vertrauen – vielleicht auch um Liebe. Aber in erster Linie um Vertrauen.“

„Worüber fantasierst du sonst noch?“

Sie griff nach einem Papiertaschentuch und wischte seinen Samen ab, der auf ihrer Brust trocknete. „Von zwei Männern gleichzeitig. Das wollte ich schon immer ausprobieren. Heute Abend dachte ich an dich und Mac.“

„Eigentlich dachte ich, ihr wärt nicht mehr …“

„Sind wir auch nicht. Reg' dich nicht auf, wir reden hier nur über erotische Fantasien. Und eine von meinen ist es, euch zusammen zu sehen.“

Rob runzelte die Stirn. „Zusammen? Meinst du – wie wir uns gegenseitig einen runterholen?“

„Vielleicht, wenn dir das gefällt. Ich würde euch gern dabei beobachten. Aber wenn ihr euch lieber auf mich konzentrieren möchtet, ist das auch okay.“

„Nun, das hört sich ja alles ganz nett an. Aber es wird wohl kaum passieren. Und ich weiß nicht, ob ich jemanden in meinem Hintern haben will.“

„Also, das schockiert mich, wie leicht du dieses Thema nimmst." Sie zerzauste sein Haar. „Ich habe dich doch erst vor ein paar Ficks von deiner Jungfräulichkeit erlöst."

„Du hast gesagt, das seien alles nur Fantasievorstellungen."

„Wir sind in Paradise Hall, und hier ist alles möglich. Dieses Projekt ist schließlich eine einzige Fantasie."

„Ich dachte, dabei geht's um Kostüme und den historischen Lebensstil, nicht um sexuelle Ausschweifungen."

„Zwischen diesen Verkleidungen und Sex gibt's keinen großen Unterschied. Beides hängt eng zusammen. Jedenfalls dachten Peter und Chris ganz eindeutig an erotische Abenteuer, als sie dieses Projekt planten. Das Essen und Trinken, die schönen Kleider, das wundervolle historische Ambiente, all das sind sinnliche Genüsse. Und von da ist es nur noch ein kleiner Schritt zum Sex."

„Hmmm." Rob war zu müde für solche Diskussionen.

„Wenn ich's mit dir und einem anderen Typen gleichzeitig treiben will – wäre das okay für dich?"

„Solange es nicht Ben ist. Der ist ein Arschloch. Dauernd reden die Leute über Dreier, also muss etwas dran sein. Und wenn es das ist, was du möchtest …"

Sie hielt ihn in den Armen, er vergrub sein Gesicht in ihrem duftenden Haar. Das war fast so gut wie Ficken. Erwartungsvoll zuckte sein Schwanz.

Aber Rob fühlte sich erschöpft, viel zu erschöpft, geborgen und in Sicherheit. Und so schlief er ein.

19. KAPITEL

Peter

Es war fast verstörend, wie ähnlich Mike Temple seinem Sohn Rob sah. Er war nicht ganz so attraktiv, und sein Haar hatte einen stumpfen Braunton, während Robs rötlich glänzte. Offenbar hatte er sich große Mühe gegeben, anständig auszusehen. An seinem Kinn zeugte eine kleine Schnittwunde von einer sorgfältigen Rasur. Doch der Anzug hing etwas zu locker an seinem Körper. Vermutlich hatte er wegen seiner Depressionen Gewicht verloren.

Der Mann war am Boden, das sah man. Aber er hatte sich zusammengerissen, neue Kräfte gesammelt, um seine Selbstachtung gerungen. Nun versuchte er, sich als seriöser Bewerber um den Job zu präsentieren.

Er saß im Büro und hielt eine Aktentasche auf den Knien. Peter nahm an, dass sie leer war. Die Kopie seines Lebenslaufs, der bereits per Mail eingegangen war, hatte er Peter schon gegeben.

„Von diesem Haus ist Rob ganz begeistert. Einfach wunderbar, dass es so prachtvoll restauriert wurde ..."

„Ohne die Hilfe aus dem Dorf hätten wir das nicht geschafft", erwiderte Peter. „Und Rob leistet großartige Arbeit. Sicher sind Sie sehr stolz auf ihn."

„Ja, er ist Ordnung."

Peter verkniff sich einen sarkastischen Kommentar. „Sie werden ihn sicher vermissen, wenn er in Cambridge studiert."

Darauf gab Mike keine Antwort. Peter überflog noch einmal den Lebenslauf. Im Moment war der Mann arbeitslos, davor hatte er eine Kette von Sonnenstudios betrieben.

„Dieser Job unterscheidet sich ziemlich von Ihrer bisherigen Tätigkeit."

„Nun, ich brauche eine Veränderung. Handwerkliche Arbeit liegt mir. Außerdem halte ich mich gern im Freien auf." Und das sagte ausgerechnet ein Mann, dessen Blässe verriet, dass er in den letzten Wochen nur selten frische Luft eingeatmet hatte …

„Erst einmal müssten Sie das Cottage renovieren, in dem Sie wohnen würden. Nichts Luxuriöses, aber solide gebaut und groß genug für eine Person."

Mike nickte. „Klingt gut", sagte er etwas angestrengt.

„Noch irgendwelche Fragen?" Am liebsten hätte Peter den Mann gepackt und geschüttelt, damit er endlich aufwachte. Mike kam ihm wie ein Zombie vor. Zum Glück ging die Tür auf, und Chris trat ein. „Ah, da ist mein Partner."

Er machte die beiden miteinander bekannt und überließ es Chris, die weiteren Fragen zu stellen. Schon bald bereute er das.

Angewidert schob Chris den Lebenslauf über den Schreibtisch. „Da steht nichts von Ihrem Bankrott."

„Weil das nichts mit meinen Fähigkeiten zu tun hat", entgegnete Mike.

„Aber vielleicht mit diesem Job. Möglicherweise werden wir Ihnen finanzielle Transaktionen anvertrauen, zum Beispiel bei der Bestellung von Vorräten. Wir müssen wissen, ob Sie das korrekt durchführen könnten."

„Ich bin kein Verbrecher." Zum ersten Mal blitzte ein gewisses Temperament in Mikes Augen auf.

„Warum ist Ihr Unternehmen pleite gegangen?"

„Wegen mangelnder Nachfrage. Die Leute haben heute Angst vor der schädlichen Wirkung von Sonnenbänken."

Chris schwieg, und Peter überlegte, wie er die Situation retten konnte. Er wusste, dass sein Lebensgefährte manchmal bissig war, aber so gemein und bösartig hatte er ihn noch nicht erlebt. Es war wohl am besten, wenn er Mike mit ein paar höflichen, nichtssagenden Worten hinauskomplimentierte und versprach, ihm in einigen Tagen seine Entscheidung mitzuteilen.

Aber Mike erwachte plötzlich zum Leben. Er sprang auf, und der Aktenkoffer fiel zu Boden. „Wofür zum Teufel halten Sie sich eigentlich? Sie kommen in unser Dorf, schmeißen mit Ihrem Geld um sich und glauben, Sie könnten uns wie den letzten Dreck behandeln! Ich brauche diesen Job, ihr Hurensöhne, weil ich alles verloren habe – mein Haus, meine Frau, und meine Kinder kümmern sich kaum um mich. Noch tiefer kann ich nicht sinken. Aber diese Scheiße lasse ich mir weder von Ihnen noch von sonst wem bieten. Schieben Sie sich diesen Job und das verdammte Cottage in Ihren feudalen Arsch!" Sein Gesicht war hochrot vor Zorn, als er seine Faust auf den Schreibtisch donnern ließ. „Euch zwei könnte es auch treffen, ihr Drecksäcke, wenn keine Gäste in euren Luxuspuff kommen. Und dann werdet ihr vielleicht *mich* um einen Job anbetteln!"

Als er zur Tür stürmte, reichte Chris ihm wortlos den Aktenkoffer.

Schockiert wandte Peter sich an Chris. „Was ist bloß in dich gefahren?"

„Er versucht, das Leben seines Sohnes zu zerstören!", fauchte Chris. „Das hat Lou mir erzählt. Also verdient er's verdammt noch mal, sich mies zu fühlen. Der Kerl erinnert mich an meinen Alten!"

Nur ganz selten sprach Chris über seine Familie, und Peter hatte gelernt, keine Fragen zu stellen. „Ich dachte, du magst Rob nicht", sagte er mit schwacher Stimme.

„Damit hat das nichts zu tun. Wenn du willst, gib Temple den Job."

„Ich weiß nicht, ob das richtig wäre", gestand Peter. „Einen besonders guten Eindruck hat er nun wirklich nicht auf mich gemacht. Aber verdammt noch mal, wie viele Leute trauen sich, bei einem Bewerbungsgespräch ihren potenziellen Arbeitgeber zu beleidigen? Ich jedenfalls nicht, auch wenn ich oft davon geträumt habe. Selbst wenn er nichts mehr zu verlieren hat, zeugt das doch von einem gewissen Mumm."

Er lief in den Hof und durch den Torbogen zum Parkplatz. Er glaubte nicht, Mike dort zu finden. Aber sein Auto stand noch immer da, mit laufendem Motor, und der Mann saß am Steuer. Ein paar schreckliche Sekunden lang fürchtete Peter, ein Schlauch würde vom Auspuffrohr ins Wageninnere führen.

Doch so war es nicht. Mike hatte das Gesicht in den Händen vergraben, seine Schultern bebten.

O Gott … Peter ließ ihm noch etwas Zeit. Aber das Schluchzen hörte nicht auf. Schließlich klopfte er an die Fensterscheibe.

Mike blickte auf und wischte seine Wangen ab. Verlegen und wütend zugleich starrte er Peter an. Schließlich kurbelte er das Fenster herunter. „Was zum Teufel wollen Sie?"

„Sie haben den Job – falls Sie immer noch interessiert sind."

„Machen Sie Witze?" Mike zog ein schmutziges Papiertaschentuch aus der Tasche seines Jacketts und putzte sich die Nase.

„Nein. Nehmen Sie den Job an – oder auch nicht. Aber geben Sie mir bitte bald Bescheid." Ärgerlich ging Peter davon.

Dann hörte er die Autotür ins Schloss fallen und blieb stehen.

„Ja, natürlich nehme ich den Job." Mike kam auf ihn zu und hielt ihm seine Hand hin. „Tut mir leid, dass ich Sie vorhin angeschrien habe."

„Kein Problem." Nur widerstrebend schüttelte Peter die ausgestreckte Hand. „Vielleicht sollten Sie sich das Cottage anschauen."

„Ich werde meinen jüngsten Sohn mitbringen", erklärte Mike in herausforderndem Ton.

„Hier gibt es aber keine Kinderbetreuung", sagte Peter.

„Das macht nichts. Rob wird mir helfen."

„Bis er nach Cambridge zieht. Und hier hat er andere Pflichten."

„Klar doch."

Das wird nicht gut gehen, dachte Peter.

Mike blickte über Peters Schulter. „Oh … Hi, Rob. Meine Güte, du siehst wie ein Prinz aus."

„Das liegt an der Livree, Dad", erwiderte Rob. „Daran wirst du dich gewöhnen."

„Verdammt, so was muss ich doch nicht anziehen?", fragte Mike entsetzt.

„Als Gärtner nicht“, erklärte Peter. Aber er konnte sich eine Warnung nicht verkneifen. „Es sei denn, wir beordern Sie ins Haus, um zusätzliche Arbeiten zu übernehmen. Und bitte, informieren Sie mich, bevor Sie hierherziehen. Zunächst ohne das Kind, würde ich vorschlagen. Erst mal sollten Sie Ihr Quartier herrichten. Es ist ziemlich primitiv. Rob, würdest du deinem Dad das Cottage zeigen?“

Rob runzelte die Stirn. „Okay.“

Vater und Sohn gingen in Richtung Wald davon. Während Robs Schultern angespannt wirkten, schlenderte Mike lässig den Kiesweg entlang. Er hatte die Hände in seine Hosentaschen gesteckt und pfiff vor sich hin. Kaum zu glauben, dass er noch vor fünf Minuten wütend und verzweifelt in seinem Auto gesessen und geschluchzt hatte.

Peter ging ins Büro zurück. Hoffentlich hatte er keinen furchtbaren Fehler gemacht.

Chris saß an seinem Laptop und lächelte strahlend. „Was ist passiert? Ich habe Rob gebeten, dich zu suchen. Und ich dachte, ich sollte den Jungen warnen, dass sein Dad hier ist.“

„Ach, du lieber Gott.“ Peter ließ sich auf seinen Stuhl fallen. „Manchmal habe ich das Gefühl, ich spiele in einer Seifenoper mit.“

„Na, dann freu’ dich schon mal auf den Ball heute Abend. Frischfleisch für Sarah, ein Showdown zwischen Mac und Lou und Rob ...“

„Wie bitte? Was läuft da zwischen Rob und Lou? O Scheiße, schon drei Uhr! Sind die Caterer und Floristen da?“

„Ja, und alles ist unter Kontrolle. Beruhige dich, Liebster. Nur eins können wir nicht kontrollieren – die Launen unserer Gäste. Übrigens hast du in zwei Minuten einen Termin. Du sollst Lou und unsere beiden Restaurateure treffen, um mit ihnen über die Zukunft dieses mysteriösen Zimmers zu sprechen.“

„O Gott, ja ...“ Peter schaute auf seine Uhr. „Gib mir einen Kuss.“

Chris zog ihn zu sich und küsste ihn leidenschaftlich.

„Wow, was war denn *das*?“, fragte Peter, nachdem er wieder zu Atem gekommen war.

„Eine Entschuldigung, weil ich mich wie ein Arsch benommen habe. Und ein Versprechen. Ich liebe dich. Wie sehr, werde ich dir heute Nacht zeigen, wenn wir endlich Zeit für uns haben.“

„Ich liebe dich auch“, beteuerte Peter, bevor er ging.

Er eilte durch das Foyer. Zusammen mit dem Salon und dem Speisezimmer, zu denen Flügeltüren führten, sollte es am Abend als Ballsaal fungieren. Die Caterer waren bereits bei der Arbeit. Unterstützt wurden sie von der Dienerschaft und Studenten der zehn Meilen entfernten landwirtschaftlichen Hochschule. Die jungen Männer und Frauen packten Gläser aus und trugen Tische und Stühle auf die Terrasse, wo das Abendessen serviert werden sollte. Andere schoben Möbel zur Seite und errichteten ein Podest für das Orchester. Die Floristen schmückten Treppengeländer und Säulen mit Blumengirlanden. In der Mitte des Foyers standen mehrere riesige Vasen, die noch auf alle Räume verteilt werden mussten.

Di, die Zofe, bahnte sich einen Weg zur Treppe. Sie trug mehrere schimmernde Seidenkleider über den Armen. Als sie Peter sah, knickste sie ungeschickt. Dann raffte sie ihre Röcke und eilte die Stufen hinauf.

Ein paar Journalisten waren bereits eingetroffen und trugen Videokameras, Mikrofone und Tongalgen ins Haus. Einer der Lakaien, ein Junge namens Ivan, der ständig eine Erektion hatte (Peter konnte nicht anders, er bemerkte so etwas) sollte die Medienvertreter im Auge behalten. Später würde Peter Interviews geben und Chris ihren eigenen Videografen instruieren …

Peter dachte an die beängstigend lange Liste der Dinge, die bis zum Abend erledigt werden mussten. Wirklich, sie brauchten einen Medienexperten. Jemanden, der wirklich verstand, worum es in Paradise Hall ging und den Geschichten über ihr Anwesen den richtigen Dreh geben konnte.

Als er in den Flügel ging, in dem die beiden Restaurateure arbeiteten, verebbte der Lärm. Ihre Werkstatt lag an der Rückseite des Hauses. Hier waren bis vor Kurzem Farbtöpfe, Leitern und andere Utensilien gelagert worden. Eine Tür führte ins Freie, zudem gab es eine wuchtige viktorianische Spüle mit massiven eisernen Wasserhähnen. Die Wände waren in einem hässlichen Grün gestrichen. Von der Decke hing eine einzelne Glühbirne.

Draußen auf der Wiese neben dem Küchengarten boxten zwei Männer mit nackten Oberkörpern. Aus Gewohnheit blieb Peter stehen, um ihre Körper zu betrachten. Er bewunderte sowohl den Boxlehrer Billy Blue als auch dessen Schüler Mac, obwohl beide sehr unterschiedlich gebaut waren. Sehr ansehnlich.

Lou stand in der Tür und beobachtete die beiden ebenfalls. Sie versuchte aber, desinteressiert zu wirken, was Peter amüsierte.

„Da gibt's ein Problem", sagte Jon. „Oh, hallo Peter. Diesen Raum können wir nicht datieren. Wir haben einen älteren Kamin freigelegt, wahrscheinlich ein Original. Er ist aber nicht allzu beeindruckend, eher klein und völlig verschmutzt. Wir könnten das Linoleum vom Boden reißen – an manchen Stellen hat sich's ohnehin schon gelöst – und die Bodenbretter entfernen. Vielleicht finden wir darunter etwas Interessantes."

Simon zeigte auf ein Faksimile des ältesten Grundrisses, den sie besaßen. „Diesem Plan zufolge war das im Jahr 1841 das Zimmer der Haushälterin. Die Wasserleitungen wurden erst im frühen zwanzigsten Jahrhundert gelegt. Es ist nur eine Rumpelkammer, meine Lieben. Möbeln wir sie ein bisschen auf, dann könnt ihr hier eine Ausstellung unterbringen und ein Pfund Eintrittsgeld pro Kopf verlangen."

„Auf keinen Fall", protestierte Peter. „Freier Zutritt für alle. Vergesst nicht, wir müssen dieser Gemeinde etwas zurückgeben! Na ja, falls wir einen staatlichen Zuschuss erhalten. Dann können wir es uns auch leisten, einen Kurator zu engagieren.

Vielleicht bieten wir den Job sogar dir an, Liebes." Lächelnd wandte er sich an Lou.

„Ihr irrt euch", murmelte sie und starrte eine Wand an. „Das ist keine einfache Rumpelkammer. Seht doch mal diesen gemauerten Bogen über der Tür an!"

„Den kennen wir, Schätzchen", sagte Simon.

„Okay. Stellt euch mal drei solcher Türen vor. Nur sind es keine Türen, sondern Bogenfenster. Die werdet ihr finden, wenn ihr den Putz und die Wasserrohre entfernt, darauf wette ich. Was ist da draußen?" Lou öffnete die Tür, ging hinaus und inspizierte die Außenmauer.

„Eine Bodenerhebung an der Südseite!" Jon wechselte einen vielsagenden Blick mit Simon. Dann rannten beide ihr nach, und eine lebhafte, gestenreiche Diskussion entbrannte.

„Was ist los?", fragte Peter verwirrt, als die drei in den Raum zurückkehrten.

„Wie ich's vermutet habe – da draußen liegt eine Ziegelschicht aus dem späten neunzehnten Jahrhundert", erklärte Lou, „außerdem ein hübsches steinernes Sims am Fuß der Wand."

„Sagen Sie's ihm, Liebes!", drängte Simon.

„Du bist der stolze Besitzer eines verborgenen georgianischen Wintergartens!", verkündete Lou. „Deshalb ist der Kamin so klein. Wahrscheinlich gab es damals hier einen Ofen. Diesen Raum solltest du vollständig freilegen und restaurieren lassen, Peter."

„Oh, natürlich, und wir können ihn immer noch als Ausstellungsraum nutzen, wenn wir den Zuschuss kriegen. Wie wundervoll! Glaubst du, bis Weihnachten könnte alles fertig werden? So großartig würde das aussehen, mit Weihnachtssternen und Narzissenrabatten ..."

„Mach einen Souvenirladen draus", schlug Lou vor.

Jon und Simon führten ein kurzes Gespräch, dem Peter entnahm, dass sie auf das Dinner und den Ball verzichten wollten, um den Putz zu entfernen. Aufgeregt wandte er sich wieder an Lou. „Ich glaube, wir müssen uns einen anderen Ausstellungsraum suchen. Deine Ideen, dort verschiedene Stile und Tapeten zu präsentieren, finde ich fabelhaft. Könntest du einen Entwurf für mich machen?"

„Hör mal, das ist süß von dir, Peter. Aber ich bin keine wirkliche Historikerin, nur eine Jane Austen-Expertin. Halt dich an deine beiden Experten."

„Du könntest deine Doktorarbeit hier schreiben", versuchte er sie zu überreden.

Lou stöhnte und schnitt eine Grimasse. „An meine Dissertation will ich gar nicht denken."

„Dann schreib was anderes."

„Das würde ich tun, wenn ich etwas wirklich Wichtiges zu sagen hätte, wenn ich die Ranch verlassen könnte und wenn du den Zuschuss bekämest." Sie seufzte. „Zu viele Wenns. Und ich bin ganz schmutzig, weil ich in diesem Kamin herumgestochert habe. Ich muss duschen und mich für den Ball umziehen."

Peter hatte immer gehofft, Julian würde am Eröffnungsball teilnehmen und eine strahlende Lou zum Tanz führen. Seine beiden besten Freunde wären das schönste Paar des Abends gewesen. Dachte sie auch daran? Ihr kummervoller Blick legte diese Vermutung nahe. Doch dann küsste sie ihn auf die Wange, erinnerte ihn an die ersten beiden Tänze, die sie ihm versprochen hatte, und eilte davon, um sich auf das Fest vorzubereiten.

20. KAPITEL

Lou

„Ich brauche mehr Seidenblumen! Kann ich diese da haben, Lou?"

„Oh, hallo, Sarah! Kommen Sie nur herein, fühlen Sie sich ganz wie zu Hause."

Doch Sarah hatte offenbar keinen Sinn für subtile Ironie. Lou starrte die Frau an, die in ihr Zimmer gestürmt war und nun ungeniert in den Sachen auf ihrem Toilettentisch herumwühlte.

Also stimmte es – Frauen benahmen sich tatsächlich wie Jane Austens Bennett-Schwestern vor einem Ball. Sie rannten in alle Schlafzimmer, tauschten Zierrat aus, bewunderten gegenseitig ihre Abendkleider und führten sich wie Backfische auf.

Aber wahrscheinlich waren die Bennett-Schwestern nicht so schamlos wie Sarah gewesen. Die trug nur einen Tanga und historisch inkorrekte halterlose Strümpfe. Seit sie aufgetaucht war, herrschte in Lous Zimmer eine schwüle Porno-Atmosphäre.

Eine Frau in mittleren Jahren trat ein, modern gekleidet. Über dem Arm trug sie eine Plastikhülle, unter der eine Ballrobe zu erkennen war. Bei Sarahs Anblick entschuldigte sie sich verlegen. „O Gott, verzeihen Sie, ich suche das Zimmer, das uns zugewiesen wurde. Als ich die offene Tür sah, dachte ich, hier müsste es sein ..."

Lou warf einen Morgenmantel in Sarahs Richtung. Sie selbst war vollständig bekleidet, soweit das in einem Kleid mit einem derartig tiefen Ausschnitt möglich war. Sie führte die Frau auf den Flur hinaus. „Tut mir so leid, sie ist unsere Haus-Nymphomanin. Sicher sind Sie vom historischen Verein. Ich glaube, Sie sollen sich im blauen Zimmer umziehen. Kommen Sie, ich zeige es Ihnen."

Lou begleitete die Frau zur Tür des blauen Zimmers. Dabei plauderten sie über das Haus und den Ball. Die ältere Dame fieberte ihrem Auftritt am Arm ihres Ehemanns entgegen, der eine alte Milizuniform tragen würde. Lous Angebot, ihr das Korsett zu schnüren, lehnte sie ab. Der Raum war bereits voller Frauen. Alle waren dabei, ihre Roben anzuziehen und sich auf das Fest vorzubereiten. Die Zofe Di half ihnen dabei. An manchen Kleidern musste sie noch Änderungen in letzter Minute vornehmen.

„Werden Sie mit uns tanzen, Di?“, fragte Lou die junge Frau, die ein tief dekolletiertes weißes Kleid und Bänder im Haar trug.

„Nein, ich bin so angezogen, weil ich die Hausangestellten repräsentiere. Aber Rob hat gesagt, wir sollten an einem anderen Abend einen Ball für die Dienstboten veranstalten.“ Di griff nach einer Nadel mit Faden, die im Oberteil ihres Kleids steckte. „Darf ich ein paar Stiche an Ihrem Ärmel machen, Mrs Connolly? Irgendwie sitzt er nicht richtig.“

Lou hielt still, während Di geschickt an ihrer Schulter stichelte und dann den Faden mit einer winzigen Schere abschnitt, die an ihrer Gürtelkette hing. Dann kehrte die Zofe zurück zu den anderen Frauen, schnürte Korsette, reparierte Säume und suchte verlorene Schmuckstücke.

Als Lou wieder ihr eigenes Zimmer betrat, war Sarah nicht mehr da. Erleichtert atmete sie auf und genoss einen Moment lang die Einsamkeit und die Stille. Sie prüfte ihr Aussehen im Spiegel, nahm den Fächer, ihre Handschuhe und ein hübsches, schwarz-rotes Täschchen. Nein, die restlichen Seidenblumen passten nicht zu ihrem Kleid, und auch nicht zu dem Kopfputz, den Di und Viv angefertigt hatten. Es war eine Art Turban aus dem gleichen Stoff wie das Kleid. Aber sie brauchte noch eine Verzierung, einen Hingucker. Sie inspizierte ihre kleine Schmucksammlung und entschied sich für einen Rubinanhänger an einer dünnen Goldkette. Julian hatte ihn ihr zur Hochzeit geschenkt.

Wann hatte sie den Schmuck das letzte Mal getragen? Bei der Trauerfeier?

Für dich, Julian. Heute Abend solltest du hier sein. Dies wäre unser Moment gewesen. Ich weiß, wie sehr du dich über die

Entdeckung des Wintergartens gefreut hättest. Wahrscheinlich würdest du zusammen mit den beiden Schmierfinken den Putz von den Wänden schlagen.

Vorsichtig schlang sie die Goldkette um den Turban und befestigte sie mit ein paar Stichen. Im Kerzenlicht würde man ihre unzulänglichen Nähkünste nicht bemerken, und der Rubin würde wunderbar funkeln. Perfekt.

Noch ein bisschen rotes Lipgloss, und sie war bereit – gerade noch rechtzeitig. Lou reihte sich in den Strom der Gäste ein, die die Treppe hinuntergingen. Die Frauen trugen traumhafte Roben, die Männer Abendkleidung im Regency-Stil oder Uniformen. Beflissen eilten die Lakaien mit Tabletts voller Champagner-Gläser umher. Im Foyer war es etwas heller als sonst. Vermutlich waren in den Blumenarrangements elektrische Lampen verborgen. Blitzlichter flammten auf, historisch ebenso inkorrekt wie die moderne Kleidung der Reporter.

Ein Mann in schwarzem Frack, blütenweißem Hemd und hautenger Abendhose aus schimmernder Seide trat vor und verneigte sich vor ihr. Eine dunkle Locke fiel ihm in die Stirn, als er Lou eine behandschuhte Hand reichte.

„Mr Darcy, nehme ich an“, sagte sie.

Mac schaute ihr tief in die Augen. „Darf ich um den ersten Tanz bitten, Mrs Connolly?“

„Den habe ich schon jemand anderem versprochen, Sir. Für den dritten Tanz können Sie sich anmelden.“

Er zog ihre Hand an die Lippen. Wieder gab es ein Blitzlichtgewitter.

Sie legte ihre andere Hand auf seinen Arm, und ehe sie sich zurückhalten konnte, platzte es aus ihr heraus: „O Mac, ich habe etwas Wunderbares, das ich dir zeigen möchte.“

„Ja, zweifellos“, stimmte er zu, grinste animalisch und sah anerkennend auf ihr Dekolleté.

„Das meine ich nicht. Es ist etwas, das noch niemand gesehen hat. Aber wir müssen bis nach dem Dinner warten. Glaub mir, es ist erstaunlich.“

„Jetzt hast du wirklich mein Interesse geweckt." Ein untypisches Zögern lag in seinem Blick, als er fragte: „Heißt das, wir sind wieder Freunde?"

War es so? Sie wollte ihre Freude über das neueste enthüllte Geheimnis des alten Hauses mit jemandem teilen – und war direkt zu ihm gekommen. Was als harmloses kleines Rollenspiel für die Kameras begonnen hatte, war zu einem intimen Moment geworden.

„Ich habe dich vermisst", gestand er, als sie nicht antwortete.

„Ich habe dich auch vermisst. Oder wenigstens das, was aus uns hätte werden können."

„Tut mir leid, ich habe mich wie ein Idiot benommen."

„Allerdings."

„Verzeihst du mir?"

„Das weiß ich noch nicht." Sie gingen durch die erste Doppeltür, die von zwei reglosen, untadelig gekleideten Lakaien flankiert wurde, in den Salon. „Jedenfalls habe ich etwas Wichtiges erkannt. Man muss die Unvollkommenheit nun einmal akzeptieren. Und das Leben ist zu kurz, um nachtragend zu sein."

„Aha." Mac warf ihr einen verständnisvollen Blick zu. „Freut mich, dass wir wieder miteinander reden, Lou. Und wenn ich das sagen darf – du siehst fantastisch aus. Vor allem deine Titten."

„Danke. Du auch. Nicht so sehr im Tittenbereich."

„Ein neuer Frack", erklärte er und bewegte seine Schultern. „Von der schönen Viv auf meinen Leib geschneidert."

„Kennst du den Spitznamen, den ihr das Personal gegeben hat? Edelnutte."

Er lachte schallend. „Hast du dich etwa mit den Dienstboten verbrüdert, Lou?"

In diesem Moment schlenderten sie an Rob vorbei, der stocksteif dastand und wie ein Soldat auf seinem Wachtposten geradeaus starrte.

Mac schaute zu Lou, und in seinem Blick mischten sich plötzliche Erkenntnis und Bedauern. „Okay. Natürlich geht mich das nichts an."

War es so offensichtlich? Hatte sie irgendein Signal gegeben, das ihr Verlangen nach Rob verriet? Gerade hatte sie sich genüsslich ausgemalt, wie sie ihm später alles beibringen würde, was er über Oralsex wissen musste.

„Wow“, sagte Mac und holte sie in die Gegenwart zurück. „Sieht ziemlich gut aus da drin, nicht wahr, Lou?“

Ziemlich gut war eine gewaltige Untertreibung. Der Speiseraum bot einen atemberaubenden Anblick. Es sollte nur ein leichtes Dinner serviert werden, „leicht“ nach Regency-Maßstäben. Der erste Gang war bereits angerichtet, eine Sinfonie aus Farben und Formen. Austernplatten auf Eis standen neben Arrangements aus kalten, mit Kräutern und Blumen garnierten Bratenscheiben. Auf den Salaten lagen Kapuzinerkresse und Zucchiniblüten, funkelnde Kristallschüsseln waren mit verschiedenen Früchten gefüllt. Der Tisch war überaus sorgfältig gedeckt. Lou wusste, dass Rob die Anordnung der Bestecke mehrmals kontrolliert hatte – alle Messer und Gabeln mussten gleich weit von der Tischkante entfernt liegen. In der Mitte der festlichen Tafel erhob sich eine Zuckerskulptur von Paradise Hall, die auf einem Rasen aus grünem Marzipan stand.

Die Gäste zerrten Kameras und Handys aus Abendtäschchen und Fracktaschen, Blitzlichter erhellten den Raum. Die Lakaien gingen mit Tabletts voller Weinkaraffen und Limonadenkrügen umher, und Robs Jungs zeigten sich von ihrer besten Seite. Nur selten fiel ein lüsterner Blick in eins der tiefen Dekolletés, und kaum ein Weintropfen wurde vergossen. Wachsam stand Rob neben dem Sideboard. Hin und wieder dirigierte er seine Untergebenen mit einem diskreten Nicken. Etwa, wenn ein Gast Hilfe brauchte, ein Teller abgeräumt werden musste oder wenn Chris und Peter ihm ein Zeichen gaben.

Lou saß neben einem der örtlichen Gutsbesitzer, der ihr Geschichten über die früheren Eigentümer von Paradise Hall erzählte. Vor zwanzig Jahren hatte die Familie Bankrott gemacht und das Haus dem Verfall preisgegeben. Nun erstrahlte es in neuem Glanz, was Peters und Chris’ liebevoller Fürsorge zu verdanken war. Der Mann stellte sich als Lord Stote vor. Lou erinnerte sich, dass Peter diesen Namen bereits erwähnt hatte.

„Was halten Sie von der Theorie, dass Jane Austen hier zeitweise gewohnt hat, Sir?“, fragte sie.

„Oh, sie soll auch auf unserem Anwesen gelebt haben. Das behauptet jedenfalls meine bessere Hälfte.“ Er zeigte auf eine korpulente grauhaarige Dame, die weiter unten am Tisch saß und genüsslich ihre Austern verspeiste. „Und ich darf Sie auf eine Tatsache hinweisen, meine Liebe. Janes Bruder Edward kannte die Besitzer von Paradise Hall und auch meine Familie. Er kannte überhaupt sehr viele Leute. In der Zeit zwischen dem Tod ihres Vaters und ihrer Übersiedlung nach Chawton könnte Jane dieses Haus durchaus besucht haben. Damals zogen sie, ihre Mutter und ihre Schwester wie Zigeunerinnen umher, und genau in diesem Zeitraum gibt es Lücken in ihren Briefen. Offen gestanden, ich fand es immer etwas schäbig von Edward, dass er den Frauen nicht schon früher zu einem festen Wohnsitz verholfen hat.“

„Darüber habe ich mich auch gewundert“, sagte Lou. „Aber ganz egal, ob Jane Austen in diesem Haus oder in Ihrem gewohnt hat, Sir – ich glaube, jeder träumt davon, einen Brief oder ein unvollendetes Manuskript dieser großen Schriftstellerin auf dem Dachboden zu finden. Leider ist das unwahrscheinlich, nicht wahr? Nun, wir werden wohl nie erfahren, ob sie wirklich hier war …“

„Auf meinem Dachboden liegt eine Menge alter Kram herum“, sagte Lord Stote. „Besuchen Sie uns doch mal, meine Liebe, trinken Sie eine Tasse Tee mit uns und schauen Sie sich um. Wenn Sie wollen, können Sie auch ein Wochenende bei uns verbringen. Heutzutage kommen nur noch selten junge Leute in unser Haus. Und bringen Sie diesen jungen Mann mit.“

Welchen von beiden, fragte sich Lou.

„Für einen Yankee scheint er ein sehr anständiger Kerl zu sein“, fügte Stote hinzu. Sicher wäre er schockiert, sollte er erfahren, dass sie es auch mit dem Personal trieb. „Und später möchte ich mit Ihnen tanzen, wenn ich das dürfte, Mrs Connolly."

Sie dankte ihm und überließ ihn dem Gast auf seiner anderen Seite. Während die beiden Gentlemen einander wegen der Trockenfäule und der Klopfkäfer in ihren alten Häusern bedauerten, teilte Lou sich freundschaftlich einen Austernteller mit Mac.

Wenig später räumten die Lakaien den Tisch ab, stellten vor jeden Gast einen Kristallbecher mit Eiscreme und schenkten einen leichten, funkelnden Weißwein aus.

Soviel Lou wusste, würde das Orchester danach zum Tanz aufspielen. Die Musiker saßen am anderen Ende des Foyers. Im Licht des Vollmonds und einiger Laternen würden die Lakaien Erfrischungen auf der Terrasse servieren. Die ganze Nacht wollte sie tanzen – und Rob danach bis zur Erschöpfung lieben.

Zuerst aber wollte sie Mac ihre Entdeckung zeigen.

Lou aß den letzten Rest ihrer Eiscreme. „Komm mit mir, Mac."

21. KAPITEL

Mac

Komm mit mir, Mac. Wie wunderbar verheißungsvoll diese Worte waren. So diskret wie möglich rückte er unter der Serviette seinen Schwanz zurecht. Dann stand er auf und führte Lou vom Tisch weg.

Weitere Paare erhoben sich. Die Männer – zumindest die, die das korrekte Protokoll kannten – sprangen auf, sobald eine Frau in ihrer Nähe den Eindruck erweckte, sie würde die Tafel verlassen.

Er ließ den relativ sicheren Schutz der Leinenserviette und des Tischtuchs hinter sich. Aber er hatte noch die Frackschöße, die er herumwirbeln konnte. Er trug diese Abendkleidung gern, auch wenn es ihm ein wenig peinlich war, das zuzugeben. Chris zwinkerte ihm lüstern zu, doch er ignorierte es. Die Gäste sollten nun etwa fünfzehn Minuten den Raum verlassen. So viel Zeit brauchten die Lakaien, um den großen Tisch auseinanderzunehmen, die Stühle zur Seite zu räumen und die Zuckerskulptur zum Sideboard zu tragen. Chris und Peter dirigierten die Leute zur anderen Seite des Hauses, wo die Musiker bereits auf dem Podium saßen. Alle bewunderten die Dekoration und die Restaurationsarbeiten.

„Ich will ehrlich zu dir sein", sagte Lou, als sie mit Mac durch das Gedränge ging. „Ich werde heute Nacht mit jemand anderem schlafen."

„So etwas hätte eine Jane-Austen-Heldin niemals gesagt", versuchte er zu scherzen, um seine Enttäuschung zu verbergen. Verdammt, er hatte es vermasselt. Das wusste er. Nun war es zu spät. Dennoch genoss er Lous Gesellschaft. Er fand es rührend, wie sehr sie sich über ihre neueste Entdeckung freute, was immer es auch sein mochte. Wahrscheinlich irgendwas, das mit der Geschichte des Hauses zusammenhing.

Sie ließen die Menschenmenge hinter sich und gingen in den Ostflügel, das Territorium der Restauratoren. „Die beiden sind jetzt nicht hier“, sagte Lou, als sie eine abgeschlossene Tür erreichten. „Aber sie haben nichts dagegen, wenn wir uns umsehen.“ Sie tippte eine Zahlenkombination in eine kleine Tastatur ein. Dann konnten sie den Raum, der teils Büro, teils Labor war, betreten.

Hier hatte Mac die „Farbschmierer“ vor ein paar Tagen interviewt. Dabei war ihm klar geworden, dass sich hinter ihrem albernen Gehabe profunde Fachkenntnisse verbargen. In einer Ecke des Zimmers standen Farbeimer, Leitern und andere Utensilien. Die Tür zum angrenzenden Raum stand offen.

„Komm!“ Lou nahm Macs Hand. „Sieh dir an, was wir gefunden haben!“

Doch er starrte nur ihre Brüste an. „Sind das deine Nippel?“

„Was dachtest du denn, wem sie gehören? Schau doch, Mac. Einen Teil des Putzes haben Jon und Simon schon entfernt. Erkennst du, was das ist?“

In dem Nebenraum herrschte Chaos. Auf einer Staubdecke, die über der Spüle lag, türmten sich Gipsstücke und Schutt. Die Arbeiten hatten hässliche Eisenrohre freigelegt. In den Wänden waren drei gemauerte Bögen zu sehen. „Eh – sehr hübsch. Tut mir leid, Lou, ich bin kein Historiker.“

„Also, das ist ein Wintergarten“, erklärte sie mit übertriebener Geduld. „Vermutlich hatte er dreigeteilte Fenster, die bis zum Boden reichten. Früher standen hier Topfpflanzen – vielleicht Jasmin oder Orangen- und Zitronenbäume. Bei schönem Wetter konnte man sie in den Sonnenschein hinausstellen. Unter diesen Bodenbrettern befinden sich wahrscheinlich Steinplatten. Und der Kamin hinter dir war ein Herd. Ist das nicht großartig?“

„O ja“, stimmte er zu. Ihre Begeisterung beeindruckte ihn. „Lassen Peter und Chris diesen Raum restaurieren?“

„Natürlich. Sie hoffen, Zuschüsse zu bekommen. Wenn das klappt, wollen sie diesen Teil von Paradise Hall in ein wissenschaftliches Zentrum umfunktionieren. Und dafür brauchen sie dann qualifiziertes Personal.“ Sie wühlte im Gerümpel auf der

Staubdecke und hielt einen kleinen weißen Gegenstand hoch. „Sieh mal, ein Teil von einem Kalkrohr. Wir sind ziemlich sicher, dass der Umbau um die Zeit stattfand, in der unser einziger Grundriss gezeichnet wurde, im Jahr 1841. Dieses Rohr bestätigt das. Ich pack's ein, und wir gehen wieder auf den Ball."

Lou kehrte in den vorderen Raum zurück, nahm eine Plastiktüte aus einer Schachtel und steckte ihren Fund hinein. Dann beschriftete sie den Beutel mit dem Wort „Wintergarten" und machte ein paar Notizen auf einem Blatt Papier, das, wie sie betonte, säurefrei war. Lou fügte ihren Namen und das Datum hinzu, gab auch an, aus welcher Wand das Rohrstück stammte. Den gefalteten Zettel tat sie ebenfalls in die Tüte. Die legte sie auf ein großes Plastiktablett, das bereits andere Stücke enthielt. Für Mac sahen sie alle wie Abfall aus. Er musterte einige rostige Metallteile und eine Scherbe aus blau-weißem Porzellan.

Mit wem sie diese Nacht ins Bett gehen würde, war ihm egal. Jedenfalls würde der Kerl sie nicht so sehen, wie er in diesem Moment. Lou war außer sich vor Begeisterung, ihre Wangen hatten sich vor Aufregung gerötet. Gerade klopfte sie sich den Staub von den Fingern und sah dabei die Fundstücke an, als seien sie ein Schatz aus purem Gold.

„Lou", sagte er, „ich muss dich küssen."

„Oh, Mac", erwiderte sie und stürzte sich in seine Arme. Dabei verrutschte ihr Turban. Mit beiden Händen hielt sie Macs Gesicht. Vielleicht küsste sie ihn nur, weil sie so aufgeregt über ihre Entdeckung war. Doch das war ihm egal, er nahm einfach, was er kriegen konnte.

Er hatte sie vermisst, wie sie sich anfühlte, wie sie schmeckte und duftete. Sie hielt sein Kinn fest, dirigierte seinen Mund zu ihrem. Ihre Lippen fühlten sich so weich an. Als sie ihre Zunge spielerisch in seinen Mund schob, wurde er sofort steif. Mac wollte ihre Röcke nach oben schieben. Und ihre Brüste – wie hatte er die vergessen können? Er presste seine Handfläche auf eine ihrer harten, süßen Brustwarzen. Unter diesem sexy Kleid trug sie nichts. Erregt fasste er unter ihre Röcke, zwischen ihre

Beine, schob seine Finger in sie hinein. Er war ziemlich grob, aber wie ihr Keuchen und ihre feuchte Hitze verrieten, störte sie das kein bisschen.

Doch dann schlug sie nach ihm, stieß ihn weg und tastete nach ihrem Kopf. „Nein! O nein!"

„Was ist los?"

Lou sank auf die Knie und zerrte wie eine Verrückte an den Bodenbrettern. „O nein!", schluchzte sie wieder. Tränen erstickten ihre Stimme.

„Was hast du, Darling?"

„Meine Halskette!"

„Ich glaube, du hast keine getragen."

„Doch, an meinem Turban. An dem hatte ich die Kette befestigt. Und jetzt ist sie runtergefallen, zwischen die Bretter. Sie war ein Geschenk von Julian." Hektisch schaute sie sich um, wischte über ihr Gesicht und hinterließ einen Fleck aus weißem Putz. „Gib mir die Brechstange."

Gib mir die Brechstange. Nicht gerade die romantischsten Worte, die man je zu ihm gesagt hatte. Seine eisenharte Erektion würde vermutlich den gleichen Zweck erfüllen wie eine Brechstange. Doch er reichte Lou das Werkzeug, das an einem Haken an der Wand hing, und bot ihr seine Hilfe an.

Aber sie verscheuchte ihn mit einer knappen Geste und schob das Brecheisen unter ein Bodenbrett. „Sicher werden die Schmierfinken sauer sein." Rostige Nägel knirschten. „Ich müsste sie eigentlich fragen, bevor ich so etwas mache."

Mac beobachtete sie und genoss den Anblick einer Regency-Lady, die ein schweres Werkzeug schwang. Hübsche, muskulöse Arme, dachte er und half ihr, das Brett beiseite zu legen. „Warte", sagte er und breitete sein Taschentuch auf dem Boden aus, damit sie darauf knien konnte.

„Danke." Lou griff bereits in das dunkle Loch und musste niesen. „Oh, der Staub von Jahrhunderten", bemerkte sie und hob eine Handvoll Schmutz hoch, in dessen Mitte die Goldkette mit dem Rubin funkelte.

„Was zum Teufel ist das?“, fragte er.

Lou rutschte von Macs Taschentuch und legte den undefinierbaren Dreck auf das saubere, weiße Leinen. „Vielleicht ein Rattennest.“

Igitt, wollte er sagen. Doch das verkniff er sich, denn ihre Augen strahlten, als hätte sie soeben den Heiligen Gral gefunden. Vorsichtig berührte sie das Zeug mit ihren Fingerspitzen. Zu Macs Verblüffung regte sich sein Schwanz, der inzwischen etwas erschlafft war, von neuem.

„Schau doch!“, flüsterte sie.

Er sah Haare oder Stroh, ein Stück Stoff, etwas Schwarzes, Zerknittertes, das er nicht identifizieren konnte, und ein beschriebenes Stück Papier.

„Was ist dieses schwarze Ding?“

„Möglicherweise ein Teil von einer vertrockneten Frucht, eventuell eine Orangenschale. Auf jeden Fall etwas Organisches, vielleicht auch Leder. Schau doch, Mac!“

„Ich schau ja“, sagte er. Aber er verstand nicht, warum sie die Sachen so aufregend fand. Offenbar war das so ähnlich wie mit den gemauerten Torbögen – er hatte einfach keinen Sinn dafür.

Hingerissen inspizierte Lou ihre Beute. „Auf dem Tisch zu deiner Linken liegen weiße Baumwollhandschuhe. Und gib mir auch einen von diesen Plastikbeuteln.“

Er reichte ihr alles, was sie verlangte, und sie zog die Handschuhe an. Mit einem Finger schob sie das Haar – oder was immer es sein mochte – zu Seite, um das Papier freizulegen.

„Siehst du, was das ist, Mac?“

Als er den Zettel berühren wollte, schrie sie entsetzt auf.

„Nicht! Zieh Handschuhe an!“

Er gehorchte – sicher das Beste, was er unter diesen Umständen tun konnte. Lou stand auf, hob das Taschentuch mitsamt seinem ekligen Inhalt behutsam hoch und legte es auf den Tisch. Dann zupfte sie die Goldkette heraus, legte sie um ihren Hals und machte den Verschluss zu.

„Schau doch!“, flüsterte sie ehrfürchtig und begann zu weinen. Nicht vor Kummer, so wie sie es getan hatte, als sie glaubte, den Rubin verloren zu haben. Diesmal vergoss sie Freudentränen. „Erkennst du die Schrift nicht?“

Er kniff die Augen zusammen, um die wenigen Worte zu entziffern. Schwarze Tinte, kaum verblasst – wahrscheinlich, weil das Papier so lange im Dunkeln gelegen hatte. Die Schrift erschien ihm irgendwie vertraut.

„Da ist eine Unterschrift“, sagte Lou, „Initialen. *Ihre* Initialen.“

„Jane Austen?“, fragte er. „Machst du Witze?“

„Nein. Genau so hat sie ihre Briefe unterzeichnet.“

Es entstand ein längeres Schweigen, das er beendete, indem er die Zeilen vorzulesen versuchte. „‚Die Leidenschaft, die ich für Dich empfinde …‘ Zumindest glaube ich, das heißt *Dich*, denn ich erkenne ein D. Und ‚… Unbeständigkeit, die Du beweist …‘ Starke Worte.“

„Ja, das muss es heißen. Vielleicht *die* Unbeständigkeit? Davor sehe ich ein E. Ein Graphologe kann das sicher feststellen. Natürlich hängt der ganze Satz von der Größe des Blatts ab, das sie benutzt hat – und von so vielen anderen Dingen.“ Lou berührte den Papierfetzen, der ein senfgelbes und blaues Muster auf hellbraunem Grund hatte. „Schätzungsweise indischer Blockdruck. Das müsste ein Experte datieren. Sieh doch, wie frisch die Farben wirken, Mac! Einfach überwältigend, ein so wichtiges Zeitdokument in den Händen zu halten. Das könnte alles ändern, was wir über Jane Austen wissen!“

Mac ließ sich von ihrer Begeisterung anstecken. „Gibst du mir ein Exklusivinterview, Lou?“

„Was? O ja, natürlich. Tut mir leid, das habe ich ganz vergessen – du bist ja ein Journalist. Die Auswertung dieser Fundstücke wird Jahre dauern. Papier, Tinte, handschriftliche Analysen, DNA-Tests …“

„DNA?“, wiederholte er. Nun sah er, dass das Zeug, das er für Stroh gehalten hatte, mit einem dunklen Band umwunden war.

„Die Farbe dieses Bandes hat sich im Laufe der Zeit verändert. Oder irgendetwas hat die chemische Struktur des Haars beeinflusst. Das müssen nämlich menschliche Haare sein, da bin ich mir ganz sicher. Janes Haare. Oder sie wollte ihrem treulosen Liebhaber seine Locke zurückschicken.“ Lou schüttelte den Kopf. „Okay, denken wir nach, Mac. Von diesem Fund dürfen wir niemandem erzählen. Vorläufig nicht einmal Peter und Chris. Ich muss meine Dissertationsberaterin anrufen. Sicher weiß sie am besten, was zu tun ist. Aber jetzt müssen wir die Sachen erst einmal einpacken.“

Sie steckte alles in den Plastikbeutel. Dann seufzte sie ärgerlich.

„Hier gibt es nicht einmal ein gesondertes Tablett für Stücke, die unter den Bodenbrettern gefunden wurden.“ Lou zog die Handschuhe aus und nahm ein säurefreies Blatt Papier. „Nun werden wir abmessen, wie weit der Fundort von der Südostecke des Raums entfernt ist. Vorher müssen wir das Brett zurücklegen.“

Da Mac offenbar zu ihrem Assistenten erklärt worden war, drückte er das Brett in die Lücke zurück und nagelte es fest. Lou kroch unterdessen mit einem Zollstock am Boden umher, beschmutzte ihr schönes Kleid und notierte alles, was sie abmaß, auf dem Papier. Sie schob es in die Seitentasche des Plastikbeutels, den sie in eine Schachtel legte. Auf die schrieb sie ihren Namen und stellte sie dann in einen Aktenschrank.

Mit der Fußspitze verwischte sie den Staub über dem Brett, das wieder an seinem Platz lag, sodass der Fundort nicht mehr zu erkennen war.

„Okay“, sagte sie und klopfte ihre Röcke ab. „Du bist auch ziemlich schmutzig. Bevor wir zu den anderen gehen, müssen wir halbwegs sauber aussehen und … O Gott, ich glaube, ich habe Peter beim ersten Tanz versetzt.“ Sie schüttelte den Kopf. „Ach, was soll’s, zum Teufel! Das hier war wichtiger. Es ist ein Riesenfund, und er wird alles ändern, für dich, für mich …“

Genauso liebte er sie: Sie ging völlig auf in ihrer Rolle als enthusiastische Wissenschaftlerin, als eifrige Forscherin, die nach Wahrheiten suchte.

Verdammt, er liebte sie.

„Für *uns*?“ Die Frage *musste* er ihr stellen, er konnte nicht anders.

„Nun, wir werden Kollegen sein.“ Zögernd schaute sie ihn an. „Vielleicht.“

Besser als gar nichts – nimm, was du kriegen kannst.

Lou betrachtete den Aktenschrank. „Da drin dürften die Fundstücke sicher sein.“

„Ist das nötig?“

„Die Presseleute sind überall im Haus. Und ich will nicht, dass Jon und Simon die Sachen finden, wenn sie die Reporter hierher führen und Interviews geben. Ich sollte sie in den Safe legen … Aber erst einmal bleiben sie im Schrank.“ Lou schloss die Schublade. „Bisher hast du kaum ein Wort gesagt. Alles in Ordnung?“

„Ich liebe dich.“ Das hatte er ihr eigentlich gar nicht sagen wollen. Nicht hier, nicht in diesem Moment. Nicht, nachdem er’s vermasselt und sie mit Rob gefickt hatte. Zumindest hielt er den Jungen für ihren neuen Liebhaber. *Es sei denn, sie will sich mit den beiden Farbschmierern amüsieren.* Aber sie hatte erklärt, sie würde *mit jemand anderem* schlafen. Singular. Trotzdem … „Ich liebe dich, Lou.“

Ihr Gesicht nahm wieder einen melancholischen Ausdruck an. „Ich kann nicht …“

„Das weiß ich“, unterbrach er sie, bevor sie weitersprechen konnte. „Und es ist unfair von mir, nachdem – das alles passiert ist. Es ist der falsche Zeitpunkt.“ Er griff nach seinem Taschentuch und schüttelte es aus. Nur widerstrebend steckte er es ein, schließlich hatte ein Rattennest darauf gelegen – mochte es auch eins mit bedeutsamem literarischem Inhalt gewesen sein. „Nur eins sollst du wissen. Wer immer dieser andere Typ ist, ich prügle ihn windelweich, wenn er dich verletzt oder nicht gut behandelt. Dreh dich um, dann klopfe ich den Staub von deinem Kleid.“

Sie sagte darauf nichts, sondern zeigte nur auf eine Box mit Feuchttüchern. Damit wischten sie ihre Hände und Gesichter ab. Lou hatte ein wenig weißen Putz auf der Nase und einen grauen Schmutzfleck am Kinn. Mac sah nicht besser aus.

„Entschuldige", seufzte er, „ich wollte dir den Spaß nicht verderben."

„Das hast du nicht getan. Aber – ich kann wirklich nicht … Tut mir leid, dass es mit uns schiefgelaufen ist."

„Mir auch."

Unter dem grellen Neonlicht schauten sie sich an. Lou bestand darauf, dass sie ihre Hände noch einmal mit Feuchttüchern reinigten. Dann entschied sie, nun wären sie sauber genug für den Kerzenschein im Ballsaal.

Nachdem sie einen letzten sehnsüchtigen Blick auf den Aktenschrank geworfen hatte, verließen sie den Raum, und sie schloss die Tür.

„Ist Rob nicht ein bisschen zu jung für dich?", fragte er auf dem Rückweg zum Ball.

„Ich mag ihn. Er ist intelligent, nett und sexy."

Das bin ich auch. „Nun, wenn es das ist, was du willst …"

„Ja, das will ich."

Halt dich zurück, Salazar. Er versuchte seine Gedanken auf seinen Artikel zu lenken. Wem könnte er die Story anbieten? Wenn Lou bereit war, Peter und Chris über den Fund zu informieren, sollte er mit den beiden reden. Vielleicht würden sie die DNA-Tests finanzieren und die Dinge beschleunigen. Eine ganz große Chance … Wenn er alles richtig machte, müsste er überall einen Job bekommen. *Lou und ich, wir sind ein gutes Team.*

„Was glaubst du, wer Janes Liebhaber war?", fragte er.

„Pst!" Erschrocken sah sie sich um, als würden Paparazzi in dunklen Ecken lauern. „In alten Tagebüchern hier aus der Gegend oder in Briefen könnte vielleicht erwähnt sein, wer Paradise Hall damals besucht hat. Andererseits fand sich in solchen Dokumenten bisher kein einziger Hinweis, der bestätigt hätte, was so viele Leute glauben – dass Jane Austen tatsächlich eine

Zeit lang hier gewohnt hat. Und wenn sie diesem Mann Briefe schrieb, dann stammte er vielleicht gar nicht von hier. Ich bin ziemlich sicher, dass er nicht zu den üblichen Verdächtigen zählt. Keinesfalls war es Tom Lefroy, ihre Bekanntschaft lag zeitlich früher. Die Popkultur hat diesen Flirt übertrieben dargestellt."

„Aber Lefroy sagte, er habe Jane geliebt."

„Klar, Jahre später, als sie eine berühmte Autorin war. Hättest du da nicht auch behauptet, du würdest sie lieben? Und ihr Galan war sicher auch nicht dieser Reverend Blackall. Er war der Geistliche, in den sich Jane eventuell mit Ende zwanzig in Devon verliebt hatte."

„Warum nicht?"

„Das sagt mir ein Instinkt. Ich weiß, manche Kirchenmänner waren sehr weltlich eingestellt. Aber ‚Leidenschaft' und ‚Unbeständigkeit' – starke Worte, wie du sagtest. Dahinter scheint etwas Dramatisches zu stecken, vielleicht ein Verrat, wie Willoughby ihn Marianne in Janes Roman ‚Sinn und Sinnlichkeit' antut. Und es könnte auch einer jener Briefe gewesen sein, die man schreibt und dann zerreißt. Oder ein angefangener Brief. Die Rückseite des alten Papiers ist leer. Damals war Papier sehr teuer, jeder Schnipsel wurde beschrieben."

„Und warum ist ausgerechnet dieser erhalten geblieben?"

Nachdenklich zuckte Lou die Achseln. „Nun, vielleicht hat sie den Brief zerrissen und in einen Kamin geworfen, in dem kein Feuer brannte. Und dann kam die Ratte, bevor das Dienstmädchen die Fetzen wegwerfen konnte. Mac, du bist ein ziemlich harter Typ, nicht wahr?"

„Ja. Warum?"

Lou grinste, ein wenig boshaft und zugleich entwaffnend. „Ist dir aufgefallen, wie hartnäckig ich drauf bestanden habe, diese antibakteriellen Feuchttücher zu benutzen?"

„Und?"

„Dieses schwarze Ding, das ich zunächst für eine Orangenschale oder ein Stück Leder hielt, hatte einen Schwanz. Vermutlich die Überreste eines Rattenbabys …"

Sein Magen drehte sich um. „Oh, mein Gott! Ich fürchte, ich muss mich übergeben!“ Mac zerrte das Taschentuch hervor und schleuderte es möglichst weit weg. „Das hast du die ganze Zeit gewusst?“

„Klar. Aber ich wollte dich nicht wegekeln.“

„Jetzt hast du es geschafft! Das ist ja widerlich!“

Sie konnten die Musik hören und die Tanzpaare sehen. Die meisten machten die Schritte, die Becky ihnen eingetrichtert hatte, so korrekt wie nie zuvor.

Lou brach in schallendes Gelächter aus.

„Okay“, sagte er. „Bist du wirklich sicher, dass du heute Nacht mit Rob schlafen willst?“

Lächelnd nickte sie. „Ich habe versprochen, ihm alles über Oralsex beizubringen.“

„Ach, du lieber Himmel! Erst die Ratte und jetzt noch das! So rächst du dich also an mir …“ Mac schüttelte den Kopf und holte tief Luft. „Lou, ich werde jetzt etwas sagen, was kein Jane Austen-Held jemals über seine Lippen gebracht hätte.“

„Ja?“

„Du hast mal gesagt, du wärst an einem Dreier interessiert.“

„Keine Ahnung, ob *interessiert* das richtige Wort ist …“

„Was soll’s, zum Teufel? Lass mich mitspielen, wenn du’s mit Rob treibst. Amüsier dich mit uns *beiden*!“

22. KAPITEL

Lou

„Treuloses Weibsbild!", schimpfte Peter, als er Lou entdeckte. Sie schlenderte ins Foyer, nachdem die Musik verklungen war und die Tanzpaare sich zerstreut hatten. „Also bin ich wegen eines Heteros versetzt worden."

„Mehr oder weniger. Tut mir leid, Schätzchen, Mac und ich hatten zu tun. Aber für den zweiten Tanz bin ich da. Verzeihst du mir?"

„Natürlich. Seid ihr zwei wieder zusammen?"

„Nein, keineswegs." Lou lächelte ihn an. *O Peter, du wirst eine sensationelle Überraschung erleben.* „Ich habe nur einen Tanz versäumt. Nicht einmal Jane Austens klatschsüchtige Nachbarinnen hätten da etwas hineingedichtet."

Zu ihrer Überraschung küsste er sie auf die Stirn. „Freut mich, dich so glücklich zu sehen."

„Ja, ich bin glücklich." Lou nahm sich ein Glas Limonade und trank es in einem Zug leer. „Und traurig zugleich, weil Julian nicht hier ist."

„Mich bedrückt das auch", sagte er und berührte den Rubin an ihrem Hals. „Diese Kette hat er dir zur Hochzeit geschenkt. Daran erinnere ich mich. Es war so ein schöner Tag."

Es drängte sie, von ihrer Entdeckung zu erzählen, und davon, dass sie und Mac vielleicht vor einem Neuanfang standen. Vor lauter Vorfreude auf die Nacht wurde ihr fast schwindlig. Vielleicht war es keine Liebe – aber es war immerhin *etwas*. Und nach einer Nacht mit zwei Liebhabern würde sie möglicherweise erkennen, was sie wirklich empfand für Mac, diesen komplizierten, beunruhigenden Mann.

Lou stellte ihr Glas auf das Tablett eines Lakaien. Die Musiker griffen wieder zu ihren Instrumenten. Auch Becky, die Tanzlehrerin, hatte schon ein Mikrofon in der Hand und knickste.

Peter und Lou nahmen ihre Positionen ein und begrüßten das Paar neben sich. Wohlgefällig betrachtete sie die lange Reihe der Gäste in ihren schönen Kostümen. Einige waren historisch korrekter gekleidet als andere. Aber der sanfte, goldene Kerzenschein verlieh allen Authentizität und ließ die Szene harmonisch wirken. Pfingstrosen, Geißblatt und Jasmin hatten in der Hitze des Raums ihre Blüten geöffnet und verströmten einen betörenden Duft.

„Perfekt", sagte sie zu Peter, „der Stoff, aus dem die Träume sind. Jetzt fehlt nur noch Darcy in einem nassen Hemd, wie in diesem Film."

Nach einem kurzen, von Becky angeführten Rundgang begann der Tanz, langsam und gesittet. Die Paare bewegten sich hin und her, wechselten die Positionen und Richtungen. Dabei trafen Peter und Lou auf Viv und Mac.

Die Kostümbildnerin trug ein fantastisches smaragdgrünes Kleid, das im Kerzenlicht verführerisch schimmerte, dazu einen passenden Kopfputz mit ihren geliebten Pfauenfedern.

„Sehr hübsch, Lou."

Natürlich starrte sie Lous Brustwarzen an. Das tat auch Mac, so wie jeder Mann, auf den sie bei diesem Tanz traf. Mal abgesehen von Peter. Er war ein Gentleman, der nicht gaffte, außerdem interessierte er sich nicht besonders für die weibliche Anatomie.

Mac lächelte sie an. „Seltsam, welche Streiche dieses Licht den Augen spielt … Hoffentlich vergessen die Kerle nicht ihre Schritte, wenn sie dich sehen."

„Daran dürfte mich keine Schuld treffen, keiner von uns ist ein sonderlich begabter Tänzer."

Er hielt ihre Hand fest, und als sie sich drehten, schauten sie sich tief in die Augen.

„Nun, Rattenlady?"

„Was für ein grässlicher Spitzname …"

„Was hat er gesagt?"

„Ich habe ihn nicht gefragt. Noch nicht."

Sie wechselten die Hände und die Richtung.

„Wenn er nicht Manns genug ist …“, begann Mac.

„Oh, das ist er mit Sicherheit.“

„Noch ein armer Teufel, dessen Eier in deinem Abendtäschchen stecken.“

„Die Beute der Liebe.“

„Eher des Krieges.“ Er wandte sich ab, kehrte zu Viv zurück und warf ihr einen feurigen Blick zu. Sie musste genauso wie Lou kichern.

„Ach Gott“, stöhnte Peter, „was sollen wir nur mit euch Mädchen machen?“

Mac nahm seine Hand und schaute ihm in die Augen. „Das sollte nicht deine Sorge sein.“

Lou und Viv kicherten wieder und kamen aus dem Takt. Ihre Partner schubsten sie in die richtigen Positionen.

„Hör mal, das ist ein ernsthaftes Vergnügen, Lou“, mahnte Peter. „Konzentrier dich bitte, die Lakaien lachen schon über dich.“

Er hatte recht. Sie blickte zu Rob hinüber, der an einer Wand stand und sie hingerissen angrinste.

Sie lächelte zurück.

„Also wirklich, Liebes, ich hoffe, du lenkst das Personal nicht ab.“

„Um Himmels willen, nein, Peter“, beteuerte sie.

Der nächste Tanz, den sie Mac versprochen hatte, folgte nicht so strengen Regeln. Temperamentvoll klatschten die Leute in die Hände, mehrere Männer und auch einige Frauen wagten sogar fantasievolle Sprünge. So viel Lou wusste, war dieser Tanz historisch korrekter als der vorangegangene, der dem Jahrhundert vor der Regency-Epoche entstammte. Aber sie bedauerte die mangelnden Gelegenheiten, in Macs Augen zu blicken.

„Oh, deine himmlischen Augen“, flüsterte sie, als er sie um die Taille fasste und herumwirbelte.

„Wann wirst du ihn fragen?“

„Später.“

Sie nahmen die Hände des Paars an ihrer Seite.

„Wann können wir von hier verschwinden, Lou?“, fragte er, als sie erneut aufeinander trafen.

„Noch nicht. Er arbeitet, und ich will tanzen, bis ich umfalle.“

„Das wirst du mir büßen.“

„Darauf freue ich mich schon.“

Rob

Es war überwältigend. Er fühlte sich wie in einem dieser Jane-Austen-Filme, die seine Mum so sehr liebte. Das alles wirkte so echt. Nicht nur, weil die Leute kostümiert waren und in eine Rolle schlüpften. Nein, er hatte wirklich das Gefühl, in die Vergangenheit zurückgekehrt und im frühen neunzehnten Jahrhundert gelandet zu sein.

Mittlerweile hatte er sich daran gewöhnt, dass alle Gäste großartig aussahen. Aber an diesem Abend war ihre Runde größer geworden. Alle Altersstufen waren vertreten, große und kleine, dicke und dünne Menschen. Er sah ein paar Teenager, aber auch viele Männer und Frauen, die im Alter seiner Großmutter waren. Zum Beispiel den greisen Knaben, der beim Dinner neben Lou gesessen hatte, offenbar eine Art Lord. Ein paar kannte er aus dem Pub, einen Elektriker oder den Schulbusfahrer, die von ihren hohen Hemdkrägen fast erstickt wurden. Es war dieser Mix aus so unterschiedlichen Personen, der die Szene glaubwürdig und wahrhaftig machte. Darauf konnte er sich einlassen, denn es war mehr als nur eine Fantasie.

Einzig die häufig aufleuchtenden Blitzlichter und die Handys, die gelegentlich hervorgeholt wurden, verdarben die Illusion. Der vierte Tanz begann, den Lou Lord Stote versprochen hatte.

Zwischen Lou und Mac lief irgendetwas, da war Rob sicher. Aber sie sah ja auch zauberhaft aus. War nicht jeder im Saal scharf auf sie?

Aber heute Nacht wird sie in meinen Armen liegen, von all den Kerlen hier will sie nur mich.

Nach der letzten Nacht hatte er geglaubt, er würde sich anders fühlen. Eine Zeit lang war es auch wirklich so gewesen. *Ich habe sie gefickt, und sie ist gekommen!* Doch dann war der Tag ziemlich normal verlaufen, abgesehen von den Vorbereitungen für den Ball, die zusätzliche Arbeit bedeuteten, und dem überraschenden Besuch seines Dads. Vielleicht hatte sich sein Vater tatsächlich geändert. Denn statt der Beleidigungen, die sie sonst austauschten, hatten sie so etwas Ähnliches wie ein Gespräch geführt. Hauptsächlich war es dabei um die Renovierung des Cottages gegangen. Aber Robs Beziehung zu seinem Vater begann sich zu verändern. Hoffentlich würde er sich in Zukunft daran erinnern, wie hart das Schicksal mit seinem Vater umgesprungen war. Und vielleicht würde sein Dad nicht mehr versuchen, ihm das Studium in Cambridge zu vermiesen.

Er blickte wieder zu Lou und war sich ziemlich sicher, dass er ihre Nippel sehen konnte. Nun, möglicherweise lag das am Muster ihres Kleids. Er dachte kurz nach. Um elf trat die zweite Schicht ihren Dienst an. Dann konnte er einem der Diener die Aufsicht überlassen. Vielleicht Ivan, wenn der nicht zu besoffen war. Dann konnte seine Oralsex-Lektion beginnen – was für eine traumhafte Vorstellung, eine Lehrerin zu vögeln! Um fünf musste er wieder arbeiten, möglicherweise sogar schon früher. Je eher er jetzt Schluss machte, desto besser. Lou schien sich großartig beim Tanzen zu amüsieren, und sie sah an diesem Abend fantastisch aus, bildschön und sexy. Diese Handschuhe, die bis über ihre Ellbogen reichten, fand er total scharf. Wie Strümpfe – richtige, nicht diese idiotischen Regency-Dinger. Vielleicht würde sie die nachher anbehalten.

Der Tanz ging zu Ende. Der Raum roch mittlerweile weniger nach Blumen und mehr nach verschwitzten Leuten. Rob verschränkte die Hände hinter dem Rücken und richtete sich auf, um die richtige Mischung zwischen würdevollem und freundlichem Verhalten zu finden. Er nickte Dejan zu und bedeutete ihm, dem Orchester, das eine Pause machte, Drinks zu bringen. Die Gäste bekamen Erfrischungen auf der Terrasse serviert.

Er wies seine Jungs an, noch ein wenig zu warten, bis sie ihre Tabletts voller Limonade, Wein und Cidre nach draußen trugen. Das Gedränge war einfach zu groß. Bisher hatte er noch keine Betrunkenen entdeckt, die sich flegelhaft benahmen. Aber er wusste, das war nur eine Frage der Zeit. Manche Leute tranken und schwitzten den Alkohol beim Tanzen wieder raus. Andere – zum Beispiel die Typen, die einen Raum im Erdgeschoss okkupierten – tranken nur. Vorsichtshalber beauftragte er ein paar Diener, diese Gruppe im Auge zu behalten.

Lou öffnete ihren Fächer und hielt ihn vors Gesicht, sodass nur ihre Augen zu sehen waren. Dann deutete sie mit dem Kinn zur Vorderseite des Hauses – ein kluger Schachzug, denn alle Gäste strömten zur hinteren Terrasse. Rob folgte ihr und schaute dabei nach leeren Gläsern, die er auf dem Rückweg einsammeln musste.

Draußen war die Luft kühl und frisch, der Nachthimmel klar. Einer der Musiker ging auf und ab und sprach in sein Handy. Seine Schritte knirschten im Kies. Lou war schon da. Auf ihrer hellen Haut schimmerte der Rubin dunkel. Rob eilte zu ihr und drückte sie an sich. Sie fühlte sich so warm, und so erhitzt und begehrenswert an.

„Schon den ganzen Tag wollte dich berühren", sagte er und presste seinen Mund auf ihr Gesicht, die Lippen, ihren Hals.

Sie erwiderte seine Küsse. Als sie seinen Hinterkopf festhielt, schlug der Fächer, der an ihrem Handgelenk hing, gegen seine Schulter.

„Warte, ich will meine Perücke loswerden." Rob nahm sein weißes Haar ab und schüttelte den Kopf. „O Gott, ist das heiß. Amüsierst du dich? Du siehst umwerfend aus." Er starrte auf ihr Dekolleté. Er hätte schwören können … „Verdammt, ich sehe deine Nippel."

„Freut mich, dass sie dir gefallen", sagte sie und grinste.

Er konnte nicht widerstehen, neigte sich hinab und küsste erst die eine Brustwarze, dann die andere. „Mmmm, ganz hart. Wollen wir ins Gebüsch gehen, Lou?"

„Habe ich etwa ein Sexmonster erschaffen?“ Lachend stieß sie ihn weg, nur ein kleines bisschen. „Ein paar Mal will ich noch tanzen, dann können wir gehen, wann immer du soweit bist.“

„Großartig“, murmelte er und knabberte an ihrem Hals.

„Nur eins noch.“ Sie stellte sich auf die Zehenspitzen und flüsterte ihm etwas ins Ohr.

„Was? Machst du Witze?“ Verblüfft, fast angstvoll wich er zurück.

„Wenn du nicht willst, ist das okay. Dann sage ich’s ihm.“

Rob kratzte sich am Kopf, eine Wohltat, nachdem er die Perücke abgenommen hatte. „Natürlich bin ich überrascht. Das sieht ihm nicht ähnlich.“

„Und dir?“

Er zuckte die Achseln. „Heutzutage sind Dreier ganz normal, oder? Ich fange ja erst mit dem Sex an – und ich nehme alles, was ich kriegen kann. Nein, das klingt falsch. Es geht in Ordnung, Lou.“ Triumphierend grinste er. „Mac muss wirklich scharf drauf sein, dir dein Höschen auszuziehen.“

„Wenn ich eins anhätte“, flüsterte sie und biss in sein Ohrläppchen.

„O Scheiße, Lou, jetzt habe ich einen mörderischen Ständer.“

Sie ließ ihre Hand nach unten zu seinem Penis gleiten. „Tut mir leid. Dass dich diese Idee so aufgeilen würde, wusste ich nicht.“

Unfähig, der Versuchung zu widerstehen, presste er sich an ihre Finger, obwohl das alles noch schlimmer machte. „*Du* geilst mich auf, Mrs Connolly. Und wenn noch jemand dabei ist, lerne ich vielleicht was Neues. Bin gespannt, wie’s die Experten machen. Nur noch eine Frage …“ Er räusperte sich. Für ihn war das wichtig. Er würde es ihr zuliebe tun. Na ja, hauptsächlich, er selbst fand die Vorstellung auch ziemlich aufregend. Aber etwas musste er vorher wissen. Er setzte seine Perücke auf, als würde sie ihm eine gewisse Autorität verschaffen. „Ist sein Schwanz größer als meiner?“

Lou gab ihm einen Klaps auf den Hintern. „Das wirst du früh genug herausfinden.“

Ein paar Leute standen noch immer auf der Terrasse herum; ein halbes Dutzend kichernde Mädchen und einige Jungs, die Militäruniformen trugen und nichts mit ihren Schwertern anzufangen wussten. In einer Ecke saß ein Paar und küsste sich leidenschaftlich – Cathy und Alan, wer sonst. Ben hing in der Nähe herum und beobachtete die beiden mit einer Gier, die Mac unangenehm war. Das war das Problem bei einer Dreiergruppe – ganz egal, was man tat, einer fühlte sich immer ausgeschlossen. Eine seltsame Dynamik.

Andererseits glaubte er nicht, das Cathy und Alan Ben vorgeschlagen hatten, den Abend oder sogar die Nacht mit ihnen zu verbringen. Der war einfach aufgetaucht und schaute zu. Oder, so Macs Theorie, Ben tat, was Sarah ihm befahl.

Die Terrasse sah zauberhaft aus. Überall hingen Laternen und auf den Tischen standen Blumenarrangements und Zuckerskulpturen, die Tempel, Götter und Göttinnen darstellten. Ein paar Gäste hatten die essbaren Kunstwerke bereits probiert, einigen hatten bestimmt einen Zuckerschock. Unermüdlich trugen die Lakaien Tabletts voller Desserts hin und her, servierten Früchte in Schokolade, Muffins mit vergoldeten oder gezuckerten Blüten, Kaffee, Orangenscheiben, Wein. An einem Ende der Terrasse stand ein Tisch mit Käse und Brot, für diejenigen, die es lieber etwas deftiger mochten.

Während Mac auf Lou wartete, trank er eine Tasse Kaffee. Nach dem lächerlichen Vorschlag, den er geäußert hatte, wollte er hellwach sein.

Endlich erschien sie und lächelte ihn an. „Nun?“, fragte er, erwiderte ihr Lächeln und stand auf.

„Oh, ich bin hungrig“, erklärte sie und setzte sich an den Tisch.

„Schon wieder? Haben wir nicht gerade erst diniert?“

„Nach der Tanzerei muss ich mich stärken. Und ich bin durstig.“

Zwei Lakaien eilten herbei. Entweder hatte Rob eine VIP-Behandlung für sie angeordnet, oder die Jungs wollten Lous Nippel aus der Nähe sehen. Sie belud einen Teller mit Desserts und nahm eine Tasse Kaffee.

Sollte sie doch versuchen, ihn hinzuhalten. Okay, ich werde ihr's schon noch zeigen, dachte er und täuschte ein Gähnen vor.

Sie pickte die goldenen Blumen von einem winzigen Schokoladetörtchen und teilte es mit der Gabel in vier Bissen. Den ersten führte sie provozierend langsam zum Mund, dann folgte der zweite.

„Lou!" Er beugte sich über den Tisch. „Hör auf, mich in den Wahnsinn zu treiben!"

Verständnislos hob sie die Brauen und aß als Nächstes eine Orangenspalte. Wieder bewegte sie sich fast in Zeitlupe. Dann leckte sie ihre Lippen ab und machte sich über das nächste Törtchen her.

Mac griff über den Tisch, nahm das restlichen Törtchen und stopfte es in seinen Mund.

„Ich habe mich so darauf gefreut, das zu essen", sagte sie klagend.

„Was soll's. Hast du ihn gefragt?"

„O ja." Sie sah in das Silberkännchen, das neben ihrer Tasse stand, und winkte einen Lakaien heran. „Könnte ich etwas Milch für meinen Kaffee bekommen? Die mag ich lieber als Sahne."

„Die Dame wird sich mit der Sahne begnügen", fauchte Mac und wartete, bis der Junge verschwand. „Also?"

Lou lächelte. „Nun, er war total fasziniert, dass du auf diese Idee gekommen bist."

„Das stimmt ja gar nicht."

„Doch. Ich darf dich zitieren: ‚Was soll's, zum Teufel? Lass mich mitmachen, wenn du's mit Rob treibst. Amüsier dich mit uns *beiden*!'"

Mac stöhnte. „Das habe ich doch nur in einem Moment der Verzweiflung und des Wahnsinns gesagt. Was hat er geantwortet?"

Ihr Lächeln wurde noch breiter.

Er wusste, was das bedeutete. „Also wird es tatsächlich passieren. Okay, Lou.“ Er blickte sich um, weil er sicher sein wollte, dass ihnen niemand zuhörte. „Nur aus Neugier …“

Sie begann, ein weiteres Küchlein zu zerteilen. „Ja?“

„Oh, das ist so peinlich.“

„Schon gut.“ Sie tätschelte seine Hand. „Natürlich kannst du mich alles fragen.“

„Ich muss wissen …“ Sein Mund wurde trocken.

„Ob seiner größer ist als deiner?“ Sie steckte eine Erdbeere in den Mund, auf der sie ein wenig zu lang herumlutschte. „Wie ich’s ihm auch schon gesagt habe – das wirst du früh genug herausfinden.“

23. KAPITEL

Lou

Nach dem nächsten Tanz knickste sie vor ihrem Partner Chris, der sich schwungvoll verneigte. Etwas weiter unten in der Reihe der Tanzpaare stand Mac und beobachtete sie.

„Gehst du schon?“, fragte Chris, als sie ihre Sachen von einem Stuhl an der Wand nahm. Der Fächer und das Abendtäschchen, die an ihrem Handgelenk gehangen hatten, waren ziemlich lästig gewesen, die Handschuhe trotz des dünnen Glacéleders zu warm.

„Ja, ich denke schon. Danke für den Tanz.“ Sie fühlte sich versucht, ihm von der großen Entdeckung zu erzählen. Aber jetzt war nicht die richtige Gelegenheit. Stattdessen küsste sie seine Wange.

„Es war mir eine Ehre, mit anzusehen, wie Ihre Lebensfreude zurückgekehrt ist, Mrs Connolly. Obwohl ich eigentlich erwartet hatte, du würdest bis zum Morgengrauen tanzen. Es ist doch erst Mitternacht. Aber ich vermute, du hast Besseres zu tun.“

„So könnte man's nennen.“ Sie lächelte vielsagend und schaute sich nach Peter um. Doch der unterhielt sich gerade mit einigen Leuten, die sie nicht kannte. „Sag Peter bitte in meinem Namen gute Nacht. Wir sehen uns dann morgen zu einer zivilisierteren Zeit. Der Ball war ein Triumph. Ihr beide seid einfach brillant!“

Sie unterhielt sich noch eine Weile mit Bekannten, lehnte aber alle Aufforderungen zum Tanz ab. Als die Musik wieder erklang, suchte sie Rob. Sie fand ihn auf der Terrasse, wo er Hand in Hand mit Di einen Volkstanz parodierte. Lou blieb stehen und beobachtete die beiden. Vor wenigen Tagen hatte sie Mac hier allein tanzen gesehen.

Harmonisch wiegten sich Rob und Di im Takt der Musik. Dann folgten sie ihrem eigenen Rhythmus. Der Junge zog die Zofe zu sich, schob sie wieder weg, drehte sie herum. Die beiden bewegten sich geschmeidig, und sie passten gut zueinander. In einer Art Bauchtanz umkreiste Di ihren Partner, wiegte die Hüften und bewegte die Arme über dem Kopf. Lachend umarmten sie sich, bevor sie wieder einige Volkstanzschritte machten.

Rob wusste, dass Lou auf der Terrasse stand. Sie wechselten einen kurzen, verständnisvollen Blick. Es gefiel ihr, dass er weitertanzte. Bewundernd schaute sie ihm zu, während er sich ganz auf seine Partnerin einstellte. Di probierte ein paar fantasievolle Schritte aus – ein bisschen Hip-Hop, sexy, fast schon obszön. Er reagierte darauf mit einigen sehr maskulinen Bewegungen.

Ihr Publikum, das aus Dienern und Küchenpersonal bestand, klatschte aufmunternd. Der Geruch von Marihuana lag in der Luft.

Zum ersten Mal spürte sie, dass sie in diesem Kreis nicht gern gesehen war. Sie musste ihnen vorkommen wie ein Gast, der die Dienstboten bei ihren Vergnügungen ausspionierte. Lou lächelte und ging ins Haus. Wenn Rob so weit war, würde er in ihr Zimmer kommen.

Am Fuß der Treppe hielt ein Lakai Wache und hinderte Neugierige daran, den ersten Stock und die Gästezimmer zu besichtigen. Höflich verneigte er sich und löste die Absperrungskordel.

Es war ihr unangenehm, dass sie die Lakaien noch immer nicht voneinander unterscheiden konnte. Aber das war durchaus so gewollt, nicht wahr? Alle waren hübsche junge Männer, die sich glichen, von Peter sorgfältig ausgewählt. Und die Perücken ließen sie für das moderne Auge noch ähnlicher wirken.

Lou duschte und überlegte, wie sie ihren zweifellos nervösen Besuchern die Befangenheit nehmen konnte. Zur Regency-Garderobe gehörten keine sexy Negligés. In jener Epoche hatten die Frauen angezogen aufreizender gewirkt als spärlich bekleidet. Einzige Ausnahmen waren die fließenden Drapierungen, die man an klassischen Statuen sah. Aber so ein Gewand besaß Lou nicht. Außerdem fehlte ihr der kleine Engel, der bei den

Standbildern die üppigen Stoffbahnen üblicherweise an Ort und Stelle festhielt.

Sie wickelte sich in ein Badetuch und überlegte, ob sie Rosenwasser oder Lavendelparfüm benutzen sollte. Beide Düfte erinnerten sie mittlerweile an frisches Leinen.

Als es an der Dienstbotentür klopfte, zuckte sie zusammen. „Wer ist da?“, rief sie. Sicher musste sie im Lauf der Nacht mit Betrunkenen rechnen, die sich trotz der wachsamen Lakaien in diese Etage verirren würden.

„Ich“, antwortete Mac.

„Kommst du heute Nacht nicht durch die Balkontür zu mir?“, fragte sie und ließ ihn hinein.

„Ja, das war eine grandiose romantische Geste! Und sie hatte ihren Zweck ja auch erfüllt, wenigstens eine Zeit lang.“ Auf einen Ellbogen gestützt, rekelte er sich auf dem Bett. Offensichtlich trug er nur seinen seidenen Morgenmantel.

„O ja. Und es war sehr clever von dir, gleich noch einen Gewittersturm für deinen großen Auftritt zu bestellen.“

„Du siehst so – *sauber* aus.“ Dieses Wort hatte er sehr sorgfältig gewählt.

„Was würdest du denn vorschlagen?“, seufzte sie.

„Wie wär’s mit dem Überkleid deiner Ballrobe?“ Mac grinste lüstern, „dieses Spitzending.“

„Das ist sicher ein bisschen verschwitzt.“ Lou griff nach dem Kleid, das sie zusammengefaltet und über einen Stuhl gelegt hatte.

„Das stört uns nicht.“

Sie ging ins Badezimmer und zog das Überkleid an. „Also, ich weiß nicht recht, Mac. Es sieht ziemlich ordinär aus.“

„Großartig!“

„Ich meine – *richtig* ordinär. Nuttig.“

„Umso besser. Komm raus, Schätzchen, zeig mir, was du zu bieten hast.“

Sie warf einen letzten Blick in den Spiegel. Ohne Korsett saß das Überkleid nicht richtig. Hinten reichte die Schleppe bis zum

Boden. In Brusthöhe wurde der durchsichtige Stoff, der vorne knapp das Schamhaar bedeckte, nur von einer Brosche zusammengehalten. Aber vielleicht war das ja genau das richtige Outfit für eine Oralsex-Lektion.

„Fantastisch!", rief Mac, als sie aus dem Bad kam. „Glaubst du, es macht ihm etwas aus, wenn wir ohne ihn anfangen?"

„Oh, das wäre sehr unhöflich."

Beide brachen in Gelächter aus. Es tat gut, zusammen zu lachen, weil es die angespannte Atmosphäre etwas lockerte.

„Spielen wir Schach?", fragte sie. „Ich habe ein Brett hier."

„Wenn du so angezogen bist? Da würde mir nicht einmal mehr einfallen, wie die Figuren ziehen."

Sie setzte sich zu ihm aufs Bett. „Oh, ich wünschte, ich könnte jetzt mit den Staaten telefonieren."

„Ja, ich auch. Ich bin dir so dankbar für diesen Vorschlag, er wird uns ablenken. Ich kann jetzt kein Auge zutun."

„War mir ein Vergnügen."

Erneut brachen beide in nervöses Gelächter aus.

„Wahrscheinlich verspätet er sich, weil er gerade unter der Dusche wichst, damit er später länger durchhält", vermutete Mac.

„Jetzt verdirbst du mir meine erotische Fantasie. Sei nicht gemein zu ihm, Mac. Sicher ist er genauso nervös wie du."

„Verdammt, ich bin nicht nervös."

Es klopfte an der Dienstbotentür. Lou beobachtete, wie Mac, der angeblich kein bisschen nervös war, sich aufrichtete und den Morgenmantel enger um seinen Körper zog.

Sie öffnete die Tür. Rob trug Boxershorts und ein offenes, langärmeliges Hemd. In einer Hand hielt er eine Champagnerflasche, in der anderen drei Gläser. Er trat ein und starrte Lou an.

„Wow", murmelte er.

Sie fing die Flasche auf, bevor sie zu Boden fiel. „Ich freue mich auch, dich zu sehen."

„Tut mir leid." Er beugte sich vor und küsste sie auf die

Wange. „Plötzlich ist das ganze Blut aus meinem Kopf geflossen. Oh, hallo Mac."

„Trinken wir was." Lou führte Rob zum Bett. „Hört mal, Jungs, so was habe ich noch nie gemacht. Also versuchen wir zu entspannen."

Während Rob die Champagnerflasche entkorkte, schaute er zwischen Lou und Mac hin und her. Dann goss er die schäumende Flüssigkeit in ein Glas, das er Lou reichte.

„Danke", sagte sie und streichelte über seinen Schenkel, als er die beiden anderen Gläser füllte.

Blitzschnell wich er ihren Fingern aus, und sie entdeckte eine sehr imposante Erektion. Lou blickte zur anderen Seite. Nein, es waren zwei sehr eindrucksvolle Erektionen. Und was jetzt?

Nachdem sie an ihrem Glas genippt hatte, stellte sie es beiseite. Auch wenn die Champagnerbläschen so harmlos prickelten, sie vertrug ihn nicht gut. Freund. Sittsam – jedenfalls so sittsam, wie es ihr lächerliches Outfit gestattete – saß sie auf der Bettkante, die Beine angezogen. Es lag eine knisternde Spannung im Raum. Es war ihre Aufgabe, etwas zu tun, um die Situation zu entkrampfen und das Unbehagen, das sie alle spürten, zu vertreiben.

Sie kniete sich aufs Bett, küsste Rob mit offenem Mund und schob ihre Hand zwischen seine Beine. Dann öffnete sie Macs Morgenmantel und rieb ihre harten Nippel an seiner muskulösen Brust. Das Bett schwankte leicht, als Rob darauf sank und Lous Brüste umfasste. Mit heißen Lippen saugte er an ihrem Hals und fand eine besonders empfindsame Stelle. Wohlige Schauer jagten durch ihren ganzen Körper.

Mac küsste sie, sein Mund schmeckte dunkel und köstlich. Und das mussten seine Finger sein. Er streichelte die Innenseite ihrer Oberschenkel, spielte mit ihrer Klit.

Lou musste plötzlich an ein altes Bild denken, das sie als Kind fasziniert hatte. Das Zirkusfoto zeigte eine Frau mit roten Lippen und platinblonden Locken, die eine Reithose trug. Sie hielt eine Peitsche in der Hand, mit der sie zwei riesige Tiger in Schach hielt. Jeden Moment konnte das Schnurren der wilden Bestien in tödliches Fauchen übergehen.

Mac löste seinen Mund von ihrem. „Wie ich gehört habe, willst du alles über Oralsex lernen“, sagte er zu Rob. „Okay, schau mir genau zu, Junior. Danach bist du dran.“

Rob hatte seine Boxershorts und das Hemd ausgezogen. Er starrte Lou an, die zum Kopfteil des Betts hinaufrutschte und die Beine spreizte. Er kniete sich neben sie. An der Spitze seines harten Schwanzes glänzte ein feuchter Tropfen.

Lou zog seine Hände zu ihren Brüsten und beobachtete seine Finger, die ihre Nippel umkreisten.

„Schau her!“, murmelte Mac mit tiefer, sinnlicher Stimme. Er rückte zwischen ihre Oberschenkel, zog mit seinem Daumen und seinem Zeigefinger ihre Schamlippen auseinander. „Das da ist ihre Klit, dieser süße, kleine rosa Knubbel. Ich könnte Lou ziemlich schnell zum Orgasmus bringen. Aber ich glaube, wir sollten sie noch eine Weile hinhalten.“

Er neigte den Kopf hinab. Seine Zunge, die immer wieder über die hochempfindliche Spitze ihrer Perle fuhr, fühlte sich rau an. Als sie den Druck spürte, zuckten ihre Beine gegen ihren Willen.

„So kannst du's auch machen.“ Jetzt leckte er an ihr wie ein Kater, der vor einer Sahneschüssel saß, und beschleunigte sein Tempo. Lou fuhr mit der einen Hand durch sein seidiges Haar. Mit der anderen streichelte sie ganz langsam Robs Schwanz.

Der Junge keuchte auf und rückte ein Stück von ihr weg. „Das ist zuviel, Lou.“

„Nun bist du an der Reihe, Kleiner.“ Mac rieb lässig seinen eigenen Penis, während Rob zwischen Lous Beine glitt und ihre Muschi anstarrte. Dann rückte er höher und ließ seine warme, sanfte Zunge in einem gleichmäßigen Rhythmus kreisen.

Mac berührte Lous Venushügel, seine Finger öffneten ihre Spalte etwas weiter. „Ist es so gut, Schätzchen?“

„Ja“, hauchte sie.

Er presste seinen Mund auf ihren, leckte an ihren Lippen, küsste ihre Brustwarzen. „Möchtest du kommen, Darling? Soll ich's Rob sagen?"

Ja, sie wollte die Augen schließen, ihren Kopf in den Nacken legen und sich von ihrem Orgasmus überrollen lassen. Aber sie wollte auch alles sehen, was ihre beiden Liebhaber taten. Macs dunkles Haar an ihren Brüsten, Rob zwischen ihren Beinen, Macs Finger, die ihre Schamlippen spreizten, ihre feucht glänzende, rosige Haut unter Robs zuckender Zunge.

„Er ist ein Naturtalent", flüsterte Mac. „Komm für uns, Lou."

Ja, es war fast so weit. Ihr Atem ging stoßweise, und sie hob ihre Beine. Begierig umklammerte sie Robs Kopf. Und dann – oooooh ja – *jetzt* …

Langsam schwebte sie zur Erde zurück.

„War das okay?", fragte Rob.

„Wundervoll." Sie winkte ihn zu sich. „Komm her."

Immer noch auf die Ellbogen gestützt, errötete er. „Äh – auch für mich war's gut. Ich – uh … Als du gekommen bist, bin ich auch …"

Lächelnd beobachtete sie, wie er sich auf die Knie erhob. „Schon gut, ich fühle mich geschmeichelt. Weißt du, Rob, ich glaube, es ist das erste Mal, dass ich dich ohne Erektion sehe."

„Gewöhn' dich nicht dran. Lange wird's nicht dauern." Rob neigte sich zu ihr, küsste sie, und sie nahm seinen schwellenden Penis in die Hand.

„Kriege ich auch ein bisschen Action?" Mac schob Rob zur Seite und drehte Lous Kopf zu sich. Zärtlich berührte er ihre Lippen und gab ihr einen sehr behutsamen Kuss. Dann seufzte er und drückte sein Gesicht an ihren Hals.

„Was ist los?", fragte sie.

„Ich habe nicht geahnt, wie eifersüchtig ich sein würde", gestand er.

„Hör mal, Kumpel." Rob legte eine Hand auf Macs Schulter. „Ich bin auch eifersüchtig, weil du sie zuerst hattest! Sorry, Lou, das klingt schrecklich, aber du weißt, was ich meine. Und jetzt ärgerst du dich, weil sie mich mag. Und weil ich dauernd einen stehen habe. Einfach nur Biologie, in meinem Alter ist das nun mal so, habe ich mir sagen lassen."

„Aha, das ist also das Evangelium, wie es Rob auslegt", murmelte Mac.

„Wenn du's so nennen willst ...", erwiderte Rob. Seine Hand lag immer noch auf Macs Schulter. In dieser Berührung lag nichts Sexuelles. Aber sie nahmen einander wenigstens zur Kenntnis.

„Soll ich dir eine verfickte Lektion erteilen?", fragte Mac.

„Danke, ich glaube, ich weiß, was zu tun ist", antwortete Rob höflich.

Lou unterdrückte ein Kichern.

„Am besten fragen wir die Lady, was sie möchte", schlug Mac vor. „Lou?"

„Ich denke, ich will *das*." Nachdem sie einen Kuss auf Robs Mund gehaucht hatte, schob sie Mac ans Kopfbrett des Betts.

Dunkel und schwer lag seine Erektion auf seinem Bauch, an der Spitze seines Schwanzes glänzte ein Tropfen. Lou leckte ihn ab, und Mac keuchte.

„Rob", sagte sie, „du weißt ja, wo die Kondome sind."

Ihre Zunge glitt über Macs Penis, und sie sah, wie sich sein Bauch anspannte, als er nach Luft rang. Lächelnd schaute er in ihre Augen und streichelte ihren Kopf. „Was immer du willst, Lou, aber lass mich bald kommen. Sonst sterbe ich."

Hinter sich hörte sie ein schüchternes Räuspern. „Wer kriegt das Kondom, Lou?"

„Du, mein Süßer. Also, das erfordert jetzt eine gewisse Koordination." Sie kniete sich zwischen Macs Beine, stützte ihre Hände zu beiden Seiten seiner Hüften auf und reckte ihren Hintern hoch. Ermutigend lächelte sie Rob über ihre Schulter an. Sein Gesicht war vor Aufregung gerötet. Schnell zog er das Kondom über seinen Ständer und grinste zurück.

„Du siehst besorgt aus, Lou", bemerkte Mac.

„Oh, ich denke nur nach."

„Wahrscheinlich nicht das Beste, was du unter diesen Umständen tun kannst. Ich fürchte, das wird etwas ungelenk werden. Aber eins garantiere ich dir – wenigstens zwei von uns werden ans Ziel gelangen. Und du, Mrs Connolly, wirst vermutlich warten müssen."

Sie legte einen Finger auf Macs Lippen, während Rob nach einigem Gefummel von hinten in sie eindrang. Überrascht stöhnte sie, denn er erschien ihr größer als sonst.

„Okay, Lou?", fragte er.

„O ja, absolut." Sie lächelte Mac an, um ihn ebenso zu beruhigen wie sich selbst. Dann beugte sie sich nach unten und nahm seinen Schwanz in den Mund, so tief und so liebevoll wie möglich. Mac stöhnte vor Lust auf.

Nein, sie musste keine Tiger zähmen – das hier war eher ein Trapez-Akt. Sie versuchte die Balance zu finden zwischen Robs Stößen, die sie tief in sich spürte, und der Aufmerksamkeit, die Mac jetzt brauchte. Mit einer Hand stützte sie sich auf das Bettgestell, mit der andern massierte sie Macs Eier, die sich bebend zusammenzogen. Dann tasteten sich ihre Finger noch weiter nach hinten vor.

Ruckartig hob er seine Hüften, ihr entgegen, und sein ganzer Körper zuckte. „Ich komme!", keuchte er.

In ihr schwoll Rob an und glitt aus ihr heraus, zögerte einen Moment, stieß dann erneut zu.

Aus Macs Kehle kam jener leise Laut, den Lou inzwischen so gut kannte. Hilflos gab er sich seinem Orgasmus hin. Sie zuckte, als sie den warmen Schwall spürte. Seine Hände, die auf ihrem Kopf gelegen hatten, entspannten sich.

Dann murmelte Mac ihren Namen. Lächelnd blickte sie auf, Samen rann aus ihrem Mund. „Du bist ein schmutziges Mädchen", sagte er grinsend.

„Das war richtig heiß." Mit einem Ächzen ließ sich Rob halb auf Macs Beine fallen.

„Verdammt, runter von mir!", schimpfte Mac, aber in gutmütigem Ton. Er warf ein Kissen nach Rob, bevor er Lou in die Arme nahm und küsste. „Bist du okay?"

„Ja", flüsterte sie. „Du auch?"

Zufrieden erwiderte er ihr Lächeln.

„Kriege ich auch einen Kuss?", fragte Rob und gähnte.

„Klar." Lou griff nach ihm. Zu ihrem Entzücken legte Mac einen Arm um seine Schultern und zog ihn nach oben.

Rob zog ihren Kopf zu seinem und küsste sie ganz sanft. Dann drehte er sich zu Mac.

Einen Moment zögerten beide, dann berührten sich ihre Lippen. Die Dauer des Kusses überraschte Lou ebenso wie seine Zärtlichkeit.

„Kleiner Perversling", flüsterte Mac voller Zuneigung und zerzauste Robs Haar.

24. KAPITEL

Lou

„So habe ich mir das nicht vorgestellt“, sagte Mac ein paar Minuten später. „Es kommt mir vor, als hätten wir einen großen Hund im Bett.“

Rob lag zwischen ihnen. Er hielt ein Kissen fest, okkupierte den Großteil der Matratze und hatte die Steppdecke zu sich gezogen. Nach dem wundervollen, heißen Kuss war er mit einem seligen Grinsen eingeschlafen. Nun lag sein Kopf auf Macs Schulter, und er glich – das musste Lou zugeben – tatsächlich einem schlummernden Welpen.

„Und er hat schon wieder einen Ständer“, fügte Mac entnervt hinzu. „Wie ein Karnickel. Hätte ich ihm etwa einen runterholen müssen, bevor er eingeschlafen ist? Oder glaubst du, er braucht eher einen Teddybären?“

„Hör mit dem Nörgeln auf. Es war wundervoll, wie du ihn geküsst hast. Dafür danke ich dir.“

Mac gähnte und rieb sich übers Gesicht. „Ehrlich gesagt habe ich’s nur dir zuliebe getan. Aber – ich weiß nicht – ich empfand in dem Moment auch eine gewisse Zärtlichkeit für ihn. Was auf keinen Fall bedeutet, dass ich jetzt schwul werde. Zumindest verspüre ich noch keine Lust, Judy-Garland-Songs zu hören oder in einen Kosmetiksalon zu gehen.“

„Er ist erschöpft. In ein paar Stunden muss er aufstehen. Also sei still und lass ihn schlafen. Und benimm dich nicht so verdammt schwulenfeindlich.“

„Ich? Schwulenfeindlich? Liege ich etwa nicht mit euch beiden im Bett?“ Seine Hand lag auf Lous Hüfte, sein anderer Arm um Robs Schultern. „Jetzt sollten wir schlafen.“

„Ja, da hast du recht. Morgen habe ich einiges zu tun. Gegen Mittag muss ich zu Viv gehen und meine Dissertationsberaterin anrufen, wenn in den Staaten die Sonne aufgeht. Sie lebt an der Ostküste und ist eine Frühaufsteherin.“

„Kannst du sie nicht hier vom Büro aus anrufen?"

„Nein, die Telefonnummer steckt in meiner Reisetasche, und die liegt bei Viv."

Sein Daumen streichelte ihre Hüfte. „Wenigstens habe ich dich für mich allein, wenn unser persönlicher Lakai verschwunden ist. Dann wird mein demoralisierter, schockierter Penis vielleicht tapfer genug sein, um aus seinem Versteck hervorzukriechen."

Ein paar Stunden später wurde Rob von blitzendem Licht und einem blechernen Klingelton unsanft geweckt. Fluchend tastete er im Dunkeln nach seinem Handy. Weitere Flüche folgten, als er sein Hemd und seine Boxershorts anzog. Dann fiel die Dienstbotentür hinter ihm ins Schloss.

Zärtlich sah Lou in Macs Gesicht. Seine Arme lagen gekreuzt auf seiner Brust, und er schlief tief und friedlich. Die Decke bedeckte ihn bis zum Nabel. Und darunter ... Wie reizvoll. Jetzt musste sie ihn nicht mehr mit jemand anderem teilen oder darauf achten, dass sie beiden gerecht wurde.

Als sie ihn küsste, bewegten sich seine Lippen ein wenig. „Bist du wach?", wisperte sie.

Keine Reaktion.

Lou schob ihre Hand unter die Decke. Sie streichelte seine Erektion und bewunderte seine seidige Haut, die noch zarter als ihre Glacélederhandschuhe waren. Straff spannte sie sich über seinen Schwanz, dessen Spitze weich wie Samt war. Stärke und Sanftheit in einem Körperteil vereint, was für eine großartige Kombination.

Lou ließ ihren Gedanken freien Lauf. Sie könnte ein Kondom über seinen Schwanz streifen, sich auf Mac setzen und ihn auf die angenehmste Art wecken. Oder sie könnte ihn schlafen lassen und sich selber mit langsamen, zärtlichen Bewegungen Lust verschaffen.

Plötzlich schoss eine Hand vor und hielt ihren Arm fest. „Was zum Geier machst du denn da? Hast du etwa schon wieder erotische Fantasien, in denen ich die Hauptrolle spiele?"

„O ja. Spürst du, wie hart meine Brustwarzen sind?“ Sie führte seine Hand nach unten. „Und hier … Ich bin ganz feucht.“

„Ist der Junge weg?“

„Ja.“

„Gut.“ Kurz strich er über ihrer Klit, dann zog er seine Hand wieder weg. „Zieh ein Kondom über meinen Schwanz und benutz mich, um deine Gelüste zu stillen.“ Mac gähnte. „Halt mir das Personal vom Leib, okay? Ich will dich für mich allein haben. Und diesmal will ich, dass du die ganze verdammte Arbeit machst.“

Lou nahm sich viel Zeit. Sie beugte sich über ihn und kitzelte seine Brust mit ihren Nippeln. Während das Tageslicht den Raum allmählich erhellte, betrachtete sie Macs Gesicht, die dunklen Bartstoppeln, seine markanten Wangenknochen, die schön geschwungenen, von all den Küssen leicht wunden Lippen. So reglos überließ er sich ihrer Begierde, dass sie sich zwischendurch fragte, ob er wieder eingeschlafen sei.

Doch dann öffnete er träge die Augen und schaute sie spitzbübisch an. Er versuchte seine Erregung zu kontrollieren. Aber inzwischen kannte Lou die Anzeichen und unterbrach ihre Zärtlichkeiten, wann immer er die Hüften hob oder sein Atem schneller wurde.

So zauberhaft. Ein Zittern durchfuhr sie, als sie ihre Nippel an seinen Bartstoppeln rieb.

„Danke“, flüsterte sie.

„Gern geschehen.“

„Danke für das hier. Und für Rob. Danke, dass du so nett zu ihm warst.“

„Freut mich, dass ich zu Diensten sein durfte, Ma’am.“

Sie streichelte seine Wangen. „Du warst so wundervoll. Ich weiß, dass dir die Situation unangenehm war.“

„Allerdings. Nur für dich habe ich dabei mitgemacht.“

„Das weiß ich. Und dafür liebe ich dich.“

„Wirklich?“

„Ja, ich liebe dich, Mac.“ Dieses Geständnis war schmerzlich und zugleich befreiend für Lou.

„Gut. Ich liebe dich auch. Aber das hast du gewusst, nicht wahr? Und jetzt …“

Er schubste sie von seinem Körper und gab ihr einen Klaps auf den Po. „Auf alle viere!“, knurrte er. „Ich werde dich jetzt ficken, bis du halb bewusstlos vor Lust bist.“

Ihr stockte der Atem, als er kraftvoll in sie eindrang. Mit einer Hand massierte er ihre Brüste, mit der anderen rieb er ihre Perle, mit seinem Mund saugte er an ihrem Nacken.

„Gefällt dir das?“, keuchte er. „Hart genug für dich?“

Nur ein paar gewaltige Stöße, mehr brauchte es nicht, um ans Ziel zu gelangen. Ihre Körper trafen aufeinander, hämmernd und ungezügelt. Mac umklammerte ihre Hüften und steigerte den Rhythmus seiner Bewegungen noch weiter. Wenige Sekunden, bevor er aufschrie und das Tempo drosselte, wurde sie von einem überwältigenden Höhepunkt erschüttert und brach unter ihm zusammen.

„Was zum Teufel war das?“, flüsterte er. „Das war kein Sex, sondern ein Erdbeben. Bist du okay?“

„Grandios“, wisperte Lou, während er von ihr hinabglitt und sie umarmte. Sie wünschte, ihre Stimme würde ihr gehorchen und sie könnte die nötige Kraft aufbringen, um ihre Gefühle zu beschreiben. Aber dafür genügten drei Wörter. Und die musste sie aussprechen, bevor sie einschlief. „Ich liebe dich.“

Ein Klopfen an der Tür weckte sie. Hastig schlüpfte sie in Macs Morgenmantel. Sie hatte verschlafen. Wie der Sonnenschein verriet, musste es später Vormittag sein. Mac drehte sich zur Seite, zog die Decke über seinen Körper und vergrub seinen Kopf unter einem Kissen.

Als sie die Tür öffnete, trat Di mit einem Teetablett ein. „Tut mir leid, ich habe mich verspätet, Ma’am. Nach dieser Nacht sind wir alle ein bisschen durcheinander. Da ist eine Extratasse. Brauchen Sie Hilfe bei Ihrer Morgentoilette?“

Lou war erleichtert, weil die Zofe keine zwei zusätzlichen Tassen mitgebracht hatte. „Nein, danke“, erwiderte sie und musterte die junge Frau. Sie sah erschöpft aus, und unter ihren geröteten Augen lagen dunkle Schatten. „Ist alles in Ordnung mit Ihnen?“

Di nickte, doch über ihre Wange rollte eine Träne. Sie übergab Lou das Tablett, dann ging sie einen Schritt zurück. „Ja, sicher.“

„Nein, das stimmt nicht. Trinken Sie eine Tasse Tee mit mir. Mac ist hier. Aber er schläft. Ich ziehe die Bettvorhänge zu, damit wir ihn nicht stören.“

Sie setzten sich an den Tisch am Fenster, und Lou schenkte den Tee ein.

„Tut mir leid, ich bin ziemlich verkatert“, seufzte Di. „Heute Morgen hat mein Freund Schluss mit mir gemacht. Das heißt – er hat’s schon gestern Abend per SMS getan. Aber ich habe es erst jetzt gelesen.“

„Oh, wie traurig“, sagte Lou leise und erinnerte sich an Dis temperamentvollen Tanz mit Rob, letzte Nacht auf der Terrasse.

„Er hat mir geschrieben, er wär’s leid, mich so selten zu sehen. Und er hätte jemand anderen gefunden.“ Di zog ein offensichtlich schon mehrmals benutztes Papiertaschentuch aus ihrer Schürzentasche und putzte sich die Nase. „Ich hatte hier so eine tolle Zeit mit Rob und Viv und den anderen, und jetzt ist alles ganz schrecklich.“

„Das tut mir so leid.“ Lou berührte die Hand des Mädchens. „Waren Sie lange mit Ihrem Freund zusammen?“

„Ungefähr ein Jahr. Klar, das ist nicht lange, aber ich habe ihn geliebt. Und ich dachte, er würde mich auch lieben. Ich weiß nicht, was ich jetzt tun soll. Hier will ich nicht bleiben, aber ich kann auch nicht nach London zurück …“

„Wenn ich Ihnen einen Rat geben darf – bleiben Sie in Paradise Hall, zumindest vorerst. Die Gäste mögen Sie, und Sie haben hier Freunde. Jedenfalls ist das ein sicherer Ort, um traurig zu sein. Falls das einen Sinn ergibt …“

Lou schniefte noch einmal und wischte sich dann die Augen

trocken. „O ja, das ergibt Sinn. Danke.“ Sie trank ihren Tee aus und stand auf. „Jetzt muss ich gehen. Haben Sie irgendwas, das ich Viv bringen soll?“

„Nur das Ballkleid. Das nehme ich später selbst mit, wenn ich bei ihr telefoniere.“

„Okay. Aber seien Sie vorsichtig. Viv wird furchtbare Kopfschmerzen haben und echt mies gelaunt sein. Und sie ist wahrscheinlich nicht allein. Ich werde ihr heute jedenfalls lieber aus dem Weg gehen.“

Mac schlief noch, als Lou am späten Vormittag das Zimmer verließ. Sie hatte geduscht und sich angezogen. Das Ballkleid trug sie über dem Arm. An der amerikanischen Ostküste war es jetzt fünf Uhr morgens. Ihre Dissertationsberaterin war eine Frühaufsteherin. Doch Lou fand, es würde nicht schaden, wenn sie noch eine Stunde wartete, ehe sie mit ihr telefonierte. Nach dem Frühstück wollte sie in aller Ruhe zum Pförtnerhaus spazieren.

Im Haus war es still. Ein paar übermüdete Diener waren dabei, die welken Blumengirlanden von Treppengeländern und Säulen abzunehmen. Im Speisezimmer lehnten einige ebenso erschöpfte, unrasierte Lakaien an der Wand. Noch war niemand zum Frühstück erschienen, fast alle Gäste hatten bis zum Morgengrauen getanzt und gezecht. Lou trank eine Tasse Tee und nahm sich ein Butterbrötchen, das sie unterwegs essen wollte.

Bevor sie hinausging, empfahl sie den Jungs, sich zu setzen, solange sie allein waren. Wie Marionetten, deren Fäden durchschnitten worden waren, sanken sie auf die Stühle. Einer legte den Kopf auf den Tisch und schlief sofort ein.

Draußen war es noch ruhiger. Keine Menschenseele ließ sich blicken. Langsam schlenderte Lou den Weg entlang. Die Entdeckung des vergangenen Abends erschien ihr wie ein Traum. Welche Geschichte verbarg sich hinter den wenigen Worten auf dem alten Papierstück? Welche anderen Schätze mochten sie in den beiden noch unerforschten Räumen oder in benachbarten Häusern finden?

Sie erreichte das Pförtnerhaus, klopfte an die Tür und erinnerte sich an Dis Warnung vor Vivs schlechter Laune.

Nach ein paar Minuten öffnete Viv. Ihre Wimperntusche war verschmiert, ihre Haare standen in alle Himmelsrichtungen ab, und in ihrem Mundwinkel hing eine Zigarette.

Sie nahm die Zigarette aus dem Mund und hustete eine halbe Minute lang. „Oh, Sie sind's. Kommen Sie rein."

Ihr Kimono flatterte um ihren Körper, als sie ins Haus zurückging. Lou folgte ihr. An dem großen Tisch saß einer der Lakaien – Ivan, wenn sie sich richtig erinnerte. Er rauchte und las eine Zeitung.

„Raus mit dir!", befahl Viv.

„Krieg ich keine Tasse Tee mehr?"

„Nein, verdammt, hau ab!"

„Okay", murmelte der Junge. Er schien nicht sonderlich gekränkt zu sein. „Bye."

„Es ist immer ein Fehler, sie über Nacht hier zu behalten. Selbst wenn sie Riesenschwänze haben." Viv stellte den Wasserkocher an. „Werfen Sie das Kleid einfach in den Wäschekorb. Falls ich mich selber loben darf – es sah märchenhaft aus."

Lou erklärte, dass sie ihre Reisetasche brauchte.

„Natürlich", murmelte Viv. „Ich mache nur Tee, dann gehe ich wieder ins Bett, wenn Sie nichts dagegen haben. Nehmen Sie sich so viel Zeit, wie Sie wollen."

Lou dankte ihr und ließ sich in den Lagerraum führen. Dort wurde das Gepäck der Gäste in Drahtverschlägen mit Vorhängeschlössern aufgehoben. Nachdem Viv ihr die Zahlenkombination gesagt hatte, verschwand sie gähnend im Schlafzimmer.

Lous Reisetasche hatte ihrem Mann gehört. Eigentlich war sie ziemlich unpraktisch. Das Leder war zu schwer, sie hatte keine Räder, und jetzt entdeckte Lou auch noch einen neuen Riss im Futter.

Weil es im Lager zu dunkel war, um etwas zu finden, trug sie die Tasche in die Küche. Dummerweise war ihr Notizbuch klein und schwarz und darum schwer zu entdecken. Ihre Hand stieß gegen etwas, das im Futter steckte. Es war ein Bündel Papier, um ein Rechteck gewickelt, das der Größe nach ihr Notizbuch sein musste. Als sie die Blätter herausholte, sah sie, dass es sich um E-Mails handelte.

Oh Julian, E-Mails muss man nicht ausdrucken. Ist unser Haus nicht schon voll genug mit deinen Kopien, Notizen und Listen, die mir alle nichts nützen?

Zunächst dachte sie, es wären gar nicht seine Mails. Denn das Blatt, das sie zuerst auffaltete, war an ein E-Mail-Konto adressiert, das sie nicht kannte. Es war nicht der College-Account, den er immer benutzt hatte. Sie wollte das Papier gerade wegwerfen, als sie seinen Namen las.

Julian, ich kann es nicht erwarten, dich wiederzusehen. Ich liege hier, denke an dich und daran, wie sehr ich dich liebe …

Ein Liebesbrief. Sie las einen Liebesbrief an ihren Ehemann. Lou überflog die anderen Mails, ebenso seine leidenschaftlichen Antworten. Ungläubig studierte sie die Daten. Diese Korrespondenz hatte in dem Semester nach ihrer Hochzeit begonnen. Mit Julians Mail an eine Christine, in der er sie auf dem Campus willkommen hieß und ihr dankte, weil sie seinen Terminplaner gefunden hatte.

Christine.

Kannte Lou diese Frau? Sie erinnerte sich an keine Christine, die ihr auf dem Campus begegnet war.

Etwa eine Woche nach dieser ersten Mail hatte er angefangen, die andere, neue Adresse zu benutzen. Die beiden hatten vereinbart, wo sie sich treffen konnten. Zu manchen Mails gehörten Anlagen, glücklicherweise nicht mit ausgedruckt. Aber Christine erwähnte Fotos, die sie mit ihrem Handy aufgenommen hatte, offenbar in eindeutigen Situationen. Auf eine dieser Mails hatte er geantwortet: *Du erregst mich so sehr. Ich habe meiner Frau gesagt, die Komiteesitzungen würden immer noch am Mittwochabend stattfinden. Am üblichen Ort? Ich kann es kaum erwarten.*

Verlogener Mistkerl. Nur zu gut erinnerte Lou sich an die Sitzungen an den Mittwochabenden. Aber sie dachte auch an den Sex mit Julian, der liebevoll, einfallsreich, wild gewesen war. Und die ganze Zeit hatte er …

Sie las weiter. Noch mehr Treffen, Fotos, Anspielungen auf hemmungslosen Sex. In seinem Wagen am Straßenrand, in seinem Büro, überall hatten sie es getrieben.

Christines kurze Nachrichten waren voller Abkürzungen, Ausrufezeichen und sexueller Anspielungen. *F*ck m*ch und k*mm.* Als wären vollständige Wörter zu anspruchsvoll für ihr Smartphone oder ihren Intellekt gewesen. Immer wieder schrieb sie, sie habe vergessen, Unterwäsche anzuziehen. Ihre Rechtschreibung war grauenhaft, ihre Grammatik noch schlimmer.

Sex im Stehen, auf Julians Schreibtisch, in Christines Wohnheim.

In ihrem *Wohnheim*?

Also war sie eine Studentin. Kein Wunder, dass Studentinnen so oft in Julians erotischen Fantasien auftauchten. Plötzlich wurde Lou von Schuldgefühlen erfasst, weil sie ihn auch noch dazu ermutigt hatte, sie auszuleben. Als sie an ihre schmutzigen Rollenspielchen dachte, zitterte sie vor Entsetzen.

Obwohl du nicht meine Studentin bist, hatte Julian dem Mädchen gemailt, *müssen wir vorsichtig sein. Beziehungen zwischen Dozenten und Schülern sind auf dem Campus nun mal nicht erlaubt. Meine Frau ahnt nichts. Aber wenn ich mit ihr zusammen bin, vermisse ich dich noch schmerzlicher. Ständig denke ich an dich.*

Lou war speiübel.

Zu einem etwas späteren Zeitpunkt verlangte Christine in ärgerlichem Ton, Julian solle mehr Zeit mit ihr verbringen und ihr größere Aufmerksamkeit schenken. Sie forderte, er müsse sich ein Smartphone kaufen, damit sie einander jederzeit Nachrichten schicken konnten. Doch Julian, der mit moderner Technik auf Kriegsfuß stand, hatte sich geweigert.

Danach nahm die Intensität der Mails zu. Es ging um ein Treffen bei einer Konferenz.

Schließlich nahmen Julians Mails einen panischen Ton an. *Nein, du darfst noch kein Flugticket buchen. Lou sagt, sie wird mich vielleicht begleiten. Natürlich tue ich mein Bestes, um ihr das auszureden. Alles weitere später.*

Daran erinnerte sie sich. Julian hatte ihr erklärt, die Konferenz würde sie sicher langweilen. Auch der Ort, an dem sie stattfand, sei nichts Besonderes. Aber sie wollte dennoch mitkommen. Sie hatte geplant, tagsüber im Hotelzimmer an ihrer Dissertation zu arbeiten und abends mit Julian die Stabilität des Betts zu testen. Offenbar fand auch Christine die letzte Möglichkeit sehr reizvoll. Doch dann musste Lous Nachbarin plötzlich ins Krankenhaus, und sie war in Montana geblieben, um der Familie der Frau zu helfen. Im Monat darauf war das Geld knapp gewesen. Jetzt war ihr klar, warum: Er hatte Christines Flugticket bezahlt.

In der nächsten Mail ging es darum, dass Christine fürchtete, schwanger zu sein. Lou entschied, dass sie genug gelesen hatte.

Ihre Ehe war eine einzige Lüge gewesen. Und heute, ausgerechnet heute, hatte sie die Wahrheit herausgefunden.

Leidenschaft – Unbeständigkeit.

Sie wusste jetzt, was sie zu tun hatte.

25. KAPITEL

Rob

Rob und Di saßen auf der vorderen Eingangstreppe von Paradise Hall und warfen Kieselsteine auf die Zufahrt. Das war eine durchaus nützliche Freizeitbeschäftigung, weil immer wieder Steinchen auf den Stufen lagen. An diesem Tag erfüllte eine gewisse Trägheit das Haus. Fast alle waren verkatert und unausgeschlafen. Deshalb nahm es ausnahmsweise niemand so ernst mit den Verhaltensregeln fürs Personal.

In den zwei Stunden, die Rob während des Balls außer Dienst gewesen war, hatten sich keine schlimmen Katastrophen ereignet, trotz der vielen Betrunkenen. Jemand hatte sich zwischen den Rosenbüschen übergeben. Einer der Köche war ausgerastet, hatte mit einem Messer herumgefuchtelt und behauptet, sein Marihuana sei gestohlen worden.

Und Di hatte von ihrem nichtsnutzigen Freund den Laufpass bekommen. Sie tat Rob ganz schrecklich leid. Er hasste es, sie so traurig und verweint zu sehen. Andererseits machte er sich auch Hoffnungen. Er mochte sie wirklich, und sie verstanden sich sehr gut. Immerhin war sie mit der schlechten Neuigkeit zuerst zu ihm gekommen. Nun ja, nicht ganz. Vorher hatte sie mit Lou geredet.

„Anfangs fand ich sie arrogant", sagte Di. „Aber sie ist okay, sogar richtig nett. Sie meint, ich sollte bleiben, weil ich hier nicht allein bin. Im Moment ist mir das egal. Am liebsten würde ich meinen Kopf in der Toilette runterspülen." Sie schniefte, dann stach sie eine Nähnadel in ein Stück Stoff, das auf ihren Knien lag. „Ach, ich weiß nicht … Vielleicht nehme ich mir ein paar Tage frei. Und was machst du?"

„Keine Ahnung." Er gähnte und entschuldigte sich dafür.

Dann warf er noch einen Kieselstein und beobachtete, wie er davonflog und im Sonnenlicht glitzerte. Natürlich würde er sich Di nicht als Ersatz für ihren Ex anbieten. *Dein Freund hat dich verlassen? Macht nichts! Hier bin ich, der gute alte Rob, mit dem man jederzeit vögeln kann …* Aber er wollte auch nicht, dass sie mit jemand anderem ausging, nur weil er seine Chance nicht nutzte. Genauso wenig durfte er sagen, Dis Freund sei ein Vollidiot, denn was für ein Licht warf das auf ihn?

„Rob?“

Er drehte sich um und sah Ivan in der Haustür stehen.

„Du sollst sofort ins Büro kommen.“

O Scheiße. Vielleicht war vergangene Nacht doch noch etwas Schlimmes passiert. Dann würde er sich jetzt eine Strafpredigt anhören müssen. Er sprang auf, wischte den Staub von seiner Kniehose, und Di zupfte seine Livree zurecht. Was mochte schiefgelaufen sein? Nichts, soviel er wusste. Allerdings war kaum jemand zum Frühstück oder zum Lunch erschienen. Sicher würde das Abendessen, das in etwa einer Stunde beginnen sollte, etwas besser besucht sein. Es war schließlich das Abschiedsdinner für einige der Gäste.

Er eilte ums Haus herum und über den Hof zum Büro. Dort traf er Chris und Peter an, die gerade sehr ernsthaft mit einer großen, schlanken Frau sprachen. Sie trug enge Jeans und ein T-Shirt und sah irgendwie vertraut aus. Beim Anblick ihrer Beine wurde ihm ein wenig schwindlig.

„Lou?“, fragte er überrascht. „Eh – ich meine, Mrs Connolly.“

Sie hatte die Arme vor der Brust verschränkt, als müsste sie sich vor etwas schützen. Ihr Gesicht wirkte blass und angespannt.

Verdammt, dachte Rob, was ist passiert?

„Ich reise heute Nachmittag ab, Rob“, erklärte sie. „Mein Flieger geht morgen sehr früh.“

Was zum Teufel …? „Es tut mir sehr leid, dass Sie uns verlassen, Ma’am“, entgegnete er förmlich, weil sie nicht allein waren.

„Ursprünglich wollte ich etwas länger hierbleiben und für Peter und Chris arbeiten. Aber ich habe das Angebot eines Interessenten angenommen, der meine Ranch kaufen will. Deshalb muss ich nach Hause und mich um den Verkauf kümmern.“

Bildete er sich das ein, oder hatte sie vor den Wörtern *nach Hause* kurz gezögert.

Nun mischte Peter sich ein. „Wir haben uns gefragt, was du in den nächsten Wochen vorhast. Unsere zweite Generalprobe beginnt Mitte August, dann ist Lou hoffentlich zurück. Wie du weißt, gibt es hier eine Menge zu tun. Aber in der Zwischenzeit …" Er verstummte und schaute Lou an.

„Also, ich brauche jemanden, der mir im nächsten Monat hilft, die Ranch auszuräumen. Ich muss alle Sachen durchgehen, aussortieren, einlagern und noch so viele andere Dinge erledigen. Du könntest mich mit einem Touristenvisum besuchen. Natürlich bezahle ich dir die Reise und ein kleines Gehalt. Peter und Chris sind so freundlich, dich zu beurlauben – falls du interessiert bist."

„Wow, ein Trip in die Staaten!", platzte Rob heraus.

„Nach Montana. Dort ist es schön, aber einsam. Die Gegend ist sehr ländlich. Aber während du dort bist, könntest du natürlich auch ein wenig herumreisen."

Rob hatte nicht den Eindruck, dass es bei dieser Einladung um Sex ging. Vielmehr sah er in Lous Augen eine flehende Bitte. *Hilf mir, hilf mir.* Klar, und er war genau der ritterliche Typ, der seine schimmernde Rüstung anlegen und sie retten würde.

„Denk darüber nach. Gib Peter und Chris in den nächsten Tagen Bescheid." Sie streckte ihre Hand aus und wirkte dabei wie eine Schneekönigin, die einen Untertanen entließ. „Du warst wunderbar, Rob. Vielen Dank."

Er schüttelte ihr die Hand. Irgendetwas stimmte hier nicht und lief völlig falsch.

Als die Bürotür hinter ihr ins Schloss fiel, drehte er sich zu Peter und Chris. Beide sahen verwirrt und resigniert aus. „Was ist los?"

„Das wissen wir nicht", antwortete Peter. „Aber wir glauben, es hat etwas mit Mac zu tun."

Rob stürmte aus dem Büro und rannte ihr nach. „Warte, Lou!"

Sie blieb stehen, drehte sich um und ließ sich in seine Arme fallen. Ihr Gesicht lag an seiner Schulter. „Ich kann nicht darüber reden. Vielleicht eines Tages, aber nicht jetzt. Tut mir leid …“, sagte sie tonlos.

„Was hat er dir angetan?“ *Dieser Bastard, dieser verdammte Bastard …*

„Wer?“ Erstaunt schaute sie zu ihm auf. Er hatte gedacht, sie würde weinen – ein Irrtum. Aber sie erschien ihm verletzlich und traurig.

„Mac. Ich bringe ihn um, wenn er …“

„Gar nichts hat er verbrochen. Mit ihm hat es nichts zu tun.“

Er glaubte ihr. Aber was mochte es sonst sein?

„Ich verstehe es nicht, Lou.“

„Das erwarte ich auch gar nicht“, sagte sie und seufzte. „Vertrau mir, und – bitte, komm nach Montana. Dort wird es mir besser gehen, das verspreche ich dir. Jetzt brauche ich erst mal ein bisschen Zeit für mich allein.“ Sie umarmte ihn. „Du bist einfach großartig, Rob.“

„Geh nicht weg.“ Seine Stimme klang gepresst.

„Es tut mir leid.“ Sie küsste ihn, und er sah sie davongehen.

Schon wieder verschwand eine Frau aus seinem Leben, und er begriff nicht, warum. Fluchend trat er gegen die Täfelung im Korridor – das durfte er, es war kein Originalholz. Ein stechender Schmerz fuhr durch seinen großen Zeh. Doch das half nur kurzfristig.

Mac

Die Vorhänge ließen nur wenig Licht durch, und so schlief er bis zum Nachmittag. Natürlich war Lou nicht mehr da, als er aufwachte. Sollte er im Bett auf sie warten, in dem noch immer ihr Duft hing? Nein, eigentlich roch es eher nach ihm selbst und nach Rob.

Er überlegte, ob er sich nach dieser Nacht zu dritt schwul fühlte. Nicht besonders. Ja, er war geil und scharf, aber nur auf Lou.

Und dann kehrte plötzlich die Erinnerung zurück. Er dachte an den Papierfetzen mit den vertrauten Initialen und an die Bedeutung, die dieser Fund für Paradise Hall und all die Menschen hier hatte, die ihm wichtig waren. Ihre Entdeckung würde Lou, seine wunderbare Lou, sicher nicht reich machen. Aber sie würde ihr wissenschaftlichen Ruhm einbringen und sie zur weltbesten Jane-Austen-Expertin machen.

Er duschte, zog sich an und verließ Lous Zimmer. Das Haus wirkte leer und verlassen. Ihm fiel ein, dass die wenigen Gäste demnächst abreisen wollten. Frühstück und Lunch hatte er versäumt, und bis zum Dinner würde es noch eine Weile dauern. Das Küchenpersonal war unfreundlicher als sonst und erklärte ihm, man sei es leid, dass er dauernd außerhalb der Essenszeiten Snacks verlangte. Das bedeutete wahrscheinlich, dass die Angestellten bereits alle Reste selbst verputzt hatten. Schließlich erbarmte sich einer der Köche und briet ihm ein paar Spiegeleier. Dafür musste Mac sich einen langen, blutrünstigen Monolog anhören, in dem der Mann erklärte, welche Qualen den Dieb seines Marihuana-Vorrats erwarteten.

Nachdem er sich gestärkt hatte, sah er sich im Haus um. Immer wieder traf er auf dösende Lakaien, doch Lou fand er nicht. Vielleicht war sie noch immer bei Viv im Pförtnerhaus. Auf dem Weg dorthin entdeckte er eine Gestalt, die auf einer Bank saß und auf den See starrte. Er musste zweimal hinschauen – den Anblick einer Frau in Hosen war er nicht mehr gewöhnt.

„Lou!“, rief er und winkte ihr zu.

Wortlos hob sie eine Hand.

Er folgte dem Weg und erwartete, sie würde ihm entgegenlaufen. Aber sie stand einfach nur auf und rührte sich nicht.

Als er sie umarmen wollte, wich sie zurück. „Mac, ich kann es nicht.“

„Wovon sprichst du?“

„Ich kann diese Story nicht an die Öffentlichkeit lassen. Ich reise ab. Gleich kommt ein Wagen, der mich abholt."

„Was stimmt denn nicht, Schätzchen?"

„Ich kann es einfach nicht", wiederholte sie. „Es wäre indiskret, eine Verletzung ihrer Privatsphäre. Es ist *ihr* Leben gewesen. Etwas Schreckliches muss Jane Austen zugestoßen sein, jemand hat ihr Vertrauen verraten. Darüber soll jemand anderer die Welt informieren. Ich werde es nicht tun."

„Bist du nicht ein bisschen zu melodramatisch? Ich finde, du ziehst zu viele Schlüsse aus den wenigen Worten, die wir gefunden haben."

„Was sollen Sie denn sonst bedeuten?"

Auf dem See glitten die beiden Schwäne vorbei. Vier kleine, graue Vögel folgten ihnen. Sie hatten Junge bekommen.

Lou zog ein Taschentuch hervor und betupfte ihre Lider. „Dir ist doch auch ihre eigenartige Ausdrucksweise aufgefallen. *Leidenschaft, Unbeständigkeit.* Mach es mir nicht noch schwerer, als es ohnehin schon ist …"

„Schwerer? Für *dich*? Du hast doch selbst gesagt, das sei eine großartige Entdeckung. Natürlich werden wir taktvoll damit umgehen. Was zum Henker hat deine Dissertationsberaterin gesagt?" Mac starrte sie ungläubig an. Hatte sie den Verstand verloren?

Sie schüttelte den Kopf. „Das spielt keine Rolle mehr. Morgen fliege ich nach Montana zurück. Ich habe einen Käufer für die Ranch. Hör mal, du verstehst nicht, was unser Fund bedeutet. Er würde die Vorstellung zerstören, die Millionen Menschen von dieser großen Schriftstellerin haben. Ihre Bewunderer wollen sie nicht als eine Frau sehen, die an ihrer Leidenschaft zerbrochen ist. Für sie ist Jane Austen der Inbegriff von Happy Ends und wahrer Liebe."

„Na und? Vielleicht werden ein paar alte Schachteln nach ihrem Riechsalz greifen, aber …"

„Jane Austens Verehrerinnen sind keine alte Schachteln!", unterbrach sie ihn empört. „Denk doch nur an deine Mutter!"

„Oh, der würde es nichts ausmachen, wenn man sie so nennt“, log er. Mac nahm ihre Hand. „Heiliger Himmel, Lou, lauf zu deinen Kühen zurück, wenn’s unbedingt sein muss. Aber diese Story wird ans Licht der Öffentlichkeit gelangen, ob es dir gefällt oder nicht. Und du bist diejenige, die die Lorbeeren dafür ernten sollte, ganz egal, welche Wahrheit dahintersteckt. Du weißt, was für ein gewaltiges wissenschaftliches Interesse der Fund erregen wird. Das könnte deine Karriere entscheidend vorantreiben!“

„Ja, das ist mir klar.“ Ihre Hand fühlte sich wie Eis an.

„Also? Hör mal, Lou. Du und ich – sobald du zurückkommst, geben wir bekannt, was wir entdeckt haben. Wenn du dich weigerst, mach ich’s allein. Und noch heute werde ich Peter und Chris informieren. Es ist ihr gutes Recht, davon zu erfahren. Ich zeige ihnen das Rattennest. Dann überlegen wir, wie wir mit den Medien umgehen, und ...“

„Da ist mein Wagen.“ Lou entzog ihm ihre Hand. „Ich muss gehen.“

Sie schaute an ihm vorbei zum Pförtnerhaus. Vor dem Eingang parkte ein Auto. Der Fahrer stieg aus und öffnete den Kofferraum.

„Tut mir leid, Mac.“

Sie eilte davon, und er folgte ihr. Nicht einmal in diesem Moment ertrug er es, sie gehen zu sehen. Nicht einmal jetzt, obwohl er sie hasste, weil sie ihn so grausam behandelte. Sie verschwand im Haus. Kurz darauf kam sie wieder heraus. An ihrer Schulter hing eine Handtasche, und sie trug eine abgewetzte Reisetasche, die der Chauffeur im Kofferraum verstaute. Viv stand in der Tür und winkte ihr nach.

Zur Hölle mit Lou und ihren Skrupeln! Was stimmte nicht mit ihr?

Sein Herz war schwer, als er zum Haupthaus zurückkehrte und den Ostflügel betrat. Die beiden Schmierfinken waren ungewöhnlich träge. Sie saßen an ihren Schreibtischen, Jon löste ein Kreuzworträtsel, Simon starrte auf seinen Computerbildschirm. Auf den Tabletts lagen leere Plastikbeutel.

Mac ging zum Aktenschrank und öffnete ihn.

„Können wir Ihnen helfen?", fragte Simon.

Das Fach, in das sie ihren Fund gelegt hatten, war bis auf einige Kugelschreiber und Heftklammern leer.

„Lou hat hier eine Schachtel für mich zurückgelassen, mit ihrem Namen drauf."

„Da drin?"

„Ja. Etwa so groß." Mac deutete den Umfang des Behälters mit seinen Händen an. „Sie sah aus wie die leeren Schachteln in dem Regal da drüben."

„Also eine große Box für Kunstgegenstände." Jon gähnte, streckte sich und legte das Kreuzworträtsel beiseite. „Sind Sie sicher, dass sie im Aktenschrank stand? Den benutzen wir eigentlich nicht für die Lagerung vom Artefakten."

„Lou hat mich gestern Abend hierher geführt, weil sie mir den ehemaligen Wintergarten zeigen wollte. Dabei zerriss ihre Halskette", improvisierte Mac. „Sie legte das Schmuckstück in eine Schachtel und wollte es später holen. Heute ist sie plötzlich abgereist. Sie hat mich gebeten, ihr die Kette zu schicken."

Die Restaurateure schauten sich an und schüttelten die Köpfe.

„Haben Sie eine Ahnung, wo die Schachtel jetzt sein könnte? Vielleicht dachte jemand, sie würde Ihnen gehören und an der falschen Stelle stehen und hat sie deswegen woanders hin gebracht."

„Dafür kämen nur Simon oder ich infrage, und wir waren es nicht", erwiderte Jon.

„Wo bewahren Sie die Sachen auf, die nicht in diesem Raum gelagert werden?"

„Nicht hier im Haus, tut mir leid. Die sortierten und klassifizierten Fundstücke bringen wir in ein Museumsarchiv. Ich habe gerade wieder eine Lieferung dorthin gebracht."

„Wo ist dieses Archiv?"

Simon grinste boshaft. „Solche Informationen geben wir nicht an die Öffentlichkeit oder die Medien weiter. Selbst wenn jemand wüsste, wo dieses Lager ist, bekäme er es dort mit einem sehr komplizierten Sicherheitssystem zu tun."

„Dort lagern über fünftausend Gegenstände", ergänzte Jon. „In verschieden großen Schachteln."

„Porzellanfragmente, Stoffreste, Münzen, Nägel ..."

„ ... Tapetenproben, einzelne Ohrringe, Broschen, Perlen, nicht identifizierbare Metallstücke ..."

„Okay, okay, ich hab's begriffen." Mac verließ die beiden Schmierfinken und überlegte, ob sie ihre Litanei in seiner Abwesenheit fortsetzen würden.

Vielleicht hatte Lou den Fund irgendwo anders im Haus versteckt oder in die Staaten mitgenommen.

Aber was ihm wahrscheinlicher und viel schlimmer erschien: Vielleicht hatte sie ihn vernichtet ... genauso wie alle Pläne für eine gemeinsame Zukunft mit ihm.

An diesem Abend verlief das Dinner in gedrückter Stimmung. Die Gäste stocherten lustlos in ihrem Essen herum, die Lakaien gähnten und verschütteten Wein und Saucen. Sogar Rob war unkonzentriert und ließ ein Tablett fallen. Dabei ging edles Porzellan zu Bruch.

„Möglicherweise hast du es bemerkt, Mac", begann Peter und schnitt dicke Scheiben von einem Rindbraten ab. „Unser Umgang mit den Medien war ein wenig planlos. Wir brauchen dringend jemanden, der sich um die Presse und unsere Website kümmert, an Zeitungsredaktionen schreibt und alles tut, was noch so nötig ist."

„Mal sehen, ob mir jemand einfällt."

„Verzeih mir, wenn ich mich unklar ausgerückt habe. Natürlich dachten wir dabei an dich." Eine großes Fleischstück, leicht blutig, landete auf Macs Teller.

„Nett von euch. Aber ich weiß nicht recht ..."

„Glaub mir, du wärst die Idealbesetzung für diesen Job. Überleg's dir, Mac. Ich weiß, du trauerst unserer Loulou nach. Aber sie wird bald zur Vernunft kommen. Schließlich soll sie sich um unser wissenschaftliches Zentrum kümmern.“

„Falls wir den staatlichen Zuschuss bekommen und Lou beschließt, ihren Schmollwinkel zu verlassen“, fügte Chris hinzu.

„Es stimmt, Loulou war heute nicht sie selber“, sagte Peter. „Dafür gibt es einen Grund. Anfangs dachte ich, du wärst daran schuld, Mac, und du hättest sie zu irgendwelchen schrecklichen Perversitäten gezwungen. Erst nach ihrer Abreise ist mir eingefallen, warum sie so verzweifelt war.“

„Tatsächlich?“, fragte Mac.

„Heute ist ihr Hochzeitstag. Armer Liebling ... Ich wünschte, sie wäre nicht einfach weggelaufen. Aber sie legt nun mal großen Wert auf ihre Privatsphäre. Was den Job betrifft – du gibst uns doch bald Bescheid, Mac?“

„Ja, denk bitte darüber nach“, sagte Chris.

„Klar“, versprach Mac. „Danke, dass ihr an mich gedacht habt. Das weiß ich zu schätzen.“ *Natürlich wollt ihr mich als PR-Manager haben. Ich bin der ideale Kandidat. Immerhin habe ich die Story des Jahrhunderts vermasselt.*

Rob, zehn Tage später

„Nicht vergessen“, mahnte Mac, als er den Land Rover auf den Parkplatz des Flughafens steuerte. „Im Amerika sind Gummis zum Radieren da. Die Yankees, die noch nie hier waren, halten England für die Heimat des warmen Bieres und des Londoner Nebels. Und denk dran – frag Lou nach der Schachtel.“

„Was ist eigentlich in dieser Schachtel drin?“, erkundigte sich Rob. Warum zum Teufel machte Mac so ein Geheimnis darum? Vermutlich war „Schachtel“ eine Art Codewort zwischen Lou und Mac. Wenn er es sagte, würde sie in hysterisches Gelächter ausbrechen – oder ihn vor die Tür setzen. Dann musste er allein in der Wildnis von Montana zurechtkommen.

„Nicht viel.“

Das sagte Mac jedes Mal, wenn diese mysteriöse Box erwähnt wurde.

„Fühlst du dich heute schwul?“, fragte Mac.

Rob gab vor, darüber nachzudenken. Das war inzwischen ein immer wiederkehrender Gag zwischen ihnen. „Nicht besonders. Und du?“

„Ungefähr so wie gestern. Übrigens, dein Dad hat mich gefragt, in welcher Farbe er das Erdgeschoss des Cottages streichen soll. Tarngrün, hab ich gesagt. Das wirkt so männlich.“ Mac warf Rob einen kurzen Blick zu. „Ich weiß nicht, ob mir dein Dreitagebart gefällt. Aber auf jeden Fall siehst du immer noch verdammt gut aus.“

„Scheiße.“ Rob befingerte sein Kinn. „Damit wollte ich versuchen, älter zu wirken. Falls Lou da draußen im Mittelwesten spießige Nachbarn hat.“

„Die nächsten Nachbarn wohnen fünf Meilen weit weg“, entgegnete Mac. „Und solange sie Lous Haus nicht mit einer Funk-Überwachungskamera im Auge behalten und so dein Geburtsdatum in deinem Reisepass lesen können, droht dir keine Gefahr.“

Vielleicht will sie ohnehin keinen Sex mehr mit mir, dachte Rob und wurde melancholisch. Möglicherweise hatte die Livree sie angetörnt oder diese historischen Rollenspiele.

„Was wirst du jetzt machen, Mac?“, fragte Rob.

„Heute Morgen habe ich meinem Redakteur den Artikel über das Paradise geschickt. Also habe ich um Moment nichts zu tun und warte auf neue Aufträge. Erst mal fahre ich nach London und besuche meine Tochter. Sie ist so alt wie Graham. Aber sie steht nicht auf Fußball, sondern auf alles, was pink ist, und auf Ballett.“ Mac räusperte sich. „Hast du was von Lou gehört?“

Armer Kerl, danach fragte er jeden Tag. Weil er dauernd im Pförtnerhaus herumhing, um seine E-Mails zu lesen, hatte Viv ihm bereits Hausverbot angedroht.

„Nein, sie hat sich nur bei Chris und Peter gemeldet. Und da ging's bloß um ihre Reise.“

Direkt vor ihnen fuhr ein Auto mit quietschenden Reifen davon. Mac bog in die freie Parklücke ein. „Okay, das war's.

Ich wünsche dir einen angenehmen Flug." Er stieg aus und öffnete den Kofferraum. „Wenn du willst, kannst du mir ja mailen, wie's läuft."

„Klar. Danke für die Fahrt hierher." Rob griff nach seinem Gepäck. Pass, iPod, Handy, ja, er hatte alles. Mac umarmte ihn.

„Ist mir scheißegal, wenn's schwul aussieht. Ich werde dich vermissen. Wir hören voneinander."

Ihre Umarmung war ungeschickt, aber herzlich. Bei dem Gedanken, dass er gleich nach Amerika fliegen würde, fühlte Rob sich immer noch ein wenig schwindlig. Er ließ Mac los, hängte den Rucksack über eine Schulter und ging zum Eingang des Flughafengebäudes.

Dort drehte er sich noch einmal um und winkte. Mac winkte zurück. Er trug Jeans und ein Hemd, so wie alle Männer hier. Und er sah gar nicht mehr aus wie Mr Darcy, sondern wie ein Freund.

26. KAPITEL

Lou

Während des ganzen Flugs über den Atlantik hatte sie geweint, auch auf den Anschlussflügen in den USA und schließlich auf der teuren Taxifahrt zur Ranch. Sie war zu erschöpft und zermürbt gewesen, um Freunde zu bitten, sie am Flughafen abzuholen. Am nächsten Morgen waren ihre Augen immer noch gerötet. Sie rief ihre Nachbarn an und teilte ihnen mit, sie sei wieder da. Mit heftigen Kopfschmerzen und der schlimmsten Sommergrippe ihres Lebens legte sie sich wieder ins Bett. Etwas später rief sie die Nachbarn noch einmal an und bat sie um Hilfe.

„Hättest du uns bloß früher wissen lassen, dass du zurückkommst." Bea Reynolds, eine mütterliche Frau um die Sechzig, räumte Behälter mit Hühnersuppe und Brownies in Lous Kühlschrank.

Die Hunde waren glücklich über die Heimkehr ihres Frauchens. Sie sprangen um Lou herum und wollten draußen mit ihr spielen.

„Ich war ganz durcheinander", gestand sie. *Oh Gott, hatte sie jemals klar denken können?*

Leo stieß seine Nase in ihre Hand und winselte. Als sie seinen Kopf küsste, hechelte er enthusiastisch.

„Tut mir leid, Baby, heute kann ich nicht mit euch rausgehen. Sorry, Bea, ich muss mich wieder hinlegen."

Bea brachte ihr einen Teller heiße Suppe, Ginger Ale und Medikamente. Dann scheuchte sie die Hunde aus dem Schlafzimmer. „Die dürfen sicher nicht auf dein Bett."

„Warum denn nicht?" Wahrscheinlich würde Lou nie mehr mit jemandem schlafen. Also konnten die Hunde ihr ruhig Gesellschaft leisten. Sie sehnte sich nach der unkomplizierten Liebe dieser Tiere, nach dem lebhaften Rhythmus ihrer Ruten, die auf die Decke klopften.

„Das sind Farmhunde, die müssen draußen sein. Ruh dich jetzt aus. Die Erkältungen aus Übersee sind immer die schlimmsten. Morgen sehe ich wieder nach dir. Bob wird sich um die Tiere kümmern, bis es dir besser geht.“ Bea schaute durch das Schlafzimmerfenster und schüttelte den Kopf. „Für den Garten ist es in diesem Jahr zu spät. Schade …“

Amüsiert stellte Lou sich bösartige europäische Viren vor, die über unschuldige Amerikaner herfielen. Dieser Gedanke hätte dem Schriftsteller Henry James, der Europa bereist hatte, sicher gefallen.

Sie dankte Bea und betrachtete die Aussicht. Sie war so ganz anders als in England, karg und hell und trocken. Als sie an diesem Morgen aufgewacht war, hatte sie sich krank und desorientiert gefühlt. Das grelle Sonnenlicht im Schlafzimmer hatte sie geblendet und eingeschüchtert.

„Das ist wohl runtergefallen“, sagte Bea und stellte das gerahmte Foto, das Lou und Julian am Hochzeitstag zeigte, zurück auf den Nachttisch. „Er war so ein guter Mann. Vor einem Jahr um diese Zeit hast du geheiratet, nicht wahr, Liebes?“

Statt zu antworten, putzte Lou sich die Nase.

Sobald Bea das Haus verlassen hatte, drehte Lou das Foto um.

Ein paar Tage lang umsorgte und verwöhnte Bea sie. Dann wachte Lou eines Morgens auf und fühlte sich schuldig, weil die Nachbarin so viel Zeit bei ihr verbrachte. Und sie sehnte sich nach frischer Luft. Mit noch etwas unsicheren Schritten ging sie vors Haus, blinzelte ins ungewohnte Licht und beschloss, dass ihre Genesung beginnen musste. Harte Arbeit war die beste Medizin. Und so stürzte sie sich in Aktivitäten, bestellte Umzugskartons und bereitete alles für Robs Ankunft vor.

Peter und Chris mailten ihr Klatschgeschichten über das Anwesen und die Angestellten und betonten mehrmals, sie würden sich auf Lous Rückkehr freuen. Hin und wieder schickte sie ihnen liebevolle, aber unverbindliche Antworten.

Vielleicht war es ein Fehler gewesen, Rob einzuladen. Am Tag ihrer Abreise hatte sie geglaubt, dieser nette, unkomplizierte Junge würde ihr über den Kummer hinweghelfen. Und natürlich sollte er ihr auch sämtliche Neuigkeiten aus Paradise Hall erzählen. Jetzt wusste sie nicht einmal mehr, ob sie mit ihm schlafen wollte. Vielleicht würde sie nie wieder Sex mit irgendwem haben. Dieser Gedanke ging ihr durch den Kopf, seit sie die Wahrheit über Julian entdeckt hatte. Das hing vermutlich auch mit ihrer Rückkehr auf die Ranch zusammen. Sie war für Lou einst der glücklichste Ort der Welt gewesen. Jetzt stand sie nur noch für tiefe Verzweiflung.

Doch inzwischen hatte sie Zeit gefunden, um nachzudenken, und ihr falsches Verhalten erkannt. So konnte sie nicht weitermachen – es war unfair gegenüber ihren Freunden Peter und Chris – und auch Mac gegenüber.

An Mac wollte sie nicht denken, obwohl die Erinnerungen an die gemeinsamen Stunden sie verfolgten. Lou bereute, dass sie ihn bei der letzten Begegnung am See verletzt hatte. Sie war so kalt gewesen, so fest entschlossen, den Schmerz in seinen Augen zu ignorieren …

Während sie am Flughafen auf Rob wartete, geschah etwas mit ihr. Ihre Brüste kribbelten, die Berührung des Baumwollkleids auf ihren Schenkeln erschien ihr unerträglich und ihr ganzer Körper brannte vor Verlangen. Hier, vor dem Gate, überwältigte sie zügellose Leidenschaft. Sie konnte es nicht erwarten, Rob anzufassen. Sie wollte ihre Hand unter sein Hemd schieben, die warme Haut an seinem Rücken spüren und sich an seine Erektion pressen.

Das war also aus ihrem ursprünglichen Plan geworden, Rob so hart arbeiten zu lassen, dass er jeden Abend völlig erschöpft ins Bett fallen würde.

Die ersten Passagiere kamen durch die gläserne Schiebetür. Eine Frau und ein kleines Kind rannten in die Arme eines Mannes, der einen eleganten Geschäftsanzug trug. Zwei Jungs umarmen sich und schlugen einander kumpelhaft auf den Rücken. Ah, und da war Rob, er trug einen Rucksack über der

Schulter. Lou musste sich beherrschen, um ihm nicht entgegenzulaufen, ihre Hände über seinen Körper wandern zu lassen, mit ihrem Mund seinen zu suchen. Sie wusste nicht, ob ihre Beine schon wieder stark genug für so stürmische Aktionen waren. Und so zwang sie sich zu einem gemäßigten Tempo.

„Hi, Lou." Er sah ein bisschen ängstlich aus. Das war kein Wunder, nachdem er um die halbe Welt gereist war, um die Sachen einer unberechenbaren Frau in Umzugskartons zu packen. Als würde es hier niemanden geben, der diese Arbeit übernehmen konnte.

Sie riss sich zusammen und fragte ihn, wie der Flug gewesen sei, ob er Gepäck habe – die übliche Konversation, wenn man jemanden vom Flughafen abholte. Mit einem schüchternen Lächeln überreichte er ihr eine Packung englische Schokolade aus dem Duty-free-Shop.

Sie konnte ihren Blick nicht von ihm losreißen. Er hatte sich einen kupferfarbenen Dreitagebart wachsen lassen, der ihn etwas älter wirken ließ. Seine Lippen waren rau, sicher war er nach dem langen Flug dehydriert. Und sie konnte nicht anders – sie *musste* sich vorstellen, wie er sie an allen erdenklichen Stellen mit genau diesem Mund küsste, während seine Bartstoppeln leicht über ihre Haut kratzten … Doch sie verdrängte diesen Gedanken und bot ihm einen Schluck aus ihrer Wasserflasche an. Später konnte sie heimlich ihre Lippen an die Stelle legen, wo Robs Mund gewesen war.

„Du hast sonst kein Gepäck?", fragte sie noch einmal. Sie erinnerte sich nicht an seine Antwort.

„Ich habe nur den Rucksack." Bewundernd starrte er sie an. „Diese Stiefel gefallen mir."

„Danke." Sie trug ihre Cowboy-Boots, und ihr Baumwollrock fiel knapp über die Knie.

„Deine Beine habe ich noch nie gesehen. Ich meine – du weißt schon, in einem kurzen Kleid." Er grinste. „Okay, ähm, ich bin bereit."

Das war sie auch – und ganz schwach vor Begierde. Wie peinlich.

Eine Zeit lang irrten sie in der Parkgarage umher, bis Lou merkte, dass sie Rob in die falsche Etage geführt hatte.

Dann gingen sie beide zur linken Seite des Autos. Ungeschickt stießen sie zusammen. Ihre Ellbogen streiften sich, und Lous Knie wurden weich.

Er lachte, entschuldigte sich und stieg auf der Beifahrerseite ein. „Alles in Ordnung, Lou?"

„O ja, ich habe nur den Schlüssel fallen lassen. Sorry …" Sie tastete den Boden unter dem Lenkrad ab. Dabei kam sie Robs Beinen gefährlich nahe. Wie leicht wäre es, nach seinem Reißverschluss zu greifen …

Bevor sie sich noch weiter blamieren konnte, griff sie nach dem Zündschlüssel. Sie konzentrierte sich darauf, den Wagen im Rückwärtsgang aus der Parklücke und ohne weitere Zwischenfälle aus der Garage zu fahren.

„Wie geht's Peter und Chris?"

„Gut. Im Moment sind keine Gäste da. Sie lassen dich herzlich grüßen, und sie bitten dich, deine E-Mails zu checken. Auch von den beiden Schmierfinken soll ich dir liebe Grüße ausrichten. Sie sind vor Kurzem abgereist, um einen Job für eine italienische Contessa zu erledigen. Es geht wohl um eine alte Villa."

„Muss nicht unbedingt sein … Und was macht deine Familie?"

Er zuckte die Achseln. „Oh, die ist okay. Dad wohnt jetzt im Cottage. Wir – Mac und ich – haben ihm geholfen, alles herzurichten. Ich glaube, für Mac war das auch eine Gelegenheit, um den Abgabetermin seines Artikels weiter nach hinten zu schieben."

Als er Mac erwähnte, versuchte Lou, nicht zusammenzuzucken.

„Graham wohnt immer noch bei meiner Schwester", fuhr Rob fort. „Wenn ich zurück bin, wird sie ihr Baby bekommen. Sie ist unglaublich dick geworden und jammert die ganze Zeit."

Also war seine Mutter noch nicht wieder aufgetaucht. Ob sie wohl vor der Geburt ihres Enkels zurückkam? Lou hoffte es, und wahrscheinlich hatte Rob den gleichen Gedanken.

„Was macht Mac gerade?", fragte sie und hielt den Blick auf die Straße gerichtet.

„Er ist nach London gefahren, um seine Tochter zu besuchen. Was er danach tun wird, hat er nicht gesagt." Rob sah durch das Seitenfenster in die Dunkelheit. „Sind das Berge?"

„Ja."

„Cool." Er gähnte und lehnte den Kopf an die Scheibe.

„Schlaf ein bisschen."

„Nicht nötig."

Aber als sie das nächste Mal zu ihm hinüberschaute, war er eingeschlummert. Lou gestattete sich einen lustvollen Blick auf seine gespreizten Schenkel. An seinen im Schlaf entspannten Händen entdeckte sie frische Narben. Wahrscheinlich hatte er sich die bei seiner Arbeit in Paradise Hall geholt.

Sie traf ein Abkommen mit sich selbst. Wenn er nicht interessiert war, würden sie einfach nur Freunde sein. Aber wenn er doch Interesse an ihr hatte … In Gedanken ging sie all die verlockenden Möglichkeiten durch, die sich dann eröffneten. Auf dem Flughafen hatte er ihre Beine gründlich gemustert. Natürlich hatte er ihre Beine schon vorher nackt gesehen – und nicht nur die. Doch es war etwas anderes, wenn sie ein Kleid trug und er sich fragte, was sie darunter anhatte. Welches Höschen trug sie überhaupt heute? Wie sie sich vage entsann, hatte sie einen ihrer Baumwoll-Slips mit buntem Blumenmuster ausgesucht. Das Teil passte besser zu einer Achtjährigen als zu einer erwachsenen Frau.

Zuhause würde sie als Erstes ihr Höschen wechseln. Oder gar keins anziehen. Sie seufzte. Wie ein Teenie führte sie sich auf!

Nein, jetzt musste Schluss sein mit den erotischen Fantasien, vor allem beim Fahren. Später, wenn sie allein in ihrem Bett lag, konnte sie sich ihren Vorstellungen ganz hingeben und sie zu einem befriedigenden Ende bringen. Dann würde sie sich alles detailliert vorstellen – wie sie mit Rob auf den Rücksitz des Autos rummachte, seinen Reißverschluss öffnete, seinen Penis in den Mund nahm und der Junge sich stöhnend unter ihr wand. Oder sie würde sich ausmalen, wie er seine geschickten Finger zwischen ihre Beine schob. Sie presste ihre Oberschenkel zusammen – und ...

Grelle Scheinwerfer und ein ohrenbetäubendes Hupen warnten sie in letzter Sekunde. Irgendwie war sie auf die Gegenfahrbahn geraten. Sie schaffte es gerade noch, den Wagen zurück auf ihre Fahrspur zu steuern. Auch ihre Vernunft meldete sich wieder. Sie sollte die Zeit mit Rob einfach genießen, was immer dabei herauskommen mochte, und sich den Abschied von der Ranch so leicht wie möglich machen.

Nachdem Lou diesen klugen Entschluss gefasst hatte, fand sie die stille Fahrt durch die Finsternis beruhigend und angenehm. Die dunklen Berge verbargen die Sterne am Horizont. Nur gelegentlich erinnerten sie Scheinwerfer daran, dass es außer ihnen beiden noch weitere Menschen auf der Welt gab. Rob schlief friedlich neben ihr.

Bei ihrer Ankunft auf der Ranch bemühte sie sich, nicht auf seinen knackigen Hintern zu starren, als er seinen Rucksack aus dem Auto holte. Er legte den Kopf in den Nacken und schaute zu den Sternen, die hier viel klarer und heller funkelten als in englischen Nächten.

Die Hunde folgten ihnen ins Haus und beschnupperten Rob. Schon bald entschieden sie, dass er ihr neuer bester Freund sein sollte, drückten sich an seine Beine und verlangten seine Aufmerksamkeit.

„Schön hast du's hier", sagte er höflich und tätschelte die Köpfe der Hunde.

„Schieb sie einfach weg, wenn sie dir lästig sind. Leo ist der braune Setter, und die Promenadenmischung heißt Saturn."

„Warum hast du deinen Hund nach einem Auto genannt?"

„Er heißt wie der Planet! Ich habe englischen Tee. Möchtest du eine Tasse?"

„Lieber ein Bier, wenn du eins hast."

Lou reichte ihm eine Flasche. „Ich sollte dich warnen – in diesem Staat darf man erst mit einundzwanzig Alkohol trinken."

„Verdammt noch mal ..." Grinsend schraubte er den Verschluss von der Flasche.

Sie machte ihm ein paar Spiegeleier. Es war seltsam, ihn in ihrer Küche zu sehen. Und die peinliche Pflicht, ihm sein Bett im Arbeitszimmer zu zeigen, stand ihr noch bevor.

„Was wird mit deinen Tieren passieren?", fragte er.

„Die lasse ich hier. Nur mein Pferd Maisie werde ich einer Freundin verkaufen. Ihre Tochter ist oft hierher gekommen, um es zu reiten. Also wird die Stute in guten Händen sein."

„Und du trennst dich tatsächlich von deinen *Hunden*?"

„Die beiden sind Farmhunde. Sie mögen Menschen. Aber sie hängen mehr an ihrer Umgebung und aneinander. Sie sind mit den Hunden meiner Nachbarin befreundet. Bei denen treiben sie sich oft herum. Und die Käufer meiner Ranch haben sie bereits ins Herz geschlossen."

„Übernehmen sie auch die Rinder?"

„O ja. Es gefällt ihnen, dass sie sogenannte Gentleman-Farmer werden, sie sehen die Ranch eher als eine Art Hobby. Wie Julian. Sie wollen sich auch Hühner und Ziegen anschaffen."

„Klingt nett. Meine Mum hat früher Hühner gehalten."

„Meine Nachbarn verkaufen mir Eier. In dieser Gegend tauschen wir oft unsere Produkte aus. Für die Eier haben sie oft meine Auberginen bekommen, die ja auch Eierfrüchte heißen."

Rob lachte und stand auf, um seinen leeren Teller und das Besteck in den Geschirrspüler zu stellen. Wie angenehm, er war ein gut erzogener junger Mann, der auch noch alles zuerst abspülte. „Wo wirst du leben, Lou?"

War das nicht die große Frage? „Ich weiß es noch nicht."

„Ziehst du erst mal wieder ins Paradise?"

„Wahrscheinlich. Aber eine Freundin hat mir ein Zimmer in ihrer Londoner Wohnung angeboten. Dort könnte ich in Ruhe meine Dissertation zu Ende schreiben. Und ich würde ein paar Kurse an der Universität geben. Das muss ich mir noch überlegen."

„Klar, das alles geht mich ja auch gar nichts an." Er schlenderte in den Nebenraum. „Darf ich fernsehen?"

Die Hunde begleiteten ihn. Lou hörte, wie er durch die Kanäle zappte, bis er sich für einen Sender entschied. Krachende Schüsse fielen – offenbar sah er einen Action-Film, typisch Mann. Sie wischte die Arbeitsfläche, den Tisch und den Herd ab, obwohl es nicht nötig gewesen wäre. Dann hörte sie ihren Anrufbeantworter ab. Auch heute hatte sie wieder eine aufgeregte, dabei liebevolle Nachricht von Peter.

Bist du wieder draußen und kommunizierst mit den Kühen, Loulou? Ruf uns an, Liebes, oder schick uns eine Mail. Wir vermissen dich. Bye.

Sie ging zu Rob. Er hatte die Schuhe ausgezogen und lag schlafend auf der Couch. Saturn und Leo kuschelten sich an ihn. Schuldbewusst, aber auch herausfordernd schauten sie ihr Frauchen an.

Lou schaltete den Fernseher aus. Rob rührte sich nicht.

„Runter mit euch!"

Die Hunde sprangen vom Sofa, und sie ließ sie ins Freie hinaus. Danach schickte sie die beiden in ihre Körbe, wo sie sicher nicht bleiben würden. Sie breitete eine Decke über Rob aus und öffnete die Tür zum angrenzenden Arbeitszimmer. Dort wartete ein gemachtes Bett auf ihn. Lou hatte geglaubt, das würde ihr eine gewisse Peinlichkeit ersparen. Wo sich das Bad befand, wusste er. Natürlich hatte er auch gemerkt, dass daneben ihr Schlafzimmer lag. In einem nur neunzig Quadratmeter großen Haus konnte man sich wohl kaum verirren. Die Käufer planten einen Anbau. Das hatten sie und Julian auch vorgehabt.

Das Erste, was sie eingepackt hatte, waren seine Fotos gewesen.

Obwohl es noch nicht allzu spät war, ging sie ins Bett. Nur wenige Meter entfernt schlief Rob. Sie könnte in wenigen Sekunden bei ihm sein.

Im Haus war es still. Lou öffnete ihren Laptop und checkte noch einmal die ständig wachsende Liste unbeantworteter E-Mails. Viele waren aus dem Paradise, von Viv und Peter und Chris. Und dann sprang ihr ein neuer Absender ins Auge, *msalazar*. Damit hatte sie gerechnet. Früher oder später würde er ihre E-Mail-Adresse herausbekommen, er war schließlich Reporter und wusste, wie man so etwas machte.

Ohne die Nachricht zu öffnen, schloss sie den Laptop, legte ihn beiseite und knipste die Nachttischlampe aus. Obwohl sie sich eigentlich einer ihrer erotischen Fantasien hingeben, sich selbst berühren und zum Höhepunkt bringen wollte, fühlte sie sich plötzlich gehemmt. Vielleicht, weil Rob im Haus war. Was, wenn er sie trotz der geschlossenen Tür hören würde? Seit Jahren hatte sie ihre Orgasmus-Schreie nicht unterdrücken müssen, nicht mehr seit sie an der Uni das Zimmer mit einer anderen Studentin geteilt hatte. Bei Familienbesuchen hatte Julian ihr, falls nötig, den Mund zugehalten oder ihr Stöhnen mit seiner Zunge erstickt.

Aber daran wollte sie jetzt nicht denken.

Sie rollte sich zusammen und versank in einem leichten, unruhigen Schlaf.

Im Traum spürte sie, wie ihre Oberschenkel durch die Decke hindurch sanft berührt wurden, und hörte ein enthusiastisches Keuchen. Ein heißer, übelriechender Atem wehte ihr ins Gesicht.

Verwirrt richtete sie sich auf und schaltete das Licht an. Vor ihr standen Rob und zwei Begleiter. „Musstest du die Hunde mitbringen?"

„Tut mir leid, wahrscheinlich habe ich die Tür offen gelassen." Er kniete neben dem Bett. Er trug nur Boxershorts, in denen sich seine Erektion deutlich abzeichnete, wie Lou lächelnd registrierte. „Gerade wollte ich unter deine Decke kriechen und – eh – ein paar nette Sachen mit dir anstellen. Wenn's okay ist."

Wenn's okay ist? „Oh, Rob." Sie war atemlos vor Verlangen, beugte sich vor und küsste ihn. Er schmeckte nach Zahnpasta, und seine Bartstoppeln kratzten ihre Wange.

Winselnd wedelten die Hunde mit ihren Schwänzen, sie wollten bei dem Spaß mitmachen.

„Raus!", befahl Lou. „Marsch, in eure Körbchen!"

Da trotteten sie davon.

„Leider habe ich sie nicht konsequent erzogen, und jetzt sind sie ein bisschen durcheinander. Würdest du bitte die Tür schließen, Rob?"

Sie rückte auf die andere Seite des Betts. Er zog seine Shorts aus und warf sie auf den Boden, während Lou ihr Nachthemd über den Kopf streifte. Sobald er neben ihr lag, umarmten sie sich.

„Ich wusste nicht, ob du mich willst", gestand sie zwischen zwei Küssen. „Und ich dachte, du würdest die Hunde auf mich hetzen", antwortete er.

„Die würden dich höchstens zu Tode schlabbern." Es war ihr peinlich, dass *er* es gewesen war, der genug Mut für einen Annäherungsversuch gehabt hatte. „Falls ich mich blöd benommen habe, tut's mir leid."

„Nach deiner Abreise war ich verdammt traurig."

„Tut mir leid", beteuerte sie noch einmal und hielt die Luft an, als er seine Lippen über ihren Hals gleiten ließ.

„Ich habe so viel gewichst, dass ich kaum noch klar denken konnte."

„Musst du mir das unbedingt erzählen?", sagte sie kichernd, nahm ein Kondom aus der Nachttischschublade und streifte es über sein Glied.

„Dabei habe ich mir vorgestellt, deine Nippel zu küssen. Ich liebe es, wenn sie in meinem Mund hart werden. Wusstest du, dass sie anschwellen, kurz bevor du kommst?"

Als er sie küsste, kratzte er mit seiner unrasierten Wange über ihre Brüste, den Bauch und dann über die Innenseiten ihrer Oberschenkel, als er ihre Beine spreizte. Es war genau so, wie sie es sich ausgemalt hatte.

„Du weißt genau, was ich will." Er ließ seine Zunge um ihre Klit kreisen, bis er den perfekten Rhythmus fand. Lou half ihm mit kleinen Bewegungen ihrer Hüften dabei und lenkte seinen Kopf mit den Händen an die richtige Stelle.

Als sie kam, schrie sie auf. Ihr ganzer Körper zuckte. Noch ehe die Wellen der Lust verebbten, drang Rob in sie ein und kam beinahe auf der Stelle. Keuchend lagen sie sich in den Armen, fanden nur mühsam in die Realität zurück.

„Großartig", sagte er schwer atmend. Dann glitt er von ihrem Körper und nahm sie in seine Arme. „Können wir das öfter machen?""

„Klar. Zwischen den Aufräumarbeiten."

„So schlimm sieht das Haus gar nicht aus, mal abgesehen von den vielen Büchern."

„Du warst noch nicht in der Scheune."

27. KAPITEL

Am nächsten Morgen zeigte sie ihm die Scheune.

„Verdammt", fluchte er leise. Der staubige Raum stand voller zerbrochener Geräte und Möbel, die Lou nie zu inspizieren gewagt hatte.

„Das Zeug muss schon seit Jahren hier herumliegen. Die Käufer wollen ihre Ziegen und Hühner hier drin unterbringen. Und ich habe versprochen, alles wegzuräumen, weil sie mir einen so guten Preis zahlen."

Sie spannten den Anhänger an den Wagen, und Lou fuhr ihn vor das Scheunentor. Inzwischen hatte Rob bereits die ersten rostigen Gegenstände hinausgeschleppt. „Und wenn ich etwas finde, das vielleicht wertvoll ist?"

„Das bezweifle ich, aber leg es beiseite, und ich werde es dem Trödler in der Stadt anbieten. Überanstreng dich nicht und trink viel Wasser. Hier arbeitest du in einem anderen Klima, als du es gewöhnt bist. Pass auf, dass dein Körper nicht dehydriert."

„Jawohl, Ma'am."

Lou ging ins Haus, um weiter Bücher zu sortieren und einzupacken. So viele Bücher, so viele Erinnerungen. Sie widerstand dem Impuls, in ihren Lieblingstiteln zu blättern, denn sie wollte sich nicht von der Arbeit ablenken lassen. Julians Bibliothek wollte sie seinen Kollegen anbieten. Der Großteil ihrer eigenen Bücher sollte eingelagert werden. Nur einige wollte sie mit in ihr neues Zuhause nehmen, wo immer das sein mochte. Sie klebte ein rotes Schild auf einen Karton, der für die Lagerung bestimmt war. Dann kehrte sie zur Scheune zurück, um nach Rob zu sehen.

Sein Hemd hing an einem Nagel neben dem Eingang. Sie blieb einen Moment stehen, um seinen Anblick zu bewundern. Zum ersten Mal seit Julians Tod hatte sie dessen Schrank geöffnet und dort Arbeitsstiefel und Handschuhe für Rob gefunden. Zu ihrer Erleichterung hatten sich die Kleidungsstücke unpersönlich angefühlt, wie die Sachen eines Fremden.

Rob winkte ihr zu, nahm die Kopfhörer seines iPods ab und zog die Handschuhe aus.

„Hast du etwas Interessantes entdeckt?“, fragte sie.

„Nur alte Pornohefte. Vielleicht willst du mal reinschauen.“ Er zeigte auf einen Stapel Magazine. „Die Titten dieser Mädchen sind erstaunlich, die sehen fast wie Waffen aus. Aber das alles ist ziemlich harmloses Zeug.“

Lou blätterte in einem Heft. Sie musste lachen, als sie die Fotos von Frauen mit Schmollmündern und riesigen Brüsten ansah. „Vermutlich hat der Farmer früher hier drin seine Entspannungsübungen gemacht.“ Sie warf die Zeitschriften auf die Ladefläche des Anhängers. „Das machst du großartig. Heute Nachmittag fahren wir zur Müllhalde, und danach besuchen wir die Nachbarn.“

„Okay.“ Rob wischte sich den Staub von seinem Körper und küsste sie. „Wie kommst du mit den Büchern voran?“

„Ich glaube, die vermehren sich heimlich. Jedenfalls sehe ich noch nicht, dass meine Bemühungen mich irgendwie voranbringen.“ Sie roch seinen Schweiß, erdig und köstlich, und drückte ihn an die Seite des Wagens. „Erinnerst du dich an unsere Oralsex-Lektion? Dabei haben wir etwas Wichtiges vergessen.“

Langsam strich sie über seine nackte Brust, und er zupfte an ihrem T-Shirt. Aber sie schob seine Hände weg. „Diesmal darfst du nur zuschauen.“

Sie drückte ihre Handfläche auf seine Shorts. Dann zog sie den Reißverschluss auf, und nahm seinen warmen, harten Penis in die Hand.

„Ich werde gleich an deinem Schwanz saugen, Rob“, flüsterte sie. „Denkst du, das wird dir gefallen?“

Statt zu antworten, stöhnte er auf.

Eine Zeit lang spielte sie mit ihm, streichelte und massierte ihn. Dann ging sie vor ihm auf die Knie. Seine Augen waren so fest zusammengepresst, als hätte er Schmerzen. Aber dann blickte er Lou wieder an, als sie gerade sanft auf seinen Penis blies. Sie roch seinen frischen, männlichen Schweiß.

„Das fühlt sich so gut an", murmelte er.
Oh, und es gab noch so viel, was sie ihm zeigen wollte. Sie ließ ihre Zunge feuchte, verführerische Kreise um seine Schwanzspitze ziehen.
Rob zitterte, als sie an seinem Glied saugte, daran leckte und behutsam hineinbiss.
„Wie ist das?", fragte sie und hob den Kopf.
„Fantastisch. Könntest du's noch etwas länger machen?"
Das tat sie. Diesmal streichelte sie gleichzeitig seine Eier und die zarte Haut darum. Dabei genoss sie die Anspannung seines ganzen Körpers, die zuckenden Bewegungen seiner Hüften, sein wohliges Stöhnen.
„Lou, oh, Lou", keuchte er. „Ich komme. In deinem Mund."
Er warf den Kopf in den Nacken und klammerte sich an der Wagentür fest. Schreiend stieß er die Hüften nach vorn, sein Samen füllte Lous Mund.
„Das war unglaublich", stöhnte Rob. „Tut mir leid, dass ich so heftig gekommen bin. Hat's dir auch Spaß gemacht?"
„O ja." Sie wischte ihren Mund ab und küsste seinen halb erschlafften Schwanz. „Es ist wundervoll, so viel Lust zu erleben – und seinen Liebhaber so hilflos zittern zu sehen."
„Wie schmecke ich eigentlich?" Er räusperte sich verlegen. „Also, ich meine – ach, das ist mir jetzt peinlich."
„Du bist sehr lecker." Sie stand auf. „Komm, probier' dich doch selbst."
Ein Schauder lief durch seinen Körper, als er sie küsste. Dann öffnete er den Reißverschluss ihrer Jeans und schob seine Finger zwischen ihre Schenkel. „Ich habe kein Kondom dabei", flüsterte er. „Dass ich hier draußen eins brauchen werde, habe ich nicht geahnt. Aber du wirst auch so kommen, Lou."
Sie kickte den Flip-Flop vom ihrem linken Fuß. Dann zog sie das Bein aus den Jeans und schlang es um Robs Taille, während er ihre Klit rieb.
Er ließ seine Zunge in Lous Mund gleiten und brachte sie so zum Schweigen. Der Kuss endete erst, als sie gekommen war

und ihren Kopf an seine Schulter lehnte. Sie hatte kaum Zeit, wieder zu Atem zu kommen, als sie spürte, wie sein Penis schon wieder hart wurde.

„Wenn wir so weitermachen, werden wir nie mit der Arbeit fertig“, beklagte sie sich.

„Okay.“ Er lachte und zerrte die Shorts hoch, die um seine Knöchel hing.

„Hast du Hunger?“ Sie schlüpfte in ihre Jeans. „Und es ist furchtbar heiß in der Scheune. Was hältst du davon, nach dem Lunch ein Mittagsschläfchen zu machen?“

„Grandiose Idee.“ Hand in Hand gingen sie zum Haus.

Es gefiel ihr, wieder mit einem Mann zusammenzuleben. Aber Robs Anwesenheit strapazierte auch ihre Nerven. Es trieb sie fast zum Wahnsinn, wenn er seine Kopfhörer trug und Musik hörte. Jedes Mal musste Lou schreien und mit den Armen herumfuchteln, um seine Aufmerksamkeit zu erregen. Er zappte auch stundenlang durch die Fernsehkanäle und verschickte zwischendurch SMS.

Aber im Bett machte er alles wieder gut. Er war ein zärtlicher, leidenschaftlicher und rücksichtsvoller Liebhaber. Sie fand seine Begeisterung für die Ranch rührend. Lou hatte ihm Reitunterricht gegeben, und er strahlte vor Freude, wenn er auf Maisie über die Wiesen ritt.

Rob verstand nicht, warum sie das Anwesen verkaufte. Immer wieder stritten sie über dieses Thema. Ihre Beweggründe konnte sie ihm nicht erklären. Hier hatte sie die glücklichste Zeit ihres Lebens verbracht. Doch die Erinnerungen daran waren beschmutzt, seit sie von Julians Untreue erfahren hatte. Und wenn die Unschuld zerstört war, musste man das Paradies verlassen.

„Das ist der schönste Ort der Welt“, sagte Rob eines Abends, als sie auf der Terrasse saßen. Er zeigte in die Richtung der hohen Berge. „Unglaublich, dass du das alles verlassen willst …“

„Es gibt andere schöne Orte. Und so wunderbar die Ranch auch sein mag – das Leben hier ist hart. Vor allem im Winter, wenn man allein ist. Und es war Julians Zuhause, ich bin ihm nur hierher gefolgt."

„Um ehrlich zu sein – ich fürchte, du hast einen Knall."

Sie trank ihr Bier aus und stellte die leere Flasche auf den Tisch. „Vielleicht hast du recht, Rob, und ich bin wirklich verrückt. Aber es gibt viele Dinge, die du nicht über mich weißt. Und du hast keine Ahnung, was ich wirklich will."

Wortlos stand er auf, starrte sie an und verschwand im Haus.

Es war fast dunkel geworden. Über den Bergen ging der Mond auf. Lou betrachtete den dunkelblauen Himmel und bedauerte, dass sie Rob gekränkt hatte.

Sie wartete eine Weile, bevor sie ihm in die Küche folgte. Das gab ihm Zeit, sich zu beruhigen. Er wandte ihr den Rücken zu, räumte demonstrativ langsam die Geschirrspülmaschine aus und stellte die Teller in ein Regal.

„Sorry", sagte sie und legte ihre Arme um seine Taille.

„Schon gut. Ich sollte mich entschuldigen. Ich habe mich in Dinge eingemischt, die mich nichts angehen." Er drehte sich um und drückte sie an seine Brust. „Ich weiß, du bist unglücklich. Und ich würde dir so gern helfen."

„O Rob, du bist mir eine große Hilfe." Sie legte ihren Kopf an seine Schulter. Das gab ihr Trost, wenn auch nur kurzfristig.

Bald würde er abreisen, so wie es sein sollte. Wahrscheinlich würden sie befreundet bleiben. Aber im Moment war sie immer noch die wesentlich Ältere und er ihr Lehrling. In fünf oder zehn Jahren mochte der Altersunterschied von acht Jahren vielleicht keine so große Rolle mehr spielen. Sicher würde es spannend sein, zu beobachten, zu was für einer Art von Mann Rob sich entwickelte. Auf der Universität würde er zweifellos eine Freundin finden, und Lou beneidete ihn um die Abenteuer, die ihm bevorstanden.

Wenigstens wusste er, wohin sein Weg führte. Sie wusste nur, dass sie die Ranch verlassen würde.

In den nächsten paar Tagen arbeiteten sie gut zusammen, füllten Umzugskartons und Kisten und fuhren mehrmals zur Müllhalde. Schließlich war das Haus bis auf die notwendigsten Dinge leer geräumt. Lou hatte ein paar persönliche Sachen und Bücher, die sie nicht einlagern wollte, zu einer Freundin in die Stadt gebracht.

Rob saß mit gekreuzten Beinen zwischen ein paar Kartons und blickte von seinem Handy auf. „Jetzt sind wir hier so gut wie fertig."

„Ja, fast", bestätigte Lou. „Wirst du bald zurückfliegen?"

„Ja. Ich war sehr gern hier, diese zwei Wochen mit dir waren wundervoll. Aber du brauchst mich nicht mehr."

„Stimmt. Es wird Zeit, dass du deine eigenen Abenteuer erlebst. So schön diese Gegend auch ist – die Ranch liegt zu weit abseits von all den aufregenden Orten, an denen du richtig Spaß haben könntest."

„Oh, ich hatte sehr viel Spaß mit dir", sagte er und grinste. „Aber wenn ich meinen Flug umbuche und schon übermorgen fliege, könnte ich einige Leute in New York treffen. Di ist gerade bei ihrer Cousine auf Long Island und hat mich eingeladen."

Aha, Di. Dieses Mädchen hatte er ziemlich oft erwähnt.

„Klingt großartig", meinte Lou. „New York wird dir gefallen."

„Aber ich will dich nicht allein lassen. Wenn du hier endgültig ausziehst, musst du den Wagen mit deinem restlichen Zeug beladen. Und du wirst verdammt traurig sein."

„Keine Bange, das ist schon okay", versicherte sie lächelnd. „Meine Nachbarn werden mir helfen. Und ich werde endlich die Geister der Vergangenheit hinter mir lassen können. Das verdanke ich vor allem dir."

„Yes, Ma'am!", sagte er mit einem schrecklichen amerikanischen Akzent. Dann begann er, mit Lichtgeschwindigkeit auf seinem Handy herumzutippen. „Alles klar, der Flieger geht übermorgen um halb elf. Ist das auch wirklich in Ordnung?"

„Absolut. Für meine Erlaubnis wirst du im Bett bezahlen."

„Mit dem größten Vergnügen."

Mac, zwei Tage später

In dieser Wildnis misstraute er dem Navigationssystem. Aber es gab sonst nichts, woran er sich orientieren konnte. Die Landkarte zeigte ihm nur ein paar endlose, schnurgerade Straßen. Er war noch nie so tief im Westen gewesen. Die Pazifikküste hatte er zwar schon ziemlich oft bereist, aber das hier war etwas ganz anderes. Er befand sich im Land der Cowboys und der Wölfe, mitten im Wilden Westen.

Weiter konnte man sich vom Leben eines britischen Regency-Gentleman nicht entfernen.

Lou beantwortete weder seine Mails noch die von Peter und Chris. Glücklicherweise hatte er einen Spion vor Ort, den überaus tüchtigen Rob.

Wie ihm sein Navi mitteilte, musste er nach einer Meile abbiegen. Da er diesem kurvenlosen Highway seit über fünfzig Meilen folgte, konnte er es kaum erwarten, das Lenkrad mal wieder zu bewegen.

Als er zu der Abzweigung kam, kündigte ein Briefkasten mit der Aufschrift „Connolly" an, dass er sich seinem Ziel näherte. Vorsichtig fuhr er eine Sandstraße entlang und erreichte ein kleines Ranchhaus, das zwischen einigen Nebengebäuden stand. Die Aussicht auf die Berge war atemberaubend.

Gerade bog ein Pick-up auf die Sandstraße ein, die vom Haus weg in Richtung der Berge führte. Mac stieg aus dem Mietwagen und streckte sich. Nirgendwo war eine Menschenseele zu sehen. Nur zwei Hunde, die auf der Terrasse saßen, sprangen auf, wedelten mit den Schwänzen und kläfften ohrenbetäubend. Dann kamen sie angerannt und beschnupperten ihn. Offenbar empfanden sie ihn nicht als eine Bedrohung. Der eine legte sich auf den Rücken und wollte am Bauch gekrault werden. Der andere hüpfte um Mac herum und drängte ihn, mit ihm zu spielen.

„Jemand zu Hause?", rief Mac. Eigentlich hatte das Gebell seine Ankunft bereits lautstark angekündigt. Aber auf solchen Farmen wusste man nie, was einen erwartete. Womöglich liefen die Bewohner nackt herum. Er würde Lou sehr gern nackt sehen – aber auch vollständig bekleidet, Hauptsache, sie tauchte endlich auf.

Er sah, wie der Pick-up hinter einer Kurve verschwand. Mac ging zu seinem Auto zurück und schlug die Richtung ein, die der andere Wagen kurz zuvor genommen hatte. Allzu weit musste er nicht fahren. Nach ein paar Minuten ging die Straße in eine Schotterpiste über. Der Pick-up parkte am Rand einer Weide mit hohem, goldgelbem Gras. Zwischen Zwergeichen grasten ein paar Rinder.

Lou, die Jeans und ein Hemd trug, hockte auf der Wiese. Sie war dabei, einen kleinen Kreis aus Steinen zu legen. Offenbar hatte sie Macs Ankunft nicht bemerkt. Sie richtete sich auf, wischte ihre Hände ab und warf ein paar trockene Zweige in den Steinkreis. Dann zog sie ein Feuerzeug aus der vorderen Tasche ihrer Jeans und ein Bündel Papiere aus der hinteren. Das sah nicht gut aus.

„Lou!", schrie er.

Sie war sichtlich verärgert, als sie aufblickte. Das Papier fing gerade Feuer. Aber als er auf sie zuging, nahm ihr Gesicht sanftere Züge an. „*Das* verbrenne ich nicht", versicherte sie ihm. Doch das wusste er ohnehin schon. „Wie hast du mich gefunden?"

„Dank unseres gemeinsamen Freundes Rob."

„Wundert mich, dass du so lange gebraucht hast …", sagte sie und grinste.

„Wie geht's dir?"

„Gut." Nach einer kurzen Pause fügte sie hinzu: „Einigermaßen."

Beide beobachteten, wie das Papier verbrannte.

„Was ist das?", fragte Mac.

Die verkohlten Blätter kräuselten sich und fielen zu Asche zusammen. Lou wartete, bis sich das Schwarz grau färbte. Dann trat sie die Glut aus, um zu verhindern, dass gefährliche Funken im Wind umherflogen.

„Hier habe ich mit Julian gelebt“, erklärte sie, „hier habe ich seine Asche verstreut.“ Mit einer Stiefelspitze stocherte sie in den verrußten Zweigen. „Und jetzt habe ich hier die Beweise für seine Untreue verbrannt. Während unserer ganzen Ehe hatte er eine Affäre. Ich habe das nicht gewusst. Er mochte Papier, darum druckte er all seine E-Mails aus und bewahrte sie auf. Diese da fand ich im Futter seiner Reisetasche, die ich nach England mitgenommen hatte. Das war kurz vor meinem Rückflug, als ich ins Pförtnerhaus ging, um zu telefonieren.“

„Leidenschaft und Unbeständigkeit“, sagte Mac. Nun verstand er, warum sie so verzweifelt gewesen und geflüchtet war.

„Genau“, bestätigte sie. „Ich vermute, du hast unser Papierfragment gefunden.“

„Ja, nach etlichen Wutanfällen und den wildesten Spekulationen. Anfangs dachte ich, du hättest historische Beweismittel vernichtet. Ich war sicher, dass du mir mein Herz gebrochen, meine Karriere ruiniert und mich um die Früchte meiner Arbeit gebracht hast.“

„Das nehme ich dir nicht übel.“

Unsicher griff er in seine Jackentasche. „Keine Ahnung, ob du das zurückhaben willst.“ Er reichte ihr die Goldkette mit dem Rubin.

Lou ließ das Schmuckstück durch ihre Finger gleiten. „Was für ein schöner Stein. Aber ich weiß nicht, ob ich ihn jemals wieder tragen möchte. Würdest du ihn deiner Tochter schenken, wenn sie erwachsen ist? Falls es dir nichts ausmacht, dass sie etwas besitzt, an dem traurige Erinnerungen hängen.“

„Nach meiner Ansicht hängt es von der Person ab, die ein Schmuckstück trägt, welche Assoziationen es erweckt.“ Weil er fürchtete, sie würde seinen Vorschlag ablehnen, zögerte er: „Warum gibst du ihr den Rubin nicht selbst, wenn du sie kennenlernst? Das heißt – wenn du es willst …“

Sie lächelte und schaute ihn nachdenklich an. „Danke. Das würde ich sehr gern tun.“

Dann steckte sie den Schmuck in die Brusttasche ihres Hemds und nahm endlich seine Hand.

Erleichtert zog er sie an sich. „Ich wusste, du warst unglücklich und durcheinander. Aber ich konnte einfach nicht glauben, dass du Originaldokumente von Jane Austen zerstören würdest. Ich wusste auch, du würdest nur Peter und Chris davon erzählen, wenn überhaupt jemandem. Offenbar hast du das nicht getan. Also habe ich mich auf die beinahe aussichtslose Suche nach einem Museumsarchiv gemacht, das nach Aussage unserer beiden Restaurateure wie das Pentagon bewacht wird. Aber je länger ich darüber nachdachte, desto überzeugter war ich, dass du das Rattennest schützen würdest ..."

„Oh, bitte, nenn es nicht so."

„Okay, dann eben Jane Austens Rattennest. Welches Versteck wäre besser als der Fundort? Früher oder später würde es irgendjemand dort entdecken. Und nachdem es zwei Jahrhunderte lang sicher unter dem Bodenbrett lag, war es da auch weiter gut aufgehoben."

Lou nickte. „Nachdem ich die Wahrheit über Julian herausgefunden hatte, brachte ich es zusammen mit dem Rubin dorthin zurück. Die Hausbewohner schliefen schon, und Jon und Simon waren verreist."

„Dort liegt es immer noch, in Sicherheit. Was jetzt, Lou? Peter und Chris denken, sie werden den staatlichen Zuschuss für das wissenschaftliche Zentrum erhalten. Sie haben dir schon ein Stellenangebot gemailt."

„Aha." Das klang nicht halb so begeistert, wie er es erwartet hatte.

„Oh je, jetzt machst du wieder dieses Gesicht."

„Ja, ich weiß – ich denke nach." Bedrückt schaute sie ihn an. „Ich muss mir nur genau überlegen, welche Möglichkeiten ich noch habe. Es gibt mehr Jobs auf der Welt als nur den bei Peter und Chris."

„Nun", erwiderte Mac mit einem Grinsen, „falls du überlegst, die Stelle anzunehmen, solltest du bedenken, dass es einen

Liebhaber als Bonus gibt. Sogar zwei, wenn Rob aus Cambridge zu Besuch kommt."

„Was?"

„Ich werde die Medienarbeit für Paradise Hall machen. Peter und Chris habe ich zugesagt, dass ich die Position des Pressesprechers übernehme. Aber erst, nachdem ich eine ganz große Story über das Anwesen veröffentlicht habe. Sie werden jemanden brauchen, der all die Anfragen bearbeitet. Die beiden sind total ausgeflippt und wollten unbedingt wissen, was für eine sensationelle Geschichte ich ausgegraben habe. Aber das Vergnügen, die beiden zu informieren, überlasse ich dir."

Lous Erleichterung und ihre Freude waren offensichtlich. „Wie wundervoll, Mac!" Endlich umarmte sie ihn. „Aber zwei Liebhaber brauche ich nicht. So verlockend es auch wäre – ich will nur einen." Zärtlich küsste sie ihn. „Ich liebe dich. Weil du an mich glaubst. Und weil du hierher gekommen bist, nach allem, was war."

Es fühlte sich so gut und so richtig an, sie in seinen Armen zu halten.

„Ich war noch nie im Westen", sagte er. „Ihr habt hier eine ganz andere Kultur. Zum Beispiel kann man auf den Ladeflächen von euren Pick-ups vögeln …"

„Warum kommst Du nicht auf den Punkt, Mac?", unterbrach sie ihn. Dabei hob sie ihre Augenbrauen auf die Art, die ihn von Anfang an fasziniert hatte.

„Oh, ich liebe es, wenn du sarkastisch wirst. Welchen Punkt soll ich mir denn als Nächstes vornehmen?"

„Ihr Journalisten wisst einfach, wie man mit Wörtern umgeht. Mach mir bloß keine Vorwürfe, wenn du einen Sonnenbrand auf dem Arsch kriegst."

„Ma'am, ich bin auf alles vorbereitet. In meinem Auto habe ich Sonnencreme und Kondome."

Anfangs waren beide ein bisschen scheu. Sie mussten sich erst wieder kennenlernen, sich daran erinnern, was dem anderen gefiel. Er wusste, dass Rob es während seines Aufenthalts auf der Ranch ständig mit Lou getrieben hatte. Aber aus irgendeinem Grund störte Mac das nicht allzu sehr. Der Junge war sein Freund. Mehr als ein Freund – gewissermaßen ein platonischer Liebhaber. Eine bessere Definition fiel Mac nicht ein. Jedenfalls war Rob jemand, den er mochte.

„Jeden Quadratzentimeter von dir werde ich mit meiner Sonnenschutzcreme einreiben", kündigte er an, als sie auf der Decke lagen, die Lou auf der Ladefläche ausgebreitet hatte. „Du bist wunderschön im Sonnenlicht."

„Bevor es verbrennt, solltest du ein Kondom über das Teil ziehen."

O Gott, er liebte praktisch veranlagte Frauen.

EPILOG

Rob, England, eine Woche später

Di lag an seiner Schulter und schlief, als der Bus vom Flughafen durch das Dorf fuhr. Zwischen den Bäumen sah er zuerst das Dach von Paradise Hall, dann das imposante schmiedeeiserne Tor und das Pförtnerhaus.

Rob kniff die Augen zusammen und sah zur Zufahrt. Doch er konnte niemanden entdecken, und der Bus fuhr weiter.

„Hey, Di", sagte Rob und schüttelte sie behutsam. „Wir sind zu Hause."

Sie blinzelte und öffnete die Augen. „Oh, ich wünschte, wir hätten noch bleiben können."

„Holt dich jemand von der Haltestelle ab?"

„Ja, meine Mum." Sie gähnte. „Wann bist du wieder im Paradise?"

„In zwei Tagen. Erst mal werde ich nach Graham und meinem Dad sehen."

Der Bus hielt vor dem Pub, und sie holten ihr Gepäck. Di hatte in New York Unmengen eingekauft – Kleider, Schuhe, Geschenke für Verwandte und Freude. Rob half ihr, all ihre Taschen einzusammeln.

Eine Frau und ein kleines Mädchen stiegen aus einem Auto, das am Straßenrand stand. Di rannte zu ihnen. Ihre Müdigkeit schien verflogen zu sein. Aufgeregt erzählte sie von New York und schwärmte in den höchsten Tönen von dieser großartigen Stadt. Ihre kleine Schwester hüpfte auf und ab und wollte ihr Geschenk aus Amerika sehen.

Rob trug Dis Gepäck zum Auto. „Hi, Mrs Brooks, ich bin Rob Temple. Ich arbeite auch im Paradise."

„O ja, wir haben schon viel von dir gehört." Dis Mutter schüttelte seine Hand.

„Bist du jetzt Dis Freund?", piepste das kleine Mädchen.

„Ja, bin ich", antwortete er. Er war überglücklich, das sagen zu können. Dann umarmte er Di und küsste sie.

Mrs Brooks lud ihn in ihr Haus ein, und er versprach, später vorbeizukommen. Aber zuerst musste er seine Familie besuchen und fragen, was es Neues gab. Und er brauchte etwas Zeit, um allein und in Ruhe über seine wundervolle Beziehung mit Di nachzudenken.

Als er sich dem Cottage näherte, sah er zuerst die vertraute Rauchsäule zwischen den Bäumen. Die Gartenpforte war repariert worden. Die Angeln waren frisch geölt, und sie schwang lautlos auf. Rob bemerkte, dass sogar jemand das Unkraut in den Blumenbeeten gejätet hatte.

Zu seiner Überraschung war die Haustür nicht abgeschlossen. Er stieß sie auf. Eine große Frau, deren blondes Haar im Nacken zusammengebunden war, stand am Herd. Sie goss gerade Wasser aus dem Kessel in eine Teekanne.

Verwirrt öffnete Rob den Mund, um etwas zu sagen, brachte aber nur ein heiseres Krächzen hervor.

Da drehte sie sich um. Eine Zeit lang starrten sie sich wortlos an.

„Warum trägst du Dads Pyjama?", fragte er seine Mutter schließlich. Sicher war das eine der dümmsten Fragen, die er je in seinem Leben gestellt hatte.

Auf der Treppe polterten Schritte. Sein Vater kam in die Küche. Er hatte nur eine Unterhose an und grinste.

Robs Wangen brannten. Warum seine Mutter diesen Schlafanzug trug, war nur allzu offensichtlich. Sein Dad war fast nackt. Und er, der Sohn, war hier einfach hereingeplatzt.

„Ah, da bist du ja wieder, mein Junge", sagte Mike. „War's schön in Amerika?"

„Ja, großartig", murmelte Rob und starrte wieder seine Mum an. So oft hatte er sich ihre Rückkehr vorgestellt und wie er Entschuldigungen und Erklärungen von ihr verlangen würde. Und jetzt stand er nur da wie ein Idiot. „Wo ist Graham?"

„Der spielt draußen mit einem Freund." Seine Mutter trug die Kanne zum Tisch und nahm drei Tassen aus dem Regal. „Möchtest du Tee mit uns trinken, Liebes?"

„Eh, nein danke, ich muss gehen." Rob drehte sich zur Tür um. Was immer hier passierte, er wollte sich nicht wie ein unbefugter Eindringling fühlen. Es war ihm unangenehm, wie sein Dad seine Mum anschaute – und sie ihn. Als wollte sie … O Gott, wie peinlich.

Sie streckte ihre Hand nach Rob aus. „Kommst du heute Abend zum Dinner? Um sechs?"

„Wirst du dann noch hier sein?"

Sie zuckte ganz leicht zusammen. Aber ihre Stimme klang ruhig und entschieden. „Ja, ich werde hier sein."

„Okay." So schnell wie möglich verließ er das Cottage und stolperte beinahe über seine eigenen Füße.

Er hatte nicht einmal gefragt, ob seine Schwester das Baby schon bekommen hatte. Doch das würde er noch früh genug erfahren. Wäre er Onkel geworden, hätten seine Eltern das sicher erwähnt. Es konnte aber auch sein, dass ihre Gehirne nach all dem Sex nicht mehr richtig durchblutet wurden.

Dis Mutter hatte ihn vorhin eingeladen, und dort würde er jetzt hingehen. Er ließ seinen Rucksack auf den Eingangsstufen des Cottages liegen und lief quer durch den Wald zurück zum Dorf.

Dabei dankte er seinem Glücksstern, der ihn davor bewahrt hatte, das Cottage fünf Minuten früher zu erreichen und seine Eltern beim Bumsen zu stören. Er war nicht so dumm zu glauben, sie würden es nicht mehr treiben. Trotzdem fand er es erstaunlich, sie kurz danach zu ertappen und so glücklich zu sehen. Das war zwar tierisch peinlich, aber irgendwie auch schön.

Gleich würde er Di wiedersehen! Er kam sich wie einer von Lous Hunden vor. Die hatten ihn immer enthusiastisch begrüßt, ganz egal, wie kurz ihre Trennung gewesen war. Genauso fühlte er sich, wenn er an Di dachte – halb verrückt vor Freude. Er wollte mit ihr reden, sie berühren, einfach alles über sie wissen. Im Haus ihrer Mum würden sie wohl kaum zusammen duschen und danach zum ersten Mal auf englischem Boden ficken können. Aber vielleicht würde sich anderswo eine Gelegenheit ergeben.

So war das also, wenn man jemanden liebte – unheimlich und fantastisch. Er fühlte sich hilflos und stark zugleich. Sollte er Mac um Rat fragen? Besser nicht. Das bekamen er und Di schon allein hin.

Lou

Diesmal ging sie in Blue Jeans die Auffahrt hinauf, die nach Paradise Hall führte, und zog einen Trolley über den Kies. Die Suche nach einem Geist hatte sie längst aufgegeben …

An diesem Nachmittag schlief ein Mann aus Fleisch und Blut neben ihr. Da sie jetzt auf dem Anwesen arbeiteten, wohnten sie in zwei Mansardenzimmern im Dienstbotentrakt. Aber das Bett war breit und die Laken aus weicher Baumwolle. Das zweite Zimmer nutzten sie als Büro.

Lou war rastlos und aufgeregt und konnte trotz des Jetlags nicht schlafen. Heute Abend wollte sie Peter und Chris endlich erzählen, dass sie Teile eines Briefs von Jane Austen gefunden hatte. Natürlich war die Echtheit noch nicht erwiesen. Aber allein die Möglichkeit, dass die Zeilen von der großen Schriftstellerin stammten, nahm ihr den Atem.

Sie drehte sich zur Seite und legte eine Hand auf Macs Brust. Sie vergrub ihre Finger in seinem dunklen Kraushaar. Wie sehr sie ihn um seine innere Ruhe beneidete! Was für ein Wunder dieser Mann doch war, der so viele Gegensätze in sich vereinte – Sanftmut, Zärtlichkeit und raue, zügellose Kraft. Es gab noch so viel, das sie nicht voneinander wussten. Aber mit der Zeit würde sich ihre Beziehung vertiefen und festigen.

Er bewegte sich und schlang seine dunklen, starken Finger in ihre kleineren, schmaleren. Sie ließ ihre Hand über seinen Bauch gleiten, unter das Laken.

„Ich schlafe, Lou."

„Ich weiß." Sie legte sich auf ihn. „Und wir sind im Paradies."

– ENDE –

Lesen Sie auch:

Tiffany Reisz

Das Locken der Sirene

Im Buchhandel erhältlich

Band-Nr. 35044
9,99 € (D)
ISBN: 978-3-86278-345-8

Es gab nichts, das sich mit dem Londoner Nebel vergleichen ließ – hatte es nie gegeben. Und dennoch gehörte der berühmte Londoner Nebel in das Reich der Legenden. In der Realität bestand er nämlich vor allem aus Smog, und auf dem Höhepunkt der industriellen Revolution hatte er Tausende getötet. Er hatte die Stadt mit seinen giftigen Händen erstickt. Zach Easton wusste, dass man ihn in den Büros von Royal House Publishing *den Nebel von London* nannte. Der abfällige Spitzname stammte von einem Lektorenkollegen, dem Zachs mürrische Art missfiel. Zach hatte nicht viel übrig für diesen Spitznamen, und schon gar nicht für den Kollegen, der ihn geprägt hatte. Aber heute war er durchaus bereit, sich diesen Beinamen zu verdienen.

Es war schon nach Feierabend, aber er wusste, er würde John Paul Bonner, den Cheflektor von Royal House Publishing, noch hart arbeitend in seinem Büro antreffen. Und tatsächlich saß J. P. auf dem Fußboden, um ihn herum lauter Manuskriptstapel aufgetürmt wie ein Miniatur-Stonehenge aus Papier.

Zach blieb in der Tür zum Büro stehen und lehnte sich an den Rahmen. Er starrte seinen Cheflektor an und sagte kein Wort. Das brauchte er auch nicht, denn J. P. wusste, warum er hier war. Das wussten sie beide.

„Der Tod reitet zu mir auf dem Eastonnebel“, sagte J. P. vom Boden, während er sich durch den nächsten Stapel Manuskripte wühlte. „Eine sehr poetische Art zu sterben. Du bist hier, um mich umzubringen, nehme ich an.“

Mit vierundsechzig Jahren, grauem Bart und Nickelbrille war J. P. die fleischgewordene Literatur. Gewöhnlich genoss Zach es, sich mit ihm auf Geplänkel und Wortspiele einzulassen. Heute war er aber nicht in der Stimmung, sich eine Retourkutsche auszudenken. Deswegen war seine Antwort auch nicht lyrisch, sondern beschränkte sich auf ein lakonisches: „Ja.“

„Ja?“, wiederholte J. P. „Nur ‚ja‘? Nun, in der Kürze liegt die Würze. Sei so gut und hilf einem alten Mann vom Boden auf, ja, Easton? Wenn ich sterben soll, möchte ich dem Tod aufrecht ins Gesicht blicken.“

Seufzend betrat Zach das Büro, streckte die Hand aus und half J. P. aufzustehen. J. P. tätschelte ihm dankbar die Schulter und sank erschöpft in den Stuhl hinter seinem Schreibtisch.

„Ich bin ohnehin ein toter Mann. Kann ums Verrecken nicht diese verfluchte Druckfahne von *Hamlet* für John Warren finden. Die hätte ich ihm schon gestern per Post zuschicken müssen. Aber wie sagt man so schön? Glücklich ist, wer eine gute Gesundheit und ein schlechtes Gedächtnis hat. So gesehen bin ich ein sehr, sehr glücklicher Mann."

Zach betrachtete J. P. einen Augenblick und verfluchte ihn im Stillen, weil er so ein netter Kerl war. Seine Bewunderung für seinen Chef würde dieses Gespräch sicher noch viel unangenehmer machen. Er trat an eines der Bücherregale, die die Wände säumten, und fuhr mit der Hand über das oberste Regalbrett. Er kannte J. P.s Angewohnheit, wichtige Papiere immer dort zu lagern, wo er sie nicht finden konnte. Zachs Finger stießen gegen ein Manuskript. Er holte es herunter und warf es auf J. P.s Schreibtisch, wo sich eine kleine Staubwolke daraus erhob.

„Ich danke dir." J. P. hustete und legte eine Hand aufs Herz. „Du hast mein Leben gerettet."

„Und jetzt werde ich derjenige sein, der dich umbringt."

J. P. betrachtete Zach nachdenklich. Dann zeigte er einladend auf den Stuhl vor seinem Schreibtisch. Nur widerstrebend setzte Zach sich und zog seinen grauen Mantel enger um die Schultern, als handle es sich um seine Rüstung.

„Easton, schau", begann J. P., aber weiter ließ Zach ihn nicht kommen.

„Nora *Sutherlin*?" Zach sprach den Namen so verächtlich aus wie er nur konnte. Und im Moment empfand er eine Menge Verachtung. „Das soll wohl ein Scherz sein."

„Ja, Nora Sutherlin. Ich habe lange darüber nachgedacht. Habe mir ausgiebig ihre Verkaufszahlen angeschaut. Ich finde, wir sollten sie abwerben. Und ich will, dass du mit ihr arbeitest."

„Das werde ich auf keinen Fall tun. Sie schreibt Pornografie."

„Es ist keine Pornografie." J.P. blickte Zach streng über das Halbrund seiner Brillengläser an. „Es ist Erotik. Sehr gute Erotik."

„Ich hatte ja keine Ahnung, dass es so etwas gibt."

„Ich sage dazu nur zwei Worte: Anaïs Nin", konterte J.P.

„Dann sage ich zwei weitere Worte. Booker Prize."

J.P. atmete hörbar aus und lehnte sich in seinem Stuhl zurück. „Easton, ich kenne deine Erfolgsgeschichte. Du bist eines der größten Talente, die es derzeit in der Verlagsbranche gibt. Wenn dem nicht so wäre, hätte man nicht so viel Geld bezahlt, um dich nach New York zu holen. Und ja, es stimmt. Deine Autoren haben den Booker Prize gewonnen."

„Und Whitbreads, Silver Daggers …"

„Aber der Erfolg von Sutherlins letztem Buch hat den von deinem Whitbread-Autor und deinem Silver-Dagger-Autor zusammen übertroffen. Wir stecken gerade in einer Rezession, falls dir das noch nicht aufgefallen ist. Bücher sind ein Luxusgut. Was man nicht essen kann, kauft im Moment kaum jemand."

„Und Nora Sutherlin soll die Antwort sein?", wollte Zach wissen.

J.P. grinste. „Janie Burke von der *Times* hat ihr letztes Buch als ‚höchsten Genuss' bezeichnet."

Zach schüttelte den Kopf und blickte verärgert zur Decke.

„Sie ist allenfalls eine Gossenschreiberin", sagte Zach. „Ihr Verstand kommt aus der Gosse, ihre Bücher gehören in die Gosse. Ich wäre nicht überrascht, wenn ihr letztes Verlagshaus seine Büros in der Gosse hätte."

„Sie ist vielleicht ein Gossenkind. Aber jetzt ist sie unser Gossenkind. Nun ja, *dein* Gossenkind."

„Wir sind hier nicht bei *My Fair Lady*. Ich bin nicht Professor Henry Higgins, und sie ist keine verfluchte Eliza Doolittle."

„Wer sie auch ist, eins steht fest: Sie ist eine verflixt gute Autorin. Das würdest du wissen, wenn du dir die Mühe gemacht hättest, eines ihrer Bücher zu lesen."

„Ich habe für diesen Job England verlassen", erinnerte Zach ihn. „Ich habe einen der angesehensten Verlage Europas hinter mir gelassen, weil ich hier mit den besten jungen Autoren Amerikas arbeiten wollte."

„Sie ist jung. Und Amerikanerin."

„Ich habe doch nicht England und mein Leben …" Zach hielt inne, ehe er sagen konnte *„und meine Frau zurückgelassen"*. Schließlich hatte seine Frau ihn zuerst verlassen.

„Dieses Buch hat echtes Potenzial. Sie hat es uns vorgelegt, weil sie bereit für einen Wechsel ist."

„Gib ihr zwei Zehner für 'nen Zwanziger, wenn sie was wechseln will. Ich gehe in sechs Wochen nach L. A. Ich kann einfach nicht glauben, dass ich alles stehen und liegen lassen soll, um meine letzten sechs Wochen an Nora Sutherlin zu verschenken. Keine Chance!"

„Ich habe deinen Posteingang gesehen, Easton. Der ist nicht so voll, als dass du nicht mit Sutherlin arbeiten kannst, während du deine anderen Sachen hier abwickelst. Also erzähl mir nicht, du hättest keine Zeit dafür. Wir wissen beide, dass es nicht an Zeit fehlt, sondern an der Lust."

„Also gut. Ich habe weder Zeit noch Lust, Erotik zu lektorieren. Nicht einmal gute Erotik, wenn es so etwas überhaupt gibt. Ich bin nicht der einzige Lektor hier. Gib das Manuskript doch Thomas Finley", sagte Zach. Thomas Finley war der Kollege, den er am wenigsten mochte und dem er seinen Spitznamen zu verdanken hatte. „Oder meinetwegen Angie Clark."

„Finley? Diesem Weichei? Er wird versuchen, sich an Sutherlin ranzumachen, und sie wird ihn bei lebendigem Leib verspeisen. Wenn man ihm ins Gesicht schlagen würde, wüsste er nicht einmal, wie man anständig blutet."

Zach hätte fast zustimmend gelacht, ehe ihm wieder einfiel, dass er sich gerade mit J. P. stritt. „Und was ist mit Angie Clark?"

„Sie ist im Moment zu beschäftigt. Außerdem …"

„Was außerdem?", wollte Zach wissen.

„Clark fürchtet sich vor ihr."

„Kann ich ihr kaum verdenken", erklärte Zach. „Ich habe gehört, sogar erwachsene Männer flüstern ihren Namen auf gewissen Partys nur, statt ihn laut auszusprechen. Es gibt das Gerücht, sie habe sich ihren ersten Buchvertrag durch Sex erkauft."

„Das Gerücht habe ich auch gehört. Aber für diesen Buchvertrag hat sie sich nicht hochgeschlafen. Leider", fügte J. P. verschmitzt grinsend hinzu.

„In Rachel Bells Blog habe ich gelesen, sie trägt außerhalb ihres Hauses immer nur Rot. Sie sagt, Sutherlin hat einen sechzehnjährigen Jungen bei sich wohnen, der als ihr persönlicher Assistent arbeitet."

J. P. lächelte ihn an. „Ich glaube, sie nennt ihn lieber ihren ‚Praktikanten' als ihren ‚persönlichen Assistenten'."

Zach wäre beinahe an seiner eigenen Enttäuschung erstickt. Er war eigentlich schon auf dem Weg nach Hause gewesen und hatte bereits den Mantel angezogen, als ihm ein Teufelchen einflüsterte, er solle lieber noch mal seine E-Mails checken. Darin hatte sich eine Nachricht von J. P. befunden, in der er schrieb, er denke darüber nach, die Erotikautorin Nora Sutherlin und ihr letztes Buch als Spitzentitel für den Herbst unter Vertrag zu nehmen. Und da Zach in den paar Wochen, bevor er nach L. A. ginge, nicht mehr allzu viel zu tun hatte …

„Ich brauche dich für diese Aufgabe. Dich und keinen anderen", erklärte J. P.

„Warum bin ich der Einzige, der mit ihr auskommt?"

„Mit ihr auskommt?" J. P. gluckste, ehe er plötzlich sehr ernst wurde. „Hör mir zu. Niemand kommt mit Nora Sutherlin aus. Nein, du bist einfach der Einzige, den ich zur Hand habe und der ihr wenigstens auf Augenhöhe begegnet. Easton … Zach. Bitte, hör mich an."

Zach schluckte und zwang sich, wenigstens einen Augenblick zu entspannen. Es passierte wirklich sehr selten, dass John-Paul Bonner jemanden mit dem Vornamen ansprach.

„Sie schreibt Liebesromane, J. P.", erklärte Zach ruhig. „Ich hasse Liebesromane."

Mitfühlend erwiderte J. P. seinen Blick.

„Ich weiß, du hast im letzten Jahr die Hölle durchgemacht. Ich habe deine Grace mal kennenlernen dürfen, weißt du noch?

Ich weiß also, was du verloren hast. Aber Sutherlin ... Sie ist gut. Wir brauchen sie."

Zach atmete ganz langsam tief durch.

„Hat sie den Vertrag bereits unterzeichnet?", fragte er.

„Nein. Wir verhandeln noch."

„Gibt es wenigstens schon eine mündliche Vereinbarung?"

J. P. musterte ihn misstrauisch. „Noch nicht. Ich habe ihr erklärt, wir müssten erst die Zahlen sehen und würden uns dann bei ihr melden. Aber wir tendieren zu einem Ja. Warum?"

„Ich muss erst mit ihr reden."

„Das ist doch schon mal ein Anfang.

„Und ich werde das Manuskript lesen. Wenn ich denke, es gibt irgendeine Möglichkeit, dass sie – *wir* – etwas Anständiges aus ihrem Buch machen können, schenke ich ihr meine letzten sechs Wochen in New York. Aber das Buch geht erst dann in Druck, wenn ich es abgesegnet habe."

J. P.s Blick bohrte sich in Zachs, aber er weigerte sich, zu blinzeln oder den Blick abzuwenden. Er war es gewohnt, bei all seinen Büchern das letzte Wort zu haben. Er wollte diese Macht nicht aufgeben. Nicht für J. P., nicht für Nora Sutherlin. Für niemanden.

„Easton, hör mal. Ein Buch von Dan Brown wird sich in einem Monat häufiger verkaufen als alle Bücher in der Lyrikabteilung einer Buchhandlung in fünf Jahren. Sutherlins ‚Pornografie', wie du es nennst, könnte diesem Verlag eine Menge Lyrik finanzieren."

„Ich will den Vertrag in den Händen haben, J. P. Sonst werde ich mich nicht einmal mit ihr treffen."

J. P. lehnte sich im Bürostuhl zurück und seufzte schwer.

„Also gut. Sie gehört dir. Sie hat ein hübsches Haus drüben in Connecticut. Nimm den Zug. Nimm meinetwegen mein Auto, es ist mir egal. Sie ist am Montag wieder zu Hause, hat sie gesagt."

„Also gut, dann ist es beschlossen." Zach wusste, dass damit höchstwahrscheinlich alles gerettet war. Wenn er es darauf anlegte, konnte Zach zu seinen Autoren gnadenlos sein und ihnen ohne Rücksicht auf Verluste alle Schwächen ihres Buchs aufzählen. Die großen Autoren nahmen diese Kritik an und machten etwas daraus. Die Schreiberlinge konnten nicht mit ihr umgehen. Wenn er nur hart genug mit ihr ins Gericht ging, würde sie schon bald um einen anderen Lektor betteln.

Da ihr Streit jetzt vorerst beigelegt war, erhob Zach sich müde vom Stuhl und marschierte mit hängenden und schmerzenden Schultern Richtung Tür.

Ein leises Hüsteln sorgte dafür, dass Zach an der Tür innehielt und sich noch einmal umdrehte. J. P. wich seinem Blick aus. Seine Hand fuhr über die erste Seite des *Hamlet*-Manuskripts, das als Druckfahne vor ihm lag. „Du solltest das Buch wirklich lesen, wenn es herauskommt", sagte er und tippte mit einem Finger auf die Seite. „Es enthält wahrlich faszinierende neue Erkenntnisse über den vorgetäuschten Wahnsinn Hamlets … ‚*Ich bin nur toll bei Nord-Nordwest …*'"

„‚*Aber wenn der Wind südlich ist, kann ich einen Falken von einem Reiher unterscheiden*'", vollendete Zach das berühmte Zitat.

„Sutherlin ist genauso verrückt wie Hamlet es einst gewesen sein soll. Glaub nicht alles, was du über sie gehört hast. Diese Lady kann ihre Falken von den Reihern unterscheiden."

„*Lady?*"

J. P. schloss das Buch und gab auf diese implizierte Beleidigung keine Antwort. Zach wandte sich wieder zum Gehen.

„Weißt du, irgendwann solltest du das mal ausprobieren, Easton."

„Was? Den Wahnsinn?", fragte Zach.

„Nein. Glücklichsein."

„Glücklichsein?" Zach erlaubte sich ein verbittertes Grinsen. „Ich fürchte, dafür ist mein Gedächtnis einfach zu gut."

Zach ließ J. P. zurück und kehrte in sein eigenes Büro zurück. Seine Assistentin Mary hatte ihm ein Paket auf den Schreibtisch gelegt. Er öffnete den großen Umschlag, und Nora Sutherlins Manuskript fiel zusammen mit einem dünnen Schnellhefter heraus. Auf die Vorderseite des Hefters hatte Mary eine Notiz geklebt: *Chef, hier ist das Buch nebst Bio von N. S.*

Zach öffnete den Schnellhefter und überflog Sutherlins Biografie. Sie war dreiunddreißig Jahre alt, also ungefähr zehn Jahre jünger als er. Ihr erstes Buch hatte sie mit neunundzwanzig veröffentlicht. Seither waren fünf weitere Bücher gefolgt. Ihr zweites Buch, das den schlichten Titel *Rot* trug, hatte für eine kleine Sensation gesorgt – großartige Verkaufszahlen, ein ordentlicher Medienrummel. Zach schaute sich die Zahlen an, die dem Hefter beigefügt waren. Jetzt verstand er, warum J. P. so sehr darauf drängte, sie unter Vertrag zu nehmen. Mit jeder folgenden Veröffentlichung hatten sich ihre Verkaufszahlen beinahe verdoppelt. Zach dachte an das Wenige, was er über Erotikautorinnen wusste. Aktuell war Erotik so ziemlich der einzige Wachstumsmarkt in der Buchbranche. Aber beim Verlegen sollte es nicht ums Geld gehen. Sondern um die Kunst.

Zach warf Sutherlins Biografie und ihre Verkaufszahlen in den Papierkorb. Seine Philosophie, was das Lektorieren anging, hatte er sich von der alten New Criticism-Bewegung abgeschaut. Es ging allein ums Buch. Nicht um den Autor, nicht um den Markt, nicht um den Leser … ein Buch wurde alleine anhand des Buches beurteilt. Es sollte ihm also egal sein, dass Gerüchte besagten, Nora Sutherlins Privatleben wäre genauso heiß und sinnlich wie ihre Prosa. Einzig ihr Buch zählte. Und dafür hegte er keine allzu großen Hoffnungen.

Skeptisch musterte er das Manuskript. Mary wusste, er bevorzugte es, Bücher gedruckt zu lesen. Aber dieses Mal spürte er förmlich den Spaß, den es ihr bereitet hatte, die Seiten inklusive Deckblatt für ihn auszudrucken. Quer über das scharlachrot gehaltene Cover erstreckte sich in greller Gothikschrift der Titel: *Der Trostpreis*. Fast ausnahmslos alle Lektoren änderten den Titel eines Buchs vor seinem Erscheinen noch. Aber er musste zugeben, dass es eine interessante Wahl für einen Erotikroman war. Er schlug das Manuskript auf und las den ersten Satz: *Ich will diese Geschichte ebenso wenig aufschreiben, wie du sie lesen willst.*

Zach hielt inne, als er den Schatten von etwas Altem und Vertrautem spürte, das sich flüsternd über seine Schulter schob. Er schob das Gefühl beiseite und las den Satz ein zweites Mal. Dann den nächsten und den nächsten …

Lesen Sie auch von Janet Mullany:

Mit Schutz-
umschlag

Band-Nr. 35046
9,99 € (D)
ISBN: 978-3-86278-465-3
eBook: 978-3-86278-535-3
432 Seiten

Janet Mullany
Dirty Talk

Nacht für Nacht genießt die Radiomoderatorin Jo prickelnden Telefonsex mit dem mysteriösen Mr. D. Nach jedem Höhepunkt fiebert sie seinen erotischen Anrufen mehr entgegen. Da schlägt Mr. D. vor, sie soll sich wechselnde Liebhaber nehmen – und ihre Erlebnisse anschließend mit ihm teilen. Eine gewagte Idee, die Jo dennoch gleich in die Tat umsetzt. Waren ihre Gespräche vorher schon heiß, droht Jo jetzt zu verbrennen an ihrer Lust. Es scheint das perfekte Arrangement, bis der faszinierende Patrick in ihr Leben tritt. Plötzlich muss Jo sich entscheiden zwischen Sex in der Fantasie – und Liebe in der Realität …

„Ein köstlich-frecher Roman mit intensiv prickelnden Szenen … Lassen Sie sich dieses heiße, scharfe Abenteuer nicht entgehen.“
Romantic Times Book Reviews

„Page hat einen einzigartigen, kreativen Zugang zur Welt der Vampire und Dämonen.“

Fresh Fiction

Mit Schutzumschlag

Band-Nr. 35049
9,99 € (D)
ISBN: 978-3-86278-729-6
400 Seiten

Sharon Page
Blutrote Versuchung

Als sie eines Nachts von zwei Vampiren entführt wird, eröffnet sich der jungen Miranda eine ungeahnte Welt tabuloser Lust. Denn auf Zayan und seinem Gefährten Lukos lastet seit Jahrtausenden ein teuflischer Fluch – und einzig Miranda kann ihnen die ersehnte Erlösung bringen. Doch dazu muss die unschuldige Jungfrau sich von beiden Männern gleichzeitig lieben lassen …